mtb

Zum Buch:

„Sorry, dass ich dich damals versetzt habe." Muss Jordan Kincade sie an den schrecklichen Abend ihres Abschlussballs erinnern? Vor 15 Jahren? Dass der heiße Eishockeyspieler nach Sunshine Valley zurückgekommen ist, scheint schon schlimm genug zu sein. Dass Lucy die Lehrerin von Jordans kleiner Schwester ist, macht es auch nicht besser. Aber dass der Herzensbrecher mit ihr flirtet, geht wirklich zu weit! Jordan könnte nie der Mann sein, den sie will. Oder verbirgt sich unter der rauen Schale des Profisportlers noch eine andere Seite?

„Witzige, schlagfertige Dialoge lockern die bittersüße Stimmung in Candis Terrys neuer Sunshine-Valley-Serie auf. Diese entzückende, herzerwärmende Liebesgeschichte lässt einen die Fortsetzung kaum erwarten."

Publishers Weekly

Zur Autorin:

Candis Terry wuchs im sonnigen Kalifornien auf und lebt inzwischen auf einer Farm in Idaho. Sie hat sich in vielen Jobs ausprobiert: von der Arbeit in einem Tonstudio in Hollywood bis hin zum Einfangen von eigensinnigen Rindern. Dabei hat sie herausgefunden, dass eine Leidenschaft immer geblieben ist: die Liebe zum Schreiben, die Begeisterung, Romances zu verfassen, die spätestens auf der letzten Seite in ein großes Happy End münden.

Umwelthinweis:
Dieses Buch wurde auf chlor- und säurefreiem Papier gedruckt.

Candis Terry

Neue Träume in Sunshine Valley

Roman

Aus dem Amerikanischen von
Gisela Schmitt

mtb

MIRA® TASCHENBUCH
Band 25992
1. Auflage: Februar 2017

MIRA® TASCHENBÜCHER
erscheinen in der HarperCollins Germany GmbH,
Valentinskamp 24, 20354 Hamburg
Geschäftsführer: Thomas Beckmann

Deutsche Erstveröffentlichung

Titel der nordamerikanischen Originalausgabe:
A Better Man

erschienen bei: Avon Books, New York

Published by arrangement with Avon,
an imprint of HarperCollins Publishers, LLC

Konzeption/Reihengestaltung: fredebold&partner GmbH, Köln
Umschlaggestaltung: Büropecher, Köln
Redaktion: Mareike Müller
Titelabbildung: SHOSEI, Aflo / Getty Images;
Maria-Hunter / Thinkstock
Satz: GGP Media GmbH, Pößneck
Druck und Bindearbeiten: GGP Media GmbH, Pößneck
Printed in Germany
Dieses Buch wurde auf FSC®-zertifiziertem Papier gedruckt.
ISBN 978-3-95649-605-9

www.mira-taschenbuch.de

Dieses Buch ist für alle Lehrer,
die mich in meiner Jugend ermutigt haben.
Für alle Lehrer, die mit ihrem Wissen, ihrer Geduld
und ihrem Mitgefühl
weit über ihre Pflicht hinausgehen.
Und für Claudeen Bergeron,
eine der nettesten und besten von ihnen.
Mögen ihre Unterrichtsstunden und Stimmen
noch von vielen Generationen gehört und geschätzt werden!

1. Kapitel

Jordan Kincade atmete den beißenden Geruch von verschwitzten Körpern und der Eisfläche unter seinen Schlittschuhen ein. Er verschlang die Energie, das packende Spiel und das nahezu unkontrollierte Chaos wie ein perfekt gegrilltes Steak. „We Will Rock You" von Queen dröhnte aus den Lautsprechern, und angespannte Erwartung erfüllte das bis auf den letzten Platz besetzte Eisstadion, als er nun zum Powerplay auflief. Die Carolina Vipers lagen zwar einen Punkt zurück, aber er wusste, dass die lauten Anfeuerungsrufe des Heimpublikums sie noch zum Sieg führen würden.

Das war jedes Mal so.

Nach einem üblen Cross Check durch Dimitri Pavel wurde Jordan – sehr zur Freude des Publikums – mit einer Fünf-Minuten-Strafe belegt. Jetzt musste er sich zusammenreißen und sich aufs Spiel konzentrieren. Er durfte nicht zulassen, dass Pavels zahnloses Grinsen ihn dazu verleitete, noch mehr Strafminuten anzuhäufen. Dafür stand zu viel auf dem Spiel.

„Dir wird das Grinsen noch vergehen, Kumpel."

Pavel spuckte schlimm, wenn er sprach, was seine Gegner dazu verleitete, dem Sprühnebel aus Spucke auszuweichen und dadurch den Puck zu verlieren. Jordan, der im Gegensatz zu Pavel noch alle Zähne hatte, konnte sich vorstellen, wie schwierig es war, sich zu artikulieren, wenn die eigene Mundhöhle wie die eines Säuglings aussah. Aber selbst wenn Pavel der Schnodder in Strömen übers Gesicht liefe, würde es Jordan nicht kümmern. Keine Kompromisse. Er wollte sich den Bully holen.

„Bei deinem zahnlosen Maul wär ich auch neidisch auf

mein Grinsen", schoss Jordan zurück. Okay, die Vorlage war zu verlockend gewesen. Er musste ihm einfach einen reindrücken. Sollte er doch heulen.

Wie ein Wolf, der sich auf seine Beute konzentriert, richtete Jordan seine Aufmerksamkeit auf den Schiedsrichter, der nun die Hand hob und den Puck vor Jordans Schlittschuhe fallen ließ. Sofort katapultierte er das Ding übers Eis zu Tyler Seabrook. Der Center übernahm. Indem er geschickt Stöcken, Schlittschuhen und Ellbogen der Gegner auswich, schaffte er einen Pass aus der neutralen Zone. Jordan schnappte sich den Puck und knallte ihn ins Tor, bevor der Torhüter auch nur reagieren konnte.

Hinter dem Tor leuchteten die elektrischen Lampen rot auf, und das Torsignal ertönte. Die Menge sprang auf und brach in lauten Jubel aus, während Jordans Mitspieler sich um ihn scharten und ihm schulterklopfend gratulierten. Nichts war besser als das Feiern mit den Teamkameraden nach einem wichtigen Tor. Der Punkt, den er soeben erzielt hatte, war wichtig und befreite ihn hoffentlich von der Last der Strafminuten, die er im Lauf der Partie angesammelt hatte. Nun stand es unentschieden, und die Carolina Vipers mussten schnell noch ein Tor nachlegen oder in der Verlängerung gewinnen. Doch ob ihnen das gelingen würde, war fraglich.

Der Reihenwechsel gab Jordan die Gelegenheit, sich kurz auszuruhen. Bei den normalen Ligaspielen war er nicht so angespannt, aber je näher sie den Play-offs kamen, desto mehr spürte er jeden einzelnen Muskel. Wenn er heute Abend nach Hause kam, würde er sich fühlen, als hätte ihn ein Zug überrollt. Wenn sein Team jedoch gleich gewonnen hatte und sie in der Kabine waren, würde er seine Lieblingsmasseurin anrufen und sie um einen Hausbesuch bitten. Zu seinem Glück besaß die Dame ein attraktives Lächeln, lange blonde Haare, eine Vorliebe für feinen Whiskey – und arbeitete am liebsten nackt.

Ein Lächeln umspielte seine Mundwinkel, als er Beau Boucher dabei zusah, wie er den Gegner gegen die Bande drängte, dass das Glas vibrierte. Der schwergewichtige Verteidiger setzte seine gesamte Kraft ein, um sich den Puck zu schnappen und ihn übers Eis zu Stürmer Scott O'Reilly hinüberzuschicken. O'Reilly versenkte ihn so schnell im Netz, dass der gegnerische Torhüter keine Chance hatte.

Die letzten zwei Sekunden der regulären Spielzeit waren angebrochen. Alle Spieler der Carolina Vipers drängten auf die Eisfläche, um ihren Sieg zu feiern. Falls sich nicht noch in letzter Sekunde ein Wunder ereignen würde, waren die Vipers dem Stanley Cup nun einen großen Schritt näher gekommen.

Halleluja, verdammt noch mal.

Nach einer Niederlage konnte es in der Kabine so still sein wie in einer Gruft, doch an diesem Abend war der Lärmpegel ohrenbetäubend.

Jordan versuchte sein Bestes, um beim Interview mit dem Reporter des *Observer* nicht die ganze Zeit debil zu grinsen. Was für ein Hochgefühl! Er liebte dieses Spiel, sein Team und momentan sogar seinen Coach Bill Reiner, der rundheraus zugab, ein arrogantes Arschloch zu sein. Aber egal. Die Hoffnung starb bekanntlich zuletzt. Jeder Mann auf Schlittschuhen, der sich gerade in diesem Raum befand, konnte sich nun vorstellen, bald den Heiligen Gral des Eishockeys in den Händen zu halten und zu küssen.

Nachdem er das Interview beendet hatte, konnte Jordan endlich mit den anderen feiern. Aber erst mal musste er raus aus den Klamotten und unter die Dusche. Der Plan war, den Sieg gleich nebenan in der Stammkneipe des Clubs zu feiern. Im Turk's Ice House gab es kaltes Bier, perfekt zubereitete Steaks, spitze Dartpfeile und jede Menge hübscher Ladys, denen es nichts ausmachte, wenn ein frisch getaufter Rookie mit einem knallroten Irokesen oder seinem Suspensorium über der Hose reinkam. Diese Einführungsrituale waren die Hölle, und im Turk's freuten sich alle, wenn sie dem Grünschnabel noch ein paar zusätzliche Qualen verursachen konnten.

Heute Abend allerdings spielte es keine Rolle, ob man der Captain, ein altgedienter Veteran oder ein Grünschnabel war. Heute Abend waren sie ein Team und feierten als Team. Schon morgen war wieder Alltag, es ging weiter mit dem Training und der Vorbereitung auf die wichtigsten Spiele dieser Saison.

Bei den Spinden hatte Boucher den Rookie Colton Dahl gerade in den Schwitzkasten genommen. Jordan lachte. Er war echt happy. Tausendmal glücklicher, als er es in letzter Zeit gewesen war. Inzwischen lief es echt rund bei ihm. Wäre er abergläubisch, müsste er davon ausgehen, dass seine Glückssträhne bald abreißen würde, aber er ließ sich ja nicht einmal einen Glücksbart wachsen wie ein paar seiner Teamkollegen, wenn es in die Play-off-Phase ging. Es machte ihm auch nichts aus, unter einer Leiter hindurchzugehen, und auch beim Anblick einer schwarzen Katze machte er sich keine Gedanken. Im Moment waren seine Vibes einfach gut, und er würde alles dafür tun, dass es auch so blieb.

Grinsend zog er sich sein Trikot mit der Nummer 18 über den Kopf. Die Farben Lila und Schwarz flackerten kurz vor seinen Augen, bevor er das stinkende Hemd in den Wäschekorb feuerte und den Schulterschutz in seinen Spind warf. Er wollte sich gerade hinsetzen und die Schlittschuhe ausziehen, als sein Handy klingelte.

Sollte er jetzt wirklich rangehen?

Irgendwie war die blond gefärbte Tussi, die er letzte Woche abgeschleppt hatte, an seine Nummer gekommen. Nicht, dass er etwas dagegen hatte, dass sie gern mit ihm ins Bett ging, aber er hatte einfach keine Lust auf eine feste Beziehung. Vor allem nicht, wenn bei seinem Anblick die Dollarzeichen in den Augen einer Frau zu leuchten begannen und sie sich schon vorstellte, eines Tages seinen Ring am Finger zu tragen. Natürlich könnte es auch jemand anderes sein. Zum Beispiel eins seiner fünf Geschwister.

Er griff nach seinem Handy und schaute aufs Display.

Es war Ryan.

Sein großer Bruder rief ihn nur äußerst selten an. Normalerweise hatte er zu viel mit der Leitung des elterlichen Weinguts in Washington State um die Ohren. Noch dazu als alleinerziehender Vater mit einer neunjährigen Tochter. Aber vielleicht hatte Ryan das Spiel ja im Fernsehen gesehen und wollte ihm gratulieren.

Also nahm Jordan ab. „Hey, großer Bruder. Hast du das Spiel gesehen?"

„Nur das erste Drittel."

„Was? Wieso das denn?" Jordan lachte. „Du konntest es wohl nicht ertragen, dass ich fünf Minuten auf der Bank saß, weil ich Pavels Riesenzinken neu gestaltet habe?"

„Nein, Jordy." Ryans Stimme ließ Jordan erstarren. „Es tut mir leid. Ich rufe nicht wegen des Spiels an. Ich habe leider sehr schlechte Nachrichten."

Er schluckte. „Was ist denn?"

Als Ryan schwieg, lief es Jordan kalt den Rücken hinunter. Hinter ihm erreichte die Lautstärke in der Kabine einen neuen Höhepunkt. „Warte mal kurz. Ich geh mal eben auf den Flur, hier drin kann ich dich kaum verstehen."

Jordan schob die Schwingtüren auf und trat in den deutlich ruhigeren Gang zwischen der Umkleidekabine und dem Büro des Coachs. „Also, was ist los?" Bei fünf Geschwistern konnte alles Mögliche passiert sein, wie es in der Vergangenheit oft genug vorgekommen war. Ethan war mal in einen Waldbrand geraten und nur knapp davongekommen. Parker hatte schwere Verbrennungen erlitten, als eine Bratpfanne mit heißem Fett in Brand geriet, Declan hatte auf dem Freeway einen schweren Verkehrsunfall gehabt, und Ryan selbst hatte sich mal bei einem Sturz vom Dach sämtliche Knochen gebrochen. Nicole, ihre kleine Schwester, schien die Einzige von ihnen zu sein, die sich nicht in schöner Regelmäßigkeit irgendwelche Körperteile zertrümmerte.

Ryan räusperte sich. „Es gab einen Unfall."

„Was für einen Unfall? Ist Riley okay?", fragte Jordan und hatte sofort ein schlechtes Gewissen, weil er seine kleine Nichte viel zu selten sah.

„Ihr geht es gut. Aber … Mom und Dad."

Jordans Herz setzte einen Schlag aus. „Was ist mit ihnen?"

„Sie hatten einen Hubschrauberrundflug über Molokai gebucht." Ryans Stimme begann zu zittern. „Sie sind abgestürzt."

„Was?" Ungläubig boxte Jordan in die Luft. Vor ein paar Tagen waren seine Eltern nach Hawaii geflogen, um dort ihren fünfunddreißigsten Hochzeitstag zu feiern. Sie hatten sich so auf das tolle Wetter und die tropischen Cocktails gefreut. „Wie …"

„Sie sind tot, Jordy. Es gab keine Überlebenden."

Eine eiserne Faust schien sich um Jordans Kehle zu schließen und ihm die Luft abzudrücken. Er konnte plötzlich nicht mehr atmen. Nicht mehr denken. Sich nicht mehr bewegen. Er musste sich festhalten, um nicht vornüberzukippen. Plötzlich war ihm speiübel. Er wusste nicht einmal, wann er das letzte Mal länger mit seiner Mom oder seinem Dad gesprochen hatte. Und jetzt …

Wie aus der Ferne hörte er seinen Bruder seinen Namen sagen.

Betäubt von Schmerz, hielt er den Hörer wieder ans Ohr. „Ich setze mich in den nächsten Flieger", versprach er.

„Es gibt noch einige Dinge zu klären. Jemand muss nach Hawaii fliegen und die Leichen identifizieren, damit sie freigegeben und nach Hause gebracht werden können", sagte Ryan unglaublich ruhig.

Ryan war immer der Starke von ihnen gewesen, der mit dem Rückgrat aus Stahl. Auch wenn Jordan als knallharter Typ auf dem Eis galt, Ryan war es, dem es gelang, auch in ausweglosen Situationen gefasst zu bleiben. Sogar als seine Frau ihn und die gemeinsame Tochter verlassen hatte, war er souverän geblieben. Jordan bewunderte ihn sehr dafür.

„Ich setze mich in den nächsten Flieger nach Hause", wiederholte Jordan.

„Aber was ist mit deinen sportlichen Verpflichtungen?"

„Scheiß drauf. Wir sehen uns morgen." Mit zitternden Händen beendete Jordan den Anruf und schluckte die Übelkeit hinunter. Zweifellos würden seine Brüder auch ohne ihn zurechtkommen, damit er sich auf die Meisterschaft konzentrieren konnte. Ihm würde der Pokal jedoch nichts bedeuten, wenn er sie jetzt im Stich ließe. Zu oft war die Familie bei ihm erst an zweiter Stelle gekommen.

Er wusste nicht, ob man ihn zu Hause wirklich brauchte, aber er brauchte jetzt seine Familie – so viel stand fest.

Hinter den Schwingtüren ging die ausgelassene Feier weiter. Doch für Jordan war das Leben, wie er es gekannt hatte, auf einen Schlag vorbei.

2. Kapitel

Wer auch immer gesagt hatte, dass man nie mehr wirklich nach Hause zurückkehren konnte, wenn man einmal fortgegangen war, hatte damit den Nagel auf den Kopf getroffen. In dem Haus, das er nie als Zuhause empfunden hatte, saß Jordan auf dem Ledersofa im Wohnzimmer seiner Eltern, umgeben von Menschen, die denselben Nachnamen trugen wie er. Seine Geschwister, mit denen er als Kind so fröhlich und vertraut gewesen war, kamen ihm unter dem Eindruck der erstickenden Trauer und der Grabesstille plötzlich vor wie sehr entfernte Verwandte.

Ihre Eltern hatten die Familie in ihren Grundfesten zusammengehalten, auch wenn das Fundament in den letzten Jahren ein bisschen zu bröckeln begonnen hatte. Aber durch ihre Einheit und mit ihrer Liebe hatten seine Eltern es geschafft, auch trübe Tage hell erstrahlen zu lassen. Das Wissen, dass die Menschen, die ihm das Leben geschenkt hatten, plötzlich nicht mehr da waren, dass er ihnen nie mehr etwas erzählen und sie nie wieder um Rat fragen konnte, erfüllte Jordan mit einem so unvorstellbaren Schmerz, dass es ihm fast den Atem raubte.

In seinen Augen brannten Tränen, als er den Blick von seinen geballten Fäusten abwandte. Auf der anderen Seite des Zimmers saß sein Zwillingsbruder Declan – Workaholic und Multimillionär – auf einem Ledersessel und bearbeitete sein Smartphone. Plötzlich sah er auf, als hätte Jordan ihn angesprochen. Sie tauschten rasch einen Blick, dann konzentrierte sich Declan wieder auf sein Handy.

Zwillingsbrüder hin oder her, sie waren sich so nah gewesen, wie zwei Brüder sich nur sein konnten. Sie hatten zwar nicht dieses seltsame Zwillingsding laufen, bei dem der eine instinktiv dasselbe spürt wie der andere, aber eine besondere Verbindung zwischen ihnen gab es früher dennoch. Obwohl schon damals, als sie einander nachts ihre Träume und Ziele anvertraut hatten, ihre Unterschiedlichkeiten deutlich zum Vorschein gekommen waren.

Declan war immer der Rationalere von ihnen beiden gewesen, während Jordan der Impulsivere war. Nicht, dass Declan in einer Schlägerei nicht seinen Mann stehen konnte. Das konnte er. Oft genug hatte er Jordan ein blaues Auge verpasst. Doch Dec war immer derjenige gewesen, der Pläne geschmiedet und beschlossen hatte, Erfolg in allem zu haben, was er tun würde. Und er hatte sich nie davor gescheut, für diesen Erfolg hart zu arbeiten. Jordan bewunderte seinen Bruder für seinen Erfolg in der Finanzwelt. Er hatte immer gute Tipps für Geldanlagen parat und auch Jordan sehr gut bei seinen Investitionen beraten, aber die brüderliche Verbundenheit, ihre persönliche Bindung, die sie einst erlebt hatten, war schon lange verschwunden.

Jordan hatte im Gegensatz zu seinem Bruder immer nur einen Traum gehabt – er wollte Eishockey spielen und eines Tages den Stanley Cup gewinnen, die wichtigste Eishockeytrophäe der Welt. Als Kind hatte er nicht gewusst, welche Opfer seine Eltern auf sich nahmen, damit er sich diesen Traum erfüllen konnte. Er war zu sehr damit beschäftigt gewesen, in den Eisstadien von Philadelphia, wo sie damals lebten, unterwegs zu sein, und alle Spieler, die er erwischen konnte, über das Spiel auszuquetschen. Sobald er die Schnürsenkel seiner Schlittschuhe selbst zubinden konnte, wurde Eishockey sein Leben. Durch diesen Tunnelblick hatte er sich immer weiter von seinem Zwillingsbruder entfernt.

Neben ihm auf dem Sofa saß Ethan, dessen dunkle Haare schon lange keinen Friseur und dessen langer Bart schon lange keinen Rasierer mehr gesehen hatten. Er war der jüngste der fünf Brüder. Da er als Feuerwehrmann arbeitete, musste er auch nicht aussehen wie ein Model, aber trotzdem juckte es Jordan in den Fingern, ihn wegen seines ungepflegten Aussehens aufzuziehen. Dafür waren kleine Brüder schließlich da.

„Hast du vergessen, wo dein Rasierapparat liegt?"

Ethan grinste kurz. „Hab gar keinen."

„Echt nicht? Haben sie denn bei der Feuerwehr keine Angst, dass dein Gesicht in Brand gerät bei der Matte?"

„Denen ist es wohl wichtiger, dass wir Waldbrände verhindern." Ethan zuckte die Schultern. „Wer hätte das gedacht."

Eins zu null für ihn.

So viel zum Thema Humor.

Ethan war aufgrund seines Jobs die meiste Zeit im Jahr unterwegs. Aber irgendwie schaffte er es trotzdem besser als Jordan, mit den anderen in Kontakt zu bleiben.

Parker, der als Vierter in diesen Haushalt mit Testosteronüberschuss hineingeboren worden war, kam mit einem Tablett voller Snacks ins Zimmer. Er war – wie Jordan – immer ein bisschen wilder gewesen als der Rest. Als Teenager hatte er dauernd Ärger gemacht. Und trotzdem hatten seine Eltern nie die Hoffnung aufgegeben, dass aus ihm etwas Anständiges würde. Sie wussten, dass er intelligent genug war, um alles zu erreichen, was er sich wünschte. Aber jahrelang hatte er sein Talent sinnlos vergeudet. Schließlich hatten seine Eltern ihm ein Ultimatum gesetzt – was dazu geführt hatte, dass Parker Koch geworden war. Mit seinem Talent hatte er es zu einem der erfolgreichsten Unternehmer im Foodtruck-Business im Großraum Portland, Oregon, gebracht.

Jetzt hielt er Jordan das Tablett hin, und ihm lief das Wasser im Mund zusammen. Sein knurrender Magen erinnerte ihn plötzlich daran, dass er seit gestern nichts mehr gegessen hatte.

„Wo hast du die denn so schnell hergezaubert?", fragte

Jordan, während er sich ein Stückchen Ananas im Speckmantel nahm und in den Mund steckte.

„Hallo? Ich hab die Kochshow ‚Chopped' gewonnen, weil ich gut und schnell bin", prahlte Parker.

„Genau, und über Letzteres hat sich deine letzte Freundin auch beschwert." Die Steilvorlage musste Jordan verwandeln. Natürlich war er sehr stolz auf seinen Bruder und auf das, was er ohne jede fremde Hilfe auf die Beine gestellt hatte.

„Leck mich", antwortete Parker grinsend.

„Jungs, benehmt euch", ermahnte Tante Pippy die beiden mit strafendem Blick. Sie bot einen beeindruckenden Anblick, denn sie trug mehr schwarzen Eyeliner als Lady Gaga.

Irgendwie war ihre Tante Pippy in den sechziger Jahren stehen geblieben. Sie trug Make-up in dicken Schichten, psychedelische Farbkombinationen und stets riesige Ohrringe, die einen ausknocken konnten, wenn man ihnen zu nahe kam. Ihr neonorangefarbenes Haar war zu einer Frisur zurechtgemacht, die Jordan nur noch aus uralten Fernsehserien kannte. Sie war das absolute Gegenteil ihrer eher konservativen und ernsthaften Mutter – Pippys jüngerer Schwester –, aber auf jeden Fall sehr unterhaltsam.

Neben Pippy saß der einzige weibliche Spross der Familie.

Nicole war von beinahe ätherischer Schönheit, besaß aber die rebellische Art einer typischen Siebzehnjährigen. Ihm persönlich machte Nicki Angst. Er war ihre temperamentvollen Ausbrüche nicht gewohnt. Er war *sie* nicht gewohnt. Als sie geboren wurde, war er 16 und damals schon kaum noch zu Hause gewesen. Er war zwischen Ost- und Westküste gependelt, um Eishockey zu spielen, und hatte die Hälfte der Zeit bei seinem Onkel in Philadelphia verbracht. Seine kleine Schwester endlich mal besser kennenzulernen hatte bisher nicht ganz oben auf seiner To-do-Liste gestanden.

Heute war der sonst rebellische Teenager jedoch in Tränen aufgelöst, und Jordan hatte das Gefühl, ihr Trost spenden zu müssen. Nur ihr finsterer Blick hatte ihn bisher davon abgehalten, sie in den Arm zu nehmen. Aber irgendwie verdeutlichte dieser Blick ihm, dass er auf der Liste ihrer Lieblingsmenschen keinen der oberen Ränge einnahm.

Das hatte er nun davon.

Als Tante Pippy Nicki einen Arm um die Schultern legte, hätte Jordan erleichtert sein können, dass jemand für sie da war. Stattdessen kam er sich noch mieser vor.

Nur Ryans entzückende Tochter Riley war nicht anwesend. Die Neunjährige hatte in ihrem kurzen Leben schon zu viele Verluste erleiden müssen. Der schlimmste war sicher der, dass ihre Mutter sie ihrer vermeintlichen Filmkarriere wegen im Stich gelassen hatte. Dabei zählte als größte Errungenschaft der ehemaligen Laura Kincade eine Hauptrolle in einem Werbespot für Toilettenpapier, in dem sie in die Kamera grinsen und atemlos „herrlich zart" keuchen durfte. Jordan hatte Toilettenpapier bis dato nie mit dem Adjektiv „herrlich" in Verbindung gebracht. Aber sie hätten gut und gern eine Familienpackung von dem Zeug brauchen können, um die Tränen zu trocknen, die das Verschwinden der Mutter bei ihrer kleinen Tochter verursacht hatte.

Die Familie Kincade war nach dem Tod des Großvaters in den Bundesstaat Washington gezogen, wo sich das Weingut befand, das ihr Großvater hinterlassen hatte. Zumindest hatten das ihre Eltern behauptet, als sie mit ihren fünf Söhnen aus dem Vororthäuschen in Philadelphia wegzogen. Später stellte sich heraus, dass der Umzug auch dazu dienen sollte, Jordan und seine Brüder in einer Umgebung unterzubringen, in der sie weniger Ärger machen oder bekommen konnten. Denn anscheinend hatten sie alle ein gewisses Talent dafür. Alle – bis auf Ryan, der schon immer reifer und vernünftiger gewesen war als seine Brüder.

Jordan sah seinen ältesten Bruder an. Als Leiter des Weinguts hatte er die Aufgabe übernommen, das Testament ihrer

Eltern vorzulesen. Seine dunklen Augenbrauen wölbten sich über den knallblauen Augen, sein Markenzeichen. Ryan musterte die Gesichter der anwesenden Familienmitglieder.

„Abgesehen von den Umständen freue ich mich sehr, euch alle zu sehen“, eröffnete er ihnen, und sein schmerzvoller Blick lastete zusätzlich auf Jordans Berg von schlechtem Gewissen. „Ich weiß, dass Mom und Dad euch nie wirklich über den wirtschaftlichen Zustand des Weinguts auf dem Laufenden gehalten haben. Sie dachten, dass ihr alle mit eurem eigenen Leben genug zu tun habt und euch nicht noch Gedanken über das machen müsst, was hier vor sich geht. Der eine oder andere von euch mag sich darüber gewundert haben, der eine oder andere auch nicht. Jedenfalls ist heute Mr. Anderson bei uns. Er wird nun ihren Letzten Willen verlesen.“

Ihren Letzten Willen. Oh Gott.

Plötzlich lagen Jordan die eben verspeisten Häppchen schwer im Magen, und ihm wurde ein bisschen übel.

Der untersetzte, stämmige Rechtsanwalt erhob sich und nahm einen Stapel mit Papieren aus einem Ordner. Rein äußerlich erinnerte er Jordan an eine ältere Version von George Constanza aus der Fernsehserie „Seinfeld“. Nur leider war dieser Mann nicht hier, um Witze zu machen.

„Bevor wir anfangen, möchte ich Ihnen mein tiefes Mitgefühl über Ihren Verlust zum Ausdruck bringen. Ich habe Ihre Eltern fast 20 Jahre lang gekannt und habe sie immer respektiert und bewundert. Falls Sie nach dem heutigen Tag irgendwelche Fragen an mich haben, darf ich Ihnen versichern, dass Sie mich jederzeit anrufen können.“

Jordan lief es eiskalt den Rücken hinunter. Die Endgültigkeit des Todes ihrer Eltern wurde durch ihren Letzten Willen offiziell besiegelt. Er war sich nicht sicher, ob er wirklich bereit war, sich das anzuhören. Nicht wegen des Inhalts, sondern eben wegen dieser Endgültigkeit. Wegen des enormen Verlusts. Und der schrecklichen Tatsache, dass er seine liebenden Eltern, die ihm immer eine Stütze gewesen waren, nie mehr wiedersehen würde.

Der Anwalt las die üblichen Formalitäten vor, dann rückte er seine Brille zurecht und begann mit dem Vortragen des eigentlichen Testaments. „Bis sie die Volljährigkeit erlangt, werden ihre Brüder das Sorgerecht für unsere Tochter Nicole Eloise Kincade haben. Das gesamte Anwesen mit Weingut, Bed & Breakfast, Haupthaus und dem Grundstück mit einer Größe von zwölftausend Hektar wird zu gleichen Teilen aufgeteilt zwischen Ryan Matthew, Jordan Daniel, Declan Paul, Parker Gregory, Ethan Alexander, Nicole Eloise und Riley Elizabeth Kincade. Ein Pauschalbetrag von fünfundzwanzigtausend Dollar geht an Frau Penelope Margaret Everhart, die Schwester meiner Frau."

Tante Pippy schloss die Augen und senkte den Kopf. Jordan wusste nicht, ob es eine Geste der Dankbarkeit oder der Trauer war.

Der Anwalt räusperte sich und fuhr dann fort. „In Bezug auf das Weingut Sunshine Creek Vineyards haben Ihre Eltern darum gebeten, dass das Anwesen und alle darauf befindlichen Gebäude nicht verkauft oder einer einzelnen Partei überlassen werden mögen. Es war ihr persönlicher Wunsch, dass das Weingut in seiner Gesamtheit in der Familie Kincade verbleibt und an die folgenden Generationen weitervererbt wird."

Die Stille lastete wie eine Gewitterwolke über dem Raum, als Ryan mit grimmiger Miene den Kopf hob. „So schwer mir die Frage auch fällt: Möchte jemand von euch aussteigen?"

Blicke kreuzten den Raum, doch alle Mienen blieben ernst und undurchdringlich.

Jordan schluckte schwer.

Damals, als sie noch klein waren, hieß ihr Motto: Einer für alle und alle für einen. Jordan war der Erste gewesen, der diese Kette durchbrochen hatte, als er im Alter von 18 Jahren für den NHL Draft ausgewählt wurde und Profi-Eishockeyspieler wurde. Danach hatte er nie mehr zurückgeblickt. Seine Eltern hatten ihn immer unterstützt, auch als seine Besuche zu Hause zusehends seltener wurden. Die Feiertage zu Hause zu verbringen war mit der Zeit immer schwieriger geworden. Im letzten Jahr hatte er es nicht einmal an Weihnachten nach Hause geschafft, weil am nächsten Tag ein wichtiges Spiel anstand. Er sah sich noch in dem öden Hotelzimmer sitzen, wie er aus dem Fenster in einen schneewolkenverhangenen Himmel guckte und an seine Familie dachte, die gemeinsam um den Weihnachtsbaum versammelt war. Er hatte sich sehr einsam gefühlt.

Das letzte Mal, als er die gesamte Familie gesehen hatte, war vergangenen Herbst vor Beginn der Eishockeysaison gewesen. Die Spiele selbst waren hektisch und gingen schnell vorbei, aber eine Saison war lang und hart. Er war viel unterwegs. Trotzdem hätte er wirklich öfter nach Hause fahren können. Warum hatte er es nicht getan, fragte er sich jetzt. War es ihm vielleicht zu umständlich gewesen, nur für einen oder zwei Tage rüberzufliegen? Oder war ihm die Beziehung zu seiner Familie am Ende doch nicht so wichtig wie sein Beruf? Am Geld hatte es sicher nicht gelegen. Wie war es nur über die Jahre zu dieser Distanz gekommen?

Die Familie steht an oberster Stelle.

Das war immer das Motto seines Vaters gewesen. Dieser Satz klang nun in seinen Ohren, und er konnte ihn nicht vergessen. Jordan glaubte, dass seine Eltern perfekt gewesen waren, mit einer perfekten Ehe und einer perfekten Familie. Und dennoch hatte er all das hinter sich gelassen – mit dem Ergebnis, dass er sich inmitten seiner Familie nun wie ein Fremder fühlte.

Er sah sich im Zimmer um und betrachtete die gerahmten Fotos, die die Familiengeschichte der Kincades illustrierten. Da gab es Bilder von seinen Eltern, seinen Brüdern und von seiner Schwester bei Picknicks im Weinberg oder bei anderen gemeinsamen Unternehmungen in der Natur. Ungestellte Fotos von seinen Brüdern, die grinsend Arm in Arm dastanden. Oder ein Bild von seinen Brüdern beim Tauziehen mit ihrer lachenden Schwester. Und viele Fotos von Ryan und seiner Tochter Riley.

Auf allen diesen Bildern waren die Menschen, denen Jordan sich am engsten verbunden fühlen sollte. Doch das einzige Foto von ihm stammte aus dem vergangenen Jahr, nach Verkündigung der Mannschaftsaufstellung. Er grinste in die Kamera, als würde er nichts und niemanden auf dieser Welt brauchen bis auf das nächste Spiel und den nächsten großen Sieg. Es war das einzige Foto von allen, auf dem nur eine einzige Person zu sehen war. Es war ein Schock für ihn, als er erkannte, wie sehr dieses Foto sein Leben abbildete.

Auf allen anderen Bildern sah man seine Familie, wie sie glücklich zusammen das Leben genoss.

Ohne *ihn*.

Seine Schuld, nicht ihre.

Sei vorsichtig mit dem, was du dir wünschst.

In diesem Moment wurde ihm klar, was er verpasst hatte. Das wollte er nun zurück.

„Ich bin dabei." Er sah sich im Zimmer um und bemerkte, wie die anderen ihn spöttisch anschauten. „Mom und Dad hätten sich das gewünscht. Dass wir alle zusammen das bewahren, was sie aufgebaut haben. Es wäre nicht fair, die Arbeit allein Ryan zu überlassen. Immerhin hat er ja auch noch eine Tochter, für die er allein sorgen muss."

Und Jordan war das genaue Gegenteil von Ryan. Er hatte sich nie an den Leitsatz seines Vaters gehalten.

Jetzt war sein Team auf dem Weg in die Play-offs – ohne ihn. Noch nie hatte er seine Mannschaft hängen lassen. Jahrelang hatte er sich den Arsch aufgerissen, um einmal im Leben den Cup zu holen. Er war 33, und bisher hatte sich sein ganzes Leben alles nur um ihn gedreht. Und um Eishockey. Um das, was *er* wollte, was *er* brauchte, was *er* sich wünschte. Die andere Seite kannte er nicht einmal. Er wusste nicht, was „Geben" bedeutet – außer er hatte Schlittschuhe an den Füßen und den Schläger in der Hand. Dafür hatte er einen Vertrag, einen Clubbesitzer und Coach Reiner, der ihn jeden Tag zurückerwartete. Genau wie seine Mannschaft, die auf ihn zählte und ihn für den Kampf um den Titel mit einem freien Kopf brauchte. Doch er selbst wollte im Moment nichts anderes, als um seine Eltern zu trauern und wieder näheren Kontakt zu den Menschen in diesem Zimmer aufzubauen.

„Und zwar zu hundert Prozent", fügte er hinzu.

„Wir schätzen den Gedanken, Jordy. Aber bitte nimm es uns nicht übel, wenn wir dir das nicht ganz abnehmen. Dein Team ist gerade auf dem Weg in die Play-offs." Ryan zuckte mit den Achseln. „Wie willst du also hundert Prozent hier sein bei dem Pensum, das dich da erwartet?"

Auch Declan, Ethan und Parker musterten ihn zweifelnd. Tante Pippy seufzte nur, und Nicole starrte ihn wütend an. Der Rechtsanwalt war plötzlich sehr interessiert an den Dokumenten, die vor ihm lagen.

„Das krieg ich schon hin."

Ihm war nur eins wichtig: wieder zur Familie zu gehören. Gerade konnte er nicht einmal mehr sagen, wann genau er sich von ihnen abgekapselt hatte. Doch hoffentlich fand er bald genug Zeit, um das herauszufinden und seine Fehler wiedergutzumachen.

Er rieb sich die Hände, ließ sie sinken und sah seine Familie an. „Bitte gebt mir eine Chance."

Als der Nieselregen nachließ, trat Jordan auf die große Steinterrasse, die von Blumentöpfen und Kriechpflanzen gesäumt war und von der man einen Blick auf die Weinreben genoss.

Bald würden die reifen Trauben sie mit den kräftigen Weiß- und Rotweinen versorgen, die sein Vater kreiert hatte.

Als junger Mann hatte sich Jordan nicht im Geringsten für den Weinanbau interessiert. Doch sein Vater hatte darauf bestanden, dass auch Jordan sich mit der Familientradition beschäftigte. Dass auch er lernte, wie viel harte Arbeit notwendig war, um etwas entstehen zu lassen, an dem sich auch nachfolgende Generationen erfreuen konnten.

Jetzt erst verstand Jordan, was sein Vater ihm damals damit hatte sagen wollen, warum er es ihm hatte beibringen wollen. Doch ihm war es damals nicht wichtig gewesen.

Das war jetzt anders.

Um ihn herum erhob sich die Landschaft aus sanften grünen Hügeln und dem kleinen Bach, und der Blick auf diese Szenerie erfüllte ihn mit einem tiefen inneren Frieden. Als das Anwesen noch seinem Großvater gehört hatte, war es viel kleiner gewesen und nicht so schick. Eher ein Hippie-Dorf als ein erfolgreiches Wirtschaftsunternehmen.

Jordan atmete tief die frische, nach Regen riechende Luft ein und stellte überrascht fest, dass dieser Duft Erinnerungen in ihm auslöste. Plötzlich war er eifersüchtig. Wie deplatziert.

In diesem Moment wurden die Terrassentüren aufgestoßen, und Ryan trat mit zwei Gläsern Wein in der Hand zu ihm. Er stellte die Gläser auf dem Tisch ab und nahm Jordan fest in den Arm.

„Schön, dass du zu Hause bist."

Die Umarmung umhüllte Jordan wie eine warme Decke. Er fühlte sich geborgen.

„Schön, wieder zu Hause zu sein."

„Unsere Brüder kann man diesbezüglich ja vergessen, also versprich wenigstens du mir, dass wir eine Partie Basketball spielen."

„Läuft."

Das Begrüßungsritual war zu Ende, und Ryan nahm die Gläser. „Probier mal." Er hielt Jordan ein Glas mit dunkelrotem Wein hin.

„Was ist das für einer?"

„Euphoria. Der Cabernet Syrah, den Dad in den letzten Jahren perfektioniert hat."

Jordan hatte einen Kloß im Hals, als er den Wein ins Licht hielt. Er ließ ihn im Glas kreisen, roch daran und nahm einen kleinen Schluck. „Leichte Note von Vanille und Schokolade."

„Ja. Fast perfekt." Ryan trank auch einen Schluck. „Für Dads Geschmack immer noch zu pfeffrig."

„Ich bin mir sicher, dass du das hinkriegst." Jordan ließ den Blick erneut über das Anwesen schweifen, und wieder machte sich dieses Gefühl von Eifersucht in ihm breit. „Weißt du noch, wie wir immer unsere Sommerferien hier verbracht haben?"

„Na klar." Ryan lachte. „Ich schätze mal, auf die Hälfte der Bäume hier sind wir raufgeklettert."

„Mindestens." Jordan trank noch einen Schluck. „Wir sind durch den Wald gestreift, haben den Fluss durchquert und so getan, als wären wir Weltentdecker."

„Dabei waren wir nur ein paar dumme Kinder." Ryan drehte sich um und lehnte sich gegen den Zaun. „Erinnerst du dich daran, wie wir Opa angebettelt haben, dieses Stück Draht an die alte Scheune zu nageln, damit wir Basketball spielen konnten?"

„Ich erinnere mich vor allem daran, dass ich der Einzige war, der so groß war, dass er Körbe werfen konnte." Jordan blinzelte im Sonnenlicht, das plötzlich hinter einer dicken Wolke zum Vorschein kam. „Und ich erinnere mich an unsere Lagerfeuer unten am Bach, wo wir Marshmallows geröstet haben."

„Und dabei ein- oder zweimal fast einen Waldbrand verursacht haben."

„Und wie Oma dann mit dem Nudelholz angerannt kam? Bis Opa uns schließlich beibrachte, wie man ein sicheres Lagerfeuer macht."

Bei der Erinnerung an ihre Großmutter in Schürze, Baumwollkleid und Turnschuhen mussten sie beide lachen.

„Wenn ich an Oma denke, fallen mir immer ihre Waffeln und ihr Brombeersirup ein", sagte Ryan. „Und der Schrank mit der Bettwäsche, den sie immer leer geräumt hat, damit wir uns aus den Bettlaken Zelte bauen und draußen unter freiem Himmel schlafen konnten."

Jordan lächelte und nickte. „Und ihre Gespenstergeschichten."

„Ach ja!" Ryan grinste. „Die hätte ich fast vergessen. Ethan hat sich ein paarmal ganz schön in die Hosen gemacht vor Angst."

„Das waren immer tolle Sommerferien."

Und dann war es für Jordan eines Tages vorbei gewesen mit dem Spaß und der Leichtigkeit des Seins, und der Ernst des Lebens hatte begonnen.

Während seine Brüder weiterhin im Sommer wochenlang der drückenden Hitze und Schwüle in Philly entgehen konnten, blieb er in der Stadt und nahm an Eishockeycamps teil. Seit dem Alter von dreizehn Jahren war er jeden Sommer im Morgengrauen aufgestanden und zum Eishockeytraining gegangen, um sich eines Tages in ferner Zukunft seinen Traum zu erfüllen. Damals hatte er keinen Gedanken daran verschwendet, dass seine Brüder in dieser Zeit immer enger zusammenwuchsen, während er sich von ihnen entfernte, ihnen fremd wurde und damit auch einsam.

Eingebunden in die feste Routine der NHL, hatte er gar keine Zeit gehabt, darüber nachzudenken, welche Folgen seine Entscheidung für sein Familienleben haben könnte. 15 Jahre lang hatte er sich auch nie die Frage gestellt, was er einmal tun würde, wenn es eines Tages vorbei wäre mit dem

Eishockey. Er machte sich keine Gedanken darüber, wo er leben und was er mit seiner freien Zeit anfangen würde. Dank seines hohen Einkommens und der klugen Anlagestrategien seines Bruders hatte er jetzt schon genügend Geld, um das tun zu können, worauf er Lust hatte – ohne noch einen Tag länger arbeiten zu müssen. Doch wenn er nicht mehr Eishockey spielte, was dann?

Wenn er für die anderen nicht mehr ihr Bruder war, wer war er dann?

„Ich vermisse diese Zeit", gestand er.

„Ja." Ryan leerte sein Glas. „Das war eine schöne Zeit. Bist du deswegen rausgegangen? Um dich an alte Zeiten zu erinnern?"

„Nein. Ehrlich gesagt, habe ich darüber nachgedacht, wie sehr ich es vermasselt habe", gestand Jordan seinem Bruder.

„Was vermasselt? Wie kommst du denn darauf?"

„Ich habe all das hier einfach hinter mir gelassen." Jordan deutete mit dem leeren Glas auf die Umgebung. „Und euch alle. Ich schätze mal, ich habe mich einfach zu lange nur um mich selbst gekümmert."

Obwohl Jordan einige Zentimeter größer und breiter war als sein Bruder, schlug ihm Ryan jetzt kräftig auf den Rücken.

„Autsch!"

„Hör auf mit dem Selbstmitleid."

„Das ist kein Selbstmitleid. Es tut mir einfach leid, dass ich von euch allen so wenig mitbekommen habe. Ich meine, unsere Schwester kenne ich so gut wie gar nicht. Sie sieht mich an, als wäre ich ein feuerspeiendes Ungetüm. Ich weiß nicht mal, welche Art von Musik sie gerne hört oder ob sie einen Freund hat. Oder ob sie gut in der Schule ist."

„Momentan nicht."

„Schade."

„Ja. Und der Tod von Mom und Dad wird das auch nicht besser machen", sagte Ryan. „Weißt du, sie war Moms kleine

Prinzessin. Sie hat alles bekommen, was sie sich wünschte. Bis auf eins ...“

„Nämlich?“

„Dads Aufmerksamkeit.“

„Soll das ein Witz sein? Nach fünf Jungs sollte man doch meinen, dass Dad endlich das bekommen hat, was er wollte!“

„Ich glaube eher, Mom hat bekommen, was *sie* wollte.“

Jordan musterte seinen Bruder, der eine grimmige Miene aufgesetzt hatte. „Was meinst du damit?“

„Ich möchte das Thema jetzt nicht vertiefen. Wir haben unsere Eltern gerade erst beerdigt. Das ist jetzt wirklich nicht der richtige Zeitpunkt für dieses Gespräch.“ Ryan schüttelte den Kopf, stützte sich mit den Händen auf die Brüstung und betrachtete das Anbaugebiet. „Falls es den jemals geben wird.“

„Das ist nicht fair, Ryan. Wenn du etwas weißt, solltest du es mir sagen.“

„Ich weiß gar nichts. Ist nur so ein Bauchgefühl.“

„Wenn dein Bauchgefühl auf etwas anderes als auf Parkers Vorspeisenhäppchen mit Grummeln reagiert, habe ich ein Recht, es zu erfahren.“

Ryan drehte sich um und sah Jordan in die Augen. „Bist du wirklich sicher, dass du hundertprozentig dabei sein willst, hier auf dem Weingut?“

„Man kann mir vieles vorwerfen, aber sicher nicht, dass ich ein Lügner wäre“, konterte Jordan. Er durfte seinem Bruder diese Frage nicht übel nehmen.

„Und was ist mit deiner Sportkarriere?“

Jordan zuckte die Achseln. „Das krieg ich schon irgendwie hin.“

„Gut zu wissen. Denn Nicki braucht eine gewisse Führung. Nicht, dass sie mir nicht wichtig wäre oder ich sie nicht lieben würde, aber ich habe mit dem Geschäft und mit Riley wirklich schon alle Hände voll zu tun. Die Kleine ist am

Boden zerstört wegen ihrer Großeltern. Sie braucht jetzt meine gesamte Aufmerksamkeit."

„Das ist doch klar." Vermutlich konnte die arme Riley seit der Sache mit ihrer Mutter ohnehin nicht gut mit Verlusten umgehen.

„Wenn du also wirklich für eine Weile hierbleiben würdest …" Ryan griff in seine hintere Hosentasche und zog einen zusammengefalteten Zettel heraus, den er Jordan reichte. „Dann sei ein guter Bruder und kümmere dich darum."

„Was ist das?"

„Garantiert viel Spaß." Zum Abschied tippte Ryan sich mit zwei Fingern an die Stirn. „Falls du mich brauchst – ich bin im Büro."

Jordan stellte sein leeres Glas auf der Brüstung ab, faltete das Blatt Papier auseinander und begann zu lesen.

„Auf … keinen … Fall!"

3. Kapitel

Zum zweiten Mal innerhalb weniger Minuten schob Lucy Diamond den Bleistifthalter auf ihrem Schreibtisch einen Mikromillimeter nach links. Die Bewegung war so minimal, dass niemand außer ihr selbst sie mitbekam. Dann fuhr sie mit der Hand über den Tintenlöscher und wuchtete einen dicken Aktenordner auf die Schreibtischplatte. Seufzend öffnete sie ihn und las zum wiederholten Mal die erste Seite.

Die meisten Schüler wählten den Kurs für Kreatives Schreiben bei Lucy in ihrem Abschlussjahr, weil sie davon ausgingen, in diesem Fach ohne großen Aufwand eine gute Note zu bekommen. Eine Art Spaßkurs, in dem man nicht viel tun und auch kein fieses Zeug lernen musste wie in Bio oder Mathe. Es gab nicht einmal Hausaufgaben und keine schwierigen Klausuren.

Und mit dieser Einschätzung hatten die Schülerinnen und Schüler auch zum Teil recht.

Überwiegend *war* es ein Spaßkurs, aber seit den drei Jahren, die Lucy nun an der Sunshine Valley High unterrichtete, hatten die Schüler zu ihrer Enttäuschung immer wieder feststellen müssen, dass man auch in ihrem Kurs die guten Noten nicht hinterhergeworfen bekam. Und dass man sehr wohl Hausaufgaben machen musste.

Die siebzehnjährige Nicole Kincade war ein gutes Beispiel für eine dieser intelligenten Schülerinnen, die einfach nichts taten. Das Mädchen verfügte über ein Potenzial, das bei anderen Schülerinnen erst viel später zutage treten würde. Doch in letzter Zeit wirkte Nicole noch abwesender als sonst. Sehr still. Mutlos. Teenager waren ja oft launisch und ließen eigentlich nichts an sich heran, aber wenn ein üblicherweise quirliges, offenes Mädchen sich auf einmal in sich zurückzog und nur noch Traurigkeit verströmte, schrillten bei Lucy sämtliche Alarmglocken. Ihr lag das Mädchen sehr am Herzen, deswegen beschloss sie auch, sich mit seinen Eltern in Verbindung zu setzen.

Mrs. Kincade hatte Lucy allerdings darüber informiert, dass sie und ihr Mann in nächster Zeit in Urlaub waren, daher hatten sie einen Termin für ein späteres Datum ausgemacht.

Aber Nicoles Eltern kamen nie zurück.

Und das änderte alles.

Lucy trauerte mit der ganzen Familie. Vor allem aber mit Nicole, die ohnehin gerade in ihren Teenagerängsten gefangen war.

Das Thema „Abschlusszeugnis“ nur wenige Tage nach der Beerdigung der Eltern anzusprechen war vielleicht nicht besonders feinfühlig, doch Lucy fand, dass Nicoles Zukunft wichtig war. Dass Nicole wichtig war. Deswegen musste sie herausfinden, was hinter ihrem sonderbaren Verhalten steckte. Entsprechend erleichtert und dankbar war Lucy, dass Ryan, der älteste der Kincade-Brüder, den Termin anstelle seiner Eltern wahrnehmen wollte, auch wenn er selbst sicher noch mitten in der Trauerphase steckte.

Ein rascher Blick auf die Uhr verriet Lucy, dass er spät dran war, aber in Anbetracht der Umstände fand sie das in Ordnung. Sie würde einfach so lange warten, bis er da war. Um nicht untätig herumzusitzen, stand sie auf und ging im Zimmer auf und ab, steckte den Tafelschwamm an die richtige Stelle und ordnete Bücher in einem Regal. Irgendwann würde der alleinerziehende Vater, der jetzt vermutlich auch Nicoles gesetzlicher Vormund war, schon auftauchen.

In diesem Moment öffnete sich quietschend die Tür hinter ihr.

Lächelnd drehte sie sich um, erstarrte jedoch, als nicht Ryan, sondern Jordan Kincade im Türrahmen des Klassenzimmers erschien. Er trug eine dunkle Sonnenbrille, eine schwarze Lederjacke, ein graues, eng anliegendes T-Shirt und Jeans. Ein leichter Bartschatten zierte sein kräftiges Kinn. Der Mann sah aus wie ein Supermodel und der Traum einer jeden Frauenfantasie.

Eine ganze Armada von unerwünschten Erinnerungen stürmte auf Lucy ein. Sie schob die Brille nach oben und atmete tief ein, um ihre plötzliche Nervosität zu überspielen.

Als sie Jordan zum letzten Mal gesehen hatte, war er noch ein halbes Kind gewesen. Ein sehr süßer Junge, der nett zu ihr war, sogar ein bisschen mit ihr geflirtet hatte. Als er sie dann unvermittelt nach einer ihrer Nachhilfestunden gefragt hatte, ob sie mit ihm zum Abschlussball gehen würde, war sie sprachlos gewesen. Natürlich hatte sie sofort abgelehnt, denn ganz sicher hatte er es sowieso nicht ernst gemeint.

In ihrer gesamten Highschool-Zeit war sie nicht ein einziges Mal von einem Jungen nach einem Date gefragt worden. Die Jungs hatten sie nicht mal angeguckt. Sie war nie auf einer Party gewesen, konnte nicht einmal tanzen.

Dank ihres Vaters, der billigem Whiskey ein bisschen zu sehr zugesprochen hatte, was ihre Mutter ihm rasch nachmachte, war es um Lucys Vertrauen in die Welt damals nicht allzu gut bestellt gewesen. Ihre Eltern hatten das Leben genauso aufgegeben wie ihre Tochter. Ihr mangelndes Interesse an ihrer Tochter und ihr permanentes Streiten hatten nicht gerade dafür gesorgt, dass Lucy ein gesundes Selbstvertrauen entwickelte. Zumal ihre Eltern sich nicht gegenseitig beschimpften, sondern ihre Gemeinheiten an ihr ausließen. Um überhaupt überleben zu können, hatte Lucy eine Art Unsichtbarkeitstaktik entwickelt.

Diese Unsichtbarkeit bot ihr Schutz vor allen Niederträchtigkeiten und ihrer Seelenpein, die sie nachts oft nicht schlafen ließ. Sie sorgte auch dafür, dass die gemeinen Mädchen in der Schule sie nicht beachteten. Wenn ein anderes Kind von ihnen gequält wurde, kam sich Lucy immer ein bisschen schuldig vor, weil sie so dankbar war, dass es nicht sie getroffen hatte.

Deswegen war es natürlich ausgeschlossen, dass ein so gut aussehender und beliebter Typ wie Jordan Kincade *sie* zum Abschlussball einladen würde. Er konnte doch alle Mädchen der Schule haben! Garantiert war das nur ein mieser Trick.

Doch weil er stur war bis zum Gehtnichtmehr, hatte er ihr Nein nicht akzeptiert.

Immer wieder hatte er sie gefragt und sie so freundlich und ehrlich angelächelt, dass sie schließlich beschlossen hatte, ihren schützenden Kokon zu verlassen und so zu tun, als wäre sie wie die anderen Mädchen. Sie wollte wirklich glauben, dass er über ihr mittelmäßiges Aussehen hinwegsah, über ihre dicken Brillengläser und ihre billigen Klamotten. Sie wollte darauf vertrauen, dass es ihm wirklich um *sie* ging. Dass er nicht Priscilla O'Neal als Begleitung wollte, die immer die neueste Mode trug und mit einer entsprechenden Oberweite ausgestattet war. Oder Amy Henderson, der der Ruf vorauseilte, immer gleich mit jedem ins Bett zu steigen. Und auch nicht Leslie Meyer, die nicht nur toll aussah, sondern auch wirklich nett war.

Nachdem Lucy also seine Einladung angenommen hatte, konnte sie vor Aufregung nicht mehr schlafen. Sie plünderte ihr Sparkonto fürs College und leistete sich ein neues Kleid. Sie ging zum Friseur, ließ sich stylen und sich zeigen, wie man sich schminkte, ohne dass man nuttig aussah.

Während der Absolventenfeier, an der ihre Eltern nicht teilnahmen, weil sie mal wieder betrunken waren, hatte Jordan sie mehrfach angesehen und angelächelt, was ihr höchste Glücksgefühle bescherte. Nach der Feier fuhr sie rasch nach Hause, um sich für den Ball zurechtzumachen.

Doch er tauchte nicht auf.

Sie saß in ihrem hübschen hellblauen Kleid, nach dem sie Ewigkeiten gesucht hatte, in ihrem Zimmer und wartete bis Mitternacht auf ihn. Was hatte sie nur falsch gemacht? Oder war seine

Einladung von Anfang an nichts anderes als ein übler Scherz gewesen? Sie fühlte sich ausgenutzt und elend. Wie kam es, dass man so schnell nichts mehr wert war? Sie war traurig, auch darüber, dass Jordan Kincade doch nicht anders war als die anderen.

Aber vor allem kam sie sich dumm vor, weil sie auf die Verarschung auch noch hereingefallen war.

Natürlich wusste sie um ihre Position in der Hierarchie der Schule. Sie war immer das ruhige, schlaue Mädchen gewesen, von dem sich alle gern Nachhilfe geben ließen, das aber kein Junge küssen wollte. Sie trug eine Brille, hatte ihre mausbraunen Haare stets zu einem Pferdeschwanz zusammengebunden und immer einen fetten Rucksack mit Schulbüchern über der Schulter. Zu jener Zeit war sie mehr damit beschäftigt gewesen, sich durch gute Noten und Lernen aus ihrer Lebenssituation herauszumanövrieren, statt sich für Jungs zu interessieren.

Manche Dinge änderten sich nie.

Immer noch trug sie lieber Brille als Kontaktlinsen und fühlte sich wohler mit einem Pferdeschwanz oder einem unordentlich hochgesteckten Knoten, auch wenn ihr Haar jetzt mit roten und goldenen Strähnchen versehen war. Außerdem zog sie lieber flache Schuhe an als schicke Pumps. Trotzdem war sie heute ein anderer Mensch. Sie war stärker, weil sie einiges durchgemacht hatte. Und klüger, weil sie eine Methode gefunden hatte, um zu überleben und dabei auch noch glücklich zu sein. Und sie wusste mittlerweile ganz genau, was ihre Aufgabe im Leben war – das Unterrichten und ihr Einsatz für Schülerinnen wie Nicki. Genau deswegen ließ sie sich jetzt auch nicht einschüchtern von dem Typen, der sie damals so bitterlich enttäuscht hatte.

Lucy riss sich also zusammen, als Jordan die Sonnenbrille nach oben schob. Sein Lächeln war männlich und sexy und wirkte gleichzeitig ein bisschen grausam.

Aus dem Jungen von damals war ein überaus attraktiver Mann geworden. Hoch zehn!

Er war groß und breitschultrig, und seine Brust wirkte wie eine Wand. Unter seinem T-Shirt zeichneten sich Muskelpakete ab, kein Gramm Fett war an ihm zu entdecken. Seine ausgewaschenen Jeans betonten die langen Beine und die schlanke Taille. Sein ziemlich langes, fast schwarzes Haar glänzte im Neonlicht. Und der Blick seiner blauen Augen war direkt auf sie gerichtet.

Lucy bemühte sich darum, ganz souverän zu bleiben. Doch wenn man jemals einen Mann als „köstlich" beschreiben wollte, würde Jordan Kincade ganz sicher auf der Tageskarte stehen.

Nur schade, dass er so ein Arsch war.

„Ms. Diamond?" Er kam auf sie zu und streckte ihr die große Hand hin. „Jordan Kincade."

Natürlich erinnert er sich nicht an mich.

Lucy lächelte und spürte ein seltsames Kitzeln in der Brust. Vielleicht wurde das hier doch noch ein großer Spaß. Schließlich bekam sie nur selten die Gelegenheit, sich ihrem Gegenüber überlegen zu fühlen.

Seine warme Hand schloss sich um ihre, und ihr Triumphgefühl verschwand schlagartig.

Von Nahem konnte sie ihn noch besser mustern. Sie atmete seinen verführerischen Duft nach abgetragenem Leder und Mann ein, und ihre Hormone schienen augenblicklich einen Freudentanz aufzuführen. So ungern sie ihren Körper in die Schranken wies – jetzt ging es nicht um ihre, sondern um die Bedürfnisse einer anderen Person.

„Bitte." Sie erwiderte seinen Händedruck nur leicht und wies dann auf den Stuhl vor ihrem Schreibtisch. „Nehmen Sie Platz."

Er warf einen Blick auf den Schülerstuhl und hob fragend die Augenbrauen. Als er sich setzte, quietschte der orangefarbene Plastikstuhl zum Gotterbarmen. Angesichts seiner Körpergröße erschien das Sitzmöbel besonders mickrig.

Lucy setzte sich ebenfalls hin und stellte fest, dass die unterschiedlichen Stühle dafür sorgten, dass sie über ihm thronte und ihm dadurch noch mehr überlegen war. Doch als er sich anlehnte und die Beine übereinanderschlug, wirkte er nicht, als wäre ihm das unangenehm.

So viel zum Thema, dem anderen eine Nasenlänge voraus zu sein.

„Es tut mir leid, wenn ich gerade überrascht gewirkt haben sollte." Sie schlug den Ordner auf und nahm Nicoles Akte heraus, dazu ihre Klausurergebnisse und die wenigen Hausarbeiten, die Nicole abgegeben hatte. Alle zu spät, aber immerhin. „Ich hatte Ihren Bruder Ryan erwartet."

„Er hat auf dem Weingut zu tun und lässt sich entschuldigen."

Ihr fiel auf, wie angenehm tief und weich seine Stimme klang. Wie heißer Rum mit Butter an einem kalten Winterabend. Sie konnte sich vorstellen, wie er ihr süße Ferkeleien ins Ohr flüsterte, während er sie an Stellen streichelte, die allein durch diese Fantasie sofort zu prickeln begannen.

„Ich verstehe." Sie riss sich zusammen und stellte sich vor, welcher Berg von Verpflichtungen Ryan Kincade nach dem Tod seiner Eltern erwartete. Ihr tat die Familie so leid. Vor allem Nicole, die noch so jung war und die Liebe und Fürsorge ihrer Eltern so dringend brauchte. „Mein herzliches Beileid. Ich entschuldige mich dafür, dass ich Sie zu dieser Unzeit wegen einer Sache herbitte, die angesichts der schrecklichen Ereignisse letztlich von keiner großen Bedeutung ist, aber …"

„Alles, was meine Schwester angeht, ist von großer Bedeutung, Ms. Diamond. Jetzt mehr denn je." Ernst sah er sie an. „Also bitte bilden Sie sich kein Urteil darüber, was ich denken könnte. Sie kennen mich nicht."

Und ob sie ihn kannte.

Sie wusste zum Beispiel, dass er der Typ Mann war, der einer Frau Versprechungen machte und sie dann nicht einhielt.

Aber das war damals, und jetzt war jetzt.

„Entschuldigung, Mr. Kincade. Das war ganz sicher nicht meine Absicht."

Er sah sie prüfend an, was ihr unangenehm war, und dennoch sorgte sein Blick dafür, dass ihr das Herz in der Brust hüpfte.

Vor allem als er sagte: „Sie kommen mir irgendwie bekannt vor."

„Ach ja?" Ihr Herzschlag legte noch einmal zu, als sie mit einem Lachen zu vertuschen versuchte, was in ihrem Innern vor sich ging. „Das höre ich dauernd. Anscheinend habe ich so ein Allerweltsgesicht."

Sie schob Nicoles Unterlagen zu ihm hinüber. „Bitte sehen Sie sich einmal Nicoles Arbeit an. Auch wenn sie die Aufgabe nicht richtig gelöst hat, muss man sagen, dass Nicole äußerst begabt ist."

„Das ist eine Lüge."

„Wie bitte?" Irritiert sah sie ihn an. „Wie können Sie das sagen, ohne auch nur ein Wort gelesen zu haben? Ich garantiere Ihnen, dass Ihre Schwester sehr vielseitig begabt ist."

„Ich rede nicht von der Arbeit meiner Schwester. Ich rede von Ihrer Behauptung, Sie hätten ein Allerweltsgesicht." Er beugte sich vor, ohne auch nur einen Blick auf die Arbeit vor ihm zu werfen. „Und ich frage mich, wieso Sie meiner Frage ausgewichen sind."

Wow. Was hat dieser Mann für eine Präsenz. Die Art, wie sein Haar in perfekten Wellen über seine Ohren und in seinen Nacken fiel, hatte was. Und seine tiefblauen Augen waren schon fast überirdisch. Kein Wunder, dass er auf dem Eis seine Gegner einschüchterte.

Und das hatte nichts mit seiner Körpergröße zu tun.

Doch wenn er deshalb glaubte, Lucy würde ihm verraten, woher sie sich kannten, hatte er sich geschnitten. Unnötig, alte

Erinnerungen heraufzubeschwören, wo es doch nur um eins ging: seiner Schwester zu helfen.

„Tut mir leid." Ihr Herz klopfte unregelmäßig, und sie entzog sich seinem Blick. „Ich würde jetzt gern mit Ihnen über die Noten Ihrer Schwester sprechen, die eventuell dafür sorgen könnten, dass sie ihren Abschluss nicht schafft. Wissen Sie, Ihre Schwester liegt mir sehr am Herzen, und mir ist schon vor dem Tod Ihrer Eltern eine Veränderung bei ihr aufgefallen."

„Und nun sehen Sie mich nicht mal mehr an", sagte er, ohne auch nur im Geringsten auf das einzugehen, was sie ihm gerade erklärt hatte. „Wieso nicht?"

Wieder beugte er sich vor, wieder atmete sie seinen verführerischen Duft ein. Normalerweise hatten solche Dinge keinerlei Wirkung auf sie. Jedenfalls nicht bei ihren Kollegen, die entweder zu viel Aftershave benutzten oder – noch schlimmer – zu viel eigenen Körpergeruch verströmten. Doch Jordans Duft war wie eine sexuelle Verheißung. Dieser Mann sollte einen Warnhinweis tragen!

Reiß dich zusammen, ermahnte sie sich erneut.

„In dieser Hausaufgabe zum Beispiel ..." Sie deutete auf die Seiten, die auf dem Stapel zuoberst lagen. „... waren die Schüler aufgefordert, ihre liebste Kindheitserinnerung zu schildern. Nicole hat stattdessen eine Folge von ‚Pretty Little Liars' nacherzählt. Das war zwar unterhaltsam, aber nicht das, was verlangt war. Und für eine Filmrezension kann ich sie leider nicht benoten."

„Wieso nicht?"

Ohne nachzudenken, sah sie ihn an und entdeckte in seinem Blick eine Spur von Humor. *Verdammt noch mal.* Dieser Mann war wie ein Buffet mit den leckersten Desserts, die allesamt mit dem Schildchen „Nicht berühren" versehen waren.

„Weil es den anderen Schülern gegenüber nicht fair wäre, die die Aufgabe richtig verstanden haben."

„Nicole hat die Aufgabe sicher durchaus richtig verstanden.“ War das eine Narbe über seiner rechten Augenbraue? Vielleicht von einem Eishockeyschläger? Oder von einer wilden Gespielin, die ihm mit dem Ring an ihrem Finger unabsichtlich einen Schnitt zugefügt hatte? Aber vielleicht war er ja auch verheiratet, und seine arme Frau hatte ihn mit einer anderen erwischt und …

„Ms. Diamond?“

„Hmmm?“ Sie richtete den Blick wieder auf ihn, und seine funkelnden Augen verrieten ihr, dass er sie beim Träumen erwischt hatte.

„Ich habe gefragt, ob es eine Chance gibt, dass Nicole die Hausarbeit vielleicht nachholen kann, damit sie Sie noch einmal benoten können.“

„Oh.“ Nervös fuhr sie mit den Händen über den Ordner. „Natürlich. Das hatte ich ihr auch schon vorgeschlagen. Doch dann …“

„Sind unsere Eltern verunglückt.“

„Ja.“ Lucy holte tief Luft. „Es tut mir so leid, dieses Thema ausgerechnet jetzt mit Ihnen besprechen zu müssen. Aber ich werde Nicole alle Zeit lassen, die sie braucht, um die Arbeiten noch einmal zu machen.“

„Aber?“

„Aber sie muss es vor Halbjahresende erledigt haben, denn aufgrund der momentanen Situation befürchte ich, dass sie ihren Abschluss sonst nicht schaffen wird. Und da ist ja offensichtlich auch noch etwas anderes, das sie gerade beschäftigt.“

„Gibt es denn keine andere Möglichkeit?“

„Sie könnte das Schuljahr in der Sommerschule wiederholen. Das wiederum würde bedeuten, dass sie ihr Abschlusszeugnis nicht mit allen anderen zusammen bekommt.“

„Jetzt bin ich etwas verwirrt.“ Hilflos hob er die großen Hände.

Sie dachte eigentlich, sie hätte sich klar ausgedrückt.

„Wissen Sie, das ist das erste Mal, dass ich mit jemandem wie Ihnen zu tun habe.“

Was meinte er denn um Himmels willen *damit*?

„Wie bitte?“

„Ich meine, Sie haben gerade gesagt, Nicole liegt Ihnen am Herzen. Sie möchten nicht, dass sie scheitert, und dennoch scheinen Sie nicht willens zu sein, ihr eine Chance zu geben.“ Er lächelte sie an, um seine Worte zu entschärfen.

Wie konnte jemand so charmant wirken, wenn er einen Menschen aufs Gröbste beleidigte?

„Mr. Kincade, ich hoffe doch sehr, dass Sie damit nicht andeuten wollen, dass ich Nicoles Noten einfach nach oben korrigieren soll, damit sie zum Abitur zugelassen wird. Mein Ziel ist es zu unterrichten und nicht, den Schülern dabei zu helfen, wie man sich durchs Schulsystem mogelt. Ich glaube daran, dass jeder, der die Möglichkeit zu einer höheren Schulbildung bekommt, selbst die Verantwortung dafür trägt, ob er erfolgreich ist oder scheitert. Allerdings gibt es gewisse Vorgaben, die für die Erlangung des Reifezeugnisses nötig sind. Diese Kriterien lege nicht ich fest, sondern der Gesetzgeber.

Sosehr ich Nicole wünsche, dass sie es schafft, so wenig werde ich sie mit unlauteren Mitteln darin unterstützen. Ich kann und werde allerdings alles in meiner Macht Stehende tun, damit sie es doch noch schaffen kann. Das versichere ich Ihnen.“

„Sind Sie ganz sicher, dass Sie diesen Termin nicht vielleicht anberaumt haben, um mit meinem gut aussehenden und alleinerziehenden Bruder Ryan etwas ganz anderes zu besprechen?“ Wieder sah er sie herausfordernd an, und Lucy musste sich schwer zusammenreißen, ihm keine zu knallen.

„Mr. Kincade.“ Sie schenkte ihm ein überhebliches Lächeln. „Wenn Sie ernsthaft so etwas glauben, haben Sie vermutlich zu viele Schläge auf den Kopf bekommen. Falls das der Fall sein sollte, kann ich Ihnen gern einen guten Arzt empfehlen.“

Jetzt lachte er. „Ich mag Frauen, die ihre Meinung sagen."

„Ja. Das kennen Sie vermutlich nicht."

Erneut lachte er. „Was wollen Sie damit sagen?"

„Damit will ich sagen, dass jeder, der nicht die ganze Zeit in einer Höhle gelebt und ab und zu mal einen Blick auf die Schlagzeilen der Klatschmagazine geworfen hat, mitbekommen haben dürfte, auf welchen Typ Frau Sie stehen."

„Und Sie gehören zu den Menschen, die nach Äußerlichkeiten urteilen?"

„Was wollen Sie damit sagen?"

„Damit will ich sagen, dass Sie davon ausgehen, dass diese Frauen alle nichts im Kopf haben."

„Ich halte mich nicht für etwas Besseres, Mr. Kincade. Und vor allem glaube ich das absolute Gegenteil: dass Frauen normalerweise zu schlau dafür sind, die Hand zu beißen, die sie füttert. Und deswegen kann das Äußern der eigenen Meinung oft zu einem Desaster und großer Enttäuschung führen."

„Flirten Sie gerade mit mir, Ms. Diamond?"

„Flirten?!" Wie kam er denn jetzt darauf?

„Vielleicht war es ja Ihre Intention, *mich* hierherzulocken."

Sie lachte. Verächtlich. Auch wenn dieser Mann großartig aussah, war sein Benehmen wirklich lächerlich. Offensichtlich litt er auch noch unter Realitätsverlust.

„Woher sollte ich wissen, dass *Sie* diesen Termin wahrnehmen würden? Nur zu Ihrer Information, der eigentliche Termin war mit Ihrer Mutter anberaumt."

Sein Lächeln erstarb, und Lucy hatte plötzlich ein schlechtes Gewissen, weil sie die Verstorbene erwähnt hatte.

„Aber wir sind vom eigentlichen Thema abgekommen, Mr. Kincade." Er schien sich wieder ein bisschen zu entspannen, also holte sie tief Luft und konzentrierte sich auf das, was sie nach 15 Jahren nun noch einmal zusammengeführt hatte. Was für ein Glück, dass er sie nicht zuordnen konnte. Lucy war sich allerdings nicht ganz sicher, ob er nicht dennoch mitbekam, welchen Effekt er auf sie hatte. Und das könnte zu einer echten Katastrophe führen. „Wenn Nicole die Hausarbeiten noch einmal schreiben würde, könnte ich das in ihrer Bewertung positiv berücksichtigen."

„Ist das alles, was Sie tun können, um meiner Schwester zu helfen, *Ms. Diamond*?" Er lehnte sich in seinem Stuhl zurück und faltete lässig die Hände.

Lucy konnte es nicht ausstehen, wenn jemand ihre Grenzen testen wollte. Jordan hatte diese bereits überschritten. Obwohl sie immer an den Tod seiner Eltern dachte, musste sie die Dinge nun einmal beim Namen nennen.

„Darf ich Sie eins fragen, Mr. Kincade: Was tun *Sie* denn, um Ihrer Schwester zu helfen?"

„Was?"

Na bitte. Hab ich dich, Großmaul.

„Sie stellen meine Intention infrage und beschuldigen mich absurderweise, ich wäre lediglich an Ihrem Bruder – oder Ihnen – interessiert. Doch seien wir mal ehrlich", fuhr sie überraschend kühl fort. „Sie sind möglicherweise nicht die richtige Person, die sich um Nicoles Probleme kümmern sollte."

Er verengte die Augen zu schmalen Schlitzen. *Volltreffer.*

Lucy verschränkte die Arme vor der Brust und wappnete sich gegen einen Wutausbruch seinerseits. „Ganz im Ernst – kennen Sie Ihre Schwester überhaupt?"

„Natürlich kenne ich sie!" Er biss die Zähne zusammen. „Sie ist ja meine Schwester."

„Ach ja? Und wie heißt ihre beste Freundin?", fragte Lucy.

„Ihre …"

„Was ist ihre Lieblingsfarbe?"

„Sie …"

„Welchen Pizzabelag mag sie am liebsten?"

„Also …"

„Wer ist ihr jüngster Schwarm?"

Er ballte die Hände zu Fäusten. „Lassen Sie mich vielleicht auch mal antworten?“

„Aber gern. Nur zu.“ Jetzt lehnte sich Lucy genüsslich in ihrem Stuhl zurück und wartete. Aufgrund der Umstände fand sie es selbst unangenehm, ihn so plump auf diese unübersehbaren Tatsachen hinzuweisen, aber immerhin ging es hier um Nicoles Wohl. Wenn Jordan seiner Schwester wirklich helfen wollte, würde Lucy alles in ihrer Macht Stehende dazu beitragen. Aber wenn dieser Mann nur vorhatte, hier hereinzumarschieren, ihr Vorwürfe und Vorschriften zu machen, ohne dass er selbst etwas änderte, würde er damit keinen Erfolg bei ihr haben. Es ging um einen Teenager mit Problemen. Und Teenager, die unter Depressionen litten, griffen oft zu drastischen Maßnahmen. Es war Lucys Pflicht, das Mädchen vor einer unüberlegten Handlung zu bewahren.

Einige Sekunden vergingen, ohne dass Jordan sich äußerte. Sie sah quasi, wie er mental nach den letzten Strohhalmen griff.

Sie hatte ihn zum Schwitzen gebracht.

Ihn zum Nachdenken gezwungen.

Jetzt wurde es Zeit, ihm die Schwimmweste hinzuwerfen.

„Mir ist klar, dass Sie vermutlich ein viel beschäftigter Mann sind“, sagte sie in ihrem verständnisvollsten Tonfall. „Daher hatten Sie bisher keine Zeit, sich damit zu beschäftigen, was Nicole mag oder nicht. Aber ich mache mir wirklich große Sorgen um sie. Es ist kein neues Problem. Es hat sich schon seit einiger Zeit entwickelt. Ich verspreche Ihnen, dass ich alles tun werde, um die Ursachen dafür herauszufinden und mitzuhelfen, dass Nicole wieder in die Spur kommt. Ich werde sie unterstützen und ihr zu verstehen geben, dass sie mir vertrauen und sich mir ohne jeden Vorbehalt öffnen kann.“

Er lächelte, sichtlich erleichtert.

Nach all den Jahren und allem, was sie durchgemacht hatte, hatte Lucy geglaubt, sie wäre immun gegen ihn. Immerhin hatte sie ihre Lektion gelernt. Aber etwas in ihrem Innern verriet ihr, dass Jordan Kincade sich in einer ähnlich misslichen Lage befand wie seine Schwester. Und das fand Lucy eigentlich fast noch besorgniserregender.

„Sie sind sehr großzügig."

„Danke."

Er stand auf, um sich zu verabschieden.

„Danke, dass Sie gekommen sind", sagte sie. „Und da Sie vermutlich wieder zurück an die Arbeit müssen, bitten Sie doch Ihren Bruder, sich nächste Woche bei mir zu melden, damit ich ihn über die neueste Entwicklung informieren kann."

„Ich werde noch ein paar Tage in der Stadt sein und mal mit meiner Schwester reden." Er legte seine rechte Hand gleich neben ihren Arm auf den Schreibtisch. Als er sich dann ein Stück nach vorn beugte, wurde ihr plötzlich ganz heiß.

Reiß dich zusammen, Lucy.

Irgendetwas flackerte in seinen Augen auf.

„Und was uns angeht, Lucinda …" Er hob eine Braue. „… denke ich, dass wir noch lange nicht fertig sind. Also hör auf, so zu tun, als wären wir uns nie begegnet."

Die plötzliche Erkenntnis traf sie wie ein Schock, und sie konnte nicht verhindern, dass ihr ein überraschter Laut entfuhr.

„Aber diese Unterhaltung verschieben wir auf später. Denn wie du selbst gesagt hast: Im Moment geht es um meine Schwester." Er sah sie noch einmal eindringlich an, dann verließ er den Klassenraum.

Vor 15 Jahren hatte Lucy geglaubt, sie hätte den Mann ein für alle Mal aus ihren Gedanken vertrieben. Aus ihren Fantasien. Aus ihrem Leben.

Doch da hatte sie sich offensichtlich gründlich geirrt.

4. Kapitel

Das Leben verstand es schon, einem in den Hintern zu treten. Damit kannte sich Jordan wahrlich gut aus.

Nicht, dass es ihm neu wäre, sich in unruhigen Gewässern zu bewegen. Ganz sicher nicht. Im Gegenteil, er hatte sogar das Talent dazu, sich auch noch freiwillig mitten hineinzustürzen. Jeder, der das bezweifelte, wurde durch seine zweihundertzwanzig in dieser Saison angehäuften Strafminuten eines Besseren belehrt. Andererseits waren das bloß Spielstatistiken. Und auch wenn diese Minuten dem Gegner Vorteile im Powerplay verschafft hatten, war es ihm immer wieder gelungen, ins Spiel zurückzufinden und zu punkten.

Im richtigen Leben war das nicht so einfach.

Lucinda Nutter.

Ach du Scheiße.

Er wusste nicht, was es mit diesem Namen Diamond auf sich hatte, aber das würde er hoffentlich bald herausfinden. Schon als Teenager war er nur selten in Sunshine gewesen, weil er damals bereits an der Ostküste bei verschiedenen Clubs der Minor League unter Vertrag gestanden hatte. Irgendwie hatte er es aber in der Oberstufe noch geschafft, ein paar Freundschaften zu schließen und andere Sportarten auszuprobieren. Doch weil er sich auf die NHL konzentriert hatte, war er nicht gerade der beste Schüler gewesen. Deswegen hatte er ja auch jemanden engagiert, der ihm in allen Fächern Nachhilfe geben sollte, in denen er schlecht war.

Und so hatte er Lucinda Nutter kennengelernt.

Heute, als er *Ms. Diamond* gegenübergesessen hatte, hatte er versucht, das ihm bekannte Gesicht einzuordnen. Zuerst hatte er es über den Nachnamen versucht, doch er kannte niemand mit diesem Namen. Und als sie gesagt hatte, er wäre ihr unbekannt, hatte es ihn angestachelt, sie zu studieren, wie er seine Gegner auf dem Spielfeld studierte.

Etwas kam ihm bekannt vor an dem goldenen Funkeln, das er in ihren dunkelbraunen Augen hinter den Brillengläsern ab und zu aufblitzen sah. Und auch etwas an ihrem Tonfall. Doch erst als sie sich auf die Lippe gebissen hatte und dabei ein Grübchen auf ihrer rechten Wange erschienen war, hatte es ihm gedämmert.

Ms. Diamond war nicht einfach ein hübsches Lehrerinnengesicht, das sich hinter einer braven weißen Bluse, einem schwarzen Rock, weißen Sneakers und einer dunkel gerahmten Brille versteckte. Diese Frau war nicht einfach die Lehrerin seiner kleinen Schwester. Sie war Lucinda Nutter – das Mädchen, das er am Abend des Abschlussballes sitzengelassen hatte.

Kein Wunder, dass sie ihn nicht mehr kennen wollte.

Nicht, dass er damals der Hauptpreis gewesen wäre, aber ganz sicher war sie an diesem Abend am Boden zerstört gewesen, als er nicht auftauchte. Vor allem weil er sie ja gleich mehrfach darum gebeten hatte, mit ihm zum Ball zu gehen. Am nächsten Tag hatte er allerdings versucht, sie anzurufen und ihr alles zu erklären. Aber natürlich war sie nicht zu sprechen gewesen.

Das konnte er ihr bis heute nicht verübeln.

Er hatte sich mies gefühlt, weil er sie wirklich gemocht hatte. Lucinda hatte immer ihren eigenen Standpunkt vertreten. Sie war klug, nett und ehrlich. Er hatte allerdings immer das Gefühl gehabt, dass sie davon ausging, nicht dazuzugehören, und vielleicht war es genau das gewesen, was ihn so an ihr fasziniert hatte. Denn dadurch, dass er wegen seines Sports so viel unterwegs und so oft von seiner Familie getrennt war, hatte er selbst nämlich auch das Gefühl, nicht dazuzugehören.

Zu seiner Überraschung hing er lieber freitagabends mit ihr in der Bibliothek ab als mit seinen Kumpels in der Kneipe.

Doch dann hatte er das alles weggeworfen.

Nach mehreren nicht erfolgreichen Versuchen, sich bei ihr zu entschuldigen, hatte er schließlich aufgegeben. Damals war er wirklich sehr egoistisch gewesen und nur auf die NHL fokussiert. Zum Teufel auch, eigentlich war das noch immer so. Aber damals war es noch schlimmer gewesen. Er hatte versucht, sich vor denen zu beweisen, die er für wichtig hielt – die Clubbesitzer und Trainer. Als er mit 18 Jahren von den Chicago Blackhawks unter Vertrag genommen wurde, hatte er Lucinda schon längst vergessen. Von diesem Zeitpunkt an hatte seine Welt daraus bestanden, Tore zu schießen, Geld zu scheffeln und heiße Weiber ins Bett zu bekommen.

Der schreckliche und tragische Tod seiner Eltern hatte seine Weltordnung von einem Tag auf den anderen auf den Kopf gestellt. Es war kein leeres Geschwätz von ihm gewesen, als er seiner Familie zugesichert hatte, er wäre nun hundertprozentig dabei. Denn zum ersten Mal in seinem Leben hatte er den Eindruck, er bräuchte mehr als den Ruhm, einen Puck zwischen den Pfosten zu versenken und den Jubel der Zuschauer zu genießen. Zum ersten Mal spürte er das Bedürfnis, mehr als nur zu einem Team gehören zu wollen, dessen Mitglieder alle sowieso ihrer Wege gingen, sobald das Licht in der Arena ausging.

Er wollte wieder ein Teil seiner Familie sein.

Die Tatsache, dass er zufällig Lucinda wieder getroffen hatte, bestärkte ihn in dem Entschluss, seine Fehler aus der Vergangenheit wiedergutzumachen. Das war zwar Neuland für ihn, ganz klar, aber er war willens, sich darauf einzulassen. Er glaubte an zweite Chancen. Ihm selbst hatte man im Laufe seiner Karriere deutlich mehr als nur *eine* zweite Chance eingeräumt. Jetzt musste er etwas aus dieser Chance machen, ganz egal, unter welch furchtbaren Umständen sie sich ergeben hatte. Es war zwar zu spät, um sich bei seinen Eltern zu entschuldigen, aber bei seinen fünf Geschwistern konnte er hoffentlich einiges wiedergutmachen.

Und auch bei Lucinda, bei der er es damit vermutlich am schwersten haben würde.

Als er vom Parkplatz der Highschool fuhr und den gemieteten Lincoln Navigator auf die Hauptstraße lenkte, stellte er fest, dass es in Sunshine immer noch keinen großen Shoppingkomplex gab, wo man mit einem einzigen Besuch alles bekam. Hier schien die Zeit wirklich stillzustehen. Fast war hier alles noch so wie damals, als er ein Kind gewesen war, als Einzelhandelsgeschäfte und kleine Boutiquen die baumbestandene Straße säumten. Viele dieser Geschäfte waren übrigens Restaurants – er bemerkte erst jetzt, dass er Hunger hatte.

Früher hatten sich seine Eltern keine Besuche in schicken Restaurants leisten können. Was vollkommen in Ordnung gewesen war in Sunshine, denn damals war das schickste Restaurant am Platz Ben's Burger Barn gewesen, ein Laden mit rotweiß-gestreifter Markise, in dem dienstags zwei Burger zum Preis von einem angeboten wurden und jeden Freitag Muschelessen satt angesagt war.

Heute war an der Stelle der alten Burger-Braterei Cranky Hank's Smokehouse, und statt der rot-weißen Markise gab es eine rustikale Holzverkleidung. Daneben befand sich Grandma Daisy's Pie Company, wo eine Tafel vor dem Haus die Tagesspezialität verkündete: Cranberry-Birnen-Törtchen. Zu seiner Linken drang ihm der köstliche Duft von warmen Zimtschnecken aus Sugarbuns Bakery in die Nase.

Jordan erinnerte sich an die Geburtstagskuchen, die seine Mutter in dem pastellfarbenen Haus immer gekauft hatte, und an die süßen Belohnungen, die er und seine Brüder bekamen, wenn sie ein gutes Zeugnis mit nach Hause brachten. Gleich geradeaus behauptete The Milky Way Moose, die beste Schokolade im Nordwesten der USA im Angebot zu haben. Wenn ich in jedem Laden dieser Straße etwas zu mir nähme, dachte Jordan, würde ich locker auf einen Schlag zehn Pfund zunehmen.

Ein Stückchen weiter die Straße hinunter befand sich auf der Ecke zwischen Main und Burgundy Street der kleine Buchladen Back Door Bookstore, daneben fanden sich im ehemaligen Wäschereigebäude die Räumlichkeiten der Lokalzeitung *Talk of the Town* und ein Geschenkeladen mit dem Namen Sunshine Gifts and Treasures. Über dem Laden hing immer noch das alte Ladenschild der Wäscherei Maytag Laundry, das eine Waschfrau mit Waschbrett zeigte. Die Weingüter Divine Wine und Beyond the Vineyards hatten hier jeweils eine Probierstube, die sich witzigerweise genau gegenüberlagen.

Architektonisch stellten die Gebäude eine Mischung aus Cape Cod und Wildem Westen dar, mit ein bisschen New Age dazwischen, und das machte es ganz interessant.

Fuhr man die Straße weiter, gelangte man zum Stadtpark, der sich entlang des Columbia Rivers erstreckte – ein perfekter Ort zum Segeln. Und auf der anderen Seite der Eisenbrücke befand sich der neue 18-Loch-Golfplatz.

Die Stadt lag inmitten einer hübschen Hügellandschaft und machte auf Besucher einen einladenden Eindruck. Doch für Teenager hatte es in dem Kaff mit seinen gerade einmal achttausend Einwohnern nicht viel zu tun gegeben. Damals war Sunshine nur ein kleiner Punkt auf der Landkarte gewesen für alle die, die zwischen Vancouver und Portland unterwegs waren. Inzwischen galt der Ort als lohnendes Touristenziel mit einigen erstklassigen Restaurants und Spa-Hotels für Paare, die sich fernab der Großstadt verwöhnen lassen wollten.

Das letzte Geschäft auf der Main Street war das Schreibwarengeschäft Kid's Station School Supplies. Was ihn schon wieder an jemanden erinnerte.

Lucinda Nutter.

Oh Mann.

Aus reiner Vorsicht begab sich Jordan in die Höhle des Löwen mit einer Tüte Süßigkeiten bewaffnet, die er bei Sugarbuns erstanden hatte. Doch als er an Nicoles Zimmertür klopfte, kam keine Reaktion.

Überraschung.

Am liebsten würde er seine Schwester einmal gut durchschütteln, damit sie zur Vernunft käme, aber natürlich wollte er ein gutes Gespräch mit ihr führen. Und alles richtig machen. Seine Schwester sollte wissen, dass sie auf ihn zählen konnte und dass er nur ihr Bestes im Sinn hatte. Natürlich kannte er sich mit dieser ganzen Thematik nicht aus, also war auch nicht klar, ob und wie es ihm gelingen würde.

Hoffentlich wurde er nicht zu schnell ungeduldig. Er klopfte noch einmal und wartete, bis schließlich doch noch eine gebrummelte Antwort kam. Er drehte den Türknauf und betrat Nicoles Mädchenzimmer. Die Wände, die in dunklem Lila gestrichen waren, würden deprimierend wirken, stünde da nicht ein weißes Bett, auf dem eine Decke in Schwarz-Weiß ausgebreitet war. Ein Kristallleuchter hing über dem Bett, bunte Lichtflecken sprenkelten die weiße Zimmerdecke. Sämtliche Deko-Akzente in diesem Zimmer bestanden aus Spitze, Federn oder Glitzermaterial.

Auf einer weißen Kommode im Landhausstil standen Parfumfläschchen mit der Aufschrift „Pink“ und „Juicy“. Zwei Wörter, die ein Bruder im Zusammenhang mit seiner kleinen Schwester nicht gern hörte.

Nicoles Zimmer bewies, dass sie das einzige Mädchen und die Jüngste in der Familie war. Vermutlich war sie entsprechend verwöhnt worden. Nur waren ihre Eltern jetzt tot. Jordan selbst hätte sich am liebsten auch verzogen, um irgendwo ganz in Ruhe zu trauern, aber das Leben ging weiter, und man musste sich ihm stellen.

„Was willst *du* denn?“

Das war nicht gerade die Begrüßung, auf die er gehofft hatte.

Nicole lag ausgestreckt auf dem Bett, die Füße an die Wand über dem Kopfende gestützt, und tippte wie wild auf ihr glitzerndes pinkfarbenes Handy ein – die perfekte Möglichkeit, sich dem Gespräch mit dem ungeliebten großen Bruder zu entziehen.

„Ich hab dir was mitgebracht." Er hielt die Tüte hoch. Sie würdigte sie keines Blickes.

„Ach, echt?", fragte sie, ohne ihn anzusehen. „Und wie soll ich in meine Skinny-Jeans passen, wenn ich so einen Dreck in mich reinstopfe?"

„Du hast doch eine super Figur. Und ein Keks ab und zu wird dich schon nicht umbringen." Er griff in die Tüte und förderte ein Zuckerplätzchen mit Zitronenglasur zutage, mit dem er sie zu locken versuchte. „Die sind auch nicht groß, guck. Probier doch mal."

„Ich fasse das Zeug nicht an, nachdem du deine Finger da drin hattest." Immerhin setzte sie sich jetzt auf. Leider nur, um ihm den Rücken zuzuwenden und weiter Textnachrichten zu versenden.

„Nicki, würdest du dich bitte umdrehen, damit wir uns unterhalten können?"

„Ich hab dir nichts zu sagen."

Wie man mit lauten, fiesen Eishockeyspielern umging, wusste er. Aber nicht, was man mit frustrierten Teenagern zu machen hatte. Innerlich stöhnte er laut auf.

„Es gibt aber vieles zu sagen." Er biss in den Keks. „Und die Dinger sind wirklich lecker. Du verpasst was."

Sie gab ein Geräusch von sich, das irgendwo zwischen Schniefen und Verachtung angesiedelt war.

Durch das Fenster mit dem Spitzenvorhang schien die Nachmittagssonne herein, und das Licht tanzte auf Nicoles langen schokoladenbraunen Locken. Ihre schroffe, abweisende Art mochte seinen Brüdern zu schaffen machen, aber Jordan kannte sich mit übleren Gegnern aus. Ein kleines Mädchen würde ihm nicht so schnell Angst einjagen.

„Hey. Ich versuche, nett zu dir zu sein."

„Wieso?" Abrupt drehte sie sich um und sah ihn aus zusammengekniffenen Augen an, in denen er Wut, Verletzung und Verwirrung las. Und Aggression. „Alle wissen, dass du eh wieder abhaust. Also wozu das Ganze?"

Wow.

Anstatt nach hinten auszuweichen, um ihrer Wut zu entgehen, trat er einen Schritt auf sie zu. „Falls du es nicht mitbekommen haben solltest: Ich habe gesagt, ich bin dabei."

„Solange du bekommst, was du willst, schätze ich. Und dann bist du weg. Du bist ja immer weg." Wieder sah sie ihn aus zusammengekniffenen Augen an. „Du gehörst nicht hierher. Also warum verschwindest du nicht einfach wieder?"

Sie wandte ihm nicht wieder den Rücken zu, wie er es erwartet hatte, sondern starrte ihn so wütend an, als wollte sie ihm ein Loch ins Herz brennen.

Er hatte keinerlei Erfahrung mit so etwas. Erziehung, das war Elternsache. Bei sechs Kindern lernte man so was. Ihre Eltern hatten sich bemüht, immer alles richtig zu machen, ihnen gute Argumente zu liefern und selbst das zu leben, was sie ihren Kindern beigebracht hatten. Jordan dagegen hatte von alldem keine Ahnung. Falls ihm nicht himmlische Hilfe zuteilwürde, musste er wohl im Blindflug weitermachen.

„Ich gehe nirgendwohin." Er nahm sich den Stuhl, der neben ihrer Kommode stand, und setzte sich rittlings darauf. Dann verschränkte er die Arme auf dem Rücken und versuchte, seine Schwester freundlich anzusehen und nicht mit dem unerbittlichen Blick, den er für seine Gegner auf dem Eis reserviert hatte. „Ich verstehe, dass du sehr traurig bist und vermutlich auch etwas verängstigt. Moms und Dads Tod hat uns alle schwer getroffen. Aber ich bin nicht dein Feind, Nicki. Ich bin dein Bruder. Du bist mir nicht egal."

„Schwachsinn."

Wieso konnte ihn ein Wort eines kleinen Mädchens derart verletzen?

„Du hast ja recht. Es tut mir leid, dass ich nur so selten hier war. Das ist ganz allein meine Schuld, das stimmt. Und ich weiß, dass vor allem ich es bin, der sich ändern muss. Aber du musst mir doch wenigstens die Chance dazu geben."

„Ich muss überhaupt nichts. Du hast in den letzten 17 Jahren meines Lebens die Chance gehabt." Sie verschränkte die Arme und funkelte ihn wütend an. Sollte er ihr doch widersprechen.

Konnte er aber nicht.

„Du hast ja recht."

Sie blinzelte.

Aha. Das hatte ihr etwas Wind aus den Segeln genommen.

„Ich war kein guter Bruder." Er zuckte die Achseln. „Ich dachte halt immer, du hast Mom und Dad und genügend andere Brüder. Da brauchst du mich nicht."

„Du hast echt null Ahnung, was hier abgeht." Sie zog die Brauen zusammen, ihre Augen waren blutunterlaufen vom vielen Weinen. „Und übrigens, dass du mich so krampfhaft davon überzeugen willst, dass du auf einmal ein total netter Kerl bist, spricht auch nicht gerade für dich."

„Ich will dich von gar nichts überzeugen. Aber wenn du eins über mich lernen wirst, dann das – ich bin kein Lügner. Lügen ist nämlich Zeitverschwendung. Wenn ich Scheiße gebaut habe, bin ich der Erste, der das zugibt."

Er deutete ihr Schweigen nicht als Unterwerfung. Im Gegenteil – vermutlich sammelte sie gerade neue Munition.

„Ich habe heute mit deiner Lehrerin gesprochen."

„Mit welcher? Ich habe sieben. Aber woher sollst du das wissen? Du warst ja schon seit einem Jahr nicht mehr hier."

„Ich hab's verstanden, Nicole." Er umklammerte die Stuhllehne. „Ich war kein guter Bruder. Ich war seit fast einem Jahr nicht mehr zu Hause, und du hasst mich. Das Problem ist nur: Deine negative Energie wird dir nicht dabei helfen, deine Noten zu verbessern oder deinen Schulabschluss zu schaffen. Wie wär's also damit, dass wir den Part ‚Ich-hasse-meinen-Bruder' auf später verschieben und stattdessen darüber sprechen, wieso du deine Hausarbeiten nicht ablieferst? Oder, noch besser, lass uns darüber reden, wieso du so viel Energie dafür aufwendest, immer vom geforderten Thema abzuweichen?"

„Weil diesen langweiligen Kram jeder macht."

„Und du willst anders sein als die anderen."

Ihr Blick bedeutete so viel wie „Was denn sonst?".

„Aber damit du nicht durchfällst, musst du tun, was von dir erwartet wird."

„Du genauso, wenn du Teil der Familie sein willst."

Er brauchte jetzt dringend was zu trinken. Etwas Hochprozentiges mit dem gewissen Extra. Eins war ihm aber schon klar geworden: Nicole heischte nach Aufmerksamkeit. Er wusste nicht genau, nach wessen Aufmerksamkeit, aber diese Botschaft kam ziemlich deutlich rüber.

„Hatten wir dieses Thema nicht gerade schon?", fragte er. „Wie gesagt: Ich hab's verstanden. Du hasst mich. Können wir jetzt mal über *dich* sprechen?"

„Wieso bist du zurückgekommen?", wechselte sie das Thema. Sie hatte wieder die Arme verschränkt und das Kinn trotzig nach vorn geschoben. „Wegen der Kohle?"

„Der Kohle?" Sollte das ein Witz sein? „Tut mir leid, dich zu enttäuschen, Schwesterherz, aber ich brauche nichts von Moms und Dads Geld. Ich habe selbst schon jetzt mehr verdient, als ich jemals ausgeben kann."

„Schön für dich." Sie grinste verächtlich. Schon wieder so ein Schrei nach Aufmerksamkeit. „Ich hoffe, das viele Geld hat dir deine Familie gut ersetzt."

Dieses Gespräch brachte nichts. Solange sie nicht willens war, ihn anzuhören, würde er mit seinen Ratschlägen sehr sparsam umgehen müssen. Also stand er auf und stellte den Stuhl zurück an seinen Platz.

„Du gehst schon?" Ihre Frage klang verbittert und ironisch und drang ihm wie ein rostiger Nagel ins Herz.

„Ich gebe dir die Gelegenheit, dich zusammenzureißen, damit wir uns irgendwann mal auf zivilisierte Art unterhalten können." Mit ein paar Schritten stand er neben ihr, und sie starrte ihn immer noch wütend und höhnisch an. „Also freu dich nicht zu früh. Ich gehe nirgendwohin, nur nach unten. Und ich werde dafür sorgen, dass du deine Hausarbeiten schreibst, damit du deinen Schulabschluss schaffst."

„Viel Erfolg." Sie verabschiedete ihn, indem sie ihm wieder den Rücken zuwandte.

„Ich habe immer Erfolg, kleine Schwester." Jordan machte die Tür hinter sich zu, dann seufzte er laut und ließ die Schultern hängen. Es fühlte sich an, als wäre er von einem Riesen gefoult worden. Als er Nicoles giftige Bemerkungen verdaut hatte, ging er langsam nach unten. Auf der Treppe begegnete er Declan.

Sein Zwillingsbruder musterte ihn. „Wow. Sie hat dir ja gar nicht das Gesicht zerkratzt."

„Aber es war knapp. Sie hasst mich, so viel steht fest."

„Hast du ihr gesagt, sie soll sich hinten anstellen?"

Das Lächeln seines Bruders verriet ihm, dass der Kommentar lustig gemeint war, aber im Moment konnte Jordan leider nicht darüber lachen.

„Ich weiß, dass jeder Mensch anders trauert", sagte er, „aber Nicki scheint mir eher wütend zu sein als traurig."

Dec zuckte die Schultern. „Vielleicht hat sie Probleme mit ihrem Freund."

„Ich glaube eher, sie hat Probleme mit ihrem Bruder."

Dec sah die Treppe hinauf. „Ich weiß, dass du nicht oft genug hier warst, um ihre Eigenheiten zu kennen, aber wenn du mich fragst, braucht sie einfach ein bisschen Zeit, um sich an dich und die neue Situation zu gewöhnen."

„Hast du 'ne Idee, wieso?"

Erneut zuckte Dec mit den Schultern. „Ich schätze mal, ich war auch nicht so oft hier, wie ich es hätte sein können."

Diese Antwort machte Jordan auch nicht wirklich schlauer, aber irgendwie hatte er das ungute Gefühl, dass hier irgendetwas von Grund auf nicht stimmte. Seine Neugier und seine Sorge wuchsen. Er steckte die Hände in die Hosentaschen und fühlte den Schlüssel seines Mietwagens. Am liebsten würde er sofort abhauen – so hätte er es früher gemacht. Aber jetzt ließ er den Schlüssel los.

„Wie lange bleibst du eigentlich hier?", fragte er seinen Bruder.

„Ryan hat mich gebeten, mir die Buchhaltung anzusehen", erklärte Dec. „Ich schätze also, noch ungefähr eine Woche. Und du?"

Heute Abend trat seine Mannschaft zum ersten Mal ohne ihn an. Der Coach hatte ihm nur eine Woche freigegeben, und die war bereits vorüber. Aber er hatte seiner Familie versprochen, da zu sein – und er bemühte sich, seine Versprechen immer zu halten. Obwohl er sicher war, dass Lucinda Nutter, alias Ms. Diamond, da ganz anderer Ansicht war.

Aber wieso, zum Teufel, musste er jetzt ausgerechnet an sie denken?

„Ich hab's doch gesagt", entgegnete Jordan, „ich bin dabei."

„Deine Mannschaft ist auf dem Weg in die Play-offs. Wie willst du das schaffen?"

Jordan zuckte die Achseln. „Das kriege ich schon hin."

Zumindest hoffte er das.

5. Kapitel

Als junger Eishockeyspieler hatte Jordan seine überschüssige Energie mit Partys oder Frauen oder beidem abgebaut. Er hatte mit seinen Teamkollegen abgehangen, Darts gespielt und bis in die frühen Morgenstunden in der Kneipe gesessen – sogar wenn sie am nächsten Tag ein Spiel hatten. Zu mehr als einem Match war er mit einem ordentlichen Kater aufgelaufen, mit brummendem Schädel und flauem Gefühl im Magen.

Das Alter sorgte jedoch dafür, dass man seine Gehirnzellen besser einsetzte.

Er betrat das Fitnessstudio von Sunshine mit der Intention, seinen Frust wegen des misslungenen Gesprächs mit Nicole abzubauen. Er war kolossal gescheitert. Wenn Ryan nicht so ein verlässlicher, loyaler Mensch wäre, könnte Jordan fast glauben, dass sein Bruder gemeinsame Sache mit Nicole machte, um ihm eine Lektion zu erteilen. Andererseits war Rache nie Ryans Mittel der Wahl gewesen.

Nach Jordans Maßstäben war das Fitnessstudio überschaubar groß, aber immerhin war es mit allem ausgestattet, womit er sich seinen Frust wegtrainieren konnte. Ein motivierender Beat dröhnte aus den Lautsprecherboxen, als er auf den durchtrainierten Typen vom Empfang zuging. Die patriotischen Tattoos auf dessen Unterarmen ließen darauf schließen, dass er wohl mal beim Militär gewesen war.

„Army?“, erkundigte sich Jordan deshalb.

„Ja, Sir. United States Army Rangers.“

„Danke für Ihren Dienst am Vaterland.“

„Sehr gern geschehen. Wie kann ich helfen?“

Jordan streckte dem Mann die Hand hin und stellte sich

vor. „Ich weiß, es ist schon spät, aber ich würde gern Mitglied werden."

„Wir haben 24 Stunden geöffnet – spät gibt es also nicht." Der Mann lächelte freundlich. „Eine Ein-Monats-Mitgliedschaft oder länger?"

Das war eine gute Frage.

„Erst mal eine für einen Monat."

„Haben Sie vor, in die Gegend zu ziehen?"

Jordan betrachtete die Kraftgeräte. „Weiß noch nicht." In Wahrheit wurde ihm gerade bewusst, dass er etwas in Gang gesetzt hatte, von dem er überhaupt nicht wusste, ob er es durchziehen konnte.

Aber er würde es gern tun.

Denn für sein Herz war die Sache klar.

Aber er trug auch andernorts Verantwortung und hatte Verpflichtungen, und diese Dinge mussten geklärt werden, bevor er eine endgültige Entscheidung traf.

Vielleich hatte Nicole am Ende doch recht.

Das wollte er um jeden Preis vermeiden.

Der Mann ging mit ihm den Vertrag durch, und Jordan reichte ihm seine Kreditkarte. Wenige Minuten später durchquerte er das Studio und ging zu den Hanteln, die vor der Spiegelwand bereitlagen. Je näher er den Hanteln kam, desto lauter wurde die Musik. Erst dachte er, nebenan würde ein Zumba- oder Aerobic-Kurs stattfinden, aber es war kein Instructor zu hören. Seltsam. Jetzt wurde er neugierig.

Durch die Glastür sah er eine Frau, die allein mit einem Sandsack trainierte. Sie trug pinkfarbene Boxhandschuhe, und ihr Oberteil war auf dem Rücken völlig durchgeschwitzt. Sie stand in perfekter Boxerpose da. Er konnte ihr Gesicht nicht sehen, aber sie hatte eine Topfigur, und auch ihre Ausstrahlung und ihr Selbstvertrauen fand er äußerst sexy.

Jetzt schallte eine schnelle Version von „Welcome to the Jungle" durch die Lautsprecher, und die Frau trat einen Schritt zurück. Ihr Pferdeschwanz wippte, als sie zu einem kräftigen Roundhouse-Kick abhob. Als sie wieder auf den Füßen landete, erhaschte er ihren Blick. Überrascht starrte er sie an.

Pinkfarbene Handschuhe und weit aufgerissene braune Augen.

Ach du Scheiße.

Sie war wirklich die letzte Person, die er hier erwartet hätte. Die Frau, die so heftig den Sandsack bearbeitete und ihn so scharfgemacht hatte, war Lucinda Nutter.

Damit, Jordan Kincade im Fitnessstudio zu treffen, hatte Lucinda nun wirklich nicht gerechnet. Und doch stand er da – auf der anderen Seite der Glastür, die gut trainierten Oberarme vor der Brust verschränkt – und musterte sie.

Diesen sexy Typen gleich zweimal am selben Tag zu sehen war echt nicht auszuhalten. Ihre sträflich vernachlässigten Körperstellen gerieten in helle Aufregung. Seine Lippen umspielte ein Lächeln, und sie hoffte inständig, er würde sich wieder dem zuwenden, weswegen er hier war.

Doch leider öffnete er die Tür.

Da hatte sie wohl Pech gehabt.

„Hallo, Lucinda."

„Hier gibt es keine Lucinda mehr. Ich heiße jetzt Lucy."

Als er sie daraufhin frech angrinste, spürte sie wieder besagte Körperteile. Um sich zu retten, drehte Lucy sich um und versetzte dem Sandsack einen heftigen Kick, gefolgt von einer Tirade aus Boxschlägen.

„Dann eben ‚hallo, Lucy'."

Sie stemmte die behandschuhten Fäuste in die Hüften und sah ihn an. „Du wusstest von Anfang an, wer ich bin, oder?"

„Es hat ein paar Minuten gedauert, bevor ich dich erkannt habe", musste er zugeben. „Ist ja auch eine ganze Weile her."

„Ach ja?"

Lachend machte er die Tür zu und kam nun zu den Klängen

von Kelly Clarksons „Stronger“ auf sie zu. „Und in all den Jahren habe ich dich mir nie als Kickboxerin vorgestellt.“

„Ich stecke eben voller Überraschungen.“

Er grinste. „Ich stehe auf Überraschungen.“

Dieses Grinsen machte sie fertig. Aufs Flirten konnte sie verzichten. Es war okay, wenn es ernst gemeint war. Aber Jordan war nun mal als übler Playboy bekannt.

„Brauchst du etwas aus diesem Raum?“

Er betrachtete sie. „Soll ich eine Liste erstellen?“

„Würde ich mir an deiner Stelle sparen.“ Sie wandte sich wieder dem Sandsack zu und drosch auf ihn ein.

„Es ist nicht leicht, mit dir zu flirten, wenn du mich nicht mal ansiehst.“

„Wie gesagt: Die Mühe kannst du dir sparen.“ Auf ihren Kommentar folgte Schweigen, während sie verschiedene Schlagvarianten ausübte. Anscheinend wusste er nicht, was er machen sollte, wenn jemand nicht zurückflirtete.

„Brauchst du einen Sparringspartner?“, fragte er schließlich.

„Pass auf …“ Sie warf einen Blick auf ihre Handschuhe, dann sah sie wieder ihn an. „Ich hab’s nicht so damit, auf andere Menschen einzuprügeln. Auch nicht als Sport.“

„Dann hasst du Football und Eishockey.“

„Ich stehe eher auf Eistanz. Aber danke für das Angebot.“ Sie widmete sich wieder ihrem Training und platzierte gekonnt einen Fuß auf dem Punchingball.

Nach diversen Uppercuts und Sidekicks hatte sie immer noch das Gefühl, beobachtet zu werden. Sie wagte einen Blick über die Schulter und … Ja, da stand er tatsächlich immer noch und hielt den Kopf geneigt, als würde er etwas ausbaldowern.

„Kann ich dir sonst noch irgendwie helfen?“, erkundigte sie sich spitz.

„Hoffentlich.“ Er verschränkte die Arme, sodass sein

Bizeps klar hervortrat. „Wie sehr willst du dich für meine Schwester engagieren?“

„Sehr.“ Hatte sie das nicht bereits klargemacht?

„Ich frage das nur ungern, aber ich beiße bei Nicki auf Granit und könnte Hilfe brauchen. Vielleicht kannst du mir bei einem Kaffee ja mal ein paar Tipps geben.“

„Ich weiß nicht, ob das eine gute Idee ist.“ Und das war noch untertrieben.

„Weil?“

„Weil … ich die Lehrerin deiner Schwester bin und es nicht gern gesehen wird, wenn man zu engen Kontakt mit der Verwandtschaft seiner Schüler hat.“

„Das ist nicht der wahre Grund.“ Er trat einen Schritt näher auf sie zu, und sie fragte sich einmal mehr, wie es dieser Mann bloß schaffte, immer so gut zu riechen. „Hab ich recht?“

„Ja, du hast recht.“ Sie stemmte die Hände in die Hüften. „Weil ich keinen Kaffee trinke.“

„Dann vielleicht etwas Alkoholisches?“ Er kam noch zwei Schritte näher. Man müsste ihr die Augen verbinden, damit sie nicht auf diesen unfassbar gut aussehenden Mann reagierte.

„Nach dem Training sollte man elektrolytische Getränke zu sich nehmen, keinen Alkohol.“ Sie ließ den Blick über seinen großen, starken Körper schweifen. „Aber so, wie du aussiehst, weißt du das sicher.“

„War das etwa ein Kompliment?“

„Wenn du eins brauchst, war es wohl eins.“

„Ich bedanke mich.“

„Schon okay. Aber so gerne ich auch mit dir weiterplaudern würde – ich muss jetzt meine Trainingseinheit beenden.“

„Ja klar. Entschuldigung, dass ich gestört habe.“

„Kein Thema. Schönen Abend noch.“

Er drehte sich um, doch als er an der Tür ankam, blieb er kurz stehen, dann kam er noch einmal zurück.

„Lucy … ich stecke wirklich in der Klemme. Im Ernst, ich könnte deine Hilfe gebrauchen. Ich habe schon mit meinen Brüdern darüber gesprochen, aber sie haben genauso wenig eine Idee wie ich, wenn es um unsere kleine Schwester geht. Ich habe das Gespräch mit ihr gesucht, aber ich brauche wohl den Ratschlag einer Frau." Ein zartes Lächeln umspielte seine sinnlichen Lippen. „Ich habe keine Ahnung von weiblichen Teenagern. Und ich muss leider zugeben, dass du recht damit hast, dass ich meine Schwester nicht wirklich gut kenne. Das möchte ich ändern, denn ich möchte ihr gern helfen. Und ich habe Angst, wenn ich nicht bald etwas tue …"

Er schüttelte den Kopf und ließ den Satz unbeendet.

Lucy wollte nichts für diesen Mann empfinden. Aber die Ehrlichkeit in seinem Blick und seine Sorgenfalten auf der Stirn verdeutlichten ihr, dass er wirklich keine Ahnung hatte, wie er das Problem angehen könnte. Auch erfahrene Eltern hatten Probleme mit ihren Kindern, woher sollte also der ledige Bruder ihrer Schülerin Bescheid wissen?

„Ich schätze es sehr, dass du ihr helfen möchtest", fuhr er fort. „Und dass du erkannt hast, dass sie schon vor dem Tod unserer Eltern ein Problem hatte. Ich lege großen Wert auf deine Meinung, wie du die Lage einschätzt."

Sein Blick erreichte sie genau an der Stelle ihres Herzens, die sie dazu gebracht hatte, Lehrerin zu werden. Sie wollte Schülern hilfreich zur Seite stehen, so wie damals, als sie selbst noch zur Schule gegangen war. Bildung war die Lebensader für alle, die hinaus in die Welt wollten. Ohne Bildung herrschte Stillstand. Und etwas Freundlichkeit und Verständnis konnten auch nicht schaden.

Und deswegen war Nicole Kincade Lucy nicht egal. Hinter ihrer Starrköpfigkeit verbarg sich ein kluger Geist. Der plötzliche Verlust seiner Eltern musste schwer für das Mädchen sein. Und selbst wenn Jordan Kincade sie völlig verrückt machte, durfte das nicht dazu führen, dass sie sich von Nicki abwandte.

Noch immer sah Jordan sie an. Hilflos und resigniert. Also wappnete Lucy sich innerlich.

„Na gut", sagte sie schließlich. „Wie wäre es mit morgen um halb fünf im Muddy Cup? Ich hätte eine Stunde Zeit vor meinem nächsten Termin."

„Das weiß ich sehr zu schätzen." Mit einem ehrlichen Lächeln drehte er sich um. Und bewies, dass er immer eine gute Figur machte – bei jeder seiner Bewegungen.

Diese Erkenntnis sorgte dafür, dass Lucy noch kräftiger auf den Sandsack eindrosch. Sie sollte in Jordan Kincade besser nichts anderes sehen als einen Typen aus ihrer Vergangenheit und den Bruder einer ihrer Schülerinnen.

Nur wieso war sie dann immer noch erregt?

Der Tag hatte für Jordan interessant begonnen, sich dann zu einer Katastrophe gewandelt und war nun, nachdem er Lucy im Fitnessstudio begegnet war, wieder interessant geworden. Hätte man ihn danach gefragt, was diese Frau wohl in ihrer Freizeit machte, hätte er auf Puzzeln oder Freiwilligendienst im Krankenhaus getippt. Dass sie zu Heavy-Metal-Musik kickboxte, wäre ihm nicht im Traum eingefallen.

Die neue Lucy überraschte ihn.

Auf positive Weise.

Früher war sie sehr zurückhaltend und still gewesen. Sie hatte langweilige Klamotten getragen und ihr hübsches Gesicht hinter einer dicken Hornbrille versteckt. Sie hatte kaum jemals gelächelt, und wenn sie in Gedanken war, hatte sie an ihrer Unterlippe genagt. Als er heute mit ihr gesprochen hatte, waren einige nette Erinnerungen wieder hochgekommen, und er fühlte sich ihr aufs Neue verbunden. Als hätte er mehr mit ihr gemeinsam als nur die Tatsache, dass sie mal Klassenkameraden gewesen waren. Er war bei Frauen nie ein Freund von vielen Worten gewesen, aber bei Lucy war das anders. Er mochte es, wie sie ihm Paroli geboten hatte – ganz anders als früher, als sie niemals widersprochen hatte.

Wie seltsam, dass er sich an alle diese Einzelheiten erinnerte. Aber das war damals gewesen, und heute war heute. Die neue Lucy kennenzulernen, sie in ihrem sexy Sportoutfit zu sehen, wie sie entschlossen den Punchingball bearbeitete, hatte ihn ganz kribbelig gemacht.

Aber vielleicht brauchte er auch einfach ein bisschen Zerstreuung.

Er hatte eine harte Woche hinter sich. Die Urne mit der Asche seiner Eltern war für alle Ewigkeiten in einem Marmorgrab versenkt worden, und die Erkenntnis dieser Endgültigkeit hatte ihm den Boden unter den Füßen weggezogen. Sein Interesse an Lucy konnte daher nichts anderes darstellen als den Wunsch nach Ablenkung von seiner emotionalen Last. Oder vielleicht hatte er unterbewusst das Bedürfnis, sich endlich für sein Verhalten am Abend des Abschlussballs zu entschuldigen. Damit sein Gewissen endlich wieder unbelastet von diesem Vorkommnis war.

Nein.

Es war mehr.

Irgendetwas an Lucy faszinierte ihn. Vielleicht lag es daran, dass sie nicht auf seine Flirtversuche reagierte, so wie die meisten anderen Frauen. Was war davon zu halten? Natürlich war sie immer ein ernsthafter Typ gewesen, aber selbst ältere Damen reagierten doch auf ein Augenzwinkern und ein kleines Kompliment.

Er fragte sich, was sie in den vergangenen Jahren gemacht hatte – außer ihrer Ausbildung zur Lehrerin und ihrem Namenswechsel. Hatte sie geheiratet und trug daher den neuen Namen? Nachdem er sie erkannt hatte, hatte er sofort nach einem Ehering Ausschau gehalten. Doch ihre langen Finger mit dem hellblauen Nagellack hatte keinerlei Schmuck geziert.

Morgen Nachmittag würde er sie danach fragen. Hoffentlich würde sie seine Neugierde stillen. Und dann konnte er sich darauf konzentrieren, was er seiner Familie versprochen hatte, wobei er auch noch eine Lösung für sich und sein Team finden musste.

Schließlich wollte er niemanden im Stich lassen.

Im Dunkeln fand er nicht sofort das Schlüsselloch, doch schließlich gelang es ihm, die Tür des Creekside Cottage aufzuschließen, einst das Haus seiner Großeltern und inzwischen eins der drei Ferienhäuser des Sunshine Creek Vineyards Bed & Breakfast. Aufgrund des Trauerfalls hatten sie sämtliche Gästebuchungen storniert. Momentan wohnten er, Ethan und Declan in den Hütten, und Tante Pippy hatte sich bei Nicki im Haupthaus einquartiert. Parker war schon wieder zurück auf seinem Hausboot in Portland. Ryan und seine Tochter Riley wohnten auf ihrer Farm, die nur wenige Kilometer entfernt war.

Als er das alte Backsteingebäude betrat, musste Jordan wieder an die vielen Sommer denken, die er hier verbracht hatte. Sein Großvater war ein energiegeladener Mann gewesen, der immer darauf aus war, etwas Neues auszuprobieren. Seine Großmutter, stets sehr geduldig, hatte die Scherze ihres Mannes gutmütig ertragen. Die beiden waren ein tolles Gespann gewesen, und Jordan brauchte sich nicht zu fragen, woher sein Vater die Redewendung „An erster Stelle kommt die Familie" hatte.

Er warf die Schlüssel auf ein Tischchen neben der Tür und ging ins Wohnzimmer, das altmodisch, aber gemütlich war mit der Couchgarnitur aus Leder und dem weiß getünchten Backsteinkamin. Er ging weiter in die Küche und ins Esszimmer, wo er die Tüten mit den Einkäufen abstellte und ausräumte. Nach 15 Jahren des Singlelebens hatte er keine Lust mehr auf einsame Nächte. Nicht wenn ihn immer wieder Albträume vom Tod seiner Eltern plagten.

Und nicht, wenn er wusste, dass sein Team ohne ihn antreten musste.

Nachdem er die Lebensmittel verstaut hatte, genehmigte er sich ein Bier und machte sich über die Ochsenbrust her, die er sich bei Cranky Hank's Smokehouse geholt hatte. Doch statt sich auf die Terrasse mit Blick auf den Fluss zu setzen, schaltete er den Fernseher ein und sah sich das Spiel seiner Mannschaft gegen Pittsburgh an – das erste Spiel in drei Jahren, bei dem er nicht auf dem Eis stand.

Was auch geschah, gebrochene Knochen oder milde Gehirnerschütterung, er war immer begierig darauf gewesen, Tore zu erzielen und die Zuschauer zum Jubeln zu bringen. Das Einzige, was ihn in den letzten drei Jahren von einem Spiel abgehalten hatte, war eine Wunde über dem Auge gewesen, von der sein Auge so zugeschwollen war, dass er nichts sehen konnte.

Heute Abend saß er auf einem abgewetzten Ledersofa auf der anderen Seite des Landes, weit weg von dem Ort, an dem sich seine Mannschaftskollegen jetzt in der Umkleide versammelten. Während die Fernsehkommentatoren Prognosen für das heutige Spiel abgaben, dachte Jordan an die Unterhaltung mit seiner Schwester und bekam einmal mehr ein schlechtes Gewissen. Er versuchte, es mit einem weiteren Schluck Bier wegzuspülen, dann nahm er einen Bissen von der Ochsenbrust und genoss den leicht pikanten köstlichen Geschmack.

Jetzt lief seine Mannschaft auf dem Eis auf, und das Heimpublikum begann zu jubeln. Die Kommentatoren fragten sich, wie der Spielaufbau ohne Jordan, den Angriffsspieler mit dem harten Schuss, aussehen würde. Jordan selbst fragte sich das auch, während er sich eine Gabel mit Coleslaw in den Mund schaufelte. Nun nahm die Kamera ihren Torhüter Jack Riley ins Visier, der vor dem Netz ein paar Dehnübungen machte. Dann zeigten sie eine Totale, die Penguins auf dem Eis.

Als Jordan den letzten Bissen verspeist hatte, nahmen die beiden Mannschaften zur Nationalhymne Aufstellung. Heute wurde die Hymne von Drittklässlern dargeboten. Angesichts ihrer ernsten Mienen und piepsigen Stimmen musste Jordan grinsen. Er klappte den Essenskarton zu, schnappte sich sein Bier und lehnte sich zurück, um in aller Ruhe das Spiel zu sehen.

Doch bevor er den nächsten Schluck trinken konnte, klopfte es an der Tür. Er stand auf und sah seinen Zwillingsbruder draußen auf der Veranda stehen, schicker gekleidet, als er es jemals gesehen hatte. Allerdings sah er ihn auch nicht sehr häufig. Aber für Dec gehörte der Business-Anzug zur Tagesordnung, auch wenn Jeans und ein legeres T-Shirt viel besser zu seiner südkalifornischen Sonnenbräune passten.

„Na, du Drecksack!" Declan grinste. „Was geht?"

Jordan lachte. „Wie schön, dass es nur ein paar Tage gedauert hat, bis du mich wieder mit Schimpfwörtern titulierst." Er ließ seinen Bruder rein und bemerkte dabei, dass dieser eine Papiertüte in der Hand hielt. „Was hast du denn da drin?"

Dec öffnete die Tüte und zog einen Sixpack Hair of the Dog von einer Mikrobrauerei heraus.

„Du willst also länger als fünf Minuten bleiben", stellte Jordan fest.

„Klug kombiniert."

Kaum hatte Dec das Bier in den Kühlschrank verfrachtet und sich aufs Sofa gesetzt, klopfte es ein weiteres Mal. Diesmal stand Parker vor der Tür, ebenfalls mit einer Papiertüte bewaffnet.

„Lass mich raten …" Jordan sah seinen jüngeren Bruder an. „Du hast Bier dabei."

„Und da heißt es immer, Eishockeyspieler wären hohl."

Jordan winkte ihn herein. Parker stellte das Bier in den Kühlschrank und kam mit einer Flasche Rock Bottom Ale aus der Küche zurück. Im selben Moment klopfte es erneut. Es war Ethan mit einer Packung Foggy Noggin' Scotch Ale. Hinter ihm stand Ryan, ausgerüstet mit einem Sixpack Head Knocker Amber Ale.

Seine Brüder versammelten sich im kleinen Wohnzimmer, quatschten und machten Scherze und quetschten sich schließlich gemeinsam aufs Sofa. Jordan schnürte es die Kehle zu. „Nicht, dass ich an eurer Gesellschaft etwas auszusetzen hätte – aber was macht ihr hier?"

Declan warf ihm einen „Na, was wohl?"-Blick zu. „Wir wollen das Spiel gucken."

„Du hast ja wohl nicht geglaubt, wir würden dich allein lassen, wenn deine Mannschaft heute spielt!", ergänzte Ryan.

„Genau." Parker grinste. „Falls du dich ausweinen musst."

Jordan wusste, dass sein Bruder es lustig gemeint hatte, aber er war sich nicht ganz sicher, ob er nicht tatsächlich geheult hätte, wenn er hier allein gesessen hätte.

„Wir sind für dich da, Bruder." Ethan hielt sein Bier hoch, und sie stießen miteinander an.

Jordan betrachtete die vier Männer, die in dem engen Zimmer bei ihm hockten, und war überwältigt von ihrer Liebe und Unterstützung.

Sie wussten, wie schwer es ihm fiel, sein Team spielen zu sehen, ohne dass er dabei sein konnte, und dass er etwas versprochen hatte, das er auf jeden Fall halten wollte. Sie waren gute Brüder, auch wenn *er* sich nie so verhalten hatte.

Doch das würde sich jetzt ändern.

Auch wenn man den Eindruck hätte gewinnen können, dass sie ihm blindlings vertrauten – er musste sich ihr Vertrauen erst noch erarbeiten.

Und genau das hatte er vor.

„Hey, Jungs", sagte er über den Lärm des Spiels hinweg. Als seine Brüder ihn ansahen, hob er die Flasche und schluckte den Kloß in seinem Hals hinunter. „Vielen Dank."

6. Kapitel

Seine Mannschaft hatte nicht nur verloren. Die Vipers hatten sich 4:1 abziehen lassen, weil sie sich zu viele Penaltys erlaubt und zu viele Chancen vergeben hatten. Jordan fühlte sich immer noch schuldig, als er am nächsten Tag das Muddy Cup Café betrat. Er konnte sich nicht vorstellen, wie er überhaupt etwas herunterbekommen sollte – auch wenn es nur eine Tasse Kaffee war –, so frustriert war er.

Kaum hatte er die Tür des hell erleuchteten Cafés geöffnet, sah er auch schon Lucy mit dem Rücken zu ihm an einem Tisch im hinteren Teil des Raums sitzen. Mit gesenktem Kopf studierte sie die neueste Ausgabe der Lokalpresse.

HOLLYWOODS SCHLÄGER, EHEBRECHER UND SCHMUTZIGSTE SCHEIDUNGSGEHEIMNISSE

Ganz klar: Diese Lokalgazette hatte in Sachen wichtiger News die Nase vorn.

Heute hatte Lucy die Haare zu einem absichtlich unordentlichen Knoten hochgesteckt, der ihr einen „Bin gerade aufgestanden"-Look verpasste, was Jordan unwiderstehlich sexy fand. Sie war ganz sicher nicht der Typ, der stundenlang vor dem Spiegel stand und sich auftakelte. Die schwarz getuschten Wimpern, die ihre dunklen Augen betonten, ihr leicht gebräunter Teint und ihre natürlich glänzenden vollen Lippen machten sie auch so zu einer sexy Erscheinung. Auch wenn ihr selbst das nicht bewusst zu sein schien.

Jordan setzte sich auf den Platz ihr gegenüber.

„Du bist spät dran“, sagte sie, als sie aufsah und ihre Brille hochschob.

„Nur fünf Minuten.“

„Tja, so bleiben uns nur 55 Minuten zum Reden.“

„Ich wusste nicht, dass die Zeit gestoppt wird.“

„Ich hatte darauf hingewiesen, dass ich um halb sechs den nächsten Termin habe.“ Sie trank einen Schluck aus ihrer Tasse, vermutlich Tee, und stellte sie dann wieder auf die Untertasse. „Die Zeit läuft also in der Tat.“

Er beugte sich vor und lächelte sie an. „Wenn ich dir einen Cookie kaufe, vergibst du mir dann?“

Zweifelnd hob sie eine Augenbraue. „Bei zwei überleg ich’s mir.“

„Abgemacht.“

„Okay …“ Ihre Mundwinkel zuckten. „Ich nehme Chocolate Chunk mit Macadamia und überlege mir, ob ich bei meinem nächsten Termin ein bisschen später auftauche.“

„Dann kaufe ich gleich alle, die sie davon haben.“ Er lehnte sich zurück und zwinkerte sie an. „Du kannst von mir haben, was du willst.“

Humor blitzte in ihren braunen Augen auf. „Flirtest du schon wieder mit mir?“

„Ich versuch’s. Aber offensichtlich bin ich aus der Übung.“

Ihr Gesichtsausdruck sagte alles. Man flirtete nicht mit ihr.

Aber er tat es trotzdem. Und würde es auch weiterhin tun – bis sie ihn bat, es zu unterlassen.

„Ich … weiß nicht, wie ich damit umgehen soll“, gab sie unumwunden zu.

„Keine Sorge. Du gewöhnst dich dran.“ Er winkte die Bedienung an den Tisch. Nachdem die junge Kellnerin etwa fünfzig Kaffeesorten heruntergerattert hatte, entschied er sich für einen simplen schwarzen Kaffee und noch einmal dasselbe wie vorher für Lucy, was auch immer es war, außerdem das komplette Tablett mit den Cookies.

„Sind die zum Mitnehmen?“, erkundigte sich die Kellnerin, auf deren Namensschild Tammy stand, lachend. „Oder wollen Sie die gleich hier essen?“

„Zwei für jetzt, den Rest bitte einpacken.“

Als die Kellnerin weg war, sagte Lucy: „Das mit den Cookies war ein Scherz.“

„Aber es war kein Scherz, als ich sagte, du kannst alles von mir haben.“

Sie seufzte, doch ihr Lächeln verriet ihm, dass sie nun doch bereit war, ein bisschen zu flirten.

„Wollen wir jetzt zur Sache kommen?“, schlug sie vor.

„Darin bin ich Meister.“

„Geht es jetzt mit plumpen Anspielungen weiter?“

„Entschuldigung, Frau Lehrerin.“ Er grinste sie gekonnt schuldbewusst an. „Ich werde ab jetzt versuchen, mich zu benehmen.“

„Ganz sicher ein Novum für dich. Also … du hast mit deiner Schwester gesprochen?“

Er nickte und stützte die Unterarme auf den Tisch. Die Muskeln in seinem Nacken spannten sich an. „Ich hatte vor, herauszufinden, wieso sie ihre Hausarbeiten nicht schreibt. Aber ich hätte genauso gut gegen eine Wand reden können. Es ist ja klar, dass sie der unerwartete Tod unserer Eltern sehr mitgenommen hat – wie uns alle. Aber es war keine Trauer, die sie ausstrahlte.“

Lucy neigte den Kopf zur Seite und sah ihn besorgt an. „Was dann?“

„Eher Wut.“

In diesem Moment kam die Kellnerin mit den Getränken und der Schachtel Cookies zurück. Jordan schwieg, bis sie sich wieder entfernt hatte.

„Wie ein Ballon, der kurz vor dem Platzen steht.“ Er trank einen Schluck Kaffee und stellte fest, dass er ihm zu heiß war. Er sah Lucy an. „Woher kann diese Wut kommen? Hat sie irgendwelche Probleme in der Schule? Mit ihren Mitschülern? Weißt du vielleicht etwas? Gibt es irgendwas, das sie von ihren Pflichten abhält?"

„Ich habe heute mit der Schulpsychologin gesprochen. Sie hat mir gesagt, dass Nicki kein einziges Mal bei ihr war." Lucy faltete die Hände und legte sie auf den Tisch. „Ich kann nur sagen, dass deine Schwester im Lauf des vergangenen Monats immer stiller und verschlossener geworden ist. Früher habe ich sie und ihre Freundinnen immer mal wieder zurechtweisen müssen, weil sie schwatzten oder sich während des Unterrichts Textnachrichten schickten. Aber das war in letzter Zeit nicht mehr nötig. Vielleicht hat ihr Problem also etwas mit ihren Freundinnen zu tun?"

„Wie könnte man das herausfinden?"

„Ich werde noch mal mit der Schulpsychologin reden und mich erkundigen, ob ich die Mädchen mal fragen soll oder ob sie sie lieber in ihr Büro ruft."

„Das wäre super. Also, wenigstens ein Anfang. Und ich spreche noch mal mit meinen Brüdern. Ryan hat am meisten mit Nicki zu tun. Wahrscheinlich kann er mir am ehesten etwas sagen, obwohl er diesbezüglich bisher auch keine große Hilfe war."

„Wahrscheinlich hat er viel um die Ohren."

„Das haben wir alle."

„Das Leben hält so manche Überraschung parat."

„Auch wieder wahr", stimmte er ihr zu. „Und an manchen Tagen mehr als an anderen."

„Nur so bleiben wir auf Trab, schätze ich."

„Och, ich könnte gut mit ein bisschen weniger Dramatik auskommen."

„Ich auch." Sie kicherte. „An manchen Tagen würde ich am liebsten im Bett bleiben."

Und er hätte nichts dagegen, dabei zu sein …

„Ich verstehe, was du meinst", sagte er. „Aber wenigstens

eine kleine Flucht aus dem Chaos wäre hier und da wünschenswert."

„Ich würde sofort mit dir auf diese einsame tropische Insel fahren."

Er lächelte. „Bevor ich mir jetzt ausmale, was wir dort alles unternehmen könnten, sollten wir uns lieber aufs Thema konzentrieren."

„Gute Idee."

„Also: Hatte Nicki auch vorher schon Probleme in der Klasse? War sie schon immer schwierig?"

„Es gibt einen großen Unterschied zwischen der Nicki von früher und der Nicki von heute." Geschäftig schob Lucy ihm einen Stapel Papiere rüber. „Du hast ja gesehen, was sie abgeliefert hat. Vielleicht solltest du dir auch mal ihre erste Hausarbeit in diesem Schuljahr ansehen."

Sie wartete geduldig ab, bis Jordan die Herzchen und Blümchen, die seine Schwester mit einem rosafarbenen Stift in die Ecken gemalt hatte, betrachtet und den Aufsatz gelesen hatte. In diesem Aufsatz hatte sie einen von ihr geliebten Gegenstand beschreiben sollen. Nicki hatte eine lustige und unterhaltsame Geschichte über Taffy Tickles geschrieben, ihren orangefarbenen Lumpenteddy, den sie seit ihrer Geburt besaß. Die Leichtigkeit ihres Aufsatzes berührte Jordan sehr. Er konnte die Person, die diese Geschichte zu Papier gebracht hatte, nicht mit dem wütenden und höhnischen Teenager in Zusammenhang bringen, mit dem er gestern zu sprechen versucht hatte.

„Kommt mir vor wie zwei verschiedene Menschen."

„Ganz genau." Lucy nahm den Aufsatz wieder an sich und ordnete ihn ein. „Anscheinend haben wir es hier mit einem schwerwiegenderen Problem zu tun. Nicht einfach eine rebellische Phase, Streit mit ihren Freundinnen oder Liebeskummer."

„Drogen?"

Lucy schüttelte den Kopf. „Ich habe viele Schülerinnen und Schüler erlebt, die so was ausprobiert haben. Aber bei Nicole gibt es keine Anzeichen dafür. Sie hat sich nur einfach sehr zurückgezogen."

„Das ist alles außerhalb meiner Liga." Jordan lehnte sich zurück und streckte die Beine aus, so weit es ging. „Ich hatte noch nie mit solchen Dingen zu tun. Abgesehen davon hat Nicki mir ziemlich deutlich zu verstehen gegeben, dass ich nicht gerade ihre Lieblingsperson bin."

„Und wer wäre die?" Sie betrachtete ihn durch ihr dunkles Brillengestell mit dem Blick eines Wissenschaftlers, der einen Käfer unter dem Mikroskop beäugt. Sein Gewissen regte sich. „Vielleicht könnte diese Person ja helfen."

„Ich schäme mich, zugeben zu müssen, dass ich keine Ahnung habe. Ich war nicht so viel hier, habe aber fest vor, das in Zukunft zu ändern. Aber ein Versprechen für die Zukunft ändert natürlich nichts an dem, was war, und an dem, was heute zu tun ist."

„Das stimmt."

Jordan bat so gut wie nie jemanden um Hilfe. Er war immer der Typ gewesen, der alles mit sich selbst ausmachte. Doch in diesem Fall brauchte er jemand Objektives, der ihm sagte, wie so etwas ging. Es machte ihm nichts aus, wenn ein anderer die Führung übernahm und ihm etwas Neues beibrachte. Im Gegenteil – er war immer erpicht darauf, dazuzulernen. Eine Beziehung zu seiner Schwester aufzubauen – zu seiner gesamten Familie – war ihm momentan das Wichtigste.

„Ich möchte, dass aus Nicole etwas wird", fuhr Lucy fort. „Man muss Kindern helfen, unabhängige, erfolgreiche Erwachsene zu werden. Deswegen bin ich Lehrerin geworden."

„Hilfst du auch mir?"

„Ich helfe *ihr*."

Sie hatte jedes Recht, ihm gegenüber zurückhaltend zu sein – nach allem, was er ihr an jenem Abend vor 15 Jahren angetan hatte. „Das freut mich sehr."

„Das werden wir noch sehen, Mr. Kincade."

Früher hatte er viele, viele Stunden mit dieser Frau verbracht. Diese formale Anrede sollte nun wirklich der Vergangenheit angehören.

„Wir kennen uns so lange und werden jetzt zusammenarbeiten. Warum so förmlich?"

Sie zögerte, und das machte ihn nervös, so wie wenn einer seiner Teamkameraden mit dem Puck auf dem Eis herumspielte und er nicht wusste, ob er als Nächstes angespielt würde.

„Es wäre sicher das Beste für alle Beteiligten – allen voran natürlich für Nicole –, wenn wir in dieser Angelegenheit auf einer professionellen Ebene blieben."

„Dann eben förmlich, wenn meine Schwester dabei ist. Und ansonsten …"

„Es wird kein *ansonsten* geben."

„Sicher?"

Er sah etwas in ihren Augen aufleuchten, bevor sie auf die Uhr sah und die Papiere zurück in ihre Tasche steckte. „Ich muss los."

„Jetzt schon?"

„Warum versuchst du nicht, noch einmal mit deiner Schwester zu reden? Ganz ernsthaft. Lern sie besser kennen." Sie erhob sich. „Frag sie, was sie beschäftigt. Nächste Woche beginnen die Frühlingsferien, aber davor werde ich noch einmal mit der Schulpsychologin sprechen und eine Möglichkeit zu finden versuchen, wie Nicole wieder Interesse an der Schule bekommt."

„Klingt nach einem guten Plan." Er wollte nicht, dass sie schon aufbrach, aber wenn er jetzt versuchte, sie aufzuhalten, käme er sich wie ein dämliches Weichei vor. Das passte nicht zu ihm.

„Ich melde mich." Sie hängte sich die Tasche über die Schulter und steuerte auf den Ausgang zu.

Einen Moment lang sah er ihr nach, auch um einen Blick auf ihren schmalen schwarzen Rock zu werfen, unter dem sich ihr wohlgeformter Körper verbarg. An jeder anderen Frau hätte er weiße Turnschuhe kaum sexy gefunden. Aber der kaum verborgenen Sinnlichkeit von Lucy konnte er nicht widerstehen.

Kaum hatte sie das Café verlassen, legte er Geld auf den Tisch, nahm die Packung mit den Cookies und folgte ihr nach draußen.

„Moment noch!" Auf dem Bürgersteig holte er sie ein. „Du hast die Cookies liegen lassen."

„Du glaubst doch nicht im Ernst, dass ich die alle esse, oder?"

Er grinste. „Ich könnte bei dir vorbeikommen und dir dabei helfen, sie zu vernichten."

„Flirtest du schon wieder, Mr. … Jordan?"

„Immer, Lucy."

„Schönen Abend noch." Sie öffnete die Tür eines weißen Hondas und stellte die Box mit den Keksen auf den Beifahrersitz, wobei er ihren hübschen Po begutachten konnte. „Du kannst mich jederzeit über die Schule erreichen, wenn du relevante Informationen zur Situation hast. Ich werde das ebenso handhaben."

Moment mal. So hatte er das eigentlich nicht geplant.

Er wollte wenigstens ab und zu mit ihr reden. Denn er mochte sie. Oder zumindest mochte er das Mädchen, das sie einst gewesen war. Er wollte eine Chance bekommen, die Frau in ihr kennenzulernen.

„Ich habe da eine bessere Idee."

Sie richtete sich auf und legte eine Hand auf die Wagentür. „Wie schön."

Trotz ihres sarkastischen Tons machte er einen Schritt auf sie zu. „Wie wäre es, wenn wir uns ein paarmal pro Woche treffen, um uns auszutauschen?"

„Ein paarmal pro Woche?"

Er nickte.

„Ich denke, da wird eine kurze Nachricht oder ein Anruf ausreichend sein."

„Ich bin kein großer Telefonierer, weißt du. Ich spreche lieber von Angesicht zu Angesicht mit den Leuten. Deswegen bin ich auf dem Eis so erfolgreich."

„Natürlich." Sie ließ den Blick über seinen Körper schweifen, dann sah sie ihm wieder ins Gesicht. „Das bist du bestimmt."

Hatte sie ihn gerade abgecheckt?

„Also, können wir uns treffen?" Er versuchte, nicht hoffnungsvoll und bedürftig zu klingen – obwohl er genau das war. An Lucy kam er genauso wenig heran wie an seine kleine Schwester.

„Wirst du mir auf die Nerven fallen, wenn ich ablehne?", fragte sie.

„Ja."

„Wieso habe ich das geahnt?"

„Wie wär's, wenn ich dich morgen anrufe, damit wir ein nächstes Treffen ausmachen können?"

„Morgen? Wie soll sich innerhalb eines Tages etwas Neues ergeben?"

Er lächelte. „Ich bin eben ein hoffnungsloser Optimist."

„Ich auch. Aber sei behutsam, übe nicht zu viel Druck auf Nicole aus. Optimismus tarnt sich oft durch Ungeduld."

„Genau solche Denkansätze brauche ich jetzt. Denn ich habe nur drauf, wie man Tore schießt."

„Du warst nie dumm, Jordan. Hol einfach tief Luft, bevor du die Sache angehst. Teenager sind kompliziert."

„Kleiner Tipp für dich – das sind erwachsene Frauen auch."

Sie kicherte. „Gib mir dein Handy."

Er zog es aus der Tasche und reichte es ihr. Sie tippte rasch ihre Nummer ein und gab es ihm zurück.

„Ruf mich an. Du findest mich in deinen Kontakten zwischen Bambi und Portia."

„Soll das heißen, dass du auf Dreier stehst?"

Sie verdrehte die Augen und stieg ein, machte die Tür zu und startete den Wagen.

Bevor sie losfahren konnte, klopfte er schnell an die Scheibe, die sie nun herunterließ.

„Hast du noch was vergessen?"

„Ja." Er holte tief Luft. „Ich wollte mich noch entschuldigen."

„Wofür?"

„Dafür, dass ich am Abend des Abschlussballs nie aufgetaucht bin."

Ihr Schweigen verriet ihm, dass sie diesen Abend genauso wenig vergessen hatte wie er.

„Das ist 15 Jahre her", erwiderte sie. „Ich denke, das spielt keine Rolle mehr."

„Doch, für mich schon. Hat es die ganze Zeit. Ich habe versucht, dich anzurufen und mich zu entschuldigen. Denn als meine Kumpels herausfanden, mit wem ich zum Abschlussball gehen wollte, haben sie mir einen üblen Streich gespielt. Ich wusste gar nicht, wie mir geschah."

„Ganz sicher haben deine Kumpels dir damit einen Gefallen getan."

„Es war mir scheißegal, wie sie es fanden. Aber sie haben mir so viel Alkohol eingeflößt, dass ich nicht mehr stehen konnte."

„Wie gesagt – das spielt keine Rolle mehr."

„Da hast du unrecht, Lucy. Und das werde ich dir beweisen."

„Nicht nötig."

Als ihr kleiner weißer Honda verschwunden war, fragte sich Jordan, wie er das alles nur anstellen sollte. Bisher war sein Leben doch recht eindimensional verlaufen. Aber jetzt hatte er anderen Menschen etwas versprochen und auch fest vor, alle diese Versprechen zu halten.

Und wenn er dabei draufging.

Ein ganz normaler Schultag konnte die Energiereserven einer Lehrkraft aufbrauchen – je nachdem, ob die Schüler beschlossen hatten, sich zu benehmen oder die Sau rauszulassen. Heute hatten sich die Schüler mal wieder benommen wie wilde Tiere, und als Lucy am Nachmittag auf dem Schulparkplatz in ihr Auto stieg, fühlte sie sich wie eine Tierpflegerin an ihrem ersten Tag.

Auch das Treffen mit Jordan hatte sie eine gehörige Portion ihrer Ausgeglichenheit gekostet. Sie hatte nicht erwartet, dass sie eine Lösung finden würden. Doch er hatte sie überrumpelt, und es war ihm gelungen, sie ein bisschen für sich einzunehmen, weil es ihm anscheinend ernst war mit dem Wohlergehen seiner Schwester. Es war nicht allzu schwer, einen Mann zu mögen, der seine eigenen Bedürfnisse hintanstellte, um einem anderen Menschen zu helfen. Lucy wünschte, sie hätte so jemanden gehabt, als sie selbst noch ein Kind war. Und auch später noch hätte sie nichts dagegen gehabt.

Und dann hatte er auch noch einen letzten Trumpf gezogen.

Er hatte sich für den Abend des Abschlussballs entschuldigt.

Gut, ganze 15 Jahre zu spät. Aber immerhin. Ihr Herz war geschmolzen, als sie erkannt hatte, wie wichtig es ihm gewesen war, sie endlich um Verzeihung zu bitten und ihr alles zu erklären. Hätte man sie vor einer Woche gefragt, ob sie jemals mit dieser Entschuldigung rechnen würde, hätte sie laut gelacht. Jordan Kincade – ein harter Kerl, wie er im Buche steht – schien ihr nicht der Mann zu sein, der sich jemals für irgendetwas entschuldigte. Deswegen hatte sie natürlich niemals damit gerechnet – und es auf sich beruhen lassen.

Die Krönung des Tages war dann noch das Treffen des Lehrer-Eltern-Ausschusses gewesen, wo es um die Organisation des Schulkarnevals ging. Wie üblich hatten sie Freiwillige gesucht. Da Lucy Single war, schienen immer alle davon auszugehen, dass sie mehr Zeit hatte als ihre Kolleginnen und Kollegen mit Familie. Wahrscheinlich stimmte das sogar, aber trotzdem wollte sie nicht automatisch jedes Mal die Freiwillige sein. Am Ende glaubten die anderen noch, ihr Leben wäre nicht ausgefüllt.

Sie parkte den Wagen in der Einfahrt, denn sie hatte noch einen Punkt auf dem Zettel, bevor sie Feierabend machen konnte. Nächste Woche waren Ferien, da konnte sie dann endlich ausspannen, lesen und viel schlafen.

Aber jetzt ging sie über den Rasen nach nebenan und klopfte an die Tür des hübschen kleinen Häuschens. Die große vordere Veranda war mit zahlreichen Blumentöpfen und Fuchsien in Hängeampeln geschmückt. In einer Ecke stand ein weißer Korbschaukelstuhl mit einem süßen kleinen Tischchen, auf dem man eine Karaffe und mehrere Gläser abstellen konnte.

Die Tür quietschte beim Öffnen, und Mrs. Benner stand in ihrem gequilteten Bademantel, einem blauen und einem lilafarbenen Hausschuh vor Lucy.

„Hallo, meine Liebe."

„Mrs. B., Sie sollen doch erst durch den Spion gucken, bevor Sie die Haustür öffnen. Wissen Sie nicht mehr?"

„Soll ich das?" Nachdenklich zog die ältere Dame die grauen Augenbrauen zusammen. Ihre braunen Augen waren leicht getrübt.

„Ja. Wir wollen doch nicht, dass Ihnen was passiert."

„Oh. Dafür habe ich schon gesorgt. Chuck Norris passt auf mich auf."

Chuck Norris war Mrs. B.s 20 Pfund schwerer Kater, der immer schnarchend auf dem Sofa lag und erst dann aktiv wurde, wenn man sein Fressen vor ihn stellte.

„Chuck mit den eisernen Pfoten. Bitte gewöhnen Sie sich an, nachzuschauen, bevor Sie die Tür öffnen. Nur für den Fall der Fälle."

„Okey-dokey."

Lucy seufzte. Natürlich würde es die achtzigjährige Dame wieder vergessen. Wie ihr Sehvermögen, so ließ auch ihr Gedächtnis immer mehr nach. Am vergesslichsten war sie, wenn ihre Arthritis schlimmer wurde. Doch da Mrs. B. ihre Unabhängigkeit so lange wie möglich behalten wollte, hatte Lucy Tochter und Sohn ihrer Nachbarin versprochen, ein Auge auf sie zu haben. Oft beinhaltete dieses Versprechen auch, Besorgungen zu machen und sie zu Arztbesuchen zu begleiten. Doch das machte Lucy nichts aus. Mrs. B. war eine so liebe Frau, und Lucy respektierte ihren Wunsch nach Unabhängigkeit.

„Ich dachte, ich schaue mal kurz bei Ihnen vorbei, bevor ich mich für heute zurückziehe", sagte Lucy. „Brauchen Sie noch etwas?"

„Ich hätte nichts dagegen, wenn Sie mir ein paar Jahre vom Buckel nehmen, damit ich wieder tanzen gehen kann."

Lucy lächelte sie empathisch an. Noch vor wenigen Jahren war Mrs. B. Mitglied bei den Blue Hair Hoofers gewesen, einer Tanzgruppe von Frauen über 70. Sie traten bei Wohltätigkeitsveranstaltungen und auf Privatfeiern auf, und Lucy wusste, dass Mrs. B. diesen Teil ihres Lebens vermisste.

„Ich wünschte, das könnte ich", entgegnete sie. „Haben Sie genügend Lebensmittel im Haus bis Sonntag, wenn wir wieder einkaufen gehen?"

„Falls nicht, bin ich mir sicher, dass Chuck mit mir teilt", scherzte die alte Dame, zumindest hoffte Lucy das.

„Ich will mir morgen eine schöne Suppe machen. Davon bringe ich Ihnen gern was rüber."

„Das wäre wunderbar, Liebes."

Lucy umarmte die alte Frau. Am nächsten Morgen würde

sie vor der Schule noch einmal nach ihr sehen. Sonst machte sie sich den ganzen Tag Sorgen. „Okay, dann sehen wir uns morgen."

„Alles klar."

Mrs. B. schloss die Tür, und Lucy wartete darauf, dass sie abschloss. Als das Klicken des Schlosses nicht kam, klopfte sie noch einmal. Und wieder öffnete Mrs. B., ohne vorher durch den Spion zu gucken.

„Hallo, mein Liebes."

„Mrs. B., Sie haben vergessen abzuschließen."

„Okey-dokey."

„Bitte tun Sie es jetzt. Ich warte hier, bis ich gehört habe, wie Sie den Schlüssel im Schloss umgedreht haben."

Mrs. B. schloss die Tür ein weiteres Mal, und Lucy seufzte erleichtert, als sie hörte, wie die Tür verriegelt wurde. Es würde nicht mehr lange dauern, bis ihre Nachbarin professionelle Hilfe in Anspruch nehmen musste. Bis dahin würde Lucy sich, so gut es ging, um sie kümmern.

Sie kehrte zu ihrem kleinen viktorianischen Häuschen zurück und schloss auf. Entfernt hörte sie das Klicken von Pfoten auf dem Fußboden. Automatisch ging sie in die Knie, um Ziggy mit Streicheleinheiten zu begrüßen. Ihr Golden Retriever enttäuschte sie nicht: Schon kam er um die Ecke aus der Küche und lief schwanzwedelnd auf sie zu.

Ziggy war zu ihr gestoßen, als gerade große Veränderungen in ihrem Leben stattfanden. Dieser Hund hatte sie mehr als einmal vor ihr selbst gerettet.

Als sie ihn vor drei Jahren aus dem Tierheim geholt hatte, lief in ihrem Autoradio gerade der Song „Changes" von David Bowie. Sie hatte die Ironie sofort verstanden und den Hund nach Bowies Alter Ego benannt. Denn nachdem sie nach der Scheidung ihren Mädchennamen wieder angenommen hatte, nannten die Schüler sie nur noch „Lucy in the Sky with Diamonds". Und dann war „Ziggy Stardust" in ihr Leben getreten, und ihr kam es tatsächlich vor, als hätte ihr der Himmel diesen Freund geschickt, den sie in jener Zeit wirklich gebraucht hatte.

Ziggys Aufgabe war es, sie vor den Spinnen vom Mars zu beschützen – sprich: gemeinen, fiesen Leuten. Und ihre Aufgabe war es, Ziggy nicht noch ein weiteres Mal im Tierheim landen zu sehen, sondern ihm stattdessen all ihre Liebe zu geben. Ihre Beziehung baute auf gegenseitigem Verständnis und Treue auf.

Das war das erste Mal, dass Lucy so etwas erlebte.

Ziggy hatte nur ein kleines Problem.

Er furzte.

Ohne Ende.

Sie hatte bereits mehrfach seine Ernährung umgestellt, aber nichts hatte geholfen. Laut Tierarzt produzierte sein Verdauungstrakt einfach zu viel Gas.

Das konnte sie bestätigen.

„Hey, Zigmeister." Sie kraulte ihn zwischen den Ohren und legte die Arme fest um ihn. „Wie war dein Tag? Hast du ein paar Eichhörnchen gejagt?"

Ziggy bellte einmal kurz, dann drängte er sich dichter an sie, sodass Lucy auf dem Hintern landete und Ziggy sie mit seinen hündischen Liebesbekundungen überschüttete.

Es war so schön friedlich, nach Hause zu kommen. Ihr kleines Häuschen war der einzige Ort, an dem sie sich sicher und geborgen fühlte. Sie musste es mit niemandem teilen und niemanden um Erlaubnis bitten. Sie musste nicht diskutieren, wie sie sich einrichtete und was sie zum Abendessen kochte. Sie musste niemanden um Erlaubnis bitten, um sich zum Arbeiten in ihr Zimmer zurückzuziehen, konnte ihre Lieblingssendungen im Fernsehen gucken oder ein Buch lesen oder ihre Liebesromane schreiben – ein Hobby, das sie begonnen hatte, damit es in ihrem Leben wenigstens ab und zu mal ein Happy End gab. Während ihrer Ehe hatte sie immer sehr vorsichtig sein müssen, um nicht mit irgendeiner Kleinigkeit das explosive Temperament ihres Mannes zu reizen. Aber irgendwie hatte sie auch das überlebt.

Gerade eben so.

Sie stand auf, wischte sich die Hundehaare von der Kleidung und legte ihre Handtasche auf den Stuhl neben der Tür. Dann verriegelte sie die Tür und holte tief Luft.

„Wer will vorm Abendessen noch eine Belohnung?"

In freudiger Erwartung wedelte Ziggy mit dem Schwanz, und Lucy ging zum Küchenschrank, um ein Leckerli zu holen. Sie teilte es in vier kleine Stückchen und gab Ziggy jedes Mal eins davon, wenn er ein kleines Kunststück vollführt hatte: umfallen, Pfötchen geben, hinlegen, die Pfoten auf seine Nase legen.

„Braver Junge."

Er belohnte sie mit einem Furz.

„Sag mal! Was hast du denn gefressen?"

Er bellte wild und stützte sich auf seine Vorderpfoten, als wollte er sagen: Okay, ich stinke, aber bin ich nicht trotzdem total süß?

Das war er. Und nur deswegen sah sie über seine permanenten Stinkbombenattacken hinweg.

Nachdem sie sich gründlich die Hände gewaschen hatte, durchforstete Lucy den Kühlschrank und zog schließlich eine Packung Schokoladeneis heraus. Das Beste am Singledasein war, dass man mit niemandem teilen, vor niemandem etwas geheim halten oder erklären musste, wieso man so kurz vor dem Abendessen unbedingt noch Eis in sich reinstopfen musste. Sie schnappte sich einen Löffel aus der Schublade, öffnete die Eispackung und fing an zu essen.

„Mmmmmmmm."

Das köstliche Schokoladeneis zerging ihr auf der Zunge, während Ziggy sie mit zur Seite geneigtem Kopf ansah.

„Nichts für Hunde, Zig. Sei froh, dass du kein Mensch

bist und auf solche Schweinereien zurückgreifen musst, wenn dein Tag einfach nur scheiße war. Abgesehen davon würdest du dir damit deinen ohnehin schon verkorksten Darm noch mehr verkorksen."

Sie ließ den Blick über ihr auf alt getrimmtes Emaille-Geschirr wandern, schob sich einen weiteren Löffel Eis in den Mund und wünschte sich, sie könnte mit dem Eisgenuss ihre schnippische Begrüßung für Jordan Kincade rückgängig machen, nur weil er läppische fünf Minuten zu spät zu ihrer Verabredung aufgetaucht war. Sie wollte nicht als Spießerin dastehen. Hätte ihr Herz nicht so wild geklopft, wäre sie die ganze Angelegenheit vermutlich viel cooler angegangen.

Aber offensichtlich hatte dieser Mann einen bestimmten Effekt auf sie.

Noch viele Jahre nach ihrem Schulabschluss hatte sie ihn gehasst. Doch dann ging ihr auf, dass sie niemandem außer sich selbst die Schuld an diesem Herzschmerz geben musste. Denn niemand konnte einen anderen Menschen verletzen, solange dieser es nicht zuließ. Sie war einfach unachtsam gewesen, und er hatte die Gelegenheit genutzt. Und genau deswegen war sie auch felsenfest davon überzeugt gewesen, dass sie von ihm nie ein Wort der Reue hören würde. Genau damit hatte er sie nun überrascht.

Dabei hätte sie ihm durchaus auch ohne eine Entschuldigung verziehen. So war man als Teenager nun mal. Die meisten dachten eben nur an das, was in ihrer eigenen kleinen Welt vor sich ging. Doch als Lucy heute von Jordan den wahren Grund erfahren hatte, weswegen er sie an jenem Abend nicht abgeholt hatte, brach der alte Schmerz wieder auf.

Denn sie erinnerte sich nur allzu gut daran, wie die Gruppe der beliebtesten Schüler damals über sie gedacht hatte. Sie war nie eine von ihnen gewesen. Hatte sie auch gar nicht gewollt. Sie akzeptierte sich so, wie sie war, und es war für sie vollkommen in Ordnung gewesen, dass sie nie zu den Beliebten oder Coolen zählen würde in ihrem Leben.

Nach ihrem Ehe-Aus musste sie allerdings erst wieder lernen, sich selbst zu mögen, sich selbst und ihren Instinkten zu vertrauen. Sie hatte immer darauf gesetzt, dass sie klug war, doch genau in diesem Punkt versagte sie, als es darauf ankam. Sich selbst wieder zu vertrauen war deshalb nicht leicht. Sie fragte sich, wie und ob sie es schaffen könnte, Nicole Kincade zu helfen und herauszufinden, was ihr fehlte, wenn ihr Bruder sie permanent durch seine bloße Anwesenheit ablenkte.

Wenn er im Spiel war, hatten ihre Instinkte keine Chance. Rote Fahne. Wie konnte sie ihm gegenüber neutral und cool bleiben – und das eventuell wochen- oder monatelang? Sie wusste nicht einmal, ob sie den Mut besaß, den sie brauchte, um normal mit ihm umzugehen. Natürlich hatte sie es schon einmal geschafft, der Hölle zu entkommen. Aber das hier war eine ganz andere Hölle.

Und die hieß Jordan Kincade.

Man mochte es oberflächlich nennen, aber wenn sie einen Mann sah, der sie an einen gefallenen Engel erinnerte, ging sofort die Fantasie mit ihr durch. Sie stellte sich vor, wie er ihr süße Worte ins Ohr flüsterte und mit seinen erfahrenen Händen ihren Körper erkundete.

Nur hatte sie einen solchen Mann bisher nie getroffen.

Es ließ sich nicht abstreiten, dass Jordan Kincade super aussah. Und vermutlich war er deswegen mehr als nur ein bisschen ichbezogen. Nicht, dass sie ihn im Internet ausspioniert hätte, aber bei den Bildern, die sie auf irgendwelchen Promiseiten oder Sportnews von ihm gesehen hatte, hatte er keinen Hehl daraus gemacht, ein ziemlich wilder Kerl zu sein. Auf fast jedem Bild hatte er eine andere üppige Begleiterin dabei, und sein ausdrucksvoller Blick und das breite Grinsen ließen keinen Zweifel daran, dass er jeden einzigen Moment seines Reichtums und Ruhms genoss wie andere einen feinen

Wein. Kein Vergleich zu den Leuten aus Sunshine, die für sein altes Leben standen.

Jordan war ein gefährlicher Mann, der ein gefährliches Leben führte und ein gefährliches Spiel beherrschte. Noch verheerender war allerdings sein Charme, den er aufdrehen konnte wie einen Wasserhahn. Er tropfte ihm aus jeder Pore und hatte vermutlich schon diversen Frauen das Herz gebrochen. Lucy wusste, dass sie sich davon nicht beeindrucken lassen durfte, wenn sie wirklich seiner Schwester helfen wollte. Dann musste sie vorsichtig sein, durfte sich niemals von ihm bezirzen lassen und musste immer wachsam bleiben. Sie hatte schon einmal mit dem Feuer gespielt und sich verbrannt. Und war stolz darauf, dass sie die Qualen überlebt hatte und aus der ganzen Sache klüger als zuvor herausgekommen war.

Okay, Jordan hatte sich bei ihr entschuldigt – was ihr Ex niemals getan hatte. Dabei hätte er viele, viele Gründe gehabt, sie um Verzeihung zu bitten. Der Unterschied zwischen den beiden Männern war der, dass Jordan zumindest ein Gewissen zu haben schien. Das konnte man ihrem Ex nicht bescheinigen.

Nach einem weiteren enormen Bissen Eis machte Lucy den Deckel wieder auf die Packung. Sie stellte Ziggy sein angeblich nicht blähendes Futter hin und ging nach oben, um in etwas Bequemeres zu schlüpfen. Sie hatte sich vorgenommen, sich heute Abend eine Strategie zu überlegen, wie sie Nicole helfen könnte, ohne allzu sehr mit deren sexy Bruder in Berührung zu kommen.

Als Jordan den SUV auf die kurvige Schotterstraße lenkte, die zum Weingut seiner Familie führte, stand die Sonne tief im Westen. Orange- und goldfarbenes Licht und bauschige weiße Wolken verschmolzen zu einem pittoresken Himmelsspiel in Pink.

Er war erleichtert, dass Lucy sich bereit erklärt hatte, ihm mit Nicole zu helfen. Zusammen konnten sie sicher herausfinden, was seine Schwester belastete, und sie unterstützen, damit alles wieder in Ordnung kam.

Falls er sich nicht zu sehr von Lucy ablenken ließ.

Heute Abend hatte er noch einiges zu erledigen. Ein Paar feuerfeste Handschuhe wären sicherlich das Beste für das, was er vorhatte.

Das handgeschriebene Schild „Sunshine Creek Vineyards" vor den großen Steinpfosten und dem eisernen Tor war zwar ausgeblichen, aber die vielen Reihen mit Reben zu beiden Seiten der Straße sorgten dennoch für ein eindrucksvolles Entree. Wenn die Weinstöcke im Frühjahr hellgrün leuchteten und im Herbst voller praller Früchte hingen, sah das Weingut aus wie eine Filmkulisse. Und wenn man nicht ganz genau hinsah, bemerkte man auch nicht, dass die Gebäude, die auf dem Gelände standen, eine Renovierung gut gebrauchen könnten.

Vor der Beerdigung war ihm selbst das auch nicht aufgefallen, denn da hatte seine Trauer alles überlagert. Doch jetzt fielen ihm auf einmal alle Makel auf. Ihn überraschte vor allem der Zustand des Weinguts. Er wusste, dass sein Vater und Ryan hart daran gearbeitet hatten, neue Weine zu kreieren, um sich am Markt behaupten zu können. Vielleicht hatten sich alle ihre Anstrengungen nur darauf konzentriert, und so hatten sie das Bed & Breakfast und den Veranstaltungssaal ein wenig vernachlässigt.

In den vergangenen Jahren hatte sein Vater immer wieder angemerkt, dass im Bundesstaat Washington die Weingüter auf einmal wie Pilze aus dem Boden schossen. Grundstücke und Weinlagen, die jahrelang brachgelegen hatten, waren an ehemalige Hobbywinzer verkauft worden, die erkannt hatten, dass sie mit ihrem Hobby gutes Geld verdienen konnten. Abgesehen davon war die Lebensqualität in der Gegend sehr hoch. In Sunshine gab es so gut wie keine Kriminalität, hier und da mal ein paar Fälle von häuslicher Gewalt oder ein paar betrunkene Teenager, die unten am Fluss Randale machten – aber das war's auch schon.

Die Broschüren, die in der Touristeninformation auslagen, beschrieben die Gegend als hervorragend geeignet für Familien mit Kindern und für Weinbauern. Doch als Jordan nun das Haupthaus auf dem Hügel erreichte, stellte er fest, dass ihr kleines Stück vom Paradies dringend ein bisschen liebevolle Pflege benötigte. Die große Frage, die sich ihm stellte, war die: Wieso hatte das außer ihm noch niemand bemerkt? Seine Mutter musste doch gesehen haben, was los war. Warum hatte sie nichts dagegen unternommen oder wenigstens mal etwas gesagt?

Er parkte in der Einfahrt, und weil er sich mehr als Gast denn als Familienmitglied fühlte, klopfte er an die Tür des großen zweigeschossigen Wohnhauses. Er hörte Schritte im Flur, dann wurde die Tür geöffnet.

Das bernsteinfarbene Licht ließ Tante Pippys Haarpracht noch heller strahlen als sonst. Heute trug sie ein gelb- und orangefarbenes Minikleid mit einem breiten weißen Vinylgürtel, der auf ihren Hüften ruhte. Ohrringe, die an eine Mischung aus Melonenkugeln und der fesartigen Kopfbedeckung der Shriner-Bruderschaft erinnerten, baumelten an ihren Ohrläppchen. Abgerundet wurde ihr Outfit, das besser in eine Musik-Tanz-Show aus den sechziger Jahren als in dieses Provinzstädtchen gepasst hätte, durch weiße Vinylstiefeletten.

„Jordy!" Tante Pippy riss die dick mit blauem Lidschatten geschminkten Augen auf. „Wieso klopfst du denn?"

Gute Frage. Eigentlich könnte er kommen und gehen, wie es ihm beliebte.

Tat er aber nicht.

Nun, das war wohl sein eigener Fehler.

„Ist Nicole zu Hause?"

„Natürlich." Sie winkte ihn rein, und der köstliche Duft von Abendessen ließ seinen Magen knurren. „Sie ist in der Küche und hilft Riley bei einem Schulprojekt."

„Ein gutes Zeichen."

„Ach, du Süßer." Sie tätschelte seinen Arm. „Nichts allzu Aufregendes. Es ist ein Durchscheingemälde, drittes Schuljahr. Aber komm doch rein. Wir wollten gerade essen. Du bist herzlich eingeladen."

Er sah sich im Wohnzimmer um, das ihm plötzlich kalt und leer vorkam. Die schreckliche Abwesenheit seiner Eltern wurde ihm einmal mehr bewusst. „Wo ist denn Ryan?"

„Arbeitet länger. Er sitzt zusammen mit Declan im Büro. Ich glaube, sie gehen die Finanzberichte durch."

Das klang ja nach Spaß.

„Geht es dir gut?", erkundigte er sich. Immerhin hatte Pippy ihre Schwester verloren. Für sie musste es mindestens genauso schwer sein wie für alle anderen.

„Ich versuche, Tag für Tag durchzustehen. Deine Mom und ich haben ziemlich viel Geschwisterzeugs durchgemacht, weißt du. Und als Älteste dachte ich natürlich immer, ich würde zuerst sterben." Ihre Brust hob sich, als sie aufseufzte. „Aber man kann nie wissen."

„Es tut mir so leid." Er nahm sie in die Arme. „Und ich will mich entschuldigen. Man lässt sich so leicht von seiner eigenen Trauer runterziehen und vergisst darüber, dass es den anderen genauso geht."

Sie tätschelte ihm den Rücken und lehnte den Kopf an seine Schulter. Es war ihm egal, ob sie mit ihrem Make-up sein Hemd beschmierte. Er wollte einfach Trost spenden.

„Jordy, du kannst dich nicht dein Leben lang entschuldigen. Irgendwann musst du damit anfangen weiterzumachen. Wir alle sind füreinander da, und wir werden einander in den kommenden Tagen, Wochen und Monaten brauchen. Vergiss das nicht." Sie sah ihn an und streichelte seine Wange. Ihre

Fingernägel waren orange lackiert. „Du bist jetzt zu Hause. Und wenn du wegmusst, wirst du zurückkommen – das weiß ich. Und wenn du dann wieder hier bist, werden wir für dich da sein."

„Das weiß ich zu schätzen, Tante Pippy. Aber ich habe nicht vor, irgendwo hinzugehen."

„Sag niemals nie. Manche Dinge im Leben lernt man schnell, andere langsamer. Dieser große Verlust hat uns allen gezeigt, dass man das Leben mit beiden Händen packen und es gut festhalten sollte."

„Ich werde es versuchen."

„Das weiß ich." Sie tätschelte seine Wange. „Aber jetzt lass uns die Spaghetti essen, bevor sie anfangen zusammenzupappen. Deine Brüder sind übrigens zum Abendessen in die Stadt gefahren. Offensichtlich hatten sie keine Lust auf Spaghetti mit Hühnchensoße. Vor allem Parker hatte wohl ein Problem damit. Er sagte, ich würde die Regeln brechen."

„Wie wir alle wissen, scheren mich Regeln nicht. Ich habe nichts gegen Hühnchen-Spaghetti – im Gegenteil. Wenn für mich was da ist, esse ich gerne mit."

Jordan konnte sich seine Tante nur schwer als Hausfrau vorstellen. Er hatte nicht mal gewusst, dass sie kochen konnte. Als er noch ein Kind war, hatte sie ihm höchstens mal ein Sandwich mit Erdnussbutter, Marmelade und Kartoffelchips gemacht.

„Du bist ein lieber Junge."

„Es wäre mir sehr recht, wenn du diesen Satz nicht vor meinen Brüdern sagen würdest."

„Darauf käme ich nicht mal im Traum!" Seine Tante lachte. „Obwohl ich sicher mehr Spaß daran hätte, euch beim Rangeln zuzusehen, als diese seltsame Distanz zu erleben, mit der ihr euch momentan begegnet."

Ihre Beobachtung traf ihn wie ein Schlag in die Magengrube. Ihr subtiler Hinweis darauf, dass er einiges wiedergutzumachen hatte an seiner Familie, hatte gesessen. Und er blieb dabei: Er wollte sein Versprechen einhalten. Nachdenklich folgte er seiner Tante in die Küche. Seine Frustration von eben wich Nervosität. Wie würde der kleine Drachen auf seine Anwesenheit reagieren?

Kaum betrat er die Küche, stellten die beiden Mädchen ihr ausgelassenes Gekicher und Gemurmel ein. Nicki starrte ihn an. Ihr Lächeln verwandelte sich in einen mürrischen Gesichtsausdruck.

Das würde ja ein angenehmer Abend werden.

Bravo.

„Na? Was macht ihr da?" Er ging auf den langen Tisch zu, an dem die beiden saßen, die Köpfe zusammengesteckt und bis gerade eben auf ihre Arbeit konzentriert. Nicki strafte ihn mit einem „Was geht dich das an"-Blick.

„Hallo, Onkel Jordy", begrüßte Riley ihn lächelnd. „Nicki hilft mir bei meinem Durchscheinbild."

Wenigstens kannte die Kleine seinen Namen. Das war doch schon mal was. Er erwiderte ihr Lächeln und beugte sich über sie, um besser sehen zu können.

Ein Schuhkarton war mit blauem Papier beklebt. Vorne auf dem Karton stand „Meereswelt". Im Innern hatten die Mädchen sorgfältig Muscheln und ausgeschnittene Bilder von Fischen und Korallen platziert.

„Sehr clever, die Fische mit einer Schnur an die Decke zu hängen", lobte er sie. „Dann sieht es so aus, als würden sie schwimmen."

„Das war Nickis Idee", sagte Riley und kräuselte die Nase. „Sie ist ein Genie."

Nicki sagte nichts und befestigte schweigend einen Tigerhai an einer Schnur.

„Ich finde sie auch sehr schlau." Für diese Bemerkung erntete Jordan ein verächtliches Schnaufen. „Ehrlich gesagt", fuhr er fort, „finde ich sie sogar brillant. Riley, kennst du die Geschichte von Taffy Tickles?"

Nicki hob so rasch den Kopf, dass ihre Halswirbel knackten. Sie verengte die Augen zu Schlitzen und feuerte einen giftigen Blick auf ihn ab.

Sehr gut. Jetzt hatte er wenigstens ihre Aufmerksamkeit.

„Woher weißt du davon?“, fragte sie.

„Ich hab sie gelesen.“

Mit zusammengebissenen Zähnen sagte sie: „Ms. Diamond darf die Arbeit ihrer Schüler niemandem zeigen außer den Eltern.“

Es war schlimm genug, den Tod der eigenen Eltern verkraften zu müssen, wenn man 33 war. Aber wenn man erst 17 war und noch viel zerbrechlicher, musste es zehnmal schlimmer sein. Jordan legte Nicki eine Hand auf die Schulter. „Diesen Luxus haben wir leider nicht mehr, Schwesterherz.“

„Nenn mich nicht so.“ Nicole sprang auf und rannte aus der Küche.

Tante Pippy und Riley sahen ihn bedauernd an.

Fast schon ein wenig altklug bemerkte Riley: „Gib ihr ein wenig Zeit, Onkel Jordy. Sie ist traurig und fühlt sich einsam. Nachdem Mama weg war, hat es auch bei mir eine Weile gedauert, bis alles wieder in Ordnung kam, aber jetzt bin ich okay. Und das wird bei Nicki bestimmt auch so sein.“

Eine Million Gefühle überschwemmten Jordans Herz. Mit Ausnahme von Ryan pflegten er und seine Brüder sich über Laura Kincade – jetzt wieder Laura Landa – immer nur lustig zu machen. Für sie war sie die Königin des Toilettenpapiers. Was sie darüber allzu oft vergaßen, war, wie sehr ihre kleine Tochter unter Lauras egoistischer Sehnsucht nach einer Hollywoodkarriere zu leiden hatte.

Jordan küsste Rileys weiches Haar. „Danke, Schätzchen. Das werde ich beherzigen.“ Er warf seiner Tante einen Blick zu. „Können die Spaghetti noch einen Moment warten?“

„Nimm dir alle Zeit, die du brauchst.“

„Könnte länger dauern." Er seufzte laut. „Ich weiß noch nicht, wie das alles gehen soll, aber ich arbeite daran."

„Vergiss eines nicht", riet ihm Pippy. „Du hast vier Brüder, die alle ziemlich schlau sind. Also glaub ja nicht, dass du alles alleine stemmen musst."

Aber seine Brüder hatten auch genug zu tun. Zum Glück hatte er jetzt Lucy an seiner Seite.

„Ich weiß, du glaubst, du müsstest etwas wiedergutmachen", fuhr Pippy fort. „Aber das ist nur deine Sicht der Dinge."

Er sah die Treppe hinauf. „Ich bin mir aber ziemlich sicher, dass Nicki das genauso sieht."

„Lass ihr Zeit. Wie Riley schon sagte – sie wird klarkommen."

Das hoffte er. Aber darauf wetten würde er nicht.

Er nickte seiner Tante zu, umklammerte die Tüte in seiner Hand ein bisschen fester und machte sich auf in die Höhle des Löwen. Wenig überraschend war Nickis Zimmertür geschlossen. Er hatte eigentlich darauf gewartet, dass sie sie zuknallen würde, aber das hatte sie nicht getan.

Er klopfte. Natürlich gab sie keine Antwort. Er klopfte noch mal. Und noch mal. Und noch mal. Bis sie genervt die Tür aufriss.

„Was muss ich machen, damit du endlich abhaust?", presste sie zwischen zusammengebissenen Zähnen hervor. „Du willst doch sowieso nichts lieber als das!"

Er hielt ihr die weiße Papiertüte hin. „Für dich."

Neugierig betrachtete sie sie. Ihre griesgrämige Miene behielt sie aber bei. Sehr talentiert. Anders konnte man das nicht nennen. Er hatte Jahre gebraucht, um einen ähnlichen Blick fürs Eishockey zu perfektionieren. Es war nicht leicht – wie dieses Spiel, bei dem man sich gleichzeitig über den Kopf streichen und kreisförmig den Bauch streicheln musste.

„Was ist das?", fragte Nicki.

„Eine Überraschung." Er wackelte mit der Tüte. „Für dich."

Sie beäugte ihn misstrauisch.

„Ich dachte mir, das könnte dir gefallen", erklärte er. „Ich verspreche, dass nichts aus der Tüte springt und über dich herfällt."

Sie sah ihn weiter wütend an, aber er schob sich einfach an ihr vorbei in ihr Zimmer.

„Hey! Du kannst hier nicht einfach so reinspazieren."

„Zu spät." Er stellte die Tüte auf ihr Bett. Auf dem Weg zurück zur Tür blieb er vor seiner Schwester stehen. Sie stand mitten im Zimmer, mit verschränkten Armen und ungeduldig mit einem Fuß auf den Boden tippend, der in einem pinkfarbenen Converse-Chuck steckte.

„Behalt es. Wirf es weg. Egal", sagte er. „Was nicht egal ist: Ich werde nicht weggehen. Und morgen komme ich wieder und werde dich weiter nerven." Als er die Treppe hinunterging, hörte er, wie sie hinter ihm herschimpfte. Dann ging ihre Zimmertür zu, und er hörte am Knistern, wie Nicki sich über die Papiertüte hermachte.

Er musste lächeln.

Hoffentlich würden das Blumen-Tagebuch und die bunten Stifte sie dazu inspirieren, aufzuschreiben, was sie beschäftigte. Das XL-Snickers dagegen war plumpe Bestechung. Was auch immer sie mit dem Inhalt der Tüte anstellen würde, hatte keinerlei Auswirkung auf das, was er morgen vorhatte.

Denn dann würde er wiederkommen.

7. Kapitel

Erst als er auf der vorderen Veranda von Lucy Diamonds kleinem viktorianischen Häuschen stand, dachte Jordan, dass er vielleicht seine Grenzen überschritt. Nein, nicht nur vielleicht. Ganz sicher. Lucy hatte ihm lediglich ihre Telefonnummer gegeben, nicht aber ihre Adresse. Deswegen hatte er selbst recherchiert, wo sie wohnte. Hoffentlich empfand sie ihn nicht als Stalker. Andererseits wäre das genau die Bezeichnung, die ihm dazu einfiele – er konnte es ihr also schlecht übel nehmen, wenn sie es genauso sah.

Das gedämpfte Außenlicht war hell genug, um die Rosenbüsche und die blaue Zierleiste an Haustür und Fensterbrettern in Szene zu setzen. Ein sauberer weißer Lattenzaun umsäumte das Grundstück. An einem großen Baum hing eine alte Holzschaukel und bewegte sich sanft in der leichten Brise. Instinktiv fragte Jordan sich, ob Lucy Kinder hatte.

Daran hatte er noch gar nicht gedacht.

Ihr Haus sah aus wie aus einem Märchenbuch und wollte so gar nicht zu Lucys forschem Auftreten als Lehrerin und erst recht nicht zu der toughen Kickboxerin passen.

Die Sonne war schon vor ein paar Stunden untergegangen, und die Luft war kühl, als er nun an ihre Haustür klopfte. Es dauerte eine Weile, doch dann hörte er, wie sich Schritte näherten. Als sie verstummten, vermutete er, dass sie durch den Spion guckte. Schließlich wurde die Tür geöffnet.

„Jordan. Was machst du hier?"

Die Antwort blieb er ihr schuldig. Stattdessen musterte er sie von oben bis unten.

Lucy trug eine weite, karierte Pyjamahose und ein weißes

Tanktop mit schmalen Spaghettiträgern. Durch den dünnen Stoff zeichneten sich ihre Brustwarzen leicht ab. Er sah sofort, dass sie keinen BH anhatte.

Was ihn nicht störte.

Die Haare trug sie immer noch in diesem unordentlichen hochgesteckten Knoten, den er so sexy fand, das dunkle Brillengestell war ihr ein Stück von der Nase gerutscht. Ihre Füße steckten in ein paar flauschigen Hausschuhen. Sie hielt ein Taschenbuch in der Hand, und aus den Tiefen des Hauses erklang Justin Timberlakes „What Goes Around".

„Hallo?"

Er riss sich vom Anblick ihrer schwarz-gelb gestreiften Biene-Maja-Hausschuhe los. „Was?"

„Ich fragte, was du hier willst." Mit einem Klatschen klappte sie ihr Buch zu – offensichtlich ein Liebesroman, wie er dem Cover entnahm – und lenkte seine Aufmerksamkeit so wieder auf sich. „Und woher weißt du überhaupt, wo ich wohne?"

„Welche Frage soll ich zuerst beantworten?"

Sie seufzte, und wieder einmal fiel ihm auf, dass er offensichtlich sämtliche Frauen in seiner Umgebung zur Verzweiflung brachte.

„Meine Neugier ist wirklich unbezähmbar", sagte sie.

Bevor sie ihm die Tür vor der Nase zuschlagen konnte, tat er etwas sehr Peinliches und Vorhersehbares: Er stellte einen Fuß in die Tür. „Ich muss dir etwas Wichtiges sagen. Und was die zweite Frage betrifft: Google."

„Die Menschen haben sicherer gelebt, bevor es das Internet gab." Sie schüttelte den Kopf. „Und was kann um diese Uhrzeit noch so wichtig sein?"

„Ich sehe, du bemühst dich, nicht zu lächeln." Er deutete auf ihre sinnlichen Lippen.

„Ja, ja. So hat jeder seine Momente."

„Darf ich reinkommen?"

„Es ist spät. Kann das nicht bis morgen warten?"

„Ja, es ist spät. Stimmt, ich hätte nicht einfach hier auftauchen dürfen. Richtig, du solltest mir die Tür vor der Nase zuschlagen." Er holte tief Luft. „Aber ich hoffe, das tust du nicht."

In diesem Moment hatten die Götter wohl Erbarmen mit ihm, denn aus dem Haus kam ein Golden Retriever zur Tür gelaufen.

„Was für ein schöner Hund." Jordan drängte sich an der überrumpelten Lucy vorbei ins Haus, wo der Hund ihn schwanzwedelnd begrüßte. Jordan hockte sich hin und streichelt den großen Kopf des Tieres. „Wie heißt er denn?"

„Ziggy. Ich überlege gerade, mir noch einen zweiten anzuschaffen." Lucy schloss die Haustür. „Wahrscheinlich einen Deutschen Schäferhund oder etwas in der Art, auf jeden Fall mit scharfen Zähnen und beißwütig."

Jordan sah auf. „Hätte bei mir keinen Zweck. Ich bin ein Hundeflüsterer." Er streichelte Ziggy weiter, der nun sehr glücklich aussah.

„Scheint so." Lucy verschränkte die Arme vor der Brust. „Ich kann mich nicht erinnern, dich hereingebeten zu haben."

„Hoppla." Er grinste.

„Ganz ehrlich, das nehme ich dir nicht ab."

„Den Versuch war's wert."

„Vielleicht strengst du dich beim nächsten Mal ein bisschen mehr an."

Er grinste noch immer. „Wenn ich bleiben darf, werde ich daran arbeiten. Versprochen."

„Bitte meinetwegen keine Umstände. Ich bin nicht so leicht zu täuschen."

„Willst du mich ärgern, Lucy? Das passt gar nicht zu dir."

„Du hast ja keine Ahnung. Und wenn du mich jetzt entschuldigen würdest, ich muss kurz nach oben gehen und meine Zwölfkaliber holen." Sie ging zur Treppe, drehte sich aber noch einmal um und sah ihn an. Das feine Lächeln, das ihre Lippen umspielte, berührte ihn irgendwie. „Nichts klauen, solange ich weg bin."

Anscheinend war sie nicht allzu wütend über die Störung.

„Keine Sorge. Ich habe mein Einbrecher-Kit heute mal zu Hause gelassen."

Als Lucy oben verschwunden war, ließ sich ihr Hund zu Jordans Füßen nieder. Jordan nutzte die Gelegenheit, sich in dem überwiegend in Weiß gehaltenen Haus umzusehen. Kleine Farbtupfer in Hellblau, Pink und Gold erinnerten ihn an Ostereier-Bemalung. Allerdings verhieß ihm die sehr weibliche Dekoration auch, dass hier kein Mann zu wohnen schien. Da war er sich bisher nicht so sicher gewesen. Aber jedes Wesen mit Testosteronüberschuss konnte es an diesem Ort der Makellosigkeit keine zehn Minuten lang aushalten.

Fast musste er lachen. Denn alles Mobiliar, das er für seine eigene Wohnung gekauft hatte, bestand aus Leder, damit man es gut abwischen konnte, oder war dunkel, damit man den Schmutz nicht sah. Wenn seine Kumpels abends auf eine Partie Poker vorbeikamen, musste er sich wegen des Chaos, das sie hinterließen, keine Gedanken machen.

Natürlich hatte er eine Zugehfrau, die bei ihm sauber machte und sich auch um die Einkäufe kümmerte. Doch seine Vorgabe an den Innenarchitekten war damals die gewesen, ihm ein echtes Männerparadies zu schaffen – großer Fernseher mit exzellentem Surroundsystem und viel Platz für Bier im Kühlschrank.

Lucys Haus fühlte sich dagegen wirklich nach einem Zuhause an.

Als sie ein paar Minuten später wieder herunterkam, hatte sie sich einen flauschigen weißen Bademantel übergeworfen, vermutlich damit er sie nicht weiter so anglotzte. Pech. Ihre Bemühungen kamen zu spät. Außerdem besaß er eine großartige Vorstellungskraft. Und da er sie bereits in ihrem Top gesehen hatte, wusste er sehr genau, was sich unter diesem Bademantel befand – den er ihr zu gern ausgezogen hätte.

Schon als Teenager hatte er Lucy gemocht. Hatte sich in ihrer Gesellschaft wohlgefühlt. Es geschätzt, wie klug sie war. Allerdings hatte er sie nie sexy gefunden oder Lust darauf gehabt, unanständige Dinge mit ihr anzustellen.

Das war jetzt anders.

Das war doch verrückt! Jordan Kincade stand in ihrem Wohnzimmer! Natürlich wirkte er dort völlig fehl am Platz. Aber er sah echt sexy aus in seinen hautengen Jeans, dem eng geschnittenen schwarzen T-Shirt und der schwarzen Lederjacke. Lucy fand ihn so verführerisch und gefährlich wie feinste dunkle Schokolade.

In den letzten Jahren hatte sich Lucy mehr oder weniger absichtlich vom anderen Geschlecht abgewendet und ferngehalten. Schon einmal hatte sie sich von einem hübschen Äußeren blenden lassen. Noch so eine Erfahrung brauchte sie nicht.

Aber ehrlich gesagt war Jordan gar nicht sonderlich gut aussehend. Es war vielmehr seine sehr männliche Ausstrahlung, die ihn so attraktiv machte. Er hatte dunkles, welliges Haar, das er lässig aus der Stirn geschoben hatte, dichte, fast schwarze Augenbrauen, blaue Augen und einen Dreitagebart. Er strahlte Stärke und Leidenschaft aus.

Und sein Geld verdiente er mit einem gefährlichen Sport. Einem Sport, der viele Menschen noch mehr begeisterte, wenn ordentlich Blut floss. Lucy hatte ein paar seiner Eishockeyspiele im Fernsehen gesehen und war über die Brutalität des Sports ziemlich erschrocken. Deshalb wusste sie auch, wozu er ganz offensichtlich fähig war. Eigentlich müsste sie ihn als Bedrohung empfinden. Allzu sehr entspannen sollte sie sich jedenfalls besser nicht in seiner Gegenwart.

Doch seltsamerweise empfand sie etwas ganz anderes.

Auf einer völlig irrationalen, rein körperlichen Ebene fühlte sie sich bei Jordan irgendwie … geborgen.

Bei dieser Vorstellung musste sie beinahe laut lachen.

„Ich mach uns mal einen Tee“, verkündete sie und brach damit den Zauber. „Dann kannst du mir berichten, was so wichtig ist.“

„Ich hab’s ehrlich gesagt nicht so mit Tee.“ Er folgte ihr in die Küche.

Schwanzwedelnd übernahm Ziggy seinen Part des „Ich beschütz dich, und du beschützt mich“-Deals.

„Wenn das so ist …“ Sie nahm eine Dose mit grünem Tee aus dem Schrank. „… sag mir doch einfach, was du sagen willst, und dann gehst du wieder.“

„Ach, was soll’s …“ Er setzte sich an den weißen Küchentisch, und Ziggy ließ sich wohlig stöhnend zu seinen Füßen nieder. „Ein Tee wäre vielleicht gar nicht schlecht.“

„Das klingt nicht sehr überzeugt.“

„Nein, im Ernst. Ich … ähm …“ Er wedelte mit der Hand vor seinem Gesicht herum. „Ich glaube, dein Hund hat gerade …“

„Oh ja. Das tut er oft.“ Lucy unterdrückte ein Lachen. „Und gerne.“

„Dann hast du wohl einen großen Verbrauch von Lufterfrischern.“

„Hab ich tatsächlich.“ Was für eine seltsame Unterhaltung. Die im Übrigen nicht das Geringste dazu beitrug, dass Lucy sich Jordans Gegenwart nicht so unglaublich bewusst war.

Er deutete auf die andere Seite des Esstischs. „Ist das etwa eine Kirchenbank?“

„Ja. Hab ich letzten Sommer auf einem Flohmarkt in Oregon entdeckt.“

Sie stellte das Teewasser auf und hängte Teebeutel in zwei Tassen. Jordan betrachtete ihre Küche und saß dabei auf einem Stuhl, der sich zwei Nummern zu klein für ihn anfühlte.

„Ein Kronleuchter aus Einweckgläsern. Ein Vintage-Hotelschild. Und Milchgläser in den Regalen. Du stehst auf altes und weißes Zeug, was?“

„Ich stehe auf Schlichtheit.“

„Scheint mir auch so. Gab es irgendeinen speziellen Auslöser dafür?“

„Was meinst du?“

Er zuckte die Schultern. „Normalerweise hat es etwas zu bedeuten, wenn die Menschen ihr Leben entrümpeln.“

Oh Mann. Volltreffer. „Und dass es mir einfach gefällt, ist nicht denkbar?“

„Alles ist möglich. Du hast ein schönes Zuhause. Vielleicht erinnert mich all dieses Weiß aber auch nur an die vielen Besuche in der Notaufnahme, wo man mich schon so oft zusammengeflickt hat.“

Die Vorstellung verursachte ihr ein beklommenes Gefühl in der Magengegend. „Die Verletzungsgefahr in deinem Sport ist bestimmt ziemlich hoch.“

„Höher, als mir lieb ist.“

„Das klingt ein bisschen so, als würden die Verletzungen dich weniger stören als die Tatsache, dadurch ein Spiel zu verlieren.“

„Verlieren tue ich definitiv nicht gerne.“

Die leichte Wehmut in seiner Stimme ließ sie aufhorchen. Meinte er damit vielleicht auch, geliebte Menschen zu verlieren?

Für erfolgreiche Sportler wie ihn war es sicher besonders schwer, von Ereignissen, über die sie keinerlei Kontrolle hatten, in die Knie gezwungen zu werden. Ganz plötzlich hatte Lucy Mitleid mit ihm. Doch zum Glück pfiff der Wasserkessel, bevor sie etwas Tröstendes von sich gab. Sie goss den Tee auf. Eine Tasse stellte sie vor Jordan hin.

„Ich hätte gern Zucker.“

„Bei deinem Beruf kannst du dir wahrscheinlich Tonnen

davon erlauben." Sie reichte ihm die Zuckerdose, setzte sich auf die Kirchenbank und stellte ihre Tasse auf das weiße Platzdeckchen vor sich. „Also, Mr. Kincade ... Was ist denn nun so außerordentlich wichtig?"

„Ah, ah, ah. Einen Moment noch, Lucy." Er gab zwei Teelöffel Zucker in seine Tasse und rührte um. „Wollten wir die Förmlichkeit nicht hinter uns lassen?"

Sie lächelte. „Und wolltest du nicht meine Neugierde stillen?"

„Sehr clever." Er grinste. „So was mag ich."

„Ist klar. Also, spucke es aus."

„Heute Abend ist mir was eingefallen."

„Etwas, das keine Zeit bis morgen hatte."

„Manche Dinge können nun mal nicht warten." Er runzelte die Stirn, als er einen Schluck heißen Tee trank. „Vor allem in den letzten paar Wochen habe ich gelernt, dass eigentlich *nichts* warten kann. Wenn man etwas zu sagen hat, sollte man es besser gleich als später tun. Man weiß nie, wann die eigene Zeit abgelaufen ist. Und wenn ich Nicki wirklich helfen will, dann muss es jetzt sein. Niemand weiß, was morgen sein wird."

„Es tut mir leid." Lucy wandte den Blick ab. Sie konnte den Schmerz in seinen Augen nicht ertragen. „Natürlich. Ich verstehe, wieso es dir damit so dringend ist. Wie kann ich helfen?"

„Ich habe Nicki ein Tagebuch gekauft. Eins von diesen aufwendigen, mit Blumen und so. Und dazu habe ich ihr diese bunten Gelstifte besorgt. Ich dachte, wenn sie schöne Bilder sieht, inspiriert es sie vielleicht, die Dinge aufzuschreiben, die sie belasten. Dadurch kann sie sie möglicherweise loswerden."

Dass er sich diese Gedanken machte, berührte Lucy sehr. Sie wusste nicht, wieso es sie überraschte, dass Jordan sich so um seine Schwester bemühte, aber es warf ein ganz neues Licht auf ihn. Der Mann, der da gerade an ihrem Küchentisch saß, schien ein völlig anderer zu sein als der, für den sie ihn jahrelang gehalten hatte.

„Das ist eine großartige Idee."

Er zuckte die Achseln. „Ich war in diesem Schreibwarenladen und da ..."

„Bei Punkydoodles?"

„Genau." Er stellte seine Tasse ab. „Mir war die bunte Schaufensterauslage aufgefallen, und ich dachte mir, ich könnte mir den Laden ja mal ansehen. Dann habe ich das Tagebuch entdeckt und die Stifte in einem Gang voller Mädchenzeug. Ich musste sofort an Nicole denken."

„Hast du ihr die Sachen schon gegeben?"

Er nickte mit feierlicher Miene.

„Aber sie kamen nicht so gut an?"

„Ich weiß es nicht. Sie war so sehr damit beschäftigt, mich zu hassen, dass ich die Tüte einfach auf ihr Bett gestellt habe und schnell wieder gegangen bin, bevor sie mich anschreien konnte." Er schüttelte den Kopf. „Nicki erinnert mich an ein Kätzchen. Eins von denen, die sich wie wild gebärden und fauchen und kratzen, als wollten sie die ganze Welt erobern."

Lucy nickte. Sie sah Nicole auf ähnliche Weise.

„Aus Gründen der Bestechlichkeit habe ich noch ein XL-Snickers in die Tüte getan", fuhr er fort. „Falls das mit dem Tagebuch und den Stiften nicht klappt, dachte ich mir, habe ich vielleicht mit Schokolade eine Chance bei ihr."

Nach dem Fiasko mit dem Abschlussball hätte sich Lucy viele Dinge vorgestellt, die sie gern mit Jordan Kincade machen würde – unter anderem, ihn mit bloßen Händen zu würgen, bis seine Augen aus den Höhlen traten. Sie hätte schwören können, dass diesem Mann nichts wichtiger war als sein eigenes aufgeblasenes Ego. Aber anscheinend besaß er auch ein großes Herz. Nun ja, man würde sehen. Nicht jeder gab sein wahres Ich sofort offen zu erkennen.

Auch das hatte sie auf die harte Tour gelernt.

„Schokolade ist immer eine gute Wahl“, pflichtete sie ihm bei. Sie empfand seine ernst gemeinten Bemühungen wirklich als sehr rührend.

„Wenn’s hilft, kaufe ich den ganzen Laden für sie leer!“

„Abgesehen davon, dass du offensichtlich gerne Cookies und Snickers unter die Leute bringst ...“ Lucy fummelte an einem antiken Spitzendeckchen unter einem Einmachglas herum, das mit einer Girlande aus Gänseblümchen geschmückt war. „... gehe ich davon aus, dass du möchtest, dass ich deine Schwester zum Niederschreiben ihrer Gedanken auffordere.“

„Glaubst du denn, das würde uns weiterhelfen?“

„Na ja ... Ich glaube nicht, dass sie uns zeigen würde, was sie geschrieben hat.“

„Auch wieder wahr. Aber ich könnte mich ja wie ein Geheimagent in ihr Zimmer schleichen und ihr Tagebuch stehlen.“

Sie musste lachen. „Das passt nicht zu dir.“

„Was? Du hältst mich nicht für 007-würdig?“

Sie fand ihn sexy und auch rührend. „Ich finde, du ähnelst eher dem Hulk ...“

Er warf die Hände in die Luft und lächelte. „Dann hab ich die Kohle für die Spionakademie wohl umsonst ausgegeben.“

Wieder lachte sie. Das passierte ihr nicht oft. Sie gehörte eher zu den ernsthaften Menschen. Heute Abend stellte sie jedoch fest, dass Lachen sich ziemlich gut anfühlte.

„Die Chancen stehen gut, dass Nicole das ganze Zeug im Kamin verbrennt, kaum dass ich weg bin.“

„Das bezweifle ich.“

Er schüttelte den Kopf, und im Licht des Kronleuchters glänzte sein Haar. „Da wäre ich mir nicht so sicher.“

„Vielleicht will sie ja nur deine Aufmerksamkeit.“

„Tolle Methode.“

„Sie ist ein Teenager.“ Lucy lehnte sich zurück und fühlte

sich so entspannt wie schon lange nicht mehr. „Erinnerst du dich nicht mehr, wie das damals bei dir war?"

„Ich war ein ziemlicher Idiot." Er musterte ihr Gesicht. „Das wirst du mir sicher bestätigen."

Zu seinem Glück hatte sie die ganze Sache noch einmal überdacht. „Hier geht es gerade nicht um mich."

„Sollte es aber."

Ihr Schweigen verriet ihm, dass ihr ein anderes Gesprächsthema lieber wäre.

„Wieso hast du eigentlich deinen Namen geändert?", fragte er abrupt.

„Wie bitte?"

„Du hießt doch früher Nutter."

„Und ich wurde deswegen lange genug aufgezogen."

„Du hast also aus beruflichen Gründen den Namen gewechselt?"

„Nein." Sie presste die Lippen aufeinander. Dazu wollte sie sich nicht äußern. Jedenfalls nicht Jordan gegenüber. Überhaupt niemandem gegenüber. Sie hatte diese Zeit ihres Lebens ausgeblendet und schätzte das tiefe, dunkle Grab, in dem ihre Vergangenheit beerdigt war. „Ich war verheiratet."

„Bist es aber nicht mehr."

„Schon seit ein paar Jahren nicht mehr, nein."

„Und du hast trotzdem den Namen deines Exmannes behalten? Wieso? Habt ihr Kinder?"

„Es gibt keine Kinder." *Zum Glück.* Nicht, dass sie nicht gern welche gehabt hätte. Sie mochte Kinder. Aber im Nachhinein war sie froh, dass sie in ihrer unglückseligen Beziehung auf Verhütung geachtet hatte. Kein Kind sollte in einem Umfeld von körperlicher Gewalt aufwachsen. Das wusste sie selbst aus erster Hand, denn ihre Eltern waren beide gewalttätige Alkoholiker gewesen. „Ich habe seinen Namen nicht behalten. Nach meiner Scheidung wollte ich einen Neuanfang. Also habe ich mich nach einem meiner Lieblingssongs von den Beatles genannt. Natürlich singen mir die Schüler immer wieder diesen Song vor, um mich zu ärgern. Vielleicht hätte ich mir doch besser einen unverfänglichen Namen suchen sollen."

„Ja." Seine Augen funkelten. „Da könnte man durchaus kreativ werden. Lucy Lovelace, Lucy Luscious ..."

Diese Namen waren so albern, dass sie lachen musste. Schon wieder!

„Du hast ein schönes Lachen." Ernst sah er sie an. „Das kannst du gern öfter zeigen."

Mit Komplimenten konnte sie wirklich nicht umgehen. Vielleicht war das der Grund, warum seine Bemerkung ihr eine Gänsehaut verursachte und sie auf einmal Schmetterlinge im Bauch hatte. Da sie nicht wusste, was sie sagen sollte, trank sie schnell einen Schluck Tee.

„Du bist Komplimente wohl nicht gewöhnt?" Er lehnte sich in seinem Stuhl zurück, verschränkte die Arme vor der Brust und musterte sie.

Sie schüttelte den Kopf.

„Verstehe ich gar nicht."

Als sie ihn skeptisch ansah, fuhr er fort: „Ich verstehe nicht, dass man dir nicht täglich sagt, was für ein wunderschönes Lachen du hast oder wie hübsch du bist oder was es mit einem Mann anstellt, wenn du – so wie jetzt – an deiner Unterlippe nagst."

Hätte sie auch nur die Spur eines Lächelns auf seinen Lippen wahrgenommen, hätte Lucy gewusst, dass er sie auf den Arm nehmen wollte. Doch er schien es ernst zu meinen. Was sollte sie nun damit anfangen?

„Was ist denn in deiner Ehe passiert?"

Diese Frage ging gar nicht. Was es nicht leichter machte, sie zu beantworten.

„Das ist zu persönlich." Sie hob die Tasse, konnte sich aber leider nicht dahinter verstecken.

„Entschuldigung.“ Er beugte sich wieder vor und streckte seine langen, muskulösen Arme auf dem Tisch aus. „Aber wir waren doch mal Freunde. Und als ein Freund aus alten Zeiten, der sich gerne wieder annähern möchte, bin ich neugierig, was in deinem Leben alles passiert ist.“

„Da gibt es nicht viel zu erzählen“, log sie. „Mein Ex gab einfach vor, ein anderer zu sein als der, der er war.“

„Das heißt?“

Ihr Zögern zog ein unangenehmes Schweigen nach sich. Jordan berührte sanft ihren Arm, damit sie die Tasse absetzte. „War es schlimm?“

Sie nickte. „Ich kann nicht darüber reden. Damals habe ich mir geschworen, dass ich so etwas nie wieder erleben möchte. Und das würde ich in dem Moment, in dem ich darüber rede.“

„Kann es denn nicht sein, dass es dir besser geht, wenn du endlich mal dein Herz ausschüttest?“

„Nein.“ Schon drängten die schrecklichen Erinnerungen an die Oberfläche. Sie schüttelte den Kopf und wandte den Blick ab. „Es geht nicht.“

„Okay.“

Er zog die Hand weg, und sie sah zu, wie sie über den Tisch glitt. Die Erinnerung an ein anderes Paar starker Hände blitzte vor ihr auf wie ein Albtraum. Jordan hatte zwar auch große Hände, aber er würde sie sicher nicht gegen eine wehrlose Frau erheben. Dennoch … Seine Gegner auf dem Eis taten ihr leid.

„Wenn du irgendwann doch mal darüber reden möchtest, bin ich für dich da. Und ich werde das, was du mir erzählst, nicht bewerten“, versprach er ihr. „Also: Du kannst mich jederzeit anrufen.“

„Danke, aber den Tag wird es niemals geben.“

Er zuckte die Schultern. „Man soll nie nie sagen.“

„Ist das etwa deine Lebensphilosophie?“

Er lachte. „Nein. So was habe ich nicht. Ich hätte allerdings auch nie gedacht, dass ich eines Tages mal etwas bereuen würde. Ich wollte mir sogar mal ein entsprechendes Tattoo machen lassen – ‚Nichts bereuen'. Hab ich aber zum Glück nicht."

„Angst davor, dass es sich nicht wieder entfernen ließe?"

„Genau."

„Hast du denn andere Tattoos?"

„Mehrere sogar."

Lucy schluckte. Sie fand Tattoos bei Männern sexy. Sie mochte es zwar nicht, wenn die Haut über und über mit Tätowierungen bedeckt war oder man die Designs nicht erkennen konnte, aber ein paar kleine Kunstwerke an den richtigen Stellen fand sie durchaus aufregend.

„Und du?", erkundigte er sich.

„Tattoofreie Zone."

„Gefallen dir Tattoos nicht?"

„Bin zu feige."

„Es tut aber nur ein kleines bisschen weh."

„Sagt der Mann, der von Berufs wegen andere Leute vermöbelt."

Jordan lachte. „So kann ich das nicht stehen lassen. Von Berufs wegen schieße ich Pucks durch die Gegend."

Er trank den letzten Schluck Tee und erhob sich. „Bringst du mich noch zur Tür?"

„Du meinst, anstatt dich rauszuwerfen?"

Als er die Hand schon nach der Klinke ausgestreckt hatte, hielt er kurz inne und drehte sich zu ihr um. „Ich hoffe doch sehr, dass du das niemals tun würdest."

„Kommt drauf an, wie du dich hier benimmst. Weißt du, bei meinen Schülerinnen und Schülern bewerte ich auch nicht nur das akademische Wissen."

„Dann sag mir doch mal, wie du *das* bewertest." Und damit nahm er ihr Gesicht in beide Hände und küsste sie sanft auf den Mund.

Lucy war völlig überrumpelt und erstarrte. Seine warmen und weichen Lippen waren zu viel für sie. Als er nicht aufhörte, stöhnte sie unwillkürlich.

Jordan Kincade küsste sie.

Wow.

Sie ließ die Hände unter seine Lederjacke gleiten und spürte die Wärme seiner Haut durch den T-Shirt-Stoff. Und seine festen Muskeln. Sein betörender Duft umfing sie, während seine Zunge ihre Lippen liebkoste. Sie dachte nicht einmal daran, sich zu wehren. Der Kuss wurde intensiver, und Jordan zog sie an sich. Ihre Körper drängten sich aneinander, und Lucy begriff, dass Jordan sie total aus der Bahn werfen konnte.

Viel zu früh beendete Jordan den Kuss und lächelte sie an. „Was sagst du? Habe ich bestanden?"

„Ich weiß es nicht. Ich müsste dich noch mal nach dem Unterricht sehen."

„Wenn du mir versprichst, dass du Strapse anhast, bringe ich dir einen glänzenden roten Apfel mit."

Wieso hatte er sie geküsst? Sie wollte nicht länger darüber nachdenken. Hauptsache, es hatte ihr gefallen. „Immer dieses schamlose Flirten, Mr. Kincade."

„Bekomme ich dafür Extrapunkte?"

„Mal sehen."

8. Kapitel

„Wie man hört, will der Superstar unter den Kincade-Brüdern angeblich in der Stadt bleiben."

Zusammen mit ihrer Kollegin Claudia Locke steuerte Lucy auf das Schulgebäude der Sunshine Valley High zu. An manchen Tagen konnte man Claudia durchaus als Lucys beste Freundin bezeichnen und an anderen als absolute Nervensäge – nämlich immer dann, wenn sie Lucy aus ihrer Komfortzone locken wollte. Lucy hatte den seltsamen Verdacht, dass sie das auch in diesem Moment wieder versuchte.

„Und woher hast du diese weltbewegende Information?", fragte sie auf dem Weg zu den Klassenzimmern.

Claudia drückte ihr eine Zeitung in die Hand. „Steht heute hier drin."

Carolina Vipers mit Schwierigkeiten
Sexy Eishockeystar wieder zu Hause in Sunshine

Lucy blieb stehen. „Ist nicht wahr! So was schafft es in die Zeitung?"

„Natürlich." Claudia klemmte sich ihre Bücher unter den Arm, um die Tür zum Klassenzimmer zu öffnen. „Guck mich nicht so an. Erstens sind die Kincades alle echt sexy. Und zweitens sprechen wir hier von einem reichen und berühmten Eishockeyspieler, der sein Team in einer wichtigen Phase im Stich gelassen hat, nämlich auf dem Weg in die Play-offs."

Lucy musste nicht fragen, woher Claudia sich so gut auskannte. Ihre Freundin war nämlich ein absoluter Sportfan. Kein Wunder, schließlich war sie mit drei älteren Brüdern aufgewachsen und mit dem König aller Fernsehsportler verheiratet, der jedes Wochenende vor der Glotze verbrachte. Während Lucy weder die Abseitsregel kannte, noch erklären konnte, was ein Fehlstart war, wusste Claudia sogar, welche Footballspieler die Seattle Seahawks unter Vertrag genommen hatten und wie viel sie verdienten.

„Er hat sein Team nicht im Stich gelassen. Falls du es vergessen haben solltest: Seine Eltern sind tödlich verunglückt." Lucy hatte eigentlich nicht das Gefühl, ihn verteidigen zu müssen – auch nicht nach dem heißen Kuss –, aber als sie zu ihrem Klassenzimmer hinüberschaute, sah sie gerade Nicole hineingehen und hatte ihretwegen das Bedürfnis, diese Tatsache noch einmal klarzustellen.

Am vergangenen Abend war Jordan so nett gewesen. So liebevoll und aufmerksam. Er schien sich ernsthaft Gedanken um seine kleine Schwester zu machen. Ob aus Mitgefühl mit ihnen oder weswegen auch immer, Lucy wollte nicht, dass er oder irgendjemand aus seiner Familie nun auch noch zum Mittelpunkt irgendwelcher Klatschgeschichten avancierte.

„Diese Zeitungsherausgeberin ist eine schreckliche Person", sagte sie daher. „Sie hat immer nur eins im Sinn: Unruhe stiften. Jordan Kincade ist hier, weil er seiner Familie in dieser schweren Zeit zur Seite stehen will. Das bedeutet noch lange nicht, dass er seine Eishockeykarriere an den Nagel hängt oder seine Mannschaft im Stich lässt."

„Aber es bedeutet auch nicht das Gegenteil." Claudia öffnete die Tür und lehnte sich dagegen, während sie die Schülerinnen und Schüler hineinließ. Dann grinste sie. „Er ist jetzt seit zwei Wochen nicht mehr dabei. Die Teilnahme seiner Mannschaft an den Play-offs hängt am seidenen Faden."

„Es kann ja wohl nicht nur ein Spieler allein über das Schicksal einer Mannschaft entscheiden."

„Manchmal geht es nicht nur darum, was auf dem Platz – oder in diesem Fall, auf dem Eis – passiert. Gewisse Spieler haben eine wichtige Führungsrolle in der Mannschaft und sind für den Zusammenhalt des Teams und die Motivation extrem wichtig."

„Dann lastet auf dieser armen Person aber ein immenser Druck."

Claudia zuckte mit den Schultern. „Das gehört nun mal dazu. Deswegen sind die Jungs in diesen Kontaktsportarten alle ja auch so hart drauf. Die müssen mental und körperlich fit sein."

An Jordans Körper zumindest war nichts auszusetzen, das war schon mal klar. Und gut küssen konnte er auch.

„Was hat es eigentlich mit dem SUV auf sich, der gestern noch spät vor deinem Haus geparkt hat?", fragte Claudia grinsend. „Das musst du mir aber noch erklären."

Doch bevor Lucy reagieren konnte, zwinkert ihre Kollegin ihr zu und verschwand im Klassenzimmer.

Gott sei Dank. Denn Lucy hätte nicht gewusst, was sie sagen sollte. Abgesehen davon ging es sowieso niemanden etwas an, wer sie besuchte.

Aber so war es nun einmal, wenn man in einer Kleinstadt lebte. Der Tratsch und die Tatsache, dass man ständig beobachtet wurde, würden jeden Mensch, der viel Wert auf Privatsphäre legte, sofort davon abhalten, hierherzuziehen. Und wenn dann auch noch eine Wichtigtuerin die Lokalgazette leitete, potenzierte sich das Problem. Bis vor Kurzem war Lucys Leben aber sowieso zu ereignislos gewesen, als dass sich irgendjemand für sie interessiert hätte. Und da sie selbst sich auch nicht um die Angelegenheiten anderer Leute kümmerte, hoffte sie, dass es umgekehrt genauso war.

Natürlich gab es auch in ihrem Leben ein paar Dinge, von denen besser niemand wissen sollte. Wer sie noch aus der Zeit vor dem College kannte, ahnte auch nicht im Entferntesten, was sie durchgemacht hatte. Sechs Monate nach ihrem Studienbeginn war ihr Vater gestorben, und ihre Mutter war zu Lucys Tante nach Oklahoma gezogen, die ebenfalls die Tendenz zur Alkoholikerin hatte. Schon seit langer Zeit hatte Lucy keinen Kontakt mehr mit ihrer Mutter. Schuldgefühle hatte sie keine, denn für ihren eigenen Seelenfrieden war es besser so.

Bis auf Jordan wusste in Sunshine niemand, dass Lucy verheiratet gewesen war. Es hatte sich ja nicht einmal irgendjemand an sie erinnert, als sie nach dem Studium zurückgekehrt war. Niemand wusste über sie Bescheid, und das sollte auch so bleiben. Sie hatte sich sehr viel Mühe gegeben, um ihre Vergangenheit hinter sich zu lassen, und wollte sie auf keinen Fall wieder hervorzerren.

Es gongte zur ersten Stunde, als sie ihre Klasse betrat, und Cody Christianson schlüpfte gerade noch rechtzeitig auf seinen Platz. Sie warf ihm einen ermahnenden Blick zu.

„Mr. Christianson, Sie fordern wohl Ihr Glück heraus."

„Ich war hier, bevor es gegongt hat."

Lucy stellte eine Kiste auf den Schreibtisch, ohne dem hübschen Jungen einen weiteren Blick zu schenken. Er würde sie ohnehin nur verschmitzt ansehen. Cody war einer der Schüler, die immer kurz an einem Tadel vorbeischrammten. Er nahm sich viel heraus, aber eben nie zu viel. Er erinnerte sie ein wenig an Jordan während seiner Schulzeit – ein Radaubruder vom Feinsten, aber eben auch charmant bis zum Umfallen.

Sie wandte sich ihrer Klasse zu und wartete geduldig, bis auch Cody sein Heft herausgeholt hatte. Dann sah sie die Jugendlichen an. In der Mitte saß Nicole, tief in Gedanken versunken, und las etwas in einem sehr rosafarbenen, mit Blumen verzierten Heft. Lucy musste sich ein Lächeln verkneifen, als sie bemerkte, dass Nicole auch einen knallgelben Gelschreiber in der Hand hielt.

Anscheinend war Jordans Geschenk wohl doch ganz gut angekommen.

Einige Minuten lang erklärte Lucy, dass es beim kreativen Schreiben vor allem darauf ankam, in die Tiefe zu gehen und das zu beschreiben, was das Auge nicht auf den ersten Blick sah. Um es den Schülern zu verdeutlichen, nahm sie eine durchsichtige Aufbewahrungsbox aus ihrer Kiste, in der sich ein kleiner Plastikspielzeugbär befand, der Hawaiihemd und Sonnenbrille trug. Die Klasse wieherte vor Lachen.

„Das ist ziemlich klar, oder?“, fragte sie. „Ein Bär im Urlaub. Oder sieht jemand noch etwas anderes dahinter?“

Cody meldete sich. „Der Bär arbeitet undercover für Miami Vice.“

Sie lächelte. „Sehr gut, Cody. Sonst noch jemand eine Idee?“ Als keine weiteren Meldungen kamen, fuhr sie fort. „Wenn ich mir diesen Bär anschaue, sehe ich, dass er seit 20 Jahren keinen Urlaub mehr gemacht hat und endlich mal freihat. Und trotzdem keine Spur eines Lächelns. Wahrscheinlich muss er seine Ferien allein verbringen. Mit der Sonnenbrille verbirgt er seine Tränen vor uns und mit dem farbenfrohen Hawaiihemd seine Traurigkeit.“

Im Klassenzimmer mit den 24 Schülern hätte man in diesem Moment eine Stecknadel fallen hören.

Lucy hoffte, dass sie ihre Schützlinge zum Nachdenken gebracht hatte. Das war zumindest der Plan gewesen. Und sogar Nicole schien ihr zuzuhören.

„Eure Aufgabe besteht nun darin – und bitte euren Aufsatz bei mir abgeben, bevor ihr die Klasse verlasst –, dass ihr euch den nächsten Gegenstand genau anseht, den ich euch gleich zeigen werde, und mir dessen Geschichte aufschreibt.“ Sie sah sich um und blickte in verwirrte und wenig begeisterte Gesichter.

Wie immer gab Nicoles Miene ihre Empfindungen nicht preis.

„Seid ihr bereit?“ Lucy langte in ihren Pappkarton und zog einen schmuddeligen Spielzeughasen hervor, den sie in einem

Secondhandladen gesehen hatte und unbedingt mitnehmen musste. Normalerweise thronte er bei ihr auf einem Wohnzimmerregal. Nun setzte sie ihn auf den Schreibtisch, sodass ihn alle Schülerinnen und Schüler sehen konnten, und sagte: „Ihr habt bis zum Ende der Stunde Zeit, mir seine oder ihre Geschichte zu erzählen. Bitte fangt an."

Nach fünf Minuten herrschte absolute Stille, was erstaunlich war. Normalerweise war immer wieder ein Flüstern zu hören, Zettelchen wurden ausgetauscht, unter dem Tisch Textnachrichten getippt und auch hier und da gekichert. Heute schienen sich alle aufs Arbeiten zu konzentrieren – inklusive Nicole. Lucy spürte, dass sie etwas erreicht hatte. Vielleicht war es genau das, was diese Klasse brauchte. Andererseits würde sie es auch nicht überraschen, wenn die Hälfte der Schüler die Aufgabe mit der x-maligen Wiederholung des Satzes „Mir fällt nichts ein" abgeben würde. Das war durchaus schon vorgekommen.

Die Minuten vergingen in absoluter Ruhe, und als es zum Ende der Stunde gongte, verzogen einige Schüler das Gesicht – offensichtlich waren sie noch nicht fertig.

„Denkt dran, beim Rausgehen eure Hefte hierzulassen. Keiner verschwindet, ohne etwas abgegeben zu haben. Sonst muss ich demjenigen eine Sechs geben." Lucy mochte es nicht, ihren Schülern zu drohen, deswegen kam es äußerst selten vor.

Als einer nach dem anderen das Klassenzimmer verließ und vorher seine Arbeit auf ihren Schreibtisch legte, strahlte Lucy. Manche hatten nur einen Absatz geschrieben, andere eine volle Seite. Nicole legte ihr eine rosafarbene Seite hin, die auf beiden Seiten dicht mit pinkfarbigem Stift beschrieben war. Sie hatte die Aufgabe also erledigt. Lucys Herz machte einen Satz.

„Nicole, könntest du bitte noch einen Moment hierbleiben?"

Unter ihrem dicken braunen Lidschatten verdrehte Nicole

die Augen. „Von mir aus.“ Genervt ging sie zu ihrem Platz zurück, offensichtlich in der Erwartung, gleich für irgendetwas gerügt zu werden.

Als der Klassenraum leer war, bedeutete Lucy ihr, nach vorn zu kommen. Ächzend stand das Mädchen auf und stellte sich vor Lucys Schreibtisch, dabei tippte sie ungeduldig mit ihren UGG-beschuhten Füßen auf.

„Ich bin stolz auf dich“, lobte Lucy sie. Erstaunt sah das Mädchen sie an.

„Wieso?“

Lucy hob ihre Arbeit hoch. „Du hast nicht nur den Aufsatz geschrieben, du hast ihn auch noch abgegeben.“

„Yo.“ Nicole wandte den Blick ab, als wäre ihr das Lob entweder peinlich oder als würde das bittere Ende noch kommen.

„Ist das nicht ein Grund zu feiern?“

Nicole hob den Kopf. „Was ist los?“

„Jetzt komm schon, Nicole. Du weißt, dass du Talent hast. Ich weiß, dass du Talent hast. Und heute hast du eine wichtige Aufgabe erledigt. Ich finde, dafür hast du dir ein paar Cookies und eine Tasse Tee verdient. Hättest du Lust darauf?“

„Ich habe Talent?“ Ungläubig legte sich Nicole eine Hand auf die Brust. In ihren Augen schimmerten Tränen.

„Jede Menge.“ Lucy stand auf und widerstand dem Bedürfnis, das arme, elternlose Mädchen in den Arm zu nehmen. „Ich würde gerne mal mit dir darüber sprechen, wie du dein Talent und deine Kreativität in Zukunft nutzen könntest. Und das sage ich dir nicht nur als deine Lehrerin. So. Das war die letzte Stunde für heute. Ich würde im Übrigen sogar einen Käsekuchen springen lassen.“

Manchmal stellte sich Erfolg leicht ein. Meistens aber musste man sich ziemlich anstrengen. Nicoles dankbares Lächeln und ihre Bereitwilligkeit mitzukommen waren für Lucy wie ein Sonnenstrahl an einem trüben Tag. Vielleicht würde sie sogar etwas über Nicoles Probleme erfahren. Es konnte natürlich auch sein, dass das Mädchen sich einfach die Einladung nicht entgehen lassen wollte, auch weil sie so eine Weile länger von zu Hause wegbleiben konnte. Wie auch immer – Lucy wollte versuchen, das Beste daraus zu machen.

Leichter Regen tröpfelte aus einer dichten grauen Wolkendecke, während Jordan vor Lucys Haus darauf wartete, dass sie nach Hause kam. Sie hatte ihn vor etwas mehr als einer Stunde angerufen und ihn um ein Treffen gebeten. Wieso, hatte sie nicht gesagt, und er hatte nicht gefragt. Sie hatte angerufen, mehr interessierte ihn nicht.

Nachdem er gestern Abend gegangen war, war ihm aufgefallen, dass er ziemlich penetrant nach ihrer Ehe gefragt hatte. Viel zu penetrant. Schließlich ging ihn die ganze Angelegenheit nichts an. Trotzdem wollte er zu gern wissen, was passiert war.

Und wie Lucy tickte.

Was mochte sie gern? Was mochte sie gar nicht? Was war ihre Lieblingseissorte? Aß sie ihr Steak lieber „rare" oder gut durchgebraten? Von ihrer Vorliebe für Cookies einmal abgesehen, schien sie sich bewusst zu ernähren. War sie vielleicht Veganerin? Und hatte sie gern Sex an Regentagen? Und wieso hatte der Mann, mit dem sie verheiratet gewesen war, sie nicht wertgeschätzt? So wie *er* sie schon zu Highschoolzeiten wertgeschätzt hatte.

Im Grunde hatte er im Moment weder die Zeit noch die Muße, seine plötzliche Zuneigung zu Lucy Diamond zu vertiefen. Er hatte sie zwar immer gemocht, aber inzwischen sah er sie in einem ganz neuen Licht.

Diese Frau war sehr tiefgründig.

Normalerweise sah er zu, dass er sich emotional nicht zu sehr auf jemanden einließ. Aber bei Lucy sehnte er sich regelrecht danach.

Denn sie war herzensgut.

Warum sonst war sie wohl so um seine Schwester besorgt?

Als ihm klar geworden war, dass sie in ihrem Leben nicht allzu viel Grund zum Lächeln hatte, hatte er das dringende Bedürfnis entwickelt, ihr so oft wie möglich ein Lächeln ins Gesicht zu zaubern. Er wusste zwar nicht genau, wie er das anstellen konnte, aber das würde sich schon noch ergeben. Auch darum wollte er gern mehr Zeit mit ihr verbringen, mehr über sie erfahren. Herausfinden, wer Lucy wirklich war.

Denn was sie anging, wusste er nur eins ganz sicher: dass er sie noch häufiger küssen wollte.

In diesem Moment bog ihr kleiner weißer Honda auf die Einfahrt. Schon sprang er aus dem Wagen und stand neben ihr, als sie anhielt. Galant öffnete er ihr die Wagentür und brachte ihre Tasche ins Haus. Inzwischen war der Regen stärker geworden.

Kaum hatte sie die Haustür aufgeschlossen, vollführte Ziggy die Hundeversion eines Freudentanzes. Jordan trat einen Schritt zurück, als Lucy all ihr Zeug auf den Boden fallen ließ, auf die Knie fiel und erst mal ihren Hund begrüßte, dem sie in Babysprache immer wieder versicherte, was für ein braver und schöner Hund er doch wäre.

Jordan ging das Herz auf, dass Lucy sich so freute und lachte. Da sie schon ihrem Hund so viel Zuneigung und Fürsorge angedeihen ließ, war sie vermutlich ein Mensch, der anderen sehr viel Liebe geben konnte.

Dabei war er gar nicht auf der Suche nach Liebe.

Seit er im Alter von 18 Jahren sein Elternhaus verlassen hatte, hatte er kein Haustier mehr besessen – keinen Hund, keine Katze, nicht einmal einen Goldfisch. Er hatte ja kaum Zeit dafür, zweimal mit derselben Frau auszugehen.

Obwohl … das hatte er absichtlich so gehalten.

„Tut mir leid“, sagte Lucy zu Jordan, als sie aufstand und sich die Hundehaare abklopfte. „Ziggy und ich haben ein Begrüßungsritual. Ich muss ihm jetzt ein Leckerli holen. Ist das okay für dich?“

Jordan hatte sich ein selektives Hören angewöhnt, das in bestimmten Situationen sehr nützlich sein konnte. Lucy auf den Knien, in einer süßen Kindersprache brabbelnd und irgendwas von „lecker“ murmelnd – das bekam er natürlich mit …

„Ich hab’s nicht eilig.“ Er vergrub die Hände in den Taschen seiner Lederjacke. Ihn drängte es höchstens zu erfahren, was sie ihm zu sagen hatte. Doch als sie in die Küche ging und er ihr hinterhersah – sie trug diesen engen Rock –, schweiften seine Gedanken schon wieder ab …

Der Rock war weder kurz noch durchsichtig. Er war eigentlich überhaupt nichts Besonderes. Er umschmeichelte einfach ihre Taille und ihren perfekt gerundeten Po. Das war alles.

Jordan ermahnte sich, sich zusammenzureißen, und folgte ihr in die Küche, wo sie Ziggy ein paar Kunststückchen vollführen ließ, bevor er sein Leckerli bekam. Während der Hund seine Belohnung gierig hinunterschlang, umarmte Lucy ihn. Jordan dachte kurz, dass er für ihre Umarmung auch gern ein paar Tricks lernen würde.

Hallo?! Weswegen war er noch mal hier?

Er schüttelte kurz den Kopf, um sich wieder in die Realität zu beamen, und wartete ab, bis sie sich die Hände gewaschen und abgetrocknet hatte.

„Möchtest du auch einen Tee?“, fragte sie, als sie den Wasserkessel auf den Herd stellte. „Außer grünem habe ich noch Orange Spice, Mango Sunrise und Earl Grey.“

„Nein danke.“ Ein Bier oder etwas Stärkeres wäre ihm lieber, aber Lucy war offensichtlich eher auf der Gesundheitsschiene unterwegs, mit gesundem Essen und nichtalkoholischen Getränken. Bier gab es in diesem Haushalt bestimmt nicht.

„Dann mache ich mir nur schnell selbst eine Tasse, okay? Ich hab nämlich gerade schon einen Zitronenkuchen und eine heiße Schokolade zu mir genommen. Den Zuckerschock muss ich dringend ausschwemmen."

Er musterte ihren Körper von oben bis unten.

Sah alles ziemlich gut aus.

„Aha. Eine Verabredung direkt nach der Schule?", erkundigte er sich.

„Genau. Mit Nicole. Sie hat mir zwar nicht verraten, wieso sie sich in letzter Zeit so seltsam benimmt, aber wir haben uns sehr offen und nett über die Schule unterhalten." Sie lächelte, und das Grübchen in ihrer rechten Wange wurde sichtbar. „Setz dich doch, dann erzähle ich es dir."

Als er das letzte Mal bei ihr in der Küche gesessen hatte, war ihm auf diesem seltsamen Stuhl der Hintern eingeschlafen. Offensichtlich bewirkte sein Zögern einen Alternativvorschlag ihrerseits.

„Wir können aber auch ins Wohnzimmer gehen." Sie goss den Tee auf und ging mit der Tasse in der Hand voran.

Jordan fand, dass es immer aufregend war, eine Frau dabei zu beobachten, wie sie ein Zimmer verließ – oder betrat. Momentan fühlte er sich wie ein lustkranker Teenager – das war schon lange nicht mehr vorgekommen. Es war unfassbar.

„Danke, dass du vorbeigekommen bist", eröffnete sie das Gespräch. „Ich hätte ja einen anderen Treffpunkt vorgeschlagen, aber ich habe einen langen Tag hinter mir und wollte die Neuigkeiten unbedingt loswerden."

„Deinem Lächeln nach zu urteilen, sind es gute Nachrichten."

„Das stimmt. Heute habe ich meine Klasse einen Aufsatz schreiben lassen, bei dem ich vor allem an Nicole gedacht habe." Lucy saß auf dem Rand ihres weißen Sofas und zog sich ein hellblaues Kissen auf den Schoß. „Ich hatte gehofft, dass das Thema ihr Interesse wecken und ihr Anlass geben würde, ein bisschen von ihrer Wut loszuwerden."

Ihre langen, feinen Finger spielten nervös am Spitzenrand

des Kissens. Ob er sie wohl so nervös machte? Das war nicht seine Intention. Andererseits wurde er genau genommen dafür bezahlt, andere nervös zu machen.

Obwohl es auch zwei gemütlich aussehende Sessel gab, setzte er sich neben sie und sog ihren leicht süßlichen Duft ein. Sicher umgab sie noch ein Hauch von Konditorei.

„Die Klasse hatte die volle Unterrichtsstunde Zeit, um den Aufsatz zu schreiben."

„Hat das geklappt?"

„Sogar besser als gedacht." Sie hob die Hand und ließ sie mit Effet auf das Kissen heruntersausen. „Und alle haben brav ihren Aufsatz abgegeben. Sogar Nicole."

„Wirklich? Aber hat sie sich auch an die Aufgabenstellung gehalten?" Jordan zwang sich zu einem Lächeln. Er wollte seine Sorge verbergen, dass seine Schwester wieder etwas völlig anderes geschrieben haben könnte als der Rest der Klasse. Zum Beispiel etwas über Grizzlybären, die Touristen auffraßen, statt über harmlose Käfer.

„Hat sie." Grinsend griff Lucy in ihre Schultasche und nahm eine Mappe heraus. Sie entnahm ihr einen Stapel Papiere und reichte sie ihm.

Auf dem rosafarbenen Papier waren Blümchen abgebildet, und er sah eine eindeutig weibliche Handschrift in Pink. Natürlich erkannte Jordan das Schreibpapier sofort. Es schnürte ihm die Brust zusammen, und er bekam Herzklopfen.

„Sie hat das Heft benutzt, das ich ihr geschenkt habe!"

„Genau." Lucy drückte seinen Unterarm. „Und auch einen von den Stiften."

Er wusste auch nicht, wieso sich etwas so Belangloses so gut anfühlte. „Aber ich sollte den Aufsatz wohl besser nicht lesen, oder?"

„Wieso nicht? Du bist doch erziehungsberechtigt." Sie neigte den Kopf zur Seite, sodass ihr der lange Pferdeschwanz auf den Rücken rutschte. „Natürlich sollst du ihn lesen."

„Aber ich bin nicht der einzige Erziehungsberechtigte. Meine Brüder sind gleichberechtigt."

„Das spielt in diesem Fall keine Rolle. Da dir offensichtlich einiges am Wohlergehen deiner Schwester gelegen ist, hast du auch das Recht, diesen Aufsatz zu lesen." Sie lächelte ihn an. „Natürlich solltest du ihr besser nichts davon sagen. Das empfände sie vermutlich als zu privat. Und das sage ich, weil ich weiß, wie zerbrechlich man sich als Teenager fühlt, der flügge wird und in die Welt hinauswill."

Er erinnerte sich gern an Lucy als Teenager. Aber sie hatte nicht gerade wie jemand auf ihn gewirkt, der unbedingt flügge werden und die Welt entdecken wollte. Sie hatte sich eher in ihre eigene Welt zurückgezogen, um möglichst unbemerkt erwachsen zu werden.

„Ich kann ein Geheimnis für mich behalten", versicherte er ihr.

„Dann brauchst du auch kein schlechtes Gewissen zu haben. Glaub mir, wenn du anderweitig Interesse daran hättest, dich in ihr Leben einzumischen, würde ich dem sofort Einhalt gebieten. Aber ich weiß, dass du das Herz auf dem rechten Fleck hast."

So gut glaubte sie ihn also zu kennen. Ein Glück, dass es nicht so war, denn sein Herz war im Moment ziemlich in Aufruhr. „Ich wünschte nur, Nicki würde mir genauso viel Vertrauen schenken wie du."

„Wer hat gesagt, dass ich dir Vertrauen schenke?", erwiderte sie, lächelte aber, um die Schärfe ihrer Bemerkung abzumildern. „Wenn es dir nichts ausmacht, ziehe ich mich in der Zeit, in der du den Aufsatz liest, kurz nach oben zurück."

„Kein Problem." Anfangs fiel es Jordan ziemlich schwer, sich auf den Aufsatz zu konzentrieren. Lieber wollte er sich mit der Frage beschäftigen, wie Lucys Schlafzimmer wohl aussah. Hatte sie Baumwollbezüge, oder benutzte sie Seidenbettwäsche? Und wie sah es in ihrem Bad aus? Lag sie lieber in der heißen Wanne, oder zog sie eine schnelle Dusche vor?

Seine Gedanken schweiften ab, während er ihr hinterhersah. Ziggy kam zu ihm und ließ sich ächzend zu seinen Füßen nieder. Jordan hoffte, dass er nicht schon wieder einen seiner grausamen Fürze losgelassen hatte. Da die Luft normal roch, streichelte er dem Retriever ein paarmal über den Kopf, dann fing er an zu lesen, was seine kleine Schwester geschrieben hatte.

Chester Rabbit hatte schon bessere Tage gesehen. Seine langen Ohren, die früher einmal stolz aufgerichtet gewesen waren, hingen nun wie alte Putzlumpen zu beiden Seiten seines Kopfs herunter. Beim Umzug von Misty Marie aus dem Haus, in dem sie geboren worden war, in ihr neues Haus war er zurückgelassen worden. Im Umzugschaos war Chester aus einem überfüllten Pappkarton gefallen, als die Umzugsleute Misty Maries mit pinken und gelben Schmetterlingen dekoriertes Zimmer ausgeräumt hatten.

Draußen im kalten, prasselnden Regen hatte Chester gelegen, auf der vorderen Veranda, als die Sonne hinter einer dunklen Wolkenwand verschwand. Der Sturm tobte weiter, während Chester einfach nur dalag und darauf wartete, dass Misty Marie zurückkäme und ihn in ihr neues Zuhause mitnähme.

Ganz bald würde sie kommen. Das wusste er. Dann würde sie ihn abtrocknen und sich an ihn kuscheln.

Es wurde wieder Tag, doch der Sturm nahm kein Ende. Am Nachmittag kam die Briefträgerin. Am liebsten wäre er aufgesprungen und hätte gerufen: „Helfen Sie mir! Man hat mich hier vergessen!“ Denn er konnte es sich einfach nicht vorstellen, dass Misty Marie ihn nicht mehr lieb hatte.

Die Briefträgerin ging die Stufen hoch, um einen Zettel an der Tür anzubringen, und entdeckte Chester, wie er ganz durchnässt, traurig und schmuddelig dalag.

„Oh!“, rief sie und bückte sich, um ihn aufzuheben. Sie wischte ihm das Wasser aus dem Gesicht. „Da bist du ja, Chester!“

Hurra! Sie kannte seinen Namen!

Chesters glückliches Hasenherzchen klopfte so heftig, dass es ihm fast aus der Brust gesprungen wäre.

„Misty Marie hat die ganze Nacht geweint, weil sie dachte, sie hätte dich für immer verloren“, sagte die Briefträgerin. „Ich bin so froh, dass ihre Mama angerufen und mich gebeten hat, nach dir zu gucken.“

Chester hätte am liebsten vor Erleichterung geweint, aber er war ja sowieso schon völlig durchnässt.

„Komm, lass uns dich nach Hause bringen, kleines Häschen. Dann wirst du wie neu aussehen, wenn Misty Marie dich abholen kommt.“

Chester wollte der Briefträgerin danken, doch vor Erleichterung brachte er kein Wort über seine kleinen, herzförmig gestickten Lippen.

„Keine Sorge, kleines Häschen. Bald wirst du wieder in den Armen der Person liegen, die dich so lieb hat wie niemand anderes auf der Welt.“

Und genauso geschah es.

Wenige Stunden später lag Chester in Misty Maries Armen. Und wenn sie nicht gestorben sind, dann leben sie noch heute.

Jordan hielt das Blatt Papier fest in der Hand. Er musste ein paarmal blinzeln, damit er nicht anfing zu weinen. Die Geschichte war nicht lang, aber wunderschön erzählt. Und sie kam ganz tief aus Nickis Herz.

Aus dem Herz, das ihm gegenüber erkaltet war. Warum auch immer.

Auf den ersten Blick deutete nichts an der Geschichte auf einen persönlichen Bezug hin. Doch Jordan fragte sich unwillkürlich, ob sich seine kleine Schwester nicht ein bisschen fühlte wie Chester, einsam und verloren und insgesamt vergessen. Ob sie sich nach der schlimmen Tragödie, die ihre Familie erlebt hatte, fragte, ob es für sie selbst auch eines Tages ein Happy End gab?

In diesem Moment kam Lucy wieder die Treppe hinunter. Sie trug jetzt Jeans, einen weichen weißen Sweater und nichts an den Füßen bis auf ihren hellblauen Nagellack.

„Und?“ Kurz vor dem Sofa, auf dem Jordan saß, blieb sie stehen. „Was sagst du dazu?“

Jordan dachte gar nichts.

Er konnte nicht denken.

Aus Hoffnung und Dankbarkeit, die sich gerade in seinem Herzen breitmachten.

Darum stand er einfach nur auf und zog Lucy in seine Arme.

Gott allein wusste, wie Jordan Kincades Lippen schon wieder auf ihren gelandet waren. Sobald Lucy wieder einen klaren Gedanken fassen konnte, nahm sie ihren Körper als ein einziges elektrisches Kribbeln wahr. Jordans Lippen waren so weich und warm, darum gab sie sich seiner Umarmung willenlos hin und genoss das Spiel seiner Zunge. Sie schlang ihm die Arme um den Nacken und stellte sich auf die Zehenspitzen, um seinen Kuss ebenso innig zu erwidern.

Er ließ nicht nach.

Irgendjemand stöhnte, und Ziggy gab ein leises Knurren von sich.

Ganz außer Atem machte sie sich los. „Wow.“

„Finde ich auch.“

„Das hätte nicht wieder passieren dürfen.“

„Ist es aber. Und wenn sich die nächste Gelegenheit ergibt, bin ich wieder voll dabei.“

Ja, sie auch. Jordans Küsse waren vermutlich nur ein kleiner

Vorgeschmack darauf, wie leidenschaftlich er war, wenn es richtig zur Sache ging.

„Und ich werde mich nicht dafür entschuldigen."

„Das würde ich auch niemals verlangen."

„Gut." Er zuckte mit den Achseln. „Ich glaube, wir hätten uns schon vor langer Zeit küssen sollen."

„Damals hätte ich es wahrscheinlich nicht zugelassen", behauptete sie.

Der große böse Eishockeyprofi hatte es geschafft, ihr gefährlich nahezukommen. Er hatte ihre Seele berührt. Sie wollte standhaft bleiben, obwohl ihre Knie weich wie Butter waren.

Er grinste verhalten. „Ganz sicher?"

„Ich bin jedenfalls sicher, dass wir von unserem eigentlichen Thema abgekommen sind. Mal wieder. Jetzt wüsste ich gern, was du zu Nicoles Geschichte sagst." Ganz durcheinander, eilte Lucy in die Küche und stellte ihre Teetasse in die Spüle. Zum Teufel mit diesem Kräutertee. Sie brauchte jetzt ein Glas Wein. Und zwar ein großes. Das sie mit einem Schluck leeren würde.

Sie öffnete die Kühlschranktür und nahm eine Flasche Sunshine Vineyards Chardonnay heraus, die noch vom Treffen des Buchclubs letzte Woche angebrochen war.

„Wie schön, dass du unser Familienunternehmen unterstützt."

Natürlich war er zu ihr in die Küche gekommen. Das typische Verhalten eines Alphamännchens. Diese Typen wurden nicht gern irgendwo zurückgelassen und mochten es auch nicht, wenn ein anderer die Führung übernahm. Und Jordan war in Lucys Augen ein hundertfünfzigprozentiges Alphamännchen.

„Ich versuche, so viele örtliche Unternehmen zu unterstützen wie möglich." Sie nahm ein Weinglas aus dem Schrank, öffnete die Flasche und goss sich das Glas halb voll. „Und euer Wein ist wirklich gut."

„Willst du mir nicht auch ein Glas anbieten?“ Amüsiert sah er sie an.

„Habt ihr davon nicht genug zu Hause?“ Natürlich hätte sie ihm etwas anbieten sollen. Aber dieser Kuss hatte sie aus der Bahn geworfen.

Und zwar völlig.

„Vermutlich ja.“ Er öffnete die Schranktür, nahm ein Gals heraus und schenkte sich selbst ein. „Aber ihn zusammen mit dir zu trinken macht mehr Spaß.“

Sie sah zu, wie sich die goldgelbe Flüssigkeit ins Glas ergoss. Er stieß mit ihr an und nahm einen Schluck. Einen Moment genoss er schweigend den Geschmack.

„Schön ausgewogen. Ryan macht seine Sache wirklich gut.“

„Dein Bruder macht viele Dinge wirklich gut. Sicher nicht nur seinen Job.“

Dieser Kommentar schien Jordan nicht zu schmecken. Stirnrunzelnd beugte er sich zu ihr, und seine Augen funkelten. „Ich frage dich am besten mal direkt: Bist du an meinem Bruder interessiert?“

War er etwa eifersüchtig?

„Wenn du meinst, ob ich an ihm interessiert bin, weil er jetzt einer von Nicoles Erziehungsberechtigten ist, kann ich diese Frage mit Ja beantworten.“ Sie wusste nicht, wieso sie das Bedürfnis hatte, Jordan beschwichtigen zu müssen. Männer wie er brauchten so etwas eigentlich nicht. „Aber wenn du auf was anderes anspielst, kann ich dir sagen: nein.“

„Ganz sicher?“ Er drängte sie an den Küchentresen und hielt sie mit seinem Körper gefangen. Dann senkte er den Kopf und strich mit der Nase über ihren Hals.

Sie bekam eine Gänsehaut, und auch gewisse andere Körperteile erwachten plötzlich zum Leben. „Ganz sicher“, erklärte sie. Dabei war sie sich in diesem Moment nur einer Sache ganz sicher: dass sie ihn berühren wollte. Überall.

Er hob den Kopf und lächelte. „Gut.“

Gut?

Es hatte eine Zeit in Lucys Leben gegeben, da hatte sie alles, was ein Mann zu ihr sagte, infrage gestellt. Nur „du blöde Schlampe" hatte sie nicht hinterfragen müssen. Aber dieses „gut" war ein handfester Hinweis darauf, dass sie geradewegs in eine riesige Katastrophe schlitterten.

„Ich weiß nicht recht, wie ich dieses ‚gut' zu verstehen habe."

„Okay, dann erkläre ich es dir mal." Das Funkeln in seinen Augen ließ nichts Gutes ahnen. „Weil ich Dinge gern geklärt habe, vor allem wenn ich gegen meinen eigenen Bruder antreten muss."

„Anscheinend verstehe ich es immer noch nicht", erwiderte sie. „Antreten in was?"

„Im Kampf um dich, Lucy."

Jordan war total hilflos, als Lucy nun errötete. Das hatte er nicht erwartet.

„Das ist ja wohl lächerlich!" Sie schnappte sich die Weinflasche und ging ins Wohnzimmer. Ziggy folgte ihr auf dem Fuß.

Und Jordan auch.

„Ich bin keine Frau, um die die Männer sich prügeln", stellte sie fest, als sie in Richtung Sofa ging. „Aber das ist okay so. Damit kann ich leben, glaub mir. Also hör auf, mich zu verarschen."

Sie biss die Zähne zusammen. Plötzlich spürte er eine Beklemmung in der Brust. Irgendjemand musste ihr einmal übel mitgespielt haben. Oder mehrere Menschen – inklusive ihm selbst. Er könnte sich selbst in den Hintern treten für das, was er damals als Siebzehnjähriger veranstaltet hatte.

„Dich verarschen?" Er hielt verteidigend die Hände hoch und achtete darauf, keinen Wein zu verschütten. „Ich würde dich höchstens ein bisschen auf den Arm nehmen. Aber wenn du wirklich glaubst, du wärst nicht der Typ, für den Männer sich prügeln würden, müssen wir reden. Denn selbstverständlich bist du so ein Typ Frau."

Mit ausdrucksloser Miene saß sie auf dem Sofa, die Knie angezogen, und sah aus, als würde sie ihm kein Wort glauben. Sie schnappte sich Nicoles Aufsatz. „So gerne ich mich weiter mit dir über dieses Thema unterhalten würde – Achtung, Sarkasmus! –, wäre es doch vielleicht besser, wenn wir auf das zurückkämen, weswegen ich dich hergebeten habe. Die Zukunft deiner Schwester. Du erinnerst dich? Wollen wir also ab jetzt auf sämtliche Abschweifungen verzichten?"

„Ich erinnere mich vor allem daran, wie gut sich deine Lippen auf meinen anfühlen und wie schön es ist, dich im Arm zu halten." Noch ganz verzaubert, setzte Jordan sich neben sie, trank einen Schluck Wein und fragte sich, wie er Lucy dazu bringen könnte, ihr Haar offen zu tragen. Oder überhaupt mal aus sich herauszugehen. „Aber ich versichere dir, dass das Wohlergehen meiner Schwester ganz oben auf meiner Agenda steht."

„Dann lass uns bitte jetzt darüber sprechen, was wir als Nächstes unternehmen können, um ihr zu helfen."

„Damit wir nicht mehr über dich sprechen?"

Ihre dunklen Augen erschienen ihm auf einmal noch dunkler. „Danke für das Kompliment, aber ..."

„Du würdest doch lieber über meine Schwester reden."

„Genau. Wenn es dir also schwerfällt, dich auf dieses Thema zu konzentrieren, sag es bitte jetzt. Ich kann jederzeit einen deiner Brüder anrufen und ihn um seine Mithilfe bitten."

„Kommt nicht infrage." Das wollte er auf keinen Fall. Natürlich konnte sich jeder seiner Brüder genauso gut um die Sache kümmern. Aber die Tatsache, dass er Lucy nach all den Jahren wiedergefunden hatte, war doch ein Zeichen! Und dieses kleine Wunder wollte er für sich behalten. Er wollte Lucy nicht teilen – mit niemandem.

Eine spannende Erkenntnis. Und auch sehr irritierend.

In Sachen Beziehungen hatten ihn seine Freunde immer wieder als zynisch beschrieben, aber Jordan selbst war immer sehr zufrieden mit seinem Lebensstil gewesen. Er bezeichnete sich selbst als Realist, bescheiden in Herzensdingen und seinem Lebensstil. Deswegen hatte er auch eine Wohnung in Charlotte und keine teure Villa am Lake Norman. Deswegen fuhr er einen Range Rover und keinen Maserati. Und deshalb kochte er sich meistens abends zu Hause etwas, anstatt jeden Abend in ein Fünf-Sterne-Restaurant zu gehen. Er war in einem sparsamen Elternhaus groß geworden, und das hatte auf ihn abgefärbt. Geizig war er allerdings nicht. Er hatte genug Geld, das er durchaus gern für schöne Dinge ausgab. Aber er hatte nun einmal Respekt vor harter Arbeit und schwer verdientem Geld.

Im Alter von inzwischen 33 Jahren hatte er erkannt, dass seine Karriere als Profisportler endlich war. Ein paar Jahre blieben ihm wohl noch, dann würde er sich eine andere Beschäftigung suchen müssen. Er würde gern den Rest seines Lebens ohne Geldsorgen verbringen können. In naher Zukunft plante er deshalb, in ein Unternehmen zu investieren. Und irgendwann würde er sicher auch eine Familie gründen.

Okay. Er bewunderte Lucy dafür, was aus ihr geworden war. Aber war er wirklich schon bereit *dafür*? War er bereit, sich *wirklich* auf jemanden einzulassen? Und wieso, zum Teufel, dachte er überhaupt über so etwas nach?

„Wieso sollte ich mich nicht an deine Brüder wenden?“, hakte sie nach.

„Die haben alle zu viel zu tun.“ Manchmal war eine Lüge die beste Antwort. Vor allem wenn einem nichts Besseres einfiel.

„Und du nicht?“

Damit brachte ihn Lucy aus dem Tritt. Und da seine Karriere viel mit Standfestigkeit zu tun hatte, wurde er kurz nervös.

„Ich muss das auch für mich tun“, sagte er einfach und begriff im selben Moment, dass es tatsächlich so war. „Ich muss es tun und niemand sonst. Zusammen mit dir, die du mir freundlicherweise deine Hilfe anbietest.“

Da keine Gegenfrage mehr von ihr kam, besprachen sie nun, was Nicole mit ihrem Aufsatz gemeint haben könnte. Gab es eine tiefere Bedeutung hinter ihrer Geschichte? Schließlich war Lucy mit Jordan einer Meinung, dass es vielleicht eine gute Idee war, sich bei Nickis Freundinnen umzuhören. Vielleicht war ihnen ja in letzter Zeit etwas aufgefallen.

„Ich weiß nicht, ob es so klug wäre, wenn ich diese jungen Mädchen anspreche“, gab er zu bedenken. „Nicht, dass jemand auf falsche Gedanken kommt.“

„Da hast du vermutlich recht. Ich werde mich nach den Frühlingsferien darum kümmern.“

„Wann sind die? Nächste Woche?“

Sie nickte.

„Dann vertun wir also eine ganze Woche.“ Er fuhr sich durchs Haar und stöhnte. „Ich will, dass es endlich vorangeht. Ich mache mir Sorgen um Nicki.“

Wenn er wenigstens wüsste, womit er es zu tun hatte, dann könnte er Nicki vielleicht professionelle Hilfe besorgen. „Ihre Wut und ihre Überzeugung, ich würde bald wieder fahren, sind so unverständlich.“

„Umso wichtiger, dass du dableibst“, stellte Lucy fest. „Ist das wohl machbar? Kannst du noch eine Woche hierbleiben?“

Jordan wusste, wohin sein Herz ihn drängte. Er wusste, was er sich vorgenommen hatte. Aber er hatte auch einen Vertrag unterschrieben. Und wenn er den nicht einhielt, konnte die Sache sehr schnell sehr unangenehm für ihn werden. Mal ganz abgesehen davon, wie sehr ihm das Zuschnüren der Schlittschuhe und das Spiel selbst fehlten.

Es war nun schon mehrere Wochen her, dass er zuletzt auf

dem Eis gestanden hatte. Er vermisste den Jubel der Fans – und seine Kameraden. Und den Adrenalinrausch. Denn er liebte seinen Beruf. Ohne seinen Sport wusste er nicht, wer er war oder wer er sein könnte.

Natürlich war es wenig überraschend, dass Jordan sich nur über seinen Beruf definierte. Etwas anderes hatte es für ihn ja nie gegeben. Es würde Zeit und Mühe kosten, dies zu ändern – beides war gerade eher Mangelware.

„Ich kläre das alles", sagte er. „Ich muss tun, was das Beste für Nicole ist."

Lucy lächelte. „Du bist ein guter großer Bruder."

„Ich bin ein Scheißbruder, der versucht, nach langer Zeit wiedergutzumachen, dass er seine Schwester praktisch ihr Leben lang ignoriert hat."

„Vielleicht können uns ihre Freundinnen ja weiterhelfen. Ich werde sehen, was ich tun kann, um eventuell doch noch eher mit ihnen sprechen zu können."

„Das wäre toll."

Jordan trank noch einen Schluck Wein und ließ seine Gedanken schweifen. Als er sich wieder auf Lucy konzentrierte, sprach sie gerade über Nicoles Freundinnen. Ihre Gesten wurden lebhafter. Das konnte aber auch am Wein liegen. Er hatte ihr Glas zweimal aufgefüllt, und da er sie nicht gut genug kannte, dachte er, es wäre besser, darauf zu achten, wie viel sie noch trank. Aber natürlich hatte er nichts dagegen, wenn sie ein bisschen lockerer wurde.

Nein.

Im Gegenteil.

„Es ist verrückt", sagte Lucy gerade und hob das halb leere Glas.

Oh-oh. Was hatte er verpasst?

„Wusstest du, dass manche Mädchen von der Sunshine Valley High über eintausend Dollar für den Abschlussball ausgeben?" Da er keine Antwort gab, fuhr sie fort: „Früher kaufte man sich ein Kleid und einen schicken Body und hat sich Papas Auto geliehen. Heute mieten die Kids Stretchlimos und haben After-Abschlussball-Partys, die bis in die frühen Morgenstunden gehen. Sie kleiden sich ein wie Filmstars und schlürfen Champagner mit frischen Erdbeeren, obwohl sie von Rechts wegen noch nicht einmal Alkohol trinken dürfen!“

Jordan runzelte die Stirn. Wie waren sie denn jetzt auf das Thema Abschlussball gekommen?

„Jetzt komm schon! War das bei uns damals nicht auch schon so?“

„Bei uns? Haha. Ich war nicht mal auf dem Abschlussball.“

„Wieso nicht?“

„Man hat mich sitzenlassen.“

„Bitte entschuldige, das war sehr taktlos von mir.“ Schuldbewusst sah er sie an.

Das Weinglas stoppte kurz vor ihren Lippen, dann stellte sie es auf dem Tisch ab und schob es sogar ein Stückchen von sich weg. „Schon okay. Hier geht es nicht um mich, um Abschlussbälle oder verwöhnte Teenies. Wir sind hier, weil wir uns Sorgen um Nicole machen.“

Vielleicht, aber da war noch etwas, wie er aus ihren Worten heraushörte. Garantiert würde sie es niemals zugeben, aber wahrscheinlich fühlte sie sich irgendwie benachteiligt, weil sie selbst diese typischen Traditionen des Highschoollebens niemals miterlebt hatte.

„Wenn ich mich recht erinnere, steht der diesjährige Abschlussball in Kürze an“, sagte er. „Und damit hätten wir vielleicht schon die Verbindung zu Nicki.“

„Daran habe ich gar nicht gedacht.“

„Darf ich dich etwas fragen?“

Sie legte den Kopf in den Nacken, als wäre sie nicht ganz sicher, welche Richtung das Gespräch nehmen würde. „Na klar.“

„Wenn es in einer Unterhaltung um dich geht, wieso lenkst du dann immer ab und wechselst abrupt das Thema?"

Ihr entfuhr ein unsicheres Lachen. „Tu ich doch gar nicht."

„Doch, tust du. Als würdest du davon ausgehen, dass du nicht interessant genug wärst, um als Gesprächsthema zu taugen. Bist du aber." Frustriert trank er seinen letzten Schluck Wein, schnappte sich dann ihr halb leeres Glas und ging damit in die Küche.

Während er die Gläser abspülte, versuchte er, nicht daran zu denken, welche unschönen Dinge Lucy in ihrem Leben wohl durchgemacht hatte. Als er den Wasserhahn zudrehte, hatte er einen Plan. Gegen den sie sich aber wahrscheinlich mit Händen und Füßen wehren würde.

Er kehrte ins Wohnzimmer zurück und sah, dass Lucy schon an der Haustür stand, während Ziggy nach wie vor faul vor dem Sofa lag und sie mit seinen großen braunen Augen beobachtete.

„Danke, dass du vorbeigekommen bist", sagte Lucy und öffnete die Tür, ohne Jordan anzusehen. „Ich hoffe, du bist in Bezug auf deine Schwester nun etwas hoffnungsvoller."

Hinter dem Rücken hielt sie den Türknauf fest umklammert. Die Botschaft kam bei ihm an.

Wir sind hier fertig.

Er hatte sie in Bedrängnis gebracht, indem er mehr über sie hatte herausfinden wollen.

„Ich verspreche, dass ich alles versuchen werde, um noch kurzfristig mit ihren Freundinnen zu sprechen, aber vor Montag wird das vermutlich nichts", wiederholte sie. „Falls ich überhaupt jemanden erreiche. Viele Leute fahren ja weg in den Frühlingsferien. Ich rufe dich aber an, sobald ich etwas weiß."

Jordan war zwar Sportler, aber im echten Leben mochte er keine Spielchen. Er wusste immer ziemlich genau, was er wollte, und tat alles, um es auch zu bekommen. Doch nun war er zum ersten Mal unsicher. Wollte er Lucy? Vielleicht.

Er ging zu ihr und legte eine Hand auf die geöffnete Tür, etwa in der Höhe ihres Kopfes, dann schloss er sie sanft. Sie wich vor im zurück, sodass sie zwischen ihm und der Tür gefangen war.

„Das reicht mir nicht." Auf Schlittschuhen und auf dem Eis hatte er gern alles unter Kontrolle. Aber bei Lucy war er bereit, seine Selbstkontrolle über Bord zu werfen.

„Was soll das heißen, ‚das reicht mir nicht'?" Empört sah sie ihn an, ihre feuchten rosigen Lippen waren leicht geöffnet. Sie stemmte die Fäuste in die Hüften, und auf ihrer Stirn erschien eine Falte. „Mehr ist aber nicht drin. Wenn ich was weiß, melde ich mich. Okay?"

„Verstehst du das denn nicht, Lucy? Ich will nicht einfach nur angerufen werden!" Er berührte sanft ihre Wange. „Ich will mehr."

Sie riss die Augen auf, und er war versucht, sie auf der Stelle mit einem Kuss zu überrumpeln. „Geh bitte morgen Abend mit mir aus."

„Was?"

„Na ja ... Ins Kino, nur du und ich und ein Eimer Popcorn. Eine echte Verabredung."

„Du bittest mich um ein Date."

Das war eine Feststellung, keine Frage. Als würde sie nicht verstehen, was er gesagt hatte. Das verwirrte ihn. Lucy müsste dauernd Dates haben! Sie war eine Frau, mit der man angeben konnte und die man gut behandeln sollte.

„Genau darum habe ich dich gebeten. Hast du Lust? Oder muss ich erst anfangen zu gackern?"

„Zu gackern?"

„Weil du davonrennst wie ein verängstigtes Huhn."

„Ich bin nicht verängstigt."

„Perfekt." Er unterdrückte ein Lächeln, dann öffnete er die Tür und trat auf die Veranda. „Dann hole ich dich morgen Abend um sieben ab."

„Um sieben?“

„Um sieben.“ Sie wehrte sich nicht, als er sie an sich zog. Und sie wehrte sich auch nicht gegen den raschen Kuss, den er ihr gab, damit sie ihn nicht länger so verwundert anstarrte. „Gute Nacht, Lucy.“ Er schloss die Tür hinter sich und sagte von draußen: „Schließ bitte ab, damit ich nicht wieder reinkommen kann.“

Sofort wurde die Tür verriegelt.

Er wusste nicht, ob sie ihn ernst genommen hatte. Würde sie morgen Abend um sieben Uhr tatsächlich auf ihn warten, oder würde sie nicht da sein? Fragen über Fragen. Er ging zu seinem SUV und hätte am liebsten angefangen zu pfeifen, weil er instinktiv das Gefühl hatte, dass sie da sein würde. Und wenn er sich jetzt schon so gut fühlte, das wusste er, würde sich der Abend genau in die Richtung entwickeln, die er vorgesehen hatte.

Andererseits könnte er auch in einem kompletten Desaster enden.

Lucy verriegelte die Tür. Doch dann konnte sie nicht anders und ging zum Fenster, zog den Vorhang zur Seite und beobachte heimlich, wie Jordan zu seinem schwarzen SUV ging. Als er die Fahrertür öffnete, schien er zu spüren, dass sie ihn beobachtete. Er drehte sich nämlich noch einmal zum Haus um, entdeckte sie hinter der Scheibe und grinste ihr zu. Sofort zog sie den Vorhang wieder zu und stöhnte. Jordan hatte sie ertappt.

Ziggy hob den Kopf und sah sie an, als hätte sie nicht alle Tassen im Schrank.

„Der Mann macht mich wahnsinnig, Zigs!“

Ihr Hund reagierte mit einem leisen Winseln.

„Und zwar total wahnsinnig.“ Sie spähte noch einmal aus dem Fenster, aber er war weg. „Ich weiß überhaupt nicht, was er von mir erwartet.“

Ihr Leben lang hatte sie nie etwas Spontanes getan. Bis auf ihre beschissene Ehe hatte sie in ihrem Leben immer alles genauestens durchdacht.

Und Jordan warf all ihre sorgfältigen Pläne und ihr rationales Denken über den Haufen.

Sie hatte es immer trefflich geschafft, irgendwie im Hintergrund zu bleiben und niemandem aufzufallen. Mit erhobenem Kopf durchs Leben zu gehen, ohne großes Aufheben darum zu machen. Sie hatte keine großen Erwartungen. Und zu träumen wagte sie schon lange nicht mehr.

Denn große, schillernde Träume waren gefährlich. Ihr reichte es, einfach glücklich und zufrieden zu sein mit dem, was sie hatte.

Doch das schien Jordan nicht im Geringsten zu interessieren. Er fragte nicht, er nahm sich einfach. Und ließ nicht locker. Er blinzelte nicht einmal, sondern überrollte alles wie eine Dampfwalze. Zugegebenermaßen war er trotzdem unheimlich nett. Und gleichzeitig überaus gefährlich.

Als er sie eben zwischen sich und der Tür regelrecht eingeklemmt hatte, hatte sie eine Hitze gespürt, die nichts mit der Raumtemperatur zu tun gehabt hatte. Das war seine sexuelle männliche Ausstrahlung. Sie wollte sich so gern in ihm verlieren. Sich an ihn kuscheln und ihn überall berühren. Ihn auspacken wie ein Geschenk und all diese harten Muskeln spüren – mit ihren Händen und mit der Zunge. Zum ersten Mal seit Langem begehrte sie wieder einen Mann.

Um Himmels willen.

Eins war jedenfalls klar: Die Haustür zu verriegeln und sich einzuschließen war einfacher, als ihr Herz vor Jordan Kincade zu schützen.

Auf dem Heimweg führte Jordan mehrere Telefongespräche. Als er den Hügel erreichte, der zum Haus seiner Eltern führte, hatte er bereits alles für sein Date mit Lucy organisiert. Sie mochte Popcorn und einen Kinofilm erwarten, doch Jordan hatte etwas ganz anderes mit ihr vor. Und wenn alles nach Plan lief, würde ihm eine große Überraschung gelingen.

Er wusste, dass es spät war, aber er sah Nicoles kleinen Wagen in der Einfahrt stehen und wollte keine Gelegenheit auslassen, ihr zu demonstrieren, dass er immer noch da war – trotz ihrer abwehrenden Haltung ihm gegenüber.

Es nieselte leicht, als er den Türknauf drehte und feststellte, dass die Tür nicht abgeschlossen war. Zum ersten Mal seit Jahren öffnete er sie und fühlte sich nicht wie ein Fremder, der eigentlich eine Einladung brauchte.

Bis auf das Flackern des großen Fernsehbildschirms im Wohnzimmer war es dunkel im Haus und still. Bevor er hineinging, warf er einen Blick nach oben und fragte sich, warum sich seine Schwester an einem Freitagabend zu Hause einigelte. Immerhin war sie ein Teenager!

Oder war sie gar nicht in ihrem Zimmer?

Vielleicht war sie doch mit Freunden unterwegs und hatte das Auto stehen lassen. Diese Möglichkeit hatte er noch gar nicht in Erwägung gezogen.

Plötzlich wurde ihm wieder schmerzlich bewusst, dass es seine Eltern nicht mehr gab. Im Wohnzimmer fand er Declan ausgestreckt auf dem Sofa liegend, die Beine verschränkt, mit einer Riesenschüssel Popcorn auf dem flachen Bauch. Erstaunlicherweise war Mr. GQ mal mit einem T-Shirt und Cargoshorts bekleidet. Auf dem Bildschirm schrieb gerade Joe Fox alias Tom Hanks eine E-Mail an Shopgirl.

„Ich wusste doch schon immer, dass du ein Schnulzenheini bist."

Declan erschrak so, dass die Schüssel mit Popcorn erbebte und ihr Inhalt durch die Gegend hüpfte. Er warf Jordan einen wütenden Blick zu. „Was willst du denn hier?"

Jordan lachte. „Ich wollte mich verstecken, um heimlich zu

sehen, wie du in dein Taschentuch heulst. Dummerweise hab ich mich verraten."

„Na super." Dec fing an, das Popcorn aufzusammeln und wieder in die Schüssel zu werfen. „Jetzt muss ich eine neue Ladung machen."

„Hallo?! Ich hab dich gerade dabei erwischt, wie du ohne eine Frau neben dir ‚e-m@il für Dich' guckst, und du machst dir Gedanken um Popcorn?"

„Ich habe nebenbei mit einer Frau telefoniert. Zählt das?"

„Kommt auf die Frau an."

„Brooke Hastings."

„Deine Assistentin?"

Dec nickte.

„Hattet ihr wenigstens Telefonsex?"

„Mit *Brooke*?"

„Nein, mit der Nachbarin am Ende der Straße." Jordan seufzte. „Natürlich mit Brooke!"

„Sie ist meine Assistentin!"

„Und absolut scharf!"

Die kurze Pause verriet Jordan, dass sein Bruder seine Assistentin noch nie auf diese Weise gesehen hatte. Seltsam. Die langbeinige Blondine hatte die perfekte Figur, war klug und besaß ein fröhliches Wesen, das sie von vornherein als kleine Schwester, beste Freundin, junge Mutter oder Traum aller Männer qualifizierte. Mit Ausnahme von Declan, wie es schien.

Dieser Trottel.

„Meine Güte, Dec." Jordan ließ sich in einen Sessel fallen. „Sag jetzt bitte nicht, dass du klar unterscheidest zwischen Arbeit und Vergnügen."

„Ich baue mir gerade ein Geschäft auf."

„Bruderherz, das hast du bereits. Du bist erfolgreich. Jetzt ist es mal an der Zeit, ein bisschen Spaß zu haben. Wann warst du das letzte Mal aus und hast dich amüsiert?"

„Mmmmm …“ Sein Bruder überlegte und starrte dabei an die Decke. „Neulich war da so eine Benefizveranstaltung, als der neue Trakt des Krankenhauses eingeweiht wurde …“

„Du kannst die Frage also nicht beantworten.“

„Ich weiß nur, dass ich in dieser Nacht eine scharfe Rothaarige abgeschleppt habe.“

„Immerhin hast du Sex.“

„Ja.“

Sein Zwillingsbruder machte ihn wahnsinnig. „Und wann genau war diese Benefizveranstaltung?“

„Im Oktober?“

„Das fragst du mich …?“

„Nein.“ Dec schnipste mit den Fingern. „November.“

„Du willst damit sagen, dass du vor einem halben Jahr zum letzten Mal flachgelegt wurdest, keinen Telefonsex mit deiner sexy Assistentin hast und allein eine Liebesschnulze anschaust.“

„Was ist daran so schlimm?“

Jordan musste lachen. Was blieb ihm auch übrig? „Hallo? Bruder? Um diese Sache sollten wir uns kümmern. Und zwar pronto.“

„Ich kann mir selbst meine Bettgefährtinnen suchen.“

„Das will ich sehen.“ Jordan rutschte in seinem Sessel nach vorn. „Ruf noch in dieser Sekunde Brooke an.“

„Noch nie was davon gehört, dass man Beruf und Privatleben nicht vermischen sollte?“ Declan stellte die Popcornschüssel auf den Couchtisch.

„Wenn du dich zwischen einem von beiden entscheiden musst, nimm Letzteres. Natürlich nur, wenn du nicht darauf stehst, allein ins Bett zu gehen und deine Morgenlatte verkümmern zu lassen.“

„Pass auf, was du sagst, Mann.“ Wütend funkelte Declan ihn an. „Und wenn du selbst so ein toller Hecht bist – wann hast du es denn zum letzten Mal gemacht?“

Jordan musste nicht lange nachdenken. „Vor zwei Wochen."

„Oh, dann sitzt du jetzt wohl zu lange auf dem Trockenen." Sein Bruder lehnte sich auf dem Sofa zurück. „Sind dir die Ereignisse dazwischengekommen?"

„Ich hab nicht gesagt, dass ich keine Lust habe." Wenn Lucy ihm grünes Licht geben würde, wäre er schon längst bei ihr.

„Erspar mir die Details."

Jordan lachte. War das schön, endlich mal wieder mit seinen Brüdern herumfrotzeln zu können.

Dec fuhr sich durch das kurze dunkle Haar. „Wann fährst du eigentlich wieder nach North Carolina?"

„Erst mal nicht."

„Im Ernst? Deine Mannschaft ist auf dem Weg in die Playoffs, und du willst nicht dabei sein? Bist du komplett bescheuert, oder was?"

„Nicht halb so bescheuert wie du, der seine geile Assistentin nicht als Frau wahrnimmt."

„Touché."

„Ich habe der Familie etwas versprochen." Jordan zuckte die Schultern. „Und dieses Versprechen gedenke ich zu halten."

„Aber jeder hier versteht, dass du mit deiner Karriere auch eine bestimmte Verantwortung übernommen hast." Declan schaltete den Fernseher auf stumm, als eine Werbung für Toilettenreiniger ins Bild kam. „Ich habe auch vor, die Dinge hier zu regeln. Aber hat sich dein Trainer oder dein Spieleragent noch nicht gefragt, wo du bleibst?"

„Bisher haben alle vollstes Verständnis. Allerdings hat der Coach mir gerade heute Abend auf die Mailbox gesprochen – und da klang er nicht mehr so geduldig. Ich schätze mal, wir haben wieder verloren."

„Hast du die Spiele nicht geguckt?"

„Nicht alle werden im Fernsehen gezeigt.“

„Sie wollen dich zurückhaben. Du sollst das Team retten.“

„Ich bin kein Retter. Ich hab nur einen verdammt guten rechten Haken und einen fiesen Schlagschuss.“

„Nicht zu vergessen, dass du ein guter Platzwärmer auf der Strafbank bist.“ Decs Lächeln verschwand. „Ich mein’s ernst, Jordy. Die Familie würde es verstehen.“

„Nur unsere kleine Schwester nicht.“ Er drehte sich zum dunklen Treppenhaus um. „Apropos … ist der kleine Drachen zu Hause?“

Dec nickte. „Hockt oben in ihrem Zimmer mit Kopfhörern auf den Ohren und schickt SMS in einem Tempo, dass ihre Fingerkuppen eigentlich bluten müssten.“

„Alles klar.“ Jordan stand auf. „Ich komme wieder.“

„Okay, Arnold.“ Dec schaltete den Ton ein, und schon ertönten Partyklänge von einer Werbung für Kreuzfahrtreisen.

Es fühlt sich gut an, nach und nach wieder die alte Kameradschaft mit Dec aufzubauen, dachte Jordan, als er die Treppe hinaufging. Es gab zwar immer wieder ein paar merkwürdige Momente, aber insgesamt lief es doch viel besser als vorher.

Oben angekommen, klopfte er an Nickis Zimmertür, obwohl er nicht die Hoffnung hatte, dass sie reagieren würde. Die Musik, die sie über Kopfhörer hörte, war offenbar so laut aufgedreht, dass er sie sogar durch die massive Holztür hören konnte. Verdammt. Das Mädel würde noch taub werden, bevor es volljährig wurde.

Er hatte gerade das Ohr an die Tür gelegt, als diese unvermittelt aufgerissen wurde. Nicki verengte die Augen zu Schlitzen. Offensichtlich hatte sie Declan erwartet. Ganz sicher aber nicht Jordan.

„Du hasst mich nicht“, sagte Jordan.

Sie riss sich die Kopfhörer vom Kopf und warf sie hinter sich. „Was?“

„Ich sagte: Du hasst mich nicht.“

Aufgebracht stemmte sie die Hände in die Hüften. Auf ihren Fingernägeln prangte lilafarbener Nagellack. „Wer hat dir diese Lüge erzählt?"

„Ich weiß es einfach, Nicki. Und ich wollte nur kurz vorbeikommen und dir sagen …" Er breitete die Arme aus und grinste vielsagend. „Ich bin immer noch hier."

„Diesmal ohne Bestechungsgeschenke?"

„Nein. Ich hab dir das hier mitgebracht." Und schon zog er sie für eine Umarmung an sich. Wie erwartet, erstarrte sie zur Salzsäule. Er küsste sie auf den Kopf und flüsterte: „Ich hab dich lieb, Nicki. Ganz egal, wie sauer du auf mich bist. Ich werde dich immer lieb haben. Daran solltest du nie zweifeln."

Noch einmal küsste er sie, dann ließ er sie los. „Gute Nacht, kleine Schwester. Bis morgen."

Noch bevor er die Treppe erreicht hatte, knallte sie ihre Tür zu. Er blieb kurz stehen. Als er sie laut schluchzen hörte, war er versucht, zu ihr zu gehen und sie zu trösten.

Aber jetzt waren kleine Schritte gefragt.

Um ihr Vertrauen wiederzuerlangen, durfte er sie nicht überfordern. Er würde ihr nur immer wieder sagen, dass er sie lieb hatte und dass er nicht mehr weggehen würde.

Falls Gott und die NHL das so für ihn vorgesehen hatten.

9. Kapitel

Familientreffen waren nie schön. Vor allem nicht, wenn sie so früh am Morgen stattfanden und man nur ein paar Stunden ruhelosen Schlaf hinter sich hatte.

Umgeben von alternden Fässern mit Merlot und Cabernet, schnappte sich Jordan einen der großen Holzstühle, die an dem extralangen Farmtisch im Fässerraum standen. Früher hatte dieser Raum zum Veranstaltungsbereich gehört, kleinere Hochzeitsfeiern und Privatpartys hatten hier stattgefunden. Es war zwar ein bisschen kühl hier drin, aber die Wände aus Eichenholz und die Weinfässer sorgten für ein angenehmes rustikales Ambiente, und der Duft nach Wein und Holz tat ein Übriges.

Heute Morgen hatte Jordan nicht einmal Zeit gehabt, sich einen Kaffee zu machen, denn Ryan hatte so früh Alarm geschlagen. Nun schlürfte er das leicht bittere Gebräu aus der viel benutzten Kaffeemaschine aus dem Büro und sah sich im Raum um. Seine Brüder machten keinen besseren Eindruck als er. Tante Pippy dagegen, zwar ein wichtiges Familienmitglied, aber nicht Teil des neuen Vorstands, sah ihn aus wachen Augen an und wirkte, als wollte sie es in ihrem gold- und orangefarbenen Kleid, dem blauen Stirnband und den roten Ankle Boots aus Wildleder mit der ganzen Welt aufnehmen. Aber wenn sie wirklich wach wäre, müsste ihr doch aufgefallen sein, dass nichts von den Sachen, die sie trug, wirklich zusammenpasste.

Jordan unterdrückte ein Gähnen und trank einen großen Schluck Kaffee. Dabei flehte er still die Götter des Koffeins an, dass sie ihrem Job schnell nachkamen.

Er hatte die halbe Nacht damit verbracht, alles Weitere für seine Verabredung mit Lucy zu organisieren. Er machte sich Sorgen, dass sein Plan nicht aufgehen würde, musste sich aber nun erst einmal darauf konzentrieren, wieso sie alle in dieser Herrgottsfrühe zusammengetrommelt worden waren.

In diesem Moment betrat Ryan mit sorgenerfüllter Miene den Raum und stellte einen Pappkarton auf den Tisch. Er stützte die Handflächen auf den Tisch und ließ die Schultern hängen. „Ich habe Nicki und Riley absichtlich nicht dazugebeten, weil ich denke, wir sollten sie aus dieser Sache heraushalten. Sie sind beide noch keine 18 und haben daher ohnehin keine Entscheidungsbefugnis."

„Gut gemacht", gab Tante Pippy von sich, dann trank sie einen Schluck Kaffee.

„Ich würde gerne hier vor euch stehen und sagen, dass alles in bester Ordnung ist", fuhr Ryan fort, „aber das kann ich leider nicht."

Jordan mochte es nicht, wenn ein Tag so mies begann. Aber da mussten sie jetzt wohl durch.

„Declan und ich haben uns gestern den ganzen Tag durch die Bücher und Kontoauszüge gewühlt und …" Ryan verschränkte die Arme vor der Brust. „Leider muss ich es so hart sagen: Offensichtlich hat jemand die Firma bestohlen. Und zwar in großem Umfang."

„Und was bitte heißt das genau?", wollte Parker wissen.

Ryan nahm den Deckel von dem Pappkarton und entnahm ihm einen Aktenordner. Jordan war sich sicher, dass die erwähnte Summe Ryan die ganze Nacht nicht hatte schlafen lassen, trotzdem las sein Bruder die Zahlen jetzt ab.

„Wir gehen von einem Betrag zwischen 100.000 und 150.000 Dollar aus."

Laute Flüche waren zu hören.

Parker fragte: „Und wie wurde das Geld entwendet? In großen oder in kleinen Beträgen?"

Ryan zuckte die Schultern und gab ab an Declan ab. „Auf dem Papier ist das schwer nachzuvollziehen. Es gibt keine offensichtlichen Hinweise. Wir müssen einen Experten daransetzen, um das herauszufinden. Jemanden, der wirklich Ahnung von Buchhaltung hat."

„Haben Mom und Dad vielleicht irgendwelche Investitionen getätigt, die nicht aufgeführt sind?", erkundigte sich Ethan.

„Dafür gibt es keine Anzeichen." Declan trank einen Schluck Kaffee. „Anscheinend kennt sich derjenige mit dem System sehr gut aus und hat diese Tatsache ausgenutzt."

Jordan warf einen Blick in die Runde. „Und wer hatte Zugriff auf die Konten?"

Ryan sah ihn an. Seine Augen waren müde und schwer. „Nur Dad und ich. Und Dad hat die Akten jeden Abend im Safe verschlossen."

„Was ist mit den Daten auf dem Computer?"

„Unsere Rechner sind optimal geschützt."

„Es gibt niemanden auf der Welt, der ehrlicher wäre als du, Ryan." Nie im Leben hatte sein Bruder etwas mit dem verschwundenen Geld zu tun. Im Gegenteil: Jordan sah ihm an, wie sehr er unter diesem Betrug litt. „Und da Dad uns keine Auskunft mehr geben kann, bin ich dafür, dass wir die Angelegenheit offiziell untersuchen lassen."

„Das befürworte ich", sagte Declan sofort.

„Ich danke euch für euer Vertrauen. Möchte noch jemand sich dazu äußern, oder hat vielleicht jemand eine Ahnung davon, was mit dem Geld passiert sein könnte?" Ryan sah alle an. „Oder wo Tante Pippy so dringend hinmuss?"

Erst jetzt bemerkten alle, dass nur noch ihre halb volle Kaffeetasse an ihrem Platz stand.

„Scheint, als wäre sie aus dem Raum geschlüpft, während wir hier diskutiert haben", stellte Ethan fest.

Das schien in letzter Zeit ihr Markenzeichen zu sein. Jordan wunderte sich einen Moment, doch dann lenkte Parker seine Aufmerksamkeit zurück aufs Thema.

„Vielleicht sollten wir uns die Angestellten mal genauer ansehen", schlug Parker vor. „Ich weiß, dass sie keinen Zugriff auf die Konten haben, aber Geld kann man mit allen erdenklichen Methoden mitgehen lassen."

„Aber doch keine 150.000 Dollar!", widersprach Jordan ihm.

Parker zuckte die Achseln. „Kommt immer wieder vor. Du engagierst eine Nanny oder eine Privatsekretärin, und auf einmal ist dein sauer verdientes Geld weg. Vielleicht wurden wir aber auch gehackt."

„Ich muss leider sagen, dass jetzt erst mal wir alle unter Verdacht stehen – bis die Sache geklärt ist." Ryan sah sich im Raum um. „Inklusive mir selbst. Aber das sind nicht meine einzigen Neuigkeiten. Und es wird nicht unbedingt besser."

„Wenn's einmal läuft …", murmelte Ethan.

„Wir haben im letzten Geschäftsjahr rote Zahlen geschrieben", verkündete Ryan. „Nicht allzu rot, aber doch rot."

„Verdammte Scheiße." Parker kratzte sich am Kopf. „Und was machen wir jetzt?"

„Wir müssen uns überlegen, wie wir das Unternehmen profitabler machen." Declan stand auf und goss sich einen weiteren Kaffee ein.

„Zum Beispiel wie?" Jordan wollte gern helfen, aber er hatte keine Ahnung, wie man ein strauchelndes Familienunternehmen wieder auf Kurs brachte.

„Da müssen wir jede Möglichkeit in Betracht ziehen." Declan zuckte die Schultern. „Vorschläge sind willkommen. Und vor allem auch nötig."

„Wie wär's mit kleinen Wochenendveranstaltungen?", schlug Ethan vor. „Mit Bands aus der Gegend. Die lokalen Gastronomen könnten für die Verpflegung sorgen, und einen Teil ihres Umsatzes bekommen wir als Veranstalter."

„Oder wir holen die Foodtrucks ins Boot", meinte Parker, der selbst einen der besten Foodtrucks in Oregon betrieb. „Wir könnten auch mal darüber nachdenken, in dem Gebäude neben dem Veranstaltungssaal eine kleine Trattoria einzurichten."

„Oder wie wär's mit einem Weinclub?", fragte Jordan. „Mit einer jährlich erhobenen Mitgliedsgebühr, die spezielle Angebote beinhaltet. Den Mitgliedern könnten wir für die Wochenendveranstaltungen VIP-Tickets anbieten."

„Das klingt ja schon mal alles sehr gut." Ryan schien erleichtert, dass die negative Situation ein so positives Ergebnis brachte. „Vielleicht kann sich jeder von uns mal ein paar Gedanken machen und seine Ideen aufschreiben. Dann tragen wir alle Vorschläge zusammen und stimmen darüber ab, was davon umgesetzt werden soll."

„Und damit ihr es wisst", warf Jordan ein, „ich bin mehr als willens, in das Unternehmen zu investieren."

„Ich auch", sagte Declan.

„Und ich würde mich an der Trattoria beteiligen", fügte Parker hinzu. „Ich habe etwas gespart, um mein eigenes Restaurant zu eröffnen. Das kann ich genauso gut hier machen."

„Ich bin zwar alles andere als ein Millionär", stellte Ethan fest, „aber ich im Rahmen meiner Möglichkeiten werde mich auch gern beteiligen. Und ich kann zupacken."

„Du solltest dir nur vorher den Bart abrasieren, damit du damit nicht irgendwo hängen bleibst", meinte Jordan.

„Läuft." Ethan lachte. „Aber gibt es im Eishockey nicht die Tradition, sich einen Bart stehen zu lassen, sobald man die Play-offs erreicht hat?"

„Nicht bei mir. Da stehen die Frauen nicht so drauf."

Allgemeines Stöhnen war die Antwort.

„Vielleicht war das ja alles von Mom und Dad geplant", sagte Ethan. „So wollten sie uns wieder zusammenbringen."

„Ich weiß nicht.“ Ryan zuckte die Achseln. „Jedenfalls müssen wir uns jetzt nicht mehr fragen, was die anderen in den verschiedensten Landesteilen wohl gerade machen.“

Da war Jordan ganz seiner Ansicht.

Sein Handy, das vor ihm auf dem Tisch lag, klingelte. Er warf einen kurzen Blick auf das Display. Coach Reiner. Zum vierten Mal innerhalb von 24 Stunden.

Mist.

Er ließ die Mailbox drangehen.

Mal wieder.

Morgen würde er sich um die Angelegenheit kümmern.

Heute war die Familie dran.

Und Lucy.

Als alle sich erhoben und hinüber zur Kaffeemaschine gingen, schnappte Jordan sich Ryan.

„Lass dir darüber keine grauen Haare wachsen“, sagte er. „Ich sehe dir doch an, dass du kurz vorm Umkippen bist, weil du heute Nacht sicher nicht geschlafen hast wegen der Sache.“

Ryan nickte. „Seit Moms und Dads Tod habe ich überhaupt kaum geschlafen.“

„Ich bin da.“ Jordan legte seinem großen Bruder die Hand auf die Schulter. „Vergiss nicht: Wir stehen das alle gemeinsam durch. Du musst die Last nicht alleine tragen.“

„Danke, das hilft mir sehr. Weißt du, ich habe in letzter Zeit viel zu wenig Zeit für Riley gehabt. Langsam kommt es mir so vor, als wäre sie der Elternteil und ich das Kind.“

„Wieso?“

„Sie wirkt so verloren. Und macht sich ständig Gedanken um mich. Sie versucht dauernd, sich um mich zu kümmern, und achtet sogar darauf, dass ich genug esse. Irgendwie musste sie viel zu schnell erwachsen werden. Das ist so ungerecht. Ich würde ihr wünschen, dass sie noch möglichst lange ein kleines Mädchen bleiben kann.“

„Manchmal ist es eben so, dass das Leben auch unseren Kindern hart mitspielt. Aber sie wird das alles gut wegstecken. Weil sie dich hat. Also hab keine Angst."

„Hab ich aber. Ich wünschte nur, ihre Mutter wäre nicht so …"

„… besessen von Klopapier?"

Ryan stöhnte. „Ich kann dir gar nicht sagen, was es mit dem Selbstbewusstsein eines Mannes macht, wenn er weiß, dass er keine Chance gegen etwas hat, das im Klo runtergespült wird!"

„Ich bin mir sicher, dass schon eine ganze Schlange Frauen bereitsteht, um Laura zu ersetzen …"

„Was weiß ich. Hab, seit sie weg ist, kein Date mehr gehabt."

„Kein Date mehr gehabt im Sinne von …" Fragend sah Jordan ihn an.

„Genau. Das auch nicht."

„Mein Gott. Du und Dec, ihr sorgt dafür, dass dem Namen Kincade bald ein schlechter Ruf anhaftet!"

„Ich bin mir ziemlich sicher, dass ich gar nicht wissen will, was bei ihm abgeht. Oder eben auch nicht."

„Sagen wir es so: Ihr beide könntet einen Zölibatsclub aufmachen."

„Tut mir leid, kein Interesse."

„Das glaub ich gern." Jordan tätschelte seinem Bruder die Schulter. „Themenwechsel?"

„Sehr gerne."

„Gott sei Dank." Jordan trank einen Schluck Kaffee. „Dann erzähl ich dir mal, was es Neues in Sachen Nicki gibt."

„Ich freue mich, dass du dir die Angelegenheit so zu Herzen nimmst", sagte Ryan. „Ich habe nämlich …"

„… alle Hände voll zu tun, ich weiß." Jordan wusste, was Sache war. „Schon klar. Und auch wenn ich noch keine wirkliche Lösung gefunden habe, habe ich das Gefühl, dass ich dank der Mithilfe ihrer Lehrerin Fortschritte mache."

Sein Bruder lächelte. „Lucy ist nett, nicht wahr?"

Nett. Kompliziert. Klug. Sexy. Und da gab es sicher noch einiges mehr zu entdecken.

„Ja, sie ist toll", gab er zu. „Sie will mal mit der Schulpsychologin sprechen, damit wir auch das Richtige tun."

„Was?" Überrascht sah Ryan ihn an. „Moment mal. *Du* willst irgendwelche Regeln einhalten?"

„Ich breche nicht alle Regeln."

„Das finde ich aber besonders lobenswert", befand Ryan. „Und danke für die Geduld, die du mit unserer Schwester aufbringst. Ich weiß ja, dass sie momentan nicht gerade einfach im Umgang ist."

„Der kleine Drachen?" Jordan lachte. „Sie ist nicht so hart, wie sie tut. Außerdem werde ich sie zermürben."

„Ach ja?"

„Ja. Ich bin einfach immer da. Sie glaubt, dass ich irgendwann wieder abhauen werde. Aber den Gefallen tu ich ihr nicht."

„Das nenne ich mal eine Herausforderung, Brüderchen. Und was wird aus deiner Karriere? Deinem Team? Den Play-offs?"

Jordan zuckte die Schultern. „Schaun wir mal."

Die berühmten letzten Worte.

„Ganz egal, was du tust …" Nun legte Ryan ihm die Hand auf die Schulter. „… es ist schön, dass du ausnahmsweise mal hier bist."

„Danke. Ich freue mich auch, hier zu sein. Apropos … Darf ich mir heute Abend den Schlüssel für den Veranstaltungssaal ausleihen?"

„Was hast du denn vor?"

„Wenn ich es dir verrate, muss ich dich leider töten."

„Das klingt ernst." Ryan sah ihn prüfend an.

„Im Gegenteil."

„Dann gebe ich dir den Schlüssel." Ryan grinste. „Sieh nur zu, dass du nichts kaputt machst."

„Keine Sorge." Nein, eine Prügelei hatte er nicht im Sinn. Andererseits konnte er nicht einschätzen, ob Lucy überhaupt Überraschungen mochte. Von daher …

Elf Minuten vor sieben hatte Lucy das Gefühl, sie würde noch verrückt vor Nervosität. Oder sie müsste sich erbrechen. Sie marschierte durch ihr Schlafzimmer und hielt sich diese Bluse und jenen Rock an, ohne dass sie zufrieden war. Erst zu spät erkannte sie, dass sie überhaupt keine Klamotten besaß, die für ein Date geeignet waren. Natürlich hatte sie jetzt keine Zeit mehr zum Shoppen.

Abgesehen davon wusste sie ja gar nicht, wohin sie gehen würden.

Sie hatte ihre Arbeitskleidung, legere Sachen, ihre Sportklamotten und einen Haufen Schlafanzüge. Die Farben in ihrem Kleiderschrank beschränkten sich auf Schwarz, Weiß und Blau, falls man ihre diversen Jeans mitzählen wollte, die sie als nicht-Date-geeignet empfand. Sie hatte nichts, was glitzerte, schimmerte oder glänzte. Sie besaß keine Perlenkette und anders als ihre Freundin Claudia auch nicht einmal Modeschmuck, mit dem man ein langweiliges Outfit aufpeppen konnte.

Nicht zum ersten Mal in ihrem Leben verfluchte sie ihr fehlendes Modegespür.

In elf Minuten würde Jordan Kincade vor ihrer Tür stehen. Dann musste sie ausgehfertig sein.

Ausgehfertig für *ihn*.

Mr. Sexy höchstpersönlich.

Sie verstand selbst nicht, was sie an diesem Mann so anziehend fand. Und obwohl sie eigentlich nie richtig zugesagt hatte für den heutigen Abend, würde er in genau … zehn Minuten und dreißig Sekunden vor ihrer Tür stehen.

Ach du Schande.

Vom Bettende aus beobachtete Ziggy, wie sie an ihm

vorbeiflatterte und leise fluchte, während sie fieberhaft überlegte, welche Ausrede sie Jordan präsentieren könnte, warum sie nicht mitgehen konnte. Vielleicht …

Genau, das war's!

Sie würde Unwohlsein vortäuschen.

Er würde sicher keinen Verdacht schöpfen, wenn sie ihm im Bademantel die Tür öffnete, die Haare wild durcheinander und mit fleckigem Gesicht von einer Krankheit, die sie in den letzten 24 Stunden ganz urplötzlich befallen hatte und die ihr jegliches Ausgehen unmöglich machte.

Und ansteckend war es auch!

Genau!

Das alles konnte sie ihm auf keinen Fall zumuten.

Wie brillant!

Sie versuchte, keinen hysterischen Lachanfall zu bekommen, sondern griff nach ihrem Bademantel. In diesem Moment bekam sie allerdings ein massiv schlechtes Gewissen, das ihre geniale Idee mit einem mächtigen Hammerschlag zu zerstören drohte. Sofort bereute sie ihren Plan.

Zum Klang ihres überaus dramatischen Stöhnens drehte Ziggy den Kopf, sah sie verwundert an – und ließ einen ziehen.

„Guck mich nicht so an! Ich bin nicht verrückt. Und ich hole dir jetzt kein Leckerli, weil du so süß bist. Erst recht nicht, wenn du hier einen solchen Gestank verbreitest." Lucy, die die Ausdünstungen ihres Hundes stoisch ertrug, tätschelte ihm den Kopf und schlüpfte dann in ihren Bademantel. Plötzlich bekam sie Muffensausen. „Ich bin nur so … enttäuscht von mir selbst. Aber du erwartest sicher keine Erklärung. Du kennst das Spiel ja."

Ziggy winselte und legte den Kopf zwischen die Pfoten. Er ließ sie weiterhin keine Sekunde aus den Augen.

„Gut, dass du nichts dazu sagen kannst. Sonst bekämen wir zwei richtig Ärger."

Ihr blieb nun keine andere Wahl mehr, als ihren Plan durchzuziehen. So gut wie möglich brachte sie ihr Haar in Unordnung. Als es klingelte, kniff sie sich, so fest sie konnte, in beide Wangen und in die Nase, schlüpfte in ihre Hausschuhe und schlurfte laut hörbar zur Tür. Die Hand schon auf dem Türknauf, drehte sie absichtlich ein paarmal zu viel daran herum, holte dann tief Luft, hustete oscarverdächtig und öffnete schließlich die Tür.

„Cinderella?"

Lucy starrte die drei Fremden vor ihrer Tür an. Ein klein gewachsener Mann in lilafarbenem Anzug mit schwarz-weiß gestreiftem Hemd und knallrosa Schlips lächelte sie an. Dabei wackelte sein Kopf hin und her, als wäre er betrunken. Die zwei Frauen neben ihm sahen weniger dramatisch aus in ihren Frühlingskleidern und hochhackigen Schuhen, die mindestens zwölf Zentimeter hoch sein mussten.

„Tut mir leid", sagte Lucy und hielt ihren Morgenmantel am Hals zusammen, während sie mit der anderen Hand die Haustür festhielt. „Sie haben sich wohl in der Adresse geirrt."

Der Mann lehnte sich nach hinten und las die Hausnummer vor, die in Metall neben ihrem Briefkasten angebracht war. „173 Daffodil Lane, korrekt?"

„Ja."

„Und Sie sind Lucy Diamond, korrekt?"

„Ja. Aber wer sind Sie?"

„Wir sind drei gute Feen, Liebes!" Der Mann wedelte mit seiner Hand wie mit einem Zauberstab. „Hex-hex ... Ach, was soll's. Treten Sie zur Seite, Schätzchen, wir haben eine Mission."

In Lucy stieg Panik auf, als er sich an ihr vorbeidrängte.

„Stopp!" Lucy versuchte, ruhig zu bleiben. „Sie können hier nicht einfach so reinplatzen. Ich kenne Sie nicht. Sie könnten Gott weiß wer sein. Ein Serienmörder zum Beispiel!"

„Schätzchen. Sehe ich etwa aus wie Charles Manson?" Er deutete auf sein Outfit. „Nein, tue ich nicht. Ich habe maximal eine gewisse Ähnlichkeit mit Charlie aus der Schokoladenfabrik, weil Johnny Depp in diesem Film so köstlich ist, dass ich mich kaum beherrschen kann. Aber ich schweife ab."

Lucy glaubte ihm kein Wort und kramte ihr Handy aus der Tasche, um die Polizei zu rufen.

In diesem Moment kam Ziggy laut bellend die Treppe heruntergeschossen. Als er unten ankam, führte er sich auf wie ein wild gewordener Köter.

„Stecken Sie Ihr Handy weg, Schätzchen. Wir sind nicht gekommen, um Sie auszurauben oder zu ermorden. Wir sind hier, um Sie zu verzaubern." Der Mann trat einen Schritt zurück und musterte sie. „Und ich muss sagen, wir kommen da wohl keine Sekunde zu früh."

Wie zum Beweis hielten die zwei Frauen zwei schwarze Köfferchen hoch, dann zuckten sie die Schultern, als wäre das alles ganz normal.

War es aber nicht.

Verwirrter denn je, musste Lucy sich allerdings eingestehen, dass der Mann deutlich eher nach Glitter und Glamour aussah als nach Mord und Totschlag.

„Ich frage Sie jetzt zum letzten Mal, dann rufe ich die Polizei. Wer, zum Teufel, sind Sie?"

„Ich bin Rashard. Und diese beiden entzückenden Ladys sind Gloria und Beatrice. Sie arbeiten mit mir bei Stardust Creations in Vancouver. Wir sind hier, um Sie für Ihr Date aufzuhübschen."

„Sie sind *was*?" Sie blinzelte.

„Sind Sie krank?" Rashard sah sie prüfend an. „Ihre Nase ist ganz rot, und auch wenn ich nichts gegen einen schicken Morgenmantel habe, wenn man im Entspannungsmodus ist, muss ich sagen, dass Ihrer ein bisschen … Nun ja. Er hat bessere Tage gesehen."

„Ich bin keineswegs krank."

„Ich verstehe. Dann wollten Sie die Krankheit nur vortäuschen? Um so Ihrer Verabredung zu entkommen? Glauben Sie mir, etwas vorzutäuschen ist komplette Zeitverschwendung." Der Mann wandte sich Gloria zu und klappte sein Handgelenk um. Gloria stellte ihr Köfferchen ab und verschwand. Kurz darauf kam sie wieder mit einem ganzen Arm voll wunderschöner, glitzernder Abendkleider.

„Haben Sie keine Angst. In null Komma nichts werden Sie wunderschön aussehen und sich wie eine Schönheitskönigin fühlen." Rashard klatschte in die Hände, und die beiden Frauen wurden aktiv. „So, Schätzchen, wo können wir denn hingehen, um an Ihrer Transformation zu arbeiten?"

„Transformation?" Lucy stand da, immer noch völlig überrumpelt, und glotzte die drei an wie ein Fisch. „Moment. Ich bin verwirrt. Wer hat Sie hergeschickt?"

„Man engagiert uns, Liebes, man schickt uns nicht. Rashards Dienste sind nicht umsonst."

„Okay. Wer hat Sie engagiert?"

„Das weiß ich nicht so genau", antwortete der Mann, während er mit einer sorgsam manikürten Hand ihren Unterarm nahm und sie zur Treppe führte. „Die Anfrage kam von mehreren Seiten. Und da wir eigentlich schon für einen speziellen Anlass gebucht waren und nur für Brautpartys zuständig sind, hat man uns mit einer besonderen Zuwendung davon überzeugt, dass es sich auch für uns lohnt, Sie in eine Prinzessin zu verwandeln."

„Ich will nicht aussehen wie eine Prinzessin."

Rashard ignorierte sie und sagte: „Sie sind wunderschön, auch wenn sich Ihre Schönheit momentan hinter Ihrer Paranoia und hinter Wangen versteckt, in die Sie sich gekniffen haben." Als sie im oberen Stock angekommen waren, drehte er sich zu Lucy um und sah sie an. „Warum entspannen Sie sich nicht ein bisschen? Wir können es kaum erwarten, Sie zu verwandeln. Oder was sagt ihr, Mädels?"

Gloria und Beatrice nickten zustimmend, als sie die Treppe heraufkamen, natürlich nicht ohne ihre schwarzen Köfferchen und die tollen Kleider. Hinter ihnen im Schlepptau folgte der immer noch bellende und schwanzwedelnde Ziggy. Endlich war mal was los im Haus!

„Haben Sie zufällig eine Schminkkommode?"

Lucy kräuselte die Nase. „Eine *was*, bitte?"

„Das heißt dann wohl nein."

Als sie in ihr Schlafzimmer kamen, verfielen die drei sofort in Aktionismus. Lucy schloss daraus Folgendes: Rashard, Gloria und Beatrice wussten, was sie taten. Und: Sie selbst hatte null Plan. Doch ihre Paranoia verwandelte sich langsam in Amüsement, als sie sah, wie geschäftig die drei herumwuselten.

„Schnell." Rashard klatschte wieder in die Hände. „Ziehen Sie den Morgenmantel aus, damit wir uns für ein Kleid entscheiden können. Das müssen wir als Allererstes wissen, um das Make-up und den Nagellack darauf abzustimmen."

Lucy zog ihren Bademantel fester zu. „Ähm … ich hab aber nichts drunter."

„Um Himmels willen. Dann ziehen Sie bitte jetzt Ihre schönste Unterwäsche an. Das wird Ihr hübscher Prinz zu schätzen wissen. Und wir drehen uns solange um."

Alle drei drehten sich um.

Hallo? Lucy sollte sich entblößen, während drei Fremde in ihrem Zimmer waren?

„Beeilen Sie sich, Cindy."

„Lucy."

„Wie auch immer. Wir haben nicht viel Zeit."

Lucy öffnete die oberste Schublade ihrer Kommode im Shabby-Chic-Stil. Sie besaß keine extravagante Unterwäsche, aber immerhin ganz hübsche BHs und Höschen. Etwas drunter zu tragen, in dem sie sich hübsch fühlte, auch wenn es niemand außer ihr zu sehen bekam, war eine der kleinen Sünden, die sie sich zugestand.

„Einen trägerlosen BH, bitte."

Lucy drehte sich zu Rashard um. „Trägerlos?"

„Haben Sie keinen?"

„Doch, aber ich habe ihn noch nie …"

„… in der Öffentlichkeit getragen?" Rashard seufzte. „Dann tun Sie es eben jetzt zum ersten Mal, Schätzchen. Keine Sorge, Rashard sorgt dafür, dass Sie nicht nur wie eine Prinzessin aussehen, sondern sich auch wie eine fühlen. Ihr Mann wird nicht wissen, wie ihm geschieht."

Ihr Mann?

Oh Gott. Sie brauchte dringend was zu trinken.

Eineinhalb Stunden später durfte Lucy die Augen wieder öffnen. Sie stand vor dem einzigen Ganzkörperspiegel, den sie besaß und der mit doppelseitigem Klebeband an der Rückseite der Schlafzimmertür angebracht war. In den vergangenen 90 Minuten hatte man an ihr herumgezupft und -getupft, sie gepudert und aufgehübscht und ihr nebenbei nicht nur vermittelt, wie eine Prinzessin aussah, sondern auch, wie man sich entsprechend benahm.

Und nun war ihre große Stunde gekommen.

Lucy wusste zwar immer noch nicht, wieso diese Leute bei ihr aufgetaucht waren und wieso sie alles dabeihatten, um aus einem hässlichen Entlein einen … Nun ja, so hässlich war sie eigentlich nicht. Sie wusste nicht, was sie erwartete, und verspürte eine Mischung aus Aufregung und Angst.

„So. Jetzt holen Sie tief Luft." Rashard machte es ihr vor. „Und wenn Sie alle Luft rausgelassen haben, öffnen Sie die Augen."

Lucy gab den Kampf auf.

Mit klopfendem Herzen tat sie, wie ihr geheißen wurde.

Als sie die Augen mit den falschen Wimpern öffnete, entfuhr ihr ein erstauntes Keuchen.

„Das bin ich?"

Lucy wusste, dass sie eigentlich ein durchschnittliches Aussehen besaß. Aber zum ersten Mal in ihrem Leben war sie …

„Hinreißend“, befand Rashard.
„Überwältigend“, stellte Gloria fest.
„Magisch“, bestätigte Beatrice. „Cinderella kann einpacken.“
Statt ihrer Brille trug Lucy nun Kontaktlinsen und blinzelte. „Dann war das mit den guten Feen also wirklich kein Witz.“
„Meine Liebe.“ Rashard nahm ihre nun perfekt manikürten Hände. „Keine Frau kann jeden Tag so umwerfend aussehen, wie Sie es gerade tun. Der Trick besteht darin, sich umwerfend zu *fühlen*. Denn das beweist, dass Sie alles besitzen, um so großartig aussehen zu können. Sie müssen sich auch von innen heraus schön fühlen!“
Schuldig im Sinne der Anklage. Lucy widmete sich eher selten solchen Gedanken. Sie hatte nur ein einziges Mal in ihrem Leben an sich gedacht – als es um ihr Überleben ging.
„Also: Ich möchte, dass Sie sich, wenn Sie über diese Türschwelle treten, fühlen wie eine Prinzessin – denn wie eine Prinzessin sehen Sie auch aus. Verbringen Sie einen unbeschwerten Abend mit dem Mann, der Ihnen diese Erfahrung geschenkt hat.“
Der Mann, der mir diese Erfahrung geschenkt hat.
Gloria reichte Rashard einen versiegelten Briefumschlag, den er an Lucy weitergab, dann verabschiedete er sich mit Luftküsschen von ihr. „Machen Sie uns stolz, Schätzchen.“
Lucy betrachtete den Umschlag in ihrer Hand und las ihren Namen. Als sie wieder aufsah, um ihren guten Feen zu danken, waren diese schon verschwunden.
Sie wirbelte herum, doch es war niemand mehr da. Hätte sie nicht in diesem Moment das Zuschlagen der Haustür gehört, hätte Lucy an ihrem Verstand gezweifelt.
Sie öffnete den Umschlag und entnahm ihm eine Karte.

Lucy,
bitte komm jetzt runter, und teile einen Abend der Wünsche, Träume und des Happy Ends mit mir.
Jordan

Lucys Herz setzte einen Schlag aus.

Wünsche, Träume und ein Happy End?

Was war denn jetzt los?

Sie hob den Saum ihres bodenlangen Cinderella-Kleids, seufzte und sah Ziggy an, der ausgestreckt am Fußende ihres Bettes lag. „Wenn ich nicht vor Mitternacht zu Hause bin, versprich mir bitte, dass ich mich nicht in einen Kürbis verwandele, oder du rufst die Polizei."

Ziggy bellte.

„Okay, in Ordnung."

Als es klingelte, hätte Lucy beinahe alles vergessen, was sie gerade gelernt hatte. Ihr Herz klopfte wie verrückt. Am liebsten wäre sie losgerannt, aber stattdessen schlüpfte sie in die glänzenden High Heels und ging vorsichtig die Treppe hinunter. Eine Hand auf den Türgriff gelegt, holte sie noch einmal tief Luft und öffnete dann die Tür.

Jordans Miene zeigte ihr sofort, dass Rashard und seine Mädels ganze Arbeit geleistet hatten.

Und sie spürte, dass sie sich zum ersten Mal in ihrem Leben wirklich schön fühlte.

„Du trägst einen Smoking", stellte Lucy zur Begrüßung fest. „Ich weiß nicht, was ich sagen soll."

Einen Moment lang fehlten auch Jordan die Worte. Denn sie sah einfach atemberaubend aus.

„Keine Sorge. Ich hab alles im Griff." Er nahm ihre Hand und ließ sie einmal herumwirbeln. „Du siehst umwerfend aus."

Als sie errötete, stellte Jordan wieder einmal fest, dass er zwar nicht immer das Richtige sagte oder tat, aber wenn es ihm gelang, war es ein Volltreffer.

Das halterlose lavendelfarbene Kleid hatte ein herzförmiges Dekolleté, war figurbetont geschnitten und der Rock mit zartlila Rüschen besetzt. Das Kleid passte perfekt. Aber es war Lucy, die dieses Kleid so spektakulär in Szene setzte.

Man hatte ihr die Haare aufgedreht, und jetzt umrahmten sie in weichen Locken ihr Gesicht. Am liebsten hätte er diese Locken gestreichelt. Das Make-up war so dezent, dass es Lucys natürliche Schönheit unterstrich. Und ihre vollen, so küssenswerten Lippen waren nur mit einem Hauch Gloss versehen und nicht unter einer dicken Lippenstiftschicht verschwunden.

„Du siehst atemberaubend schön aus, Lucy."

Sie holte tief Luft. „So was musst du nicht sagen."

Er beugte sich zu ihr und atmete den zarten Duft ein, der von ihrer Haut ausging. „Gewöhn dich dran." Komplimente waren nicht ihr Ding. Er lächelte. „Denn egal, ob du ein Ballkleid trägst oder über den Flur in der Schule gehst, du bist immer eine tolle Frau."

„Nicht, dass ich dieses Spektakel nicht genossen hätte, aber wieso hast du diese drei Fremden zu mir geschickt? Ich meine, abgesehen von dem Offensichtlichen."

„Okay. Ich habe damit vielleicht die Grenzen des Erlaubten überschritten. Aber anscheinend habe ich mich für das richtige Team entschieden."

„Ich bin zu Tode erschrocken. Ich dachte, die drei wollten mich ausrauben."

Er grinste. „Rashard von Stardust Creations hat dich so erschreckt?"

„Na ja, er hat mir seinen Namen und seinen Beruf ja nicht sofort gesagt."

„Ich wollte dir keine Angst einjagen." Er bemerkte, dass er immer noch ihre Hand hielt, und drückte ihre kühlen, weichen Finger. „Ich wollte dich mit etwas überraschen, das du dir selbst nie gönnen würdest."

Er sah, wie sich ihre Brust hob und senkte, und sie seufzte. „Du machst es einem sehr schwer, wütend auf dich zu sein."

„Gut. Es wäre auch ziemlich schade, wenn du jetzt den ganzen Abend wütend auf mich wärst. Denn dich erwarten noch mehr Überraschungen."

„Danke." Sie küsste ihn auf die Wange. „So etwas Schönes hat mir noch nie jemand geschenkt."

„Gern geschehen." Er lächelte. „Und ich freue mich, wenn es dir damit gut geht."

„Ich fühle mich so ... spektakulär." Als sie lachte, tauchte wieder das Grübchen auf ihrer Wange auf. „Und jetzt hoffe ich, dass du keinen Tisch bei Cranky Hank's reserviert hast, denn dieses Kleid ist viel zu kostbar, um es mit süßer, klebriger Barbecuesoße zu versauen."

„Ganz deiner Meinung." Bei süß und klebrig dachte er allerdings nicht als Erstes an Barbecuesoße ... „Und nein, ich werde dich nicht in eins von Sunshines Restaurants ausführen."

„Wohin denn? Deine Nachricht war etwas kryptisch."

„Wie gesagt: Dich erwarten noch so einige Überraschungen." Er bot ihr seinen Arm an. „Wollen wir?"

„Ich muss zugeben", sagte sie, als sie die Hand auf seinen Unterarm legte, „dass du mich neugierig machst."

Sie lachte und winkte Ziggy zu, der es sich neben dem Couchtisch bequem gemacht hatte, dann zog Jordan die Haustür hinter ihr zu. Er führte sie zu einer Limousine, deren Fahrer ihnen bereits die Türen aufhielt.

„Na, so was! So aufgebrezelt! Wo soll's denn hingehen?"

„Hallo, Mrs. B.!" Lucy winkte der alten Dame zu.

„Sie sehen hübsch aus, Kleines."

„Danke, Mrs. B."

„Ein heißes Date, was?"

Jordan lachte. „Keine Sorge. Ich werde sehr gut auf sie aufpassen."

„Unsinn", widersprach ihm Mrs. B. „Dieses Mädel muss mal richtig aufgemischt werden. Im positiven Sinne, Sie wissen schon."

„Mrs. B.!"

„Ich sehe, was ich tun kann", versprach Jordan. Dann wandte er sich Lucy zu. „Deine Nachbarin findet offensichtlich auch, dass du öfter ausgehen solltest."

„Ja, demente Menschen sagen oft seltsame Sachen."

„Ich bin nicht dement und trotzdem ihrer Meinung."

Lucy sah ihm in die Augen, und bevor sie protestieren konnte, nahm er ihre Hand und küsste sie. „Wollen wir jetzt mal einsteigen und herausfinden, ob du nicht vielleicht auch dieser Meinung bist?"

Einen Moment lang sah Lucy ihn schweigend an. Dann drehte sie sich noch einmal zu ihrer Nachbarin um. „Morgen komme ich vorbei und hole Sie zum Einkaufen ab, Mrs. B.!"

„Okey-dokey." Mrs. B. winkte ihr von ihrer Veranda aus zu. „Viel Spaß heute Abend. Wer weiß, was morgen ist."

„Eine weise Frau", sagte Jordan, als die alte Dame im Haus verschwand.

„Aber ich mache mir Sorgen um sie. Ich glaube, sie sollte nicht alleine wohnen."

„Nett von dir, dass du mit ihr einkaufen gehst."

„Sie ist die Oma, die ich nie hatte. Also kümmere ich mich um sie, wenn ihre Kinder zu viel um die Ohren haben."

„Kommt das häufig vor?"

„Leider ja."

Jordan fand, dass Lucy wohl eine Art Helfersyndrom hatte. Irgendwie auch bewundernswert. Diejenigen, denen sie ihre Hilfe zukommen ließ, freuten sich sicher darüber. „Ihre Kutsche wartet, Mylady."

„In so einem Wagen bin ich noch nie gefahren", stellte Lucy fest, als sie auf dem langen Ledersitz Platz nahm.

„Bleib bei mir, Kleines. Und ich zeig dir die ganze Welt."

Er wartete, bis sie ihren ausladenden Rock geordnet hatte, dann stieg auch er ein. „Wieso sollten sich nur Teenager diesen Spaß gönnen?“

„Stimmt genau.“ Sie strich über das weiche Leder.

Während Jordan sich vorstellte, wie ihre langen, zarten Finger seine Haut streichelten, öffnete er eine Flasche Champagner, die in einem Eiskühler kalt gestellt war. Er goss das prickelnde Getränk in zwei Champagnerflöten und sah, dass sie ihn erstaunt dabei beobachtete, wie er zwei reife Erdbeeren in die Gläser fallen ließ.

Ja. Er versuchte sich an jedes kleine Detail zu erinnern, das sie am Abend zuvor erwähnt hatte. Er reichte ihr ein Glas. „Ich hoffe, das wird ein Abend von vielen ersten Malen.“

„Bisher lässt es sich diesbezüglich ganz gut an.“

Als Lucy ihn jetzt so ansah, endlich einmal ohne ihren schützenden Panzer, fühlte er sich wie ein anderer Mann.

Ein besserer Mann.

Deswegen musste er alles daransetzen, dass sie ihn nicht nur für ein paar Minuten so ansah.

Eigentlich hatte er diesen Abend anfänglich wegen seines schlechten Gewissens geplant. Er wollte endlich wiedergutmachen, was er ihr vor so vielen Jahren verdorben hatte. Doch inzwischen hatte er mehr Zeit mit Lucy verbracht, und sie faszinierte ihn. Sie war für ihn wie die ganz besondere Süßigkeit in der Box mit feinen Schokoladen. Die, die extra in Goldfolie eingewickelt war. Man wusste nicht, was drin war, bis man die Folie abmachte und hineinbiss.

Und auch Lucy war zum Anbeißen.

Er erhob das Glas und stieß mit ihr an. Als Lucy die Lippen schürzte und den ersten Schluck Champagner trank, fantasierte Jordan, wie viel schöner der Abend werden könnte, indem er den Champagner von ihrem nackten Körper schlürfte. Und eine neue Verwendung für die Erdbeeren würde er auch ganz sicher finden. Vielleicht käme auch etwas Schlagsahne ins Spiel.

Er stellte sich Lucy vor, wie sie auf einem breiten Bett vor ihm in den weichen Laken lag, und plötzlich wurde ihm seine Smokinghose zu eng. Genug! Er musste sich jetzt konzentrieren und durfte sich nicht von seinem Schwanz davon abhalten lassen, Lucy einen einzigartigen Abend zu schenken, den sie nie vergessen sollte.

Sie verdiente es, an diesem Abend ganz allein im Mittelpunkt zu stehen. Sonst drehte sich in ihrem Leben offensichtlich immer alles um andere. Auch deswegen wollte Jordan ihr einen Abend bereiten, an dem sie hoffentlich viel Spaß hatte und sich von den Schatten der Vergangenheit befreien konnte, die sie davon abhielten, sich als schöne, kluge und begehrenswerte Frau zu fühlen.

Denn das war sie für ihn.

„Also nicht Cranky Hank's. Wohin dann?“ Sie nippte an ihrem Champagner und tunkte zwei Finger ins Glas, um sich die Erdbeere zu angeln, von der sie nun einen Bissen nahm.

Das tat sie nicht absichtlich, um ihn scharfzumachen. Lucy beherrschte solche Spielchen nicht. Im Gegenteil – er fragte sich, ob sie sich überhaupt bewusst war, welche sexy Ausstrahlung sie besaß. Ob sie in ihrem Kuschelbademantel in der Küche stand oder eine Erdbeere aus einem Champagnerglas fischte – er fand sie einfach sensationell.

In der letzten Nacht hatte er sogar von ihr geträumt. Aber daran sollte er jetzt besser nicht denken, seine Hose saß sowieso schon prall genug.

„Hast du nicht zugehört? Ich habe von mehreren Überraschungen gesprochen.“

Sie rümpfte die Nase. „Ich bin kein sonderlich geduldiger Mensch.“

„Pech für dich.“ Er füllte ihr Glas erneut. „Denn in etwa zwei Minuten werde ich dich bitten, die Augen zu schließen.“

„Was, wenn ich dir nicht genug vertraue, um das zu tun?“ Ihr leichtes Grinsen verriet ihm, dass sie nur Spaß machte.

So etwas gefiel ihm.

Er grinste. „Was muss ich machen, damit du es tust?“

Ihr Blick entfachte ein Feuer in ihm. Sie musterte ihn von oben bis unten, dann betrachtete sie sein Gesicht. Er wollte sie so gern berühren!

„Das Kleid und die Limousine waren eigentlich Beweis genug.“

„Dann schließ bitte jetzt deine schönen Augen.“

Ihre Lider flatterten, dann erfüllte sie ihm den Wunsch.

Er würde ihr Vertrauen nicht enttäuschen.

Aber er küsste sie auf den Mund.

Kurz.

Anders ging es nicht.

Ehrenhaft ließ sie die Augen geschlossen. Aber ein kleines Seufzen, das er sehr aufregend fand, entschlüpfte ihr.

„Vorsichtig, Mr. Kincade.“

Sie sah so verführerisch aus in dem glitzernden Kleid mit ihrem langen, gewellten Haar, den hübschen Lippen und dem aufregenden Dekolleté. Am liebsten hätte er sie jetzt sofort auf den weichen Ledersitzen in der Limousine genommen. Er wollte unter dem Rüschenrock ihre langen Beine streicheln und herausfinden, ob sie ein Seidenhöschen trug oder gar keins. Allerdings hatte er diesen Abend organisiert, damit sie in den Genuss seiner Überraschungen kam. Er musste sich also zurückhalten.

Heute Abend ging es nicht darum, was er wollte. Sondern darum, Lucy ein Lächeln auf die Lippen zu zaubern – und zwar nicht aus den Gründen, die seine Fantasie beherrschten. Heute Abend würde er wiedergutmachen, was er ihr in der Highschool kaputt gemacht hatte. Und vielleicht würde daraus mehr – aber darüber wollte er jetzt noch nicht spekulieren.

„Ms. Diamond, das Wort ‚vorsichtig‘ existiert in meinem Wortschatz nicht.“

Als der Wagen anhielt, sah Jordan kurz aus dem Fenster.

Hoffentlich war alles bereit. Sie würde sich wundern. „Augen zu, Lucy."

„Hab ich."

„Vertraust du mir?"

„Nein."

„Nicht mal ein bisschen?"

„Vielleicht ein kleines bisschen."

Der Fahrer öffnete die Tür, und Jordan stieg aus. Er nickte und gab dem Mann ein stattliches Trinkgeld, denn er brauchte ihn nun nicht mehr. Nachher würde er Lucy selbst zurückbringen – oder mit ihr in sein kleines Creekside Cottage gehen. Falls sie sich dazu entschloss, die Party noch ein bisschen auszudehnen.

Er nahm Lucys Hand und half ihr aus dem Wagen. Als sie neben ihm stand, neigte sie leicht den Kopf zur Seite, als könnte sie so herausfinden, wo sie waren. Aber es war nur das Gurgeln des Bächleins zu hören und ganz entfernt der Ruf einer Singdrossel.

„Ich höre Wasser", stellte Lucy auch prompt fest. „Aber in diesem Aufzug gehen wir wohl kaum schwimmen."

„Obwohl es hier in der Nähe ginge. Aber das ist eigentlich nicht der Plan. Außer du möchtest es unbedingt."

Lucy hielt die Augen immer noch geschlossen und erschauerte. „Ist vielleicht noch ein bisschen zu früh in der Saison."

„Das sehe ich auch so." Natürlich hätte er auch nichts dagegen, nackt mit ihr schwimmen zu gehen. Doch jetzt nahm er erst einmal ihre Hand, legte sie in seine Armbeuge und führte sie so zu einer großen Flügeltür.

Jordan war ein Mann, der sich für ein perfektes Tor begeistern konnte, über einen Sieg seines Teams oder die Tatsache, dass sie dem Pokalgewinn immer näher kamen. Sonst gab es nicht vieles, das ihn wirklich von den Socken haute. Aber als er nun Lucy ins Gebäude führte und dort alles so vorfand, wie er es sich vorgestellt hatte, machte sein Herz vor Aufregung einen Hüpfer. Nachdem die Tür hinter ihnen ins Schloss gefallen war, drehte er Lucy so um, dass sie das Zimmer vor sich hatte.

„Jetzt darfst du die Augen öffnen."

Lucy hielt sich die Hand vor den Mund. „Oh … wow! Was ist das denn?"

Ein enormer Kronleuchter zauberte Lichtreflexe auf Wände und Holzboden des großen Ballsaals. Direkt unter dem Kronleuchter stand ein Tisch, der ganz in Schwarz und Weiß eingedeckt war – mit weißen Stumpenkerzen, einer sorgsam arrangierten Lilie in der Mitte und einem Eiskübel mit einer weiteren Flasche Champagner. Auf der Bühne am hinteren Ende des Saals sah man blaue Schlossmauern mit einer goldenen Kutsche davor. Eine Lichterkette funkelte hinter einer Reihe dünner weißer Vorhänge. Aus einem Lautsprechersystem erklang der Song „I'll Be".

Jordan nahm ihre Hand. „Das ist der Abschlussball, den du nie hattest."

Er sah ihr an, dass sie es nicht fassen konnte. Langsam drehte sie sich zu ihm um. Er sah so lässig-elegant aus in seinem Smoking und den sorgfältig zurückgekämmten Haaren. Auch wenn sie seinen Unrasiert-Look sexy fand, gefiel er ihr auch glatt rasiert, so wie jetzt. „Abschlussball?"

„Ich weiß, das ist vielleicht alles ein bisschen kitschig. Aber es hätte wahrscheinlich noch schlimmer ausgehen können", sagte er leise. „Als ich nämlich euren Schulleiter an seinem freien Tag anrief, war er, glaube ich, alles andere als begeistert. Und von meinen NHL-Erfolgen ließ er sich auch nicht beeindrucken. Er verbot mir rundheraus, die Aula der Schule zu benutzen. Immerhin habe ich dann die Schauspiellehrerin dazu überreden können, mir die Kulissen vom Cinderella-Stück zu überlassen, das letzten Herbst aufgeführt wurde.

Und hier befinden wir uns nun im Veranstaltungssaal der Sunshine Creek Vineyards."

„Du ..." Sie sah sich wieder im Saal um. „Ich ..."

„Ist es ein gutes Zeichen, dass du sprachlos bist, Lucy?"

Sie holte tief Luft und hoffte, dass sie dadurch ruhiger werden würde. „Ein sehr gutes Zeichen."

„Das hatte ich gehofft."

„Aber ... was hat das mit dem Satz aus deiner Nachricht zu tun? Wünsche, Träume und ein Happy End?"

„Ich habe mein altes Jahrbuch rausgekramt und mir das Motto unseres Abschlussballs damals noch mal angesehen."

„Das wusste ich gar nicht."

„Das dachte ich mir. Zu kitschig?"

„Überhaupt nicht. Du hast dir echt viel Mühe gegeben."

„Sehr gerne. Weißt du, ich mochte dich schon damals in der Highschool, Lucy. Wäre ich nicht ein so egozentrischer, dummer Vollidiot gewesen, hätte ich dich an dem Abend wirklich abgeholt." Er zuckte die Schultern. „Ich will nur wiedergutmachen, was ich damals versaut habe."

„Das solltest du langsam mal abhaken."

„Werde ich. Nach heute Abend."

„Ich ... ich weiß wirklich nicht, was ich sagen soll."

„Na zum Beispiel, dass du mit mir tanzen möchtest." Er streckte ihr die Hand hin. „Ich bin darin zwar seit der Schule nicht besser geworden, aber bereit, mein Bestes zu geben. Magst du?"

Sie legte ihre Hand in seine. „Darf ich dir ein Geheimnis anvertrauen?"

„Du darfst mir alles anvertrauen."

Zum ersten Mal hatte sie das Bedürfnis, wirklich ihr Innerstes nach außen zu kehren und Jordan von ihren Erlebnissen zu erzählen. Aber das würde diesem Abend einen Dämpfer versetzen. „Ich kann überhaupt nicht tanzen", flüsterte sie.

„Dann üben wir das jetzt gemeinsam."

Er zog sie in seine Arme und begann, sich wie ein Profitänzer mit ihr im Kreis zu drehen. Was für ein Lügner er war! Ihr kam es vor, als hätte er Unterricht bei Fred Astaire gehabt! Er bewegte sich sicher und mit männlicher Grazie. Vielleicht konnte er es so gut, weil er sonst auf dünnen Schlittschuhkufen durchs Leben glitt. Zum Glück machte er es ihr nicht schwer, seinen Bewegungen zu folgen. Vielleicht lag es aber auch daran, dass er sie so eng im Arm hielt und sein wunderbarer Geruch sie so betörte, dass sie gar nicht anders konnte. Oder lag es an seinem Blick, der ihr immer wieder sagte: Du kannst mir vertrauen.

Sie tanzten eine Weile zu langsamer, romantischer Musik, dann führte er sie zu dem Tisch mitten im Saal, rückte ihr den Stuhl zurecht und ließ sie Platz nehmen. Ohne sich selbst hinzusetzen, griff er nach der Champagnerflasche und öffnete sie gekonnt. Er füllte ihre Gläser, damit sie anstoßen konnten.

Bevor er sich setzte, stellte er seinen Stuhl neben ihren.

„Du machst das alles sehr gut“, sagte sie.

„Das alles?“

„Tanzen. Champagner eingießen. Märchen wahr werden lassen.“ Sie trank einen Schluck und musste lächeln, weil das feinperlige Getränk ihr in der Nase kitzelte. „Wenn du nicht aufpasst, verlierst du bald das Image des biertrinkenden, sich am Bauch kratzenden Neandertalers, das Eishockeyspieler in meinem Weltbild eigentlich immer hatten.“

Er ließ ein tiefes Lachen vernehmen, und das schien so von Herzen zu kommen, dass es sie ungemein berührte. Sie kannte keinen Mann, der so viel auf sich nahm, um anderen eine Freude zu bereiten – und das ganz offensichtlich auch noch, ohne eine Gegenleistung zu erwarten. So etwas hatte sie noch nie erlebt, mit keinem Mann zuvor. Aber ihre Vergangenheit gehörte nicht hierher.

„Ich versichere dir, dass du mit diesem Klischee nicht sonderlich falschliegst. Es gibt einige Jungs in meinem Team, die freiwillig zugeben würden, dass sie gerade erst den aufrechten Gang erlernt haben."

„Du machst Witze."

Er schüttelte den Kopf, und sein Lächeln funkelte mit dem Licht des Kronleuchters um die Wette. „The Rock gibt nur Grunztöne von sich. Das ist seine Form von Kommunikation."

„The Rock? Ich dachte, das wäre ein Filmstar?!"

„Den gibt es auch. Der Typ in meinem Team heißt so, weil er jedes Mal, wenn er mit dem Kopf gegen die Bande knallt, lächelnd wieder aufsteht."

„Furchtbar."

„Ja, es kann ganz schön brutal zugehen bei den Spielen. Es sind eben viele Aggressionen dabei. Wenn dich ein Gegner provoziert oder foult, muss man ihn checken und manchmal eben auch die Fäuste sprechen lassen."

„Ihn checken?"

„Harter Körpereinsatz. Ihn gegen die Bande drücken, um ihm den Puck abzunehmen."

„Ich kenne mich mit diesem Spiel überhaupt nicht aus." Sie verzog das Gesicht. „Und ich bin mir auch nicht sicher, ob ich das wirklich alles wissen will."

„Warst du mal bei einem Eishockeyspiel?"

„Nein." Sie wollte nicht zugeben, dass sie sich ein paarmal Spiele seiner Mannschaft angeschaut hatte. „Aber meine beste Freundin und ihr Mann sind absolute Sportfanatiker. Bei ihnen habe ich mal ein paar Minuten von irgendwelchen Playoff-Spielen geguckt."

„Es ist ganz anders, wenn man im Stadion sitzt."

Sie hatte ihr Glas geleert. Als er ihr noch einmal einschenkte, fragte sie: „Wie anders?"

„Man wird von der Energie der Zuschauer erfasst, von der Atmosphäre in der Arena. Vom schnellen Tempo des Spiels. Hast du mal American Football geguckt?"

„Ein paarmal." Aber immer nur dann, wenn sie dazu gezwungen gewesen war. Auf Super-Bowl-Partys zum Beispiel.

„Es ist ziemlich ähnlich wie beim Football, wenn der Runningback den Ball hat und auf die Torpfosten zurennt und die Menge sicher ist, dass er einen Touchdown machen wird. Und beim Eishockey hast du die ganze Zeit diese Spannung."

„Wusstest du, dass deine Augen leuchten, wenn du davon erzählst?" Das taten sie wirklich. Und dann sah er noch besser aus.

„Das wundert mich nicht. Ich kann ja nichts anderes. Und ich liebe dieses Spiel."

„So geht es mir mit meinem Beruf auch." Sie strich sich über den Rock. Es war reine Verlegenheit, denn sie war es nicht gewohnt, über sich selbst zu sprechen. Aber wenn es um ihren Job ging, war es noch okay. „Manchmal gerät man an Schüler, die nicht nur begabt sind, sondern auch gerne lernen. Dann bekomme ich so eine Art Adrenalinrausch und freue mich wie verrückt darauf, ihm oder ihr am nächsten Tag wieder etwas Neues beizubringen. Ich träume immer davon, eines Tages einen neuen Ernest Hemingway oder eine neue J. K. Rowling in der Klasse zu haben."

„Schreibst du selbst eigentlich auch?", fragte er.

„Na ja, ich versuch's zumindest", verriet sie und hielt das für eine halbwegs sichere Antwort. Das würde sein Interesse sicher nicht weiter wecken. „Aber mein eigentlicher Fokus ist das Unterrichten."

„Und was schreibst du?" Er lehnte die Unterarme auf den Tisch und schenkte ihr seine volle Aufmerksamkeit.

Okay. Sie hatte ihn unterschätzt.

Lucy biss sich auf die Lippe – im wahrsten Sinne des Wortes – und überlegte, was sie ihm antworten sollte. Ob sie die Wahrheit sagen oder etwas erfinden sollte. Andererseits konnte sie die Unterhaltung jederzeit auch auf ein anderes Thema lenken.

„Ich liebe dieses Lied! Das ist Bruno Mars, mein Lieblingssänger!“ Das war zwar ein bisschen geflunkert, aber er war ihre Rettung, um aus dieser Unterhaltung rauszukommen. Sie stand auf und streckte die Hand aus. „Darf ich bitten?“

„Sehr gerne. Und wenn du den Song so gernhast, können wir ihn gleich noch einmal hören.“ Er nahm sie fest an der Hand und schubste sie leicht, sodass sie sich wieder hinsetzen musste. „Aber im Moment interessiert mich eigentlich mehr, was du so schreibst.“

Tief ein- und ausatmen, Lucy. Du kannst das.

„Ich schreibe … und jetzt nicht lachen … Liebesgeschichten.“

„Im Ernst?“

Sie nickte. Er lachte nicht, und das ermutigte sie, ihm mehr zu erzählen. „Ich habe jetzt schon mehrere Geschichten über zwei Figuren geschrieben, die sich auf einer Abenteuerreise kennenlernen. Sie sind beide hinter demselben Schatz her, und deswegen versuchen sie die ganze Zeit, einander auszutricksen. Natürlich verlieben sie sich dabei ineinander. Eine Mischung aus Indiana Jones und Katniss Everdeen.“

Einen Moment lang sah er sie einfach nur an, als wüsste er nicht, ob sie es ernst meinte oder ob sie den Verstand verloren hätte.

„Und wie kamst du zum Schreiben?“

Wie konnte sie ihm das erklären? Weil ihr eigenes Leben so elend gewesen war, hatte sie nur glücklich sein können, indem sie Figuren erfand und sich in eine Traumwelt flüchtete.

„Das ist eine lange Geschichte, aber um es kurz zu machen: Eines Tages kam mir die Idee, als ich …“ Sie stockte, als sie daran dachte, dass sie mit blauen Flecken übersät gewesen war. „… darauf wartete, dass meine Klasse ihre Aufsätze abgab. Innerhalb von fünf Minuten wusste ich, was ich schreiben wollte. Natürlich dauerte es wesentlich länger, alles in Worte zu fassen.“

„Die Geschichten würde ich gern mal lesen."

„Oh nein, ganz sicher nicht." Sie erschrak und wandte den Blick ab, als wäre sie plötzlich völlig fasziniert von den künstlichen Burgmauern auf der kleinen Bühne. „Aber nett, dass du das sagst."

Sanft drehte er ihren Kopf in seine Richtung. „Ich erzähle keinen Scheiß, Lucy. Falls du mich beleidigen willst, weil du denkst, ich könnte nicht lesen, weil ich nur ein hohler Sportler bin …"

„Das würde ich nie denken!"

„Wieso findest du es dann so schwer zu glauben, dass jemand deine Geschichten lesen möchte?"

Die Aufrichtigkeit in seinem Blick berührte sie. Wie schaffte es dieser Mann nur, sie jedes Mal aufs Neue zu überraschen?

„Okay. Es hat nichts mit dir zu tun. Sondern ausschließlich mit mir. Ich habe noch nie jemanden etwas von mir lesen lassen. Ganz ehrlich? Dazu fehlt mir das nötige Selbstvertrauen."

„Aber du bist einer der klügsten Menschen, die ich kenne!"

Offensichtlich nicht klug genug.

Vor langer Zeit hatte sie daran geglaubt, dass ihre Intelligenz sie aus ihrem elenden Leben befreien könnte. Dass sie es schön haben würde. Doch selbst ihr hoher Intelligenzquotient hatte ihr nichts genutzt, im Gegenteil. Sie hätte besser auf ihre Instinkte vertraut. So war sie mitten in einem Albtraum gelandet.

„Ich bin mir sicher, dass deine Geschichten großartig sind", beharrte Jordan. „Aber das wird niemand erfahren, wenn du sie vor anderen versteckst. Man muss Risiken eingehen, darum geht es im Leben." Er lehnte sich zurück. „Zum Teufel. Ich riskiere im Moment so viel, dass ich kaum noch hinterherkomme!"

„Du sprichst von deiner Schwester."

„Von meiner Schwester, von meiner ganzen Familie. Von

meiner Karriere." Er trank einen Schluck und betrachtete sie. Dann hielt er das Glas in ihre Richtung. „Und von dir."

„Von mir?" Sie deutete auf sich, als wäre damit eine andere Person gemeint.

Er nickte langsam. „Falls du es noch nicht bemerkt haben solltest: Ich laufe dir hinterher. Und gehe damit das Risiko ein, dass du mir die Tür vor der Nase zuschlägst. Was du ja nach diesem unsäglichen Abend des Abschlussballs auch hättest tun können."

Seine Ehrlichkeit rührte sie. Sie wusste nur eins zu sagen: „Warum?"

„Du faszinierst mich. Du forderst mich heraus. Und ganz ehrlich: Ich mag dich."

„Das … hat noch nie jemand zu mir gesagt."

„Du machst Witze."

Sie schüttelte den Kopf. Ihr Herz klopfte wie verrückt.

„Dann werde ich das in Zukunft wohl öfter tun." Er beugte sich zu ihr. „Ich mag dich, Lucy."

„Ich … mag dich auch."

„Gut so." Er stand auf und hielt ihr die Hand hin. „Lass uns noch ein paar weitere schöne Momente genießen."

Sie reichte ihm die Hand. „Wohin geht es jetzt?"

„In die Ecke da."

„Zum Knutschen und Fummeln?"

„Nein, das sparen wir uns für später auf." Er führte sie zu einer kleinen, abgehängten Ecke, zog den schwarzen Vorhang zur Seite und schob sie hinein. „Jetzt machen wir uns erst mal zu echten Idioten. Denn das ist eine Fotobox."

„Eine Fotobox?" Sie entdeckte das Fenster mit dem Kameralicht und war sofort eingeschüchtert. So etwas hatte sie auch noch nie gemacht.

„Bleib hier", sagte er. „Bin sofort wieder da."

Er war nicht länger als eine Minute weg. Als er zurückkam, hatte er jede Menge Requisiten dabei: einen Hut im Zebralook, zwei Federboas in Knallfarben, ein Krönchen mit rosafarbenen Strasssteinchen, einen riesigen Schnurrbart an einem Stock und eine Brille mit Glitzerrahmen.

„Oh. Die Federboa ist für dich.“ Sie lachte. Er gab sich so viel Mühe, da durfte sie ihm den Spaß nicht verderben. Auch wenn sie es albern fand. „Und die Glitzerbrille.“

„Kein Problem.“ Er stülpte sich das Krönchen über. „Das schränkt mich nicht in meiner Männlichkeit ein.“

Sie kicherte laut, als sie mit den Requisiten vor der Kamera posierten und sich fotografieren ließen. Lucy hatte noch nie so etwas Verrücktes getan, aber wie toll fühlte sich das an! Es war so schön mit Jordan. Sie kam sich in seiner Anwesenheit vor wie ein anderer Mensch. Und das war vielleicht nicht das Schlechteste.

Die Kameraautomatik zählte herunter fürs nächste Bild, und sie wickelte sich die knallgelbe Federboa um den Hals und posierte mit geschürzten Lippen und Schnurrbart. Jordan zog sie an sich für einen Kuss.

Der Kuss dauerte mehrere Kamerablitze lang, und Lucy vergaß ganz und gar, dass sie fotografiert wurden, als sie die Arme um ihn schlang. Doch dann hob er den Kopf.

„Wollen wir uns die Bilder mal ansehen?“

Sie nickte, und er nahm sie bei der Hand. Gemeinsam schoben sie den Vorhang zur Seite und warteten, bis die Maschine die Fotos ausgespuckt hatte.

„Oh Gott.“ Vor Lachen hielt sie sich die Hand vor den Mund. Jordan Kincade im Smoking mit knallrosa Federboa, Krönchen und silberner Glitzerbrille – ein großartiger Anblick. „Damit könnte man dich erpressen!“

„Ja.“ Er lachte. „Ich bin mir sicher, meine Mannschaftskollegen würden die Bilder nur zu gern in die Finger kriegen.“

Lucy nahm ihm die Fotos aus der Hand und steckte sie sich vorne ins Kleid. „Und genau deshalb solltest du lieber nett zu mir sein." Sie grinste und wich zurück, als er die Hand nach ihr ausstreckte. „Zittere vor Angst, Jordan! Zittere!"

Sie lachte noch mehr, als er sie zu fassen bekam, doch das störte ihn nicht – er küsste sie einfach, und ein wohliger Schauer erfasste ihn.

Er nahm sich das Krönchen ab und setzte es ihr auf. „Ich ernenne dich offiziell zur Königin des Abschlussballs."

Sie berührte die Plastikkrone. „Ich war noch nie eine Königin in irgendwas."

„Ab jetzt schon." Er küsste sie rasch. „Wie wäre es mit einer Kleinigkeit zu essen? Damit wir noch genügend Kraft für den Rest der Nacht haben?" Er deutete auf einen zweiten Tisch, den sie noch gar nicht bemerkt hatte.

„Was ist das denn?" Sie rang nach Luft. Schon wieder so ein tolles Detail! „Ein Schokoladenbrunnen?"

„Ja. Zu viel des Guten?"

„Zu gut!" Sie zerrte ihn zum Tisch. „Erdbeeren, Ananas, Marshmallows und ... wow! Rice-Krispie-Konfekt!"

„Du magst hoffentlich Schokolade."

„Ich versuche zwar, mich möglichst gesund zu ernähren, aber bei Schokolade kann ich leider nicht widerstehen. Wäre Schokolade eine Religion, würde ich jeden Tag beten." Sie nahm die lange Silberzange und stellte eine Auswahl an Zutaten auf einem kleinen Porzellanteller zusammen, dann hielt sie die ausgewählten Leckereien unter die Schokoladenfontäne.

„Die Franzosen sagen, Schokolade ist ein Aphrodisiakum", erklärte er und hielt ein riesiges Marshmallow unter die Schokokaskaden.

„Verständlich." Lucy steckte sich ein Stückchen Ananas mit Schokoladenüberzug in den Mund und stöhnte lustvoll. „Ist das lecker."

Als sie die Augen wieder öffnete, ruhte sein Blick auf ihr. Lust funkelte in seinen Augen.

Sie wusste nicht, ob die Franzosen recht hatten mit der Schokolade, aber als sie die Begierde in seinen Augen sah, wurde ihr ebenfalls ganz heiß.

Das kam selten vor. Solche Empfindungen waren bei ihr lange unter einer Schicht von Misstrauen und Abneigung verschüttet gewesen. Wie schön zu wissen, dass sie immer noch da waren!

Jordan erinnerte sie aufs Beste daran.

Bevor sie wusste, was sie tat – und sich zurückhalten konnte –, hatte sie ihn am Revers seines Smokings gepackt und ihn auf Augenhöhe zu sich herangezogen, sodass sie an seine Lippen kam.

Und dann … küsste sie ihn.

Es war einmalig. Jordan hatte das Gefühl, als würde jeder einzelne Augenblick, mit dem er diesen verspäteten Abschlussball vorbereitet hatte, wie ein Feuerwerk explodieren, und zwar genau in dem Moment, als Lucy ihre Lippen auf seine legte und ihm stöhnend einen leidenschaftlichen Kuss gab.

Schon der enge Tanz mit ihr war eine süße Qual gewesen. Mit ihr zusammen zu lachen noch mehr. Ihr verführerischer Geruch umfing ihn wie der Duft von Sommerrosen. Die Hitze ihres Körpers und ihre weiche Haut waren eine einzige süße Verlockung. So etwas hatte er in seinem Leben noch nie erlebt – und er hatte schon so einiges erlebt.

Lucy war magisch.

Es fiel ihm schwer, sich zu beherrschen. Was außergewöhnlich war, denn eigentlich war er ein Meister der Selbstkontrolle. Doch jetzt träumte er davon, sie auf diesen Tisch zu legen, Schokolade über ihren reizvollen Körper zu tropfen und sie von oben bis unten abzulecken.

Er wollte mehr als nur einen Kuss. Darum stellte Jordan die Teller ab und nahm Lucy in den Arm. Er küsste sie inniger und schmeckte die Schokolade in ihrem Mund. Immer leidenschaftlicher wurde ihr Kuss. Er nahm ihren Po in beide Hände und zog sie fest an sich. Ihr Stöhnen verriet ihm, dass auch sie zu mehr bereit war. Alle Vernunft war vergessen, sie waren dabei, gefährliches Territorium zu betreten.

Er wollte sie.

Doch auf einmal fiel ihm auf, dass ihr Stöhnen nicht echt klang. Als würde sie es nur tun, weil er es von ihr erwartete.

Was soll das denn?

Sofort beendete er den Kuss, und sie riss erstaunt die Augen auf.

„Sollen wir in der Limousine weitermachen?“, fragte sie in einem Ton, der vermutlich verführerisch klingen sollte, aber nur ihre Nervosität widerspiegelte.

Das war nicht gut.

Was sie gerade tat und sagte, war gar nicht typisch Lucy.

„Ich habe den Fahrer schon weggeschickt. Ich dachte, ich bringe dich in meinem Wagen nach Hause.“

Eine Mischung aus Erleichterung und Scham blitzte in ihren Augen auf.

„Lucy. Ich habe das alles hier nur organisiert, weil ich den verpassten Abschlussball von vor 15 Jahren nachholen wollte. Ein Geschenk ohne Hintergedanken.“

„Oh.“ Sie wandte den Blick ab, als könnte sie es auf einmal nicht mehr ertragen, ihn anzusehen. „Na dann … Es war ein sehr schöner Abend, und ich freue mich sehr, dass du dir diese Mühe gemacht hast, obwohl es wirklich nicht nötig gewesen wäre. Die Vergangenheit ist Geschichte.“

„Hey.“ Er nahm ihr Gesicht in beide Hände. „Was hast du denn auf einmal?“

„Ich weiß nicht, wovon du sprichst. Ich habe mich sehr gut amüsiert und mich gerade bedankt. Und jetzt wirst du mich bestimmt nach Hause bringen wollen.“

„Willst du das wirklich?“ Er verstand nicht, wieso sie auf

einmal so abweisend war. Er war davon ausgegangen, dass ihr der Abend Spaß machte. Jetzt hatte sie auf einmal einen Schalter umgelegt und war wieder so verschreckt wie ein Kaninchen, das unbedingt zurück in seinen Bau wollte. „Sprich mit mir, Lucy. Was geht in deinem Kopf vor?"

„Ich hatte einen anstrengenden Tag. Und ich … bin so was nicht gewöhnt." Sie machte eine ausladende Geste. „Deswegen denke ich, wäre es gut, wenn du mich jetzt nach Hause bringst. Ich kann mir aber auch gern ein Taxi rufen."

„Gibt es in Sunshine überhaupt Taxis?" Es war ein Scherz von ihm, aber sie ging nicht darauf ein.

„Ich komm schon irgendwie nach Hause", sagte sie stattdessen.

„Wenn du das wirklich möchtest, fahre ich dich natürlich."

„Ja, ich möchte das wirklich."

„Aber wieso?"

Verwirrt sah sie ihn an. „Wieso was?"

„Wieso läufst du jetzt davon? Hat es dir nicht gefallen?"

„Doch, aber … Wenn du es genau wissen willst: Du kennst so was vermutlich nicht, aber zurückgewiesen zu werden ist keine Sache, die man einfach so abhakt."

„Welche Zurückweisung?"

„Genau das meine ich." Erneut wandte sie den Blick ab. „Ich wusste, dass du nicht verstehst, wovon ich rede."

„Du glaubst, ich werde dich zurückweisen?"

„Ich hatte ja angeboten …"

Er nahm sie bei den Schultern und zwang sie, ihn anzusehen. „Du sollst mir überhaupt nichts anbieten, auch wenn du glaubst, du wärst mir irgendwas schuldig. Und du sollst mich auch nur küssen, wenn du es wirklich willst, und nicht, weil ich das vielleicht von dir erwarte. Man küsst jemanden doch nur, weil man sich danach sehnt."

Er überrumpelte sie damit, dass er den Arm um sie schlang, sie an sich zog und ihre Lippen mit seinen verschloss. Wieder begann das Spiel ihrer Zungen, und sie schmeckte immer noch so süß und verführerisch wie eben. Er drängte sich ihr entgegen, bis Lucy den Kuss schließlich keuchend beendete.

Völlig entgeistert sah sie ihn an.

Er selbst war auch ganz überrascht.

Noch nie zuvor hatte er eine Frau so mühsam davon überzeugen müssen, dass er Interesse an ihr hatte. Er konnte einfach nicht begreifen, wieso Lucy das nicht kapierte. Normalerweise genügten ein Lächeln und ein kleines Augenzwinkern. Aber Lucy war offensichtlich kompliziert. Langsam war er mit seinem Latein am Ende.

„Was du gerade vor dir hast, Lucy, ist kein Mann, der dich zurückweist. Sondern einer, der dich begehrt wie nichts sonst auf der Welt, der sich aber in vornehmer Zurückhaltung übt, weil er ein Gentleman zu sein versucht. Wenn ich dich also jetzt nach Hause bringen soll, werde ich das tun. Ich hoffe aber, dass du es dir noch mal anders überlegst."

Sie musterte ihn, als hielte sie nach einer versteckten Botschaft Ausschau. „Du begehrst mich?"

„Ja. Wieso überrascht dich das?"

„Weil ..." Sie lachte verächtlich. „Weil ich ich bin."

Jordan wollte sich gar nicht ausmalen, was sie Schlimmes erlebt haben musste. Bevor er nach Sunshine zurückgekehrt war, hatte er sich nie darüber Gedanken gemacht, wie die Vergangenheit eines Menschen seine Gegenwart und Zukunft beeinflussen konnte. Doch inzwischen verstand er, dass es da eine klare Verbindung gab. Vor allem, was Lucy betraf. Und das gefiel ihm gar nicht.

„Aber du warst verheiratet", sagte er. „Ganz sicher hat dein Mann dich so sehr begehrt, dass er an nichts anderes denken konnte als an dich."

„Ja, ich war verheiratet. Aber eins kann ich dir versichern: Ich war das Letzte, an das mein Exmann jemals dachte."

Jordan nahm die beiden Dessertteller. „Komm, setzen wir

uns hin. Wir wollen diese Köstlichkeiten doch nicht verschwenden. Oder soll ich dich jetzt doch lieber nach Hause bringen?"

Sie betrachtete die Süßigkeiten. „Ich hab die Rice Krispies noch gar nicht probiert."

Erleichtert lächelte er sie an. Offensichtlich war es ihm gelungen, ihre Meinung zu ändern. Vielleicht würde sie ihm ja jetzt erzählen, was in ihrer Ehe passiert war. Das wollte er nicht nur wissen, um sie besser kennenzulernen, sondern auch, weil er sich nicht vorstellen konnte, wieso ein Mann nicht vollkommen von Lucy besessen sein konnte, von ihrem Körper, ihrem Geist und ihrer Seele.

Lucy kostete die Schokolade und wusste sofort, dass sie nach diesem ersten Bissen nur schwer würde wieder aufhören können. Was eigentlich nicht schlecht war, denn so konnte sie es noch ein bisschen hinauszögern, auf die Fragen zu antworten, die Jordan ihr mit Sicherheit gleich stellen würde.

Noch nie hatte ein Mann ihr ins Gesicht gesagt, dass er sie begehrte.

Das war Neuland für sie. Sie fühlte sich eingeschüchtert dadurch, aber auch stark. Und es weckte eine Sehnsucht in ihr. Man musste nicht betonen, dass Jordan Kincade der attraktivste Mann war, den sie jemals getroffen hatte. Aber je mehr Zeit sie mit ihm verbrachte, desto sicherer war sie sich eigentlich, dass sie nicht nur von seinem Äußeren, sondern vor allem von seinem Wesen eingenommen war.

Als er sich eben mit seiner mächtigen Erektion an sie herangedrängt hatte, war sie ganz schön schockiert gewesen. Wie mutig von ihm! Aber sie hatte es auch erregend gefunden. Wieder tauchten in ihrem Kopf dieselben Fantasien auf wie an dem Tag, als er in ihr Klassenzimmer gekommen war. Wie es wohl sein würde, mit einem Mann wie ihm zu schlafen?

„Was magst du am liebsten?“, fragte er und leckte sich Schokolade und Marshmallow von seinem Daumen.

„Ich bin unentschieden. Die Rice Krispies befriedigen das Kind in mir, das niemals solchen Luxus kannte. Und die Erdbeeren sind einfach so … dekadent. Und du?“

„Dir beim Essen der dekadenten Erdbeeren zuschauen.“

„Ich weiß nicht, was ich dazu sagen soll, Mr. Kincade. Sie überraschen mich immer wieder.“

„Dann geht mein Plan ja auf, Ms. Diamond.“ Sein ehrliches Lächeln entspannte sie. „Ich möchte wirklich gern mehr über dich erfahren. Ich will wissen, was in deiner Ehe schiefgegangen ist.“

Schon war ihre Entspannung dahin.

„Wieso ist das so wichtig für dich?“

„Weil du mir wichtig bist, Lucy. Wieso verstehst du das nicht?“

Ihre gemeinsame Vergangenheit erzählte zwar etwas anderes, aber in diesem Moment wollte sie ihm glauben.

„Schon gut. Ich will dich nicht unter Druck setzen.“ Er stand auf und hielt ihr seine Hand hin, als verstünde er, welche Schwierigkeiten ihr das Thema bereitete. „Lass uns lieber tanzen.“

Im Moment lief „Beautiful“ von Christina Aguilera. Lucy fragte sich, wer wohl die romantische Liedauswahl zusammengestellt hatte. Sie wollte die Stimmung nicht zerstören, also wischte sie sich rasch die Hände an der vornehmen Stoffserviette ab und reichte ihm ihre Hand.

Doch statt sie zur Tanzfläche zu führen, nahm er sie sofort in die Arme. Er hielt sie ganz fest, und vielleicht zum ersten Mal in ihrem Leben fühlte sie sich geborgen.

Jordan hatte erkannt, dass er zu weit gegangen war. Er hatte Lucy nicht hierhergebracht und das alles organisiert, um sie jetzt zu „verhören“. Am liebsten würde er das zuletzt Gesagte zurücknehmen. Er genoss es, sie im Arm zu halten, und wollte auf keinen Fall riskieren, dass sie vor ihm davonrannte, nur weil er mal wieder die Klappe zu weit aufriss und so in ein Fettnäpfchen nach dem anderen trat.

„Wir haben uns im letzten Semester auf dem College kennengelernt." Sie sprach so leise, dass er sie kaum hören konnte. „Zuerst habe ich ihn gar nicht wahrgenommen, weil ich so darauf konzentriert war, das Studium als Jahrgangsbeste abzuschließen. Und dann tauchte er auf einmal in einer meiner Lerngruppen auf. Und in dem Buchladen, in dem ich arbeitete."

Jordan hätte gern gehabt, dass sie ihn ansah, während sie sprach, aber sie hielt den Kopf weiter an seine Brust gelehnt.

„Wir haben uns ein paarmal nach der Arbeit getroffen, und irgendwann überredete er mich zu einem richtigen Date. Er sah gut aus, war charmant und stammte aus einer sehr wohlhabenden Familie. Alter Geldadel. In ihrer Heimatstadt sind sie so was wie die Kennedys. Da sich vorher noch nie ein Mann um mich bemüht hatte, war ich natürlich hin und weg. Peinlich, aber wahr."

„Was soll daran peinlich sein?"

„Ich kannte ihn erst sehr kurz, als er mich fragte, ob ich nicht nach meinem Abschluss bei ihm einziehen wollte."

„Dafür muss man sich doch nicht schämen, Lucy!"

„Ich schäme mich für die vielen falschen Entscheidungen, die ich damals getroffen habe. Statt von meiner Intelligenz habe ich mich von meiner fehlenden Erfahrung leiten lassen. Ich kannte diesen Mann so gut wie gar nicht. Und trotzdem habe ich ihn schon sechs Wochen später geheiratet. Es war keine große Hochzeit, das hätte ich mir gar nicht leisten können, und seine Familie wollte auch nichts bezahlen. Erst später fand ich heraus, dass es bereits seine zweite Ehe war. Seine Eltern hatten ihm schon seine erste Hochzeit mit über 500 Gästen finanziert."

„Wow."

„Das muss man sich mal vorstellen! Verheiratet, geschieden und wieder verheiratet – und das alles mit 25. Doch ich habe die warnenden Anzeichen schlichtweg übersehen."

„Manchmal erkennt man die Dinge nicht, wenn man zu nah dran ist."

„Mag sein. Jedenfalls war ich immer so stolz auf meinen Intellekt und mein rationales Handeln. Ich war immer eine gute Schülerin und Studentin, nur mit dem echten Leben kam ich irgendwie nicht klar."

„Das ist menschlich."

„Nein. Ich war einfach dumm und blind. Erst drei Monate nach der Hochzeit erkannte ich, warum er mich geheiratet hatte."

„Weil du ein wunderbarer Mensch bist?"

„Weil ich leichte Beute war. Und da begann ich, eine Rettungskarte in meinem Schuh zu verstecken."

Sein Magen krampfte sich zusammen. „Eine Rettungskarte?"

„Darauf sind die Kontaktdaten einer Person vermerkt, die einem zu Hilfe kommt, wenn die Situation in einer Missbrauchsbeziehung lebensbedrohlich wird und man endlich den Mut findet, sich daraus zu lösen."

Jordan holte tief Luft. Er blieb stehen, doch er ließ sie nicht los. Zwar war er auch brutal, aber nur auf dem Eis. Das brachte sein Beruf so mit sich. Aber es käme ihm niemals in den Sinn, eine Frau zu schlagen.

„Aus Angst und Scham blieb ich bei ihm." Endlich wagte sie es, ihn anzusehen. „Drei Jahre hat es gedauert, bis ich die Nummer endlich anrief."

„Wie gut, dass du dieser Hölle entkommen bist." In Jordan wuchs der Drang, diesen Kerl zu finden und ihn zusammenzuschlagen. Doch stattdessen schloss er Lucy noch fester in die Arme.

Lucy hätte besser den Mund gehalten.

Während Jordan sie nach Hause fuhr, rang sie nervös die Hände und spielte mit dem Ring ihrer Großmutter. Und glättete wieder und wieder die Rüschen ihres Prinzessinnenkleides.

Jetzt wusste er es.

Viele Leute fällten ein harsches Urteil über Frauen, die sich nicht oder erst sehr spät gegen körperlichen Missbrauch zur Wehr setzten. Man hielt diese Frauen entweder für dumm oder schwach. Lucy fragte sich, was Jordan wohl von ihr dachte. Ob er sie für dumm hielt? Im Geiste ließ sie ihr gesamtes Leben Revue passieren – das bis vor einer Weile einem wirklich erbärmlichen Drehbuch gefolgt war. Aber jetzt hatte sie alles unter Kontrolle. Und sie war stolz darauf, auch wenn sie ziemlich lange dafür gebraucht hatte.

„Jetzt hör doch mal auf mit diesem Herumgefummel!"

Jordan sagte das völlig wertfrei. Im Gegenteil, er lächelte dabei, wie sie im dunklen Innenraum des SUVs ausmachen konnte.

„Tut mir leid. Das mache ich immer, wenn ich nervös bin."

„Unsere Verabredung neigt sich dem Ende zu. Was gibt es denn jetzt noch für einen Grund, nervös zu sein?"

Hallo? Musste sie ihm das wirklich erklären? Aber wie immer konnte sie ihre Klappe nicht halten. „Ich weiß, dass du diesen Abend nur organisiert hast, weil du dachtest, du müsstest etwas gutmachen für den Abschlussballabend damals, vor 15 Jahren. Musstest du aber nicht. Trotzdem war es eine wunderschöne Überraschung. Irgendwann im Lauf des Abends habe ich sogar vergessen, dass du das alles nur auf die Beine gestellt hast, um dich zu entschuldigen. Es hat mir Spaß gemacht. Aber jeder Idiot weiß, dass man dem anderen nicht beim ersten Date all seine schlimmsten Geheimnisse anvertraut. Ich hätte besser die Klappe gehalten."

Vor ihrem Haus hielt Jordan an. Beschämt wollte sie aussteigen. Doch er hinderte sie daran, die Tür zu öffnen, indem er mit der Hand über ihren lavendelfarbenen Rüschenrock langte. Sein attraktives Gesicht war nur wenige Zentimeter von ihrem entfernt, und sie spürte, wie sie errötete.

„Bist du auch an mir interessiert?", fragte er geradeheraus.

„Mehr hast du dem gerade Gesagten nicht entnommen?"

„Doch." Er lächelte. „Ich habe auch noch mitbekommen, dass der Abend dir gefallen hat."

„Stimmt."

„Schön. Warte kurz." Er stieg aus, umrundete den Wagen, öffnete die Tür und hielt ihr seine Hand hin. „Eine Verabredung ist erst beendet, wenn der Herr die Dame zur Tür geleitet hat."

„Das musst du nicht."

„Richtig. Muss ich nicht. Möchte ich aber." Er wedelte mit der Hand, damit sie sie endlich nahm.

Als sie endlich ausstieg, hakte er sie bei sich unter und begleitete sie durch den Vorgarten bis zur Haustür. Er wartete, bis sie aufgeschlossen hatte.

Mit dem Schlüssel in der Hand drehte sie sich noch einmal zu ihm um und bedankte sich. „Es war ein wunderschöner Abend. Und es tut mir leid, wenn ich ..."

Zärtlich nahm er ihr Gesicht in beide Hände und gab ihr einen Kuss, ganz sanft und liebevoll. Er schmeckte herrlich nach Schokolade. Als seine Zunge in ihren Mund eindrang, spürte sie erneut heftige Leidenschaft in sich aufkeimen. Sie klammerte sich an seinem Revers fest, und schlagartig wurde ihr bewusst, dass sie mehr wollte – und auch brauchte.

Doch leider war der Kuss viel zu schnell zu Ende. Jordan hielt immer noch ihr Gesicht, als sie sich seinen Geschmack von den Lippen leckte.

„Hör doch mal auf, dich zu entschuldigen, Lucy." Er sah sie an. „Dafür, wer du bist oder wie du warst oder für das, was du erlebt hast."

Er küsste sie noch einmal kurz. „Ich finde, du bist eine wunderbare Frau. Und ich kann mich verdammt glücklich schätzen, wenn du auch nur einen Funken Interesse an mir hast. Ich bin jedenfalls sehr an dir interessiert."

„Jordan, ich …"

Doch da küsste er sie schon wieder, und sie wurde einmal mehr von tiefem Verlangen und großer Sehnsucht erfüllt. Sie wollte ihn schon mit sich ins Haus ziehen, als er den Kuss beendete und sie losließ.

„Träum süß, Lucy. Und denk nicht mehr an die schlechten Zeiten. Das alles liegt jetzt hinter dir."

Er schenkte ihr ein letztes Lächeln, dann drehte er sich um und ging zurück zum Auto. Kurz vor dem Einsteigen blieb er noch einmal stehen und sagte: „Eine Frau wie du verdient es, gut behandelt zu werden. Daran musst du immer denken, denn das ist alles, was zählt. Du bedeutest mir viel, Lucy."

Als er davonfuhr, schmolz das restliche Eis, das ihr Herz noch umschlossen hatte, endgültig dahin.

10. Kapitel

Jordan parkte den Wagen vor der Hütte seines Großvaters. Doch statt hineinzugehen, ging er um das Backsteinhäuschen herum hinunter zum Bach, der von der Schneeschmelze und den Regenfällen der letzten Tage stark angestiegen war. Durch die Bäume schien das Mondlicht und ließ kleine Lichtpunkte auf dem schmalen kleinen Pfad vor ihm tanzen. Jordan löste die Krawatte und lauschte dem Rauschen des Wassers über Felsen und Sand. Das machte den Kopf frei. Kurz darauf schlug er den Weg durch die Chardonnay- und Rieslingreben ein.

Als Kind hatte er diesen Ort geliebt, weil er hier mit seinen Brüdern viele Abenteuer erlebt hatte. Doch nachdem seine Großeltern gestorben waren und die ganze Familie hierhergezogen war, hatte er irgendwie keine Verbindung mehr gefunden. Was zum Teil sicher auch daran gelegen hatte, dass er die Ostküste nicht hatte verlassen wollen, wo Profi-Eishockey den Menschen sogar noch wichtiger war als American Football. Und als Kind war er nie lange genug hier gewesen, um das Sunshine Valley wirklich kennenzulernen. Vielleicht hätte er seine Verbindung wiedergefunden, wenn er selbst auch einmal in den Weinstöcken gearbeitet hätte.

Doch die Ereignisse der letzten Wochen hatten seine Perspektive verändert.

Er versuchte nun, die verlorene Zeit mit seiner Familie wieder aufzuholen. Vor allem seine kleine Schwester wollte er davon überzeugen, dass er ein guter großer Bruder war – von der Art, wie er es eigentlich immer hätte sein sollen. Und bei Lucy hatte er all das wiedergutmachen wollen, was er bei ihr am Abend des Abschlussballs kaputt gemacht hatte. Doch seine Gefühle für sie hatten sich mittlerweile gewandelt und waren stärker geworden. Das hatte er sich niemals vorstellen können.

Es erschütterte ihn bis ins Mark, unter welchen Umständen Lucy lange Zeit gelebt hatte. Nicht nur, weil diese Zeit sehr schlimm für sie gewesen sein musste, sondern weil er offensichtlich eine gewisse Rolle dabei spielte, dass sie einen solchen Mistkerl geheiratet hatte. Wäre er damals mit ihr ausgegangen, hätte sie sicher ein bisschen mehr Selbstwertgefühl entwickelt und sich womöglich niemals auf einen Mann wie ihren Ex eingelassen.

Dieser Umstand lastete auf seiner Seele. Doch das alles hatte nichts damit zu tun, wie er sie heute sah und was er für sie empfand.

Auch seine Schwester hatte Probleme, die es zu lösen galt, und zwar schnell. Er machte sich wirklich Sorgen um sie. Es schien ihr sehr schlecht zu gehen. Sie wirkte so zerbrechlich. Und weil er sie nicht genau einschätzen konnte, wusste er auch nicht, ob sie sich nicht vielleicht etwas antun würde.

Bei dem Gedanken bekam er eine Gänsehaut.

Und dann waren da noch die finanziellen Probleme des Weinguts. Wer hatte seine Eltern bestohlen? Wer tat so etwas? Und wieso? Seine Eltern waren herzliche, großzügige Menschen gewesen. Wenn jemand ihre Hilfe benötigt hätte, hätte er sie nur darum bitten müssen.

Jordan wünschte, sie würden noch leben. Ein elterlicher Ratschlag wäre jetzt nicht schlecht. Oder zumindest ein freundliches Schulterklopfen oder etwas in der Art, was ihm sagte, dass er alles richtig machte.

Er vermisste sie so.

Der Schmerz breitete sich in seiner Brust aus, und ihm kamen die Tränen. Wie gern würde er ihnen noch einmal sagen, wie sehr er sie liebte!

„Was machst du denn hier mitten in der Nacht?"

Jordan wischte sich die Augen und sah Ethan auf ihn zukommen.

„Ich versuche, meine Gedanken zu ordnen. Und selbst?"

„Ich hab deinen Wagen gehört, aber nicht die Haustür." Ethan zuckte die Schultern. „Und da hab ich mir Sorgen gemacht."

Sein jüngster Bruder war immer der Sensibelste von ihnen gewesen. Alle hatten immer gedacht, er würde als Erster von ihnen solide werden, jung heiraten und viele Kinder bekommen. Doch seine große Liebe hatte ihm das Herz gebrochen, und so hatte sich Ethan für ein völlig entgegengesetztes Lebensmodell entschieden.

„Das brauchst du nicht", beruhigte Jordan ihn. „Mir geht momentan nur so viel im Kopf rum." Wie zum Beispiel die vielen Textnachrichten, die ihm sein Agent und sein Trainer geschickt hatten.

„Ach ja?" Ethan grinste schief. „Aber pass auf, dass du dir deine schicken glänzenden Schuhe nicht schmutzig machst. Wieso trägst du überhaupt einen Smoking?"

Als Jordan weiterging, blieb Ethan an seiner Seite. „Vor 15 Jahren war da ein Mädchen, das ich echt mies behandelt habe, und jetzt habe ich versucht, mein Verhalten von damals wiedergutzumachen."

„Aber ohne Erfolg."

„Wer weiß. Nur …"

„Ach so? Die Geschichte geht weiter?"

„Ich weiß gar nicht, wo ich anfangen soll …"

„Oh-oh, das klingt ernst."

„In den letzten paar Wochen ist mein Leben nicht gerade unkomplizierter geworden, das kann ich dir sagen."

„Schon klar." Ethan bückte sich und hob eine Rebe auf, die wohl bei der letzten Lese abgeschnitten worden war. „Falls du dir Sorgen um Nicki machst – ich habe mit ihr gesprochen."

„Wow. Mich schreit sie nur an."
„Ja, darin ist sie ziemlich gut."
„Wem sagst du das." Jordan lachte bitter. „Sie macht kein Geheimnis daraus, dass sie mich hasst."
„Sie hasst nicht *dich*, aber irgendetwas kotzt sie massiv an. Und du stehst eben in ihrer Schusslinie."
„Hat sie dir irgendeinen Hinweis darauf gegeben, worum es geht?", erkundigte sich Jordan, als sie das Ende der Reben erreicht hatten und sich auf den Rückweg zu den Hütten machten. „Ich habe schon Ryan, Dec und Parker gefragt, aber keiner von ihnen weiß was."
Ethan schüttelte den Kopf. „Sie spricht in Rätseln. Mir hat sie nur gesagt, keiner von uns könnte verstehen, wie es wäre, sie zu sein. Und dass die einzige mögliche Lösung sich in Luft aufgelöst hätte."
„Wirklich kryptisch."
„Ja." Ethan stieß einen missbilligenden Laut aus. „Ob sie alt sind oder jung, Frauen versteht man einfach nie."
„Ja. Eines der größten Rätsel des Lebens."
„Amen. Und dieses Mädchen, bei dem du dich entschuldigen wolltest … Empfindest du etwas für sie?"
„Sie ist eine ziemlich besondere Frau."
„Aber?"
„Sie hat sehr viel durchgemacht." Ohne auf Details einzugehen, fuhr er fort: „Und deswegen braucht sie jemanden, der ihr geben kann, was sie braucht und was sie verdient."
„Und dieser Jemand bist nicht du."
Er wäre es gern, aber er war sich nicht sicher, ob er dieser Rolle gerecht werden konnte. „Sie verdient jemand Besseren als mich. Jemanden, der weiß, was er vom Leben will. Nicht jemanden wie mich, der selbst gerade noch mit zu vielen Bällen jongliert."
Abgesehen davon hätte Jordan es sich nie träumen lassen, dass er innerhalb von so kurzer Zeit so intensive Gefühle für

Lucy entwickeln würde. Aber er hatte das Bedürfnis, sie zu beschützen. Und ihr zu zeigen, dass es nicht schmerzvoll sein musste, jemanden zu lieben. Dass Sex etwas war, das für beide Partner schön und erfüllend war. Schließlich hatte er es ernst gemeint, als er ihr sagte, dass er an ihr interessiert sei. Und ebenso ernst war es ihm damit, dass sie es verdiente, gut behandelt zu werden. Aber war er trotzdem der Richtige für sie? Dieses Spiel hatte einfach zu viele Unbekannte.

„Dein Blick sagt mir, dass du gerne dieser Mann wärst – trotz deiner Jonglierbälle."

„Ja, nur im Moment habe ich einfach zu viel um die Ohren", erwiderte Jordan. „Und wahrscheinlich werde ich das auch nicht alles stemmen können."

„Was zum Beispiel?"

„Ich kann unsere Eltern nicht wieder zurückholen. Und ich weiß auch nicht, wo das verschwundene Geld abgeblieben ist. Eine schnelle Lösung für Nickis Probleme habe ich auch nicht. Und jetzt gehen mir mein Coach und mein Agent auf den Sack, weil ich so schnell wie möglich zurückkommen soll. Ich kann mich auf nichts richtig konzentrieren – außer auf die Tatsache, dass ich meine Pflichten als Familienmitglied in den letzten Jahren schmählich vernachlässigt habe. Deswegen glaube ich, dass ich jetzt erst mal mit Geben dran bin und nicht mehr nur mit Nehmen."

„Ich verstehe." Ethan schüttelte den Kopf. „Da kommt echt einiges zusammen. Aber hast du schon mal in Betracht gezogen, dich nicht um die Dinge zu kümmern, an denen du selbst sowieso nichts ändern kannst?"

„Nein. Ich bin darauf programmiert, alles unter Kontrolle zu haben."

„Nur Pech, dass das wahre Leben nicht ganz so einfach ist wie ein ordentlicher Check auf dem Spielfeld."

„Und leider ist das das Einzige, was ich wirklich kann …"

„Unsinn. Warum bist du so hart zu dir selbst? Du hast ja

recht – aber Mom und Dad kann niemand von uns zurückbringen. Find dich damit ab. Sei traurig und vermisse sie. Ehre das Andenken an sie. Man kann sein eigenes Leben weiterleben und dennoch Respekt vor dem Verlust haben. Und was das verschwundene Geld angeht … Ryan und Dec werden der Sache auf den Grund gehen. Es könnte zwar eine Weile dauern, aber sie werden ganz sicher rausfinden, was passiert ist, und dann gehen wir alle noch mal auf Anfang. Und was Nicki betrifft – wir sind alle für sie da, wenn sie Hilfe braucht. Nur sind wir anderen im Moment nicht so aktiv, weil du diese Angelegenheit zur Chefsache gemacht hast. Und da wollen wir dir nicht in die Quere kommen." Er verzog das Gesicht. „Außerdem haben wir alle Angst vor ihr."

Jordan musste lachen. Denn es war wirklich so.

„Und damit musst du dich jetzt nur noch auf zwei Dinge konzentrieren: deine Freundin und deinen Job." Ethan schlug ihm freundschaftlich auf die Schulter. „Die eine wirst du mit süßen Worten bezirzen, die anderen wirst du knallhart abfertigen. Also, mach was, und hör auf rumzuheulen."

Sein Bruder hatte es gut gemeint, aber Jordan wusste, was wirklich Fakt war: Er hatte nur Drohgebärden auf dem Eis drauf und sonst nichts.

Eine Sache war allerdings klar: Sobald er auf die Anrufe seines Trainers und seines Agenten reagierte, war er der Mann, der seine Versprechen nicht hielt.

Jordan holte noch einmal tief Luft, bevor er am Sonntagmorgen an Nicoles Zimmertür klopfte. Sein Herz klopfte wie verrückt. Laut Tante Pippy, die ihm unten eine Tasse Kaffee und eine Zimtschnecke in die Hand gedrückt hatte, schlief Nicki noch. Allerdings konnte das, was Jordan seiner Schwester zu sagen hatte, nicht warten, bis sie aufgestanden war.

Eigentlich hatte er damit gerechnet, öfter klopfen zu

müssen, deswegen war er mehr als überrascht, als Nicki beinahe sofort die Tür aufriss.

Ihre Haare waren zerzaust, und sie trug einen langärmeligen Schlafanzug mit Katzen und Pünktchen. Aus blutunterlaufenen Augen starrte sie ihn an. „Was willst du?"

„Ich muss mit dir sprechen."

„Ach ja? Was hab ich jetzt schon wieder falsch gemacht?" Sie verlagerte das Gewicht auf ein Bein und verschränkte die Arme vor der Brust – eine klare Abwehrhaltung.

„Ich wüsste nicht, dass du etwas falsch gemacht hast. Oder möchtest du mir etwas sagen?"

„Nein", kam die Antwort überraschend schnell.

„Darf ich reinkommen?"

„Von mir aus. Du kommst ja eh rein, auch wenn ich Nein sage." Sie drehte sich um und schlurfte zurück zum Bett, hockte sich mit übereinandergeschlagenen Beinen hin und wickelte sich in eine flauschige lilafarbene Decke, als wollte sie sich vor ihm verhüllen. Dann starrte sie ihn aus ihren blauen Augen an.

Er folgte ihr und lehnte sich an die Kommode. Ohne dickes Make-up und gestylte Frisur sah seine Schwester fast aus wie ein zehnjähriges Mädchen. Was es nicht leichter für ihn machte, dass er sie aufgeweckt hatte und ihr nun auch noch unangenehme Neuigkeiten überbringen musste.

„Warst du lange auf?", fragte er.

„Es ist keine Schule, also brauchst du dich gar nicht aufzuregen, okay?"

„Das war keine Antwort."

„Geht dich nichts an. Du bist nicht mein Erziehungsberechtigter."

„Du wirst doch erst in knapp fünf Monaten 18." Jordan zuckte die Schultern und fuhr fort, bevor sie etwas erwidern konnte. „Bis dahin geht es mich nämlich durchaus etwas an, was du tust. Du hast ja gehört, was Mom und Dad verfügt haben. Ich bin zusammen mit Ryan, Declan, Parker und Ethan dein Erziehungsberechtigter. Also versuch doch einfach, mich bei Laune zu halten. Wenn ich dir eine Frage stelle, möchte ich eine Antwort darauf. Ist das klar?"

Nun reckte Nicole trotzig das Kinn. Gleichzeitig formte sie ein lautloses „Du kannst mich mal" mit den Lippen.

„Wir müssen darüber reden, dass ..."

„... dass du gehst." Misstrauisch sah sie ihn an und lachte dann spöttisch. „Ich wusste es."

„Nicki ..."

„Nenn mich nicht immer Nicki!" Sie sprang auf und lief wütend durchs Zimmer, dabei warf sie die Arme in die Luft. „Immer versprichst du etwas, das du am Ende nicht hältst! Du bist echt wie alle anderen!"

„Ich bin nur für ein paar Tage weg, dann komme ich wieder."

„Schwachsinn!" Sie bewarf ihn mit einem Kissen. „Verpiss dich!"

„Nicki ..."

„Hau ab! Raus hier! Verschwinde!" Und mit jedem Satz schleuderte sie etwas anderes nach ihm, was ihr gerade in die Finger kam – Bücher, Stofftiere, ein Fläschchen Nagellack.

Verdammt.

Was sollte er jetzt machen? Wie, zum Teufel, hatte er glauben können, dass er mit Nicole und ihrer tückischen Launenhaftigkeit zurechtkäme?

Nein. Darauf war er einfach nicht vorbereitet.

Er flüchtete aus ihrem Zimmer, bevor sie ihm als Nächstes ihre Parfumflasche an den Kopf schleuderte. Was für ein jämmerlicher Versager er doch war.

Kaum hatte er die Tür hinter sich geschlossen, hörte er sie schluchzen.

Das machte ihn fertig.

Er war völlig am Ende.

Was war nur los mit seiner kleinen Schwester?

Okay, ihre Eltern waren gestorben, und Tränen und Traurigkeit gehörten dazu. Aber woher kamen diese Verbitterung und diese Wut – und ihre Unfähigkeit zu verstehen, warum er sich Sorgen um sie machte? Natürlich kannte er sich mit Teenagern nicht unbedingt gut aus, aber er wusste immerhin so viel, dass die Ausbrüche seiner Schwester nicht normal waren. Irgendetwas beschäftigte sie oder lag ihr auf der Seele. Nur was das war, wollte sie niemandem erzählen.

Vor allem ihm nicht.

Ihr Schluchzen nahm kein Ende, und Jordan wurde beinah verrückt vor Sorge. Er ging zwei Schritte auf die Treppe zu, dann blieb er stehen.

Verdammt.

Was war er eigentlich für ein Arschloch?

Wenn er jetzt einfach ging, wäre er wirklich der Scheißkerl, für den sie ihn hielt.

Er zermarterte sich das Hirn, was er tun könnte. Dann drehte er sich auf dem Absatz um und ging, ohne noch einmal anzuklopfen, zurück in ihr Zimmer.

Sie sah ihn an, überrascht und mit gerötetem Gesicht und laufender Nase. Damit hatte sie nicht gerechnet.

„Ich weiß, ich bin nicht sonderlich gut in so was", eröffnete er ihr. „Ich kenne mich nicht aus als Vater oder Erziehungsberechtigter, ja nicht mal als großer Bruder." Dann ging er zu ihr und nahm sie einfach in den Arm und hielt sie so fest, dass sie sich ihm nicht entziehen konnte. „Aber ich habe dich sehr lieb. Und es macht mich fertig, dich so aufgewühlt zu sehen. Deswegen mein Vorschlag: Pack ein paar Sachen. Du kommst mit. In zwei Stunden geht es los. Und keine Widerrede. Ich will keine Ausrede hören. Du wartest unten an der Haustür, oder ich komme rauf und zerre dich runter. Kapiert?"

Statt zu meckern, schniefte sie nur und nickte.

Er ging, machte die Tür leise hinter sich zu und schloss die

Augen. Dann schickte er ein Stoßgebet an die Instanz, die ihm beistehen könnte.

Denn er hatte gerade die Eingangspforte zur Hölle geöffnet …

Sonntagmorgens schlief Lucy normalerweise aus, machte sich Blaubeerpfannkuchen und ging dann mit Ziggy in den Park unten am Fluss. Ihr Hund liebte es, Frisbee zu spielen, und in ihrem kleinen Garten hinterm Haus war nicht genug Platz dafür.

Doch an diesem Sonntag war alles anders.

Sie hatte nicht ausgeschlafen, sondern vielmehr überhaupt nicht geschlafen. Eigentlich hatte sie die alten Dämonen nicht wieder wecken wollen, zumal sich Jordan solche Mühe mit dem Abend gegeben hatte. Er hätte nicht erfahren dürfen, welche Herausforderungen das Leben bisher für sie bereitgehalten hatte. Dass sie selbst zugelassen hatte, dass jemand sie so behandelte. Und trotzdem hatte sie Jordan davon erzählt.

Hätte man ihr vor zwei Wochen die Frage gestellt, ob sie Jordan Kincade jemals ihr Vertrauen schenken würde, hätte sie nur laut gelacht. Erstaunlich, wie sich die Dinge innerhalb kürzester Zeit gewandelt hatten. Sie hatte ihm von ihrem emotionalen und körperlichen Missbrauch erzählt, von ihren Seelenqualen, und er hatte sie einfach im Arm gehalten und sie reden lassen. Niemals hätte sie ihm diese subtile Art der Unterstützung zugetraut.

Nachdem sie ihm alles erzählt hatte, hatte er so wütend ausgesehen, dass sie dachte, sein Kiefer würde vor Anspannung zerreißen. Sie wusste, dass es Männer meist nicht gernhatten, wenn man sie in irgendwelche emotionale Dramen verwickelte, daher hatte sie die Fakten auch vergleichsweise nüchtern berichtet und ihre Emotionen außen vor gelassen. Und am Ende hatte er zu ihr gesagt: „Ich wünschte, ich wäre da gewesen, um dir zu helfen."

Das wünschte sie sich auch.

Damals hatte sie sich einfach irgendjemanden gewünscht, der ihr hätte helfen können. Aber in diese elende Lage hatte sie sich ganz allein manövriert, und deswegen musste sie da auch ganz allein wieder herauskommen. Trotzdem freute sie sich über sein Mitgefühl und Verständnis.

Eigentlich fand sie es noch schlimmer, dass er sie trösten wollte. Er hatte diesen sensationellen Abend eigens für sie auf die Beine gestellt, und sie hatte nichts Besseres zu tun gehabt, als alles dadurch zu ruinieren, dass sie ihm ihre Lebensgeschichte anvertraute. Es würde sie nicht wundern, wenn er all seine Bemühungen am liebsten ungeschehen machen würde. Obwohl es sich eigentlich nicht danach angefühlt hatte, als er sie gestern vor ihrer Haustür abgesetzt und sie zum Abschied zärtlich geküsst hatte.

Jedenfalls bewies die ganze Angelegenheit wieder einmal eins: Man sollte einen Menschen niemals nach dem Äußeren beurteilen. Auch keinen Eishockeyspieler.

Die Zeit würde zeigen, wie er wirklich war.

Er hatte zwar behauptet, er wäre an ihr interessiert, aber vermutlich nur in der Weise, wie ein Wissenschaftler an einem seltenen Käfer interessiert war.

Sie hatte sich gerade den ersten Blaubeerpfannkuchen gemacht, als es an der Tür klingelte. Schnell wischte sie sich die Hände an einem Küchenhandtuch ab. Sie vermutete, dass Mrs. B. vor der Tür stand, die für ihre Einkaufstour ein bisschen zu früh dran war. Sie war nicht wirklich gesellschaftsfähig, trug abgeschnittene Sweatpants, ein T-Shirt mit dem Aufdruck „Live-Love-Teach“ und ihre Hausschuhe. Rasch lief sie zur Tür. Sie wollte die alte Dame nicht länger als nötig warten lassen.

Doch statt ihrer Nachbarin stand Jordan vor der Tür. Irgendwie sah er abgekämpft und erschöpft aus, aber immer noch umwerfend. Er trug ein dunkelblaues Hemd, Jeans,

Stiefel und diese sexy Lederjacke.

„Guten Morgen." Sie versuchte, ihre Überraschung und ihr Missfallen darüber, dass er sie in diesem Aufzug sah, zu überspielen.

„Hab ich dich geweckt?" Er musterte sie von oben bis unten und grinste.

„Nein, ich mache gerade Blaubeerpfannkuchen. Komm ruhig rein, es ist genug da."

Kaum hörte er Jordans Stimme, kam Ziggy angerast. Schwanzwedelnd baute er sich vor dem Besucher auf und forderte dessen Aufmerksamkeit ein. Jordan gehorchte prompt, ging in die Hocke und begrüßte den Hund mit Knuddeln, bevor er Lucy in die Küche folgte. Der Retriever bedankte sich mit einem hörbaren Furz.

„Alter!" Jordan lachte.

Ziggy wedelte fröhlich mit dem Schwanz.

Peinlich, dieser Hund. Aber was rausmusste, musste nun mal raus.

„Erstaunlich, dass du schon so früh unterwegs bist. Kaffee?", fragte Lucy und drehte sich zu ihm um. Er saß an ihrem Küchentisch und sah verwirrt aus. „Alles okay bei dir?"

Er nickte, dann schüttelte er den Kopf. „Ich muss dich um einen Gefallen bitten. Ich weiß, du bist mir nichts schuldig, aber .... Du musst einfach Ja sagen."

Sie lachte und merkte dann erst, dass er es ernst meinte. „Das klingt gefährlich."

„Wahrscheinlich wirst du mich für verrückt erklären. Vermutlich bin ich das auch. Aber ich frage dich trotzdem."

„Jetzt hast du mich aber neugierig gemacht." Sie lehnte sich an den Küchentresen und verschränkte die Arme, auch um die Flecken auf ihrem T-Shirt zu verbergen.

„Wenn ich nicht zurück nach North Carolina fahre und die nächsten Heimspiele mitmache, werde ich vertragsbrüchig und muss im schlimmsten Fall bis zu vier Millionen Dollar

Konventionalstrafe zahlen."

„Wow. So viel Geld kann ich mir gar nicht vorstellen. Aber unterm Strich bedeutet das wohl, dass dein Team dich braucht."

„Das Problem ist nur: Meine Familie braucht mich auch. Und ich würde auch auf das Geld pfeifen, wenn es dabei nur um mich ginge." Er zögerte. „Aber momentan befindet sich unser Weingut in einer finanziellen Schieflage, und ich brauche das Geld vielleicht für andere Dinge."

„Finanzielle Schieflage?" Entsetzt ließ Lucy die Arme sinken. „Aber euer Wein ist doch so gut!"

„Daran liegt es nicht." Ungeduldig trommelte er mit den Fingern auf der Tischplatte herum. „Mein Vater und Ryan haben sich echt abgerackert, um gute Weine zu kreieren. Sie haben mehrfach Auszeichnungen bei Weinwettbewerben in Washington State und Seattle erhalten. Allerdings ist das Weingut selbst ziemlich in die Jahre gekommen und müsste mal modernisiert werden. Nun haben Declan und Ryan bei der Durchsicht der Bücher aber festgestellt, dass irgendjemand Geld entwendet hat."

„Was? Geld entwendet?"

Er nickte. „Meine Eltern waren immer sehr großzügig und hilfsbereit, da ist es kaum vorstellbar, wieso jemand das gemacht haben sollte."

„Wisst ihr denn, wer es war?"

„Das versuchen wir noch herauszufinden. Aber derjenige ist sehr klug vorgegangen. Es gibt keine Spuren auf dem Papier. Fest steht, dass wir momentan mit dem Weingut rote Zahlen schreiben. Auch deswegen muss ich zurück nach North Carolina."

„Das verstehe ich nur zu gut." Das war nun einmal die harte Realität. Aber selbst wenn Lucy es verstand, gab es da jemanden, dem die Ernsthaftigkeit der Lage vielleicht nicht so klar war. „Hast du es Nicole schon gesagt?"

„Ja." Er lachte verbittert. „Und glaub mir, das kam gar nicht gut an. Und damit sind wir wieder bei dem Gefallen, um den ich dich bitten wollte."

„Nämlich?" Wie konnte sie ihm eine kleine Bitte verwehren, wo er ihr doch einen so wunderbaren Abschlussball bereitet hatte?

„Und denk dran ..." Er schenkte ihr ein Lächeln, das ihr die Knie weich werden ließ. „Du musst Ja sagen."

„Ich werde es versuchen."

„Nachdem ich Nicole gesagt habe, dass ich für ein paar Tage wegmüsste, hat sie einen regelrechten Zusammenbruch erlitten. Sie hat so bitterlich angefangen zu weinen, dass es mir das Herz zerrissen hat. Ich kann nicht einfach so wegfahren und sie im Stich lassen. Ich weiß zwar immer noch nicht, was mit ihr los ist, aber ich will sie in diesem Zustand nicht alleinlassen. Da es sich offensichtlich um ein größeres Problem handelt, habe ich beschlossen, sie einfach mitzunehmen."

„Und ich soll ihr jetzt ein paar Hausaufgaben mitgeben?"

„Nicht ganz." Er stand auf und nahm ihren Arm. „Ich möchte dich bitten, dass du mitkommst."

„Wie bitte?" Sie war fassungslos – und ganz aufgeregt, wie ihr das Kribbeln in ihrem Nacken verriet.

„Bitte flieg mit uns zusammen nach North Carolina. Ich habe dort jeden Tag vier Stunden Training und kann Nicki nicht einfach in einer fremden Stadt allein lassen. Dafür ist sie momentan nicht stabil genug."

„Jordan, ich kann nicht einfach so meine Koffer packen."

„Aber du hast doch Ferien! Du hast eine Woche frei!"

„Aber ich habe andere Verpflichtungen. Zum Beispiel habe ich Mrs. B. versprochen, heute mit ihr einkaufen zu gehen. Und morgen hat sie einen Arzttermin und ..."

„Und es ist ganz wunderbar, dass du dich so gut um sie kümmerst. Aber sie hat Kinder, die hier in der Gegend wohnen und deine Freundlichkeit anscheinend ausnutzen."

„So sehe ich das nicht."

„Ich weiß." Er küsste sie auf die Stirn. „Deswegen finde ich dich ja so toll."

„Und was soll ich mit Ziggy machen?"

„Nimm ihn doch mit." Er streichelte ihre Arme. „Ich weiß, du bist mir rein gar nichts schuldig. Und wenn ich mir nicht solche Sorgen um Nicki machen würde, würde ich dich sicher nicht darum bitten, dass du hier alles stehen und liegen lässt. Aber meine Schwester ist mir sehr, sehr wichtig. Im Moment belastet sie etwas, von dem ich nicht weiß, was es ist. Vielleicht hilft es, wenn sie sich einer anderen Frau anvertrauen kann."

„Es fällt echt schwer, dir einen Wunsch abzuschlagen", musste Lucy zugeben.

„Dann tu's bitte auch nicht." Er grinste sie an wie in einem Hollywoodfilm. „Bitte, bitte! Es gibt auch Rice Krispies mit Schokolade!"

Begehren, Lust, Schuldgefühle und auch ein Hauch Abenteuerlust rangen in ihrem Innern miteinander. Es war sicher eine gute Idee von ihm, Nicole mitzunehmen. Und es war auch kein schlechter Einfall, dem Mädchen die Möglichkeit zu geben, sozusagen mit einer neutralen Person zu sprechen, falls gewünscht. Dennoch musste sich Lucy sein Angebot nicht lange überlegen. Denn ihr fielen noch ein paar andere Argumente ein, wieso sie mitkommen sollte. „Ich brauche aber ein paar Stunden Zeit, um alles zu organisieren."

„Dann kommst du also mit?" Hoffnungsvoll sah er sie an.

„Ja."

Erleichterung machte sich auf seiner Miene breit. Dann hob er sie hoch und küsste sie stürmisch.

Was, zum Teufel, tat er da überhaupt?

Jordan saß angeschnallt in seinem Sitz in dem Flugzeug, das er gechartert hatte. Auf der anderen Seite des Gangs saßen Lucy und Nicole, und vor ihren Füßen lag Ziggy. War es wirklich eine so gute Idee gewesen, mit allen nach North Carolina zu fliegen, damit er die letzten Spiele vor den Play-offs absolvieren konnte?

Die unangenehme Stille im Flugzeug war kaum zu ertragen, und Jordan überlegte krampfhaft, was er sagen oder tun oder wie er dafür sorgen könnte, dass die Nummer überhaupt funktionierte.

Und da kam Lucy ins Spiel, diese kluge, bedachte Frau, die in ihrem Leben keine übereilten Entscheidungen mehr traf – auch wenn sie ihm einen Vertrauensvorschuss gewährt hatte. Die Tatsache, dass er sie auf seiner Seite wusste, ließ die Situation nicht ganz so belastend und ausweglos erscheinen.

Über eine Stunde lang saß Nicki nun mit verschränkten Armen da und starrte stumm aus dem Fenster. Lucy las ein Buch über Charaktermerkmale. Vielleicht versuchte sie, ihn einzuordnen.

Er konnte immer noch nicht fassen, dass sie mitgekommen war, aber er war ihr unendlich dankbar dafür. Es war gut, dass sie für Nicki da war, während er Training hatte. Und zu den Spielen würden sie ja wohl hoffentlich beide kommen.

Natürlich war das nicht der einzige Grund, warum er Lucy gern dabeihaben wollte.

Am Abend zuvor hatte sie sich endlich geöffnet und ihm von ihrer Ehe erzählt. Er wusste ihr Vertrauen in ihn zu schätzen, und deshalb mochte er sie umso mehr. Abgesehen davon wollte er jetzt, wo sich gerade etwas zwischen ihnen entwickelte, nicht unbedingt tage- oder wochenlang weg sein.

Als spürte sie, dass er sie beobachtete, sah Lucy auf. Sie schob die Brille hoch und lächelte ihn an. Ein heftiges Begehren überfiel ihn. Wieso machte ihn eine so unschuldige Geste so scharf? Oh Mann. Das alles war nicht geplant gewesen …

Eine Frau wie sie musste man wie eine Königin behandeln. Der Mann, der sie liebte, sollte das zu seiner obersten Priorität machen.

War er dieser Mann?

Er wusste es nicht.

Aber je mehr Zeit er mit ihr verbrachte, desto lieber wäre er es.

Sie lächelte wieder, und er wünschte sich, er wäre allein mit ihr. Nicht, dass er seine kleine Schwester nicht mochte, aber … Er würde Lucy einfach sehr gern in 30.000 Fuß Höhe verführen.

„Sind wir bald da?“, ließ sich der kleine Drachen in diesem Augenblick vernehmen.

„Dauert nicht mehr lang“, versicherte er ihr. „Meinst du, du wirst dein Lächeln wiedergefunden haben, wenn wir erst mal gelandet sind?“

Sie schenkte ihm das schlimmste erzwungene Grinsen, das er je bei einem Menschen gesehen hatte.

„Na bitte, geht doch.“

Das war offensichtlich Lucys Stichwort. Denn sie legte ihr Buch weg und drehte sich zu Nicki um, um sie in ein Gespräch über den anstehenden Abschlussball zu verwickeln. Es dauerte allerdings eine Weile, bis sich Nicki wirklich auf das Gespräch einließ. Doch sie tat es – Jordan warf sie allerdings immer noch ihr gekünsteltes Lächeln zu.

Er schloss die Augen und wünschte, es gäbe alkoholische Getränke. Jetzt blieb ihm nichts anderes zu tun, als zu beten.

Lucy folgte Jordan und Nicole in den Wolkenkratzer, in dem sich sein Apartment befand. Es war eine schöne Wohnung mit viel dunklem Holz, schwarzem Leder und Granit, aber nicht so extravagant, wie sie es erwartet hätte. Sie war davon ausgegangen, dass er in einem riesigen Haus mit lauter nutzlosen Zimmern lebte, in denen er sich nie aufhielt. Diesen Eindruck erweckte er jedenfalls, wenn man die Fotos von ihm sah, die die Paparazzi von ihm schossen, wenn er einmal wieder mit einer schönen Blondine im Arm auf einer Veranstaltung oder in einem schicken Restaurant gesehen wurde.

Die Einrichtung war typisch Mann. Deswegen fand sie die Vorstellung auch komisch, wie er in einem Einrichtungsladen stand und einen edlen Tafelaufsatz aussuchte, wie er auf dem großen schwarzen Esstisch stand, oder die moderne Kunst und die Spiegel an den Wänden. Und so sauber, wie es hier war, kam garantiert regelmäßig eine Putzfrau.

„Es gibt leider nur zwei Schlafzimmer", verkündete er, als er Lucys Koffer neben dem Sofa abstellte. „Nicki, du wirst da schlafen."

Lucy folgte ihnen, als er seine Schwester in ein Zimmer mit Queensize-Bett und eigenem Bad führte. Auch dieses Zimmer hatte ein eher maskulines Flair, aber vermutlich würde sich Nicole nicht daran stören. Auch wenn sie die ganze Zeit meckerte, war sie wahrscheinlich ziemlich begeistert davon, dass ihr Bruder sie mitgenommen hatte.

„Mit eigenem Fernseher und allen Sendern, die du dir wünschen kannst." Er warf ihre große Reisetasche aufs Bett. „Und falls du etwas Bestimmtes gucken willst, gibt es immer noch Netflix."

„Von mir aus." Nicole verdrehte die Augen.

„Ja." Er seufzte.

Lucy folgte ihm zurück in den Flur und wünschte, sie wüsste den Grund für Nicoles Wut. Sie war ein komplizierter Teenager, und anscheinend war ihr Frust größer als ihre Trauer um die Eltern, was Lucy äußerst alarmierend fand. Vielleicht hatte Jordan recht. Vielleicht würde Lucy das Mädchen verstehen, wenn sie ein bisschen mehr Zeit zusammen verbrachten.

„Und du nimmst mein Zimmer", sagte Jordan zu ihr und griff nach ihrem Koffer.

„Und wo willst du schlafen?"

„Auf dem Sofa."

„Red keinen Quatsch. Ich werde dich doch nicht aus deinem Bett vertreiben. Du musst für die Spiele in den nächsten

Tagen topfit sein.“

Als sie sein Schlafzimmer betraten – ganz in Schwarz gehalten und sehr männlich –, blieb er stehen und drehte sich zu ihr um. Sein angedeutetes Lächeln und das Funkeln in seinen Augen ließen sie erschauern, und augenblicklich wurde ihr ganz warm.

„Soll das heißen, du möchtest das Bett mit mir teilen?“, fragte er.

„Ich … äh … nein … äh …“, stammelte sie.

„Es ist sehr breit. Du wirst gar nicht merken, dass ich da bin.“

„Das glaube ich kaum.“

Er stellte ihren Koffer aufs Bett und kam so nah zu ihr, dass sie seinen männlichen Duft einatmete. „Und ich könnte dich wärmen, falls dir kalt ist.“

Die Vorstellung, sich an seinen starken, muskulösen Körper zu schmiegen, fand sie durchaus ansprechend.

„Hier gibt's nichts zu essen!“, rief da eine meckernde Nicole aus der Küche.

„Guck mal im obersten Regal im Schrank nach. Da sind die verbotenen Lebensmittel!“, antwortete Jordan, dann wandte er seine Aufmerksamkeit sofort wieder Lucy zu. Er nahm sie in den Arm und zog sie an sich.

„Denk drüber nach.“ Rasch küsste er sie – viel zu kurz, wie Lucy fand. „Aber ich werde es dir sowieso nicht nur einmal vorschlagen.“

„Und was ist mit deiner Schwester? Sie schläft gleich nebenan.“ Ihr gefiel es zwar, dass Jordan sie so umwarb, aber diese Sache musste sie ansprechen. „Ich bin ihre Lehrerin. Ich habe eine Vorbildfunktion.“

„Du bist ein hervorragendes Vorbild. Und sie muss sich eben selbst einen Kuschelpartner suchen“, sagte er. „Vielleicht sollte ich ihr eine Katze schenken.“

Ziggy wedelte mit dem Schwanz.

„Was sagst du dazu, Zigmeister?“, fragte Jordan den Hund,

der ihn daraufhin freudig anbellte. „Außer er frisst Katzen."

„Er frisst nur Frisbees, Leckerlis und das teuerste Hundefutter, das auf dem Markt ist. Was natürlich nichts an seinen Darmproblemen ändert."

„Ach, so eine Tiermami bist du."

„Ja, ich verwöhne meinen Hund. Ist daran was verkehrt?"

„Nein. Ich wüsste nur gern, wie man es schafft, derart von dir verwöhnt zu werden."

Sie grinste. „Du musst dich einfach nur hinsetzen und hinlegen, wenn ich es dir befehle. Und meine Füße wärmen, wenn sie kalt sind."

„Geht klar." Er grinste ebenfalls. „Und als Bonus kann ich dir versprechen: Ich bin bereits stubenrein."

„Was für ein eigenartiger Mann du bist."

„Möchtest du eine neue Seite von mir kennenlernen?" Er wackelte mit den Augenbrauen. „Zum Beispiel meine nackte?"

„Mal sehen." Diese Art von Flirt war wirklich nicht ihr Ding. Trotzdem ließ sie sich gerne darauf ein. „Kommt drauf an, wie gut du die Kunststückchen beherrschst."

Sein Grinsen ließ sie ahnen, dass ihre Antwort nicht allzu schlecht ausgefallen war.

„Zum Glück habe ich da einiges auf Lager."

Mit einem Zwinkern gab er ihr zu verstehen, dass sie ruhig ihre Sachen in die Schubladen packen und so viel Platz im Schrank beanspruchen konnte, wie sie benötigte. Dasselbe galt natürlich auch fürs angrenzende Bad. Dann verließ er das Zimmer und ging zu Nicole in die Küche, die sich gerade lautstark darüber beschwerte, dass unter seinen Essensvorräten keine Müsliriegel ohne Zucker waren.

Lucy stand in Jordans Schlafzimmer, vor sich sein Bett und seine persönlichen Dinge. Alles roch nach ihm – verführerisch, sauber, männlich. Hier also wohnte er, schlief er, duschte er … und tat auch andere Dinge. Aber daran wollte sie lieber gar nicht denken. Wie er in diesem riesigen Bett lag – gemeinsam mit einer dieser schönen Blondinen …

Entschlossen betrat Lucy mit ihrem Kulturbeutel das Bad und atmete den Duft von Jordans Rasierwasser ein. Zurück im Schlafzimmer, warf sie noch einmal einen Blick aufs Bett. Sie wusste nicht, was er von ihr erwartete, aber eine Sache war klar: Er war ein Mann, der einer Frau geben konnte, was sie wollte und brauchte. Und sie war eine Frau, die noch nie etwas in der Art beansprucht hatte.

Doch das war jetzt anders.

11. Kapitel

Es war über zwei Wochen her, dass Jordan zum letzten Mal in der Umkleide gewesen war. Daher hatte er ein bisschen Sorge, dass er nicht mehr dazugehören und sein Team ihm die kalte Schulter zeigen würde. Immerhin hatte er seine Mannschaft hängen lassen.

Das war offensichtlich das Einzige, worin er so richtig gut war.

Und wer daran einen Zweifel hegte, konnte jederzeit seine Schwester fragen. Sie würde es ihm in null Komma nichts bestätigen.

„Schön, dich zu sehen, Mann." Mittelstürmer Tyler Seabrook stand auf und kam zu ihm rüber, um ihm auf die Schulter zu klopfen, genauso wie Verteidiger Beau Boucher, Torwart Jack Riley und Außenstürmer Scott O'Reilly, der vor Kurzem die Krankenschwester geheiratet hatte, die ihn nach einer Kollision mit der Bande wieder zusammengeflickt hatte.

Seine Teamkollegen fragten Jordan nach seiner Familie und kondolierten ihm. Entschuldigten sich dafür, dass sie an der Beerdigung nicht hatten teilnehmen können. Und bewiesen einmal mehr, dass sie nicht nur auf dem Eis gute Leute waren. Diese vier waren auch seine besten Freunde. Sie gingen zusammen aus, spielten gemeinsam Billard, Poker oder Golf. Bis vor zwei Wochen hatten sie sozusagen alles gemeinsam erlebt.

Seabrook fuhr sich mit der Hand durchs Haar, dann kratzte er sich am stoppeligen Kinn. „Hast du nach dem Training Zeit für ein Bier?"

„Liebend gerne. Aber meine kleine Schwester ist zurzeit

hier. Seit dem Tod unserer Eltern macht sie eine ziemlich schlimme Zeit durch." Jordan zuckte die Schultern. „Sie ist 17 und nervt entsprechend den ganzen Tag. Im Moment kann ich ihren Zustand kaum aushalten, denn sie ist sehr zerbrechlich, und es fühlte sich nicht gut an, sie zu Hause zu lassen, wo niemand Zeit für sie hat."

„Vielleicht kann meine Cousine Bridget sie mal anrufen. Die Kleine ist auch 17. Zwar extrem schlau und ein kleiner Nerd, aber trotzdem ein sehr nettes Mädel."

„Ich mag kluge Frauen ja."

„Ach ja?" Seabrook grinste. „Seit wann?"

Jordan hängte seine Jacke in den Spind, öffnete seine Sporttasche und nahm die Trainingsklamotten heraus. „Seit ich ein Kind war."

„Und was wurde aus deiner Leidenschaft für langbeinige Blondinen mit einem IQ, der geringer als ihre Körbchengröße ist?", stichelte Seabrook.

„Mein Geschmack hat sich gewandelt. Seit Neuestem stehe ich auf brünette Lehrerinnen mit Brille."

„Der feuchte Traum eines jeden Mannes."

„Ich weiß. Aber diese Frau gehört mir."

„Weiß sie es schon?"

„Ich arbeite dran."

„Was?" Seabrook lachte, als er sich sein Trikot über die Schulterpads zog. „Hat es diesmal etwa nicht gereicht, einmal mit den Fingern zu schnippen?"

„Ist ein bisschen kompliziert." Jordan nahm seine Schlittschuhe aus der Tasche und legte sie auf die Bank.

„Jetzt bin ich aber gespannt. Diese geheimnisvolle Lehrerin möchte ich unbedingt kennenlernen."

„Kein Problem. Aber Finger weg von ihr."

„Oooooh. Das wird ja immer besser!" Seabrook grinste sein Markenzeichen-Grinsen, bei dem die Frauen ihm reihenweise verfielen, und schnappte sich seinen Schläger. „Schön, dass du wieder da bist, Kumpel. Hoffentlich hast du nicht verlernt, wie man einen Puck schießt."

„Ha." Das hoffte Jordan auch. Eine so lange Pause vom Eishockey hatte er noch nie eingelegt.

Während er sich fertig machte, stellte er fest, dass wohl nicht alle im Team sich darüber freuten, ihn wiederzusehen. The Rock zum Beispiel strahlte Feindseligkeit aus.

Jordan konnte seine Frustration durchaus nachvollziehen.

Das Team brauchte ihn, um den Cup zu gewinnen, und er war lange Zeit nicht da gewesen. Jetzt saßen sie deswegen in der Klemme und mussten sich doppelt anstrengen. Aber Jordan wollte die bohrenden Blicke im Rücken nicht länger hinnehmen. Er hatte mit seinem eigenen Frust zu kämpfen. Wie seine miesgelaunte kleine Schwester, die oben auf der Tribüne saß, zusammen mit Lucy, die hier völlig deplatziert wirkte.

Als er endlich die Eisfläche betrat, war es, als wäre er nie weg gewesen. Er sah nach oben und winkte Nicki und Lucy zu – und in diesem Moment rempelte ihn The Rock heftig an. Zum Glück hatte Jordan damit gerechnet, sonst hätte er die Eisfläche von Nahem gesehen. Doch weil seine Schwester und Lucy ihn beobachteten, ignorierte er den Rempler zunächst, fuhr einfach auf seine Position und machte sich bereit fürs Warm-up.

„Schön, dass du wieder da bist." Coach Reiner nickte ihm freundlich zu. Ein krasser Gegensatz zu den harschen Worten, die er Jordan noch vor ein paar Tagen auf der Mailbox hinterlassen hatte.

Am anderen Ende der Reihe stand The Rock, zwischen ihnen gut 20 Mann. Doch mit jedem Reihenwechsel kam ihm der Mann mit dem ewig wütenden, vernarbten Gesicht, das nur eine Mutter lieben konnte, immer näher. Sein aggressiver Blick war das Zeichen für Jordan, das The Rock auf einen Kampf aus war.

Als sie anfingen, Pässe und Schüsse zu üben, ignorierte Jordan ihn dennoch und konzentrierte sich auf sein Spiel. Außenstürmer Scott O'Reilly schoss den Puck mit einem langen Satz in Richtung der blauen Linie, sodass Jordan ihn ins Tor lupfen konnte. Im nächsten Moment lag er auf dem Eis, und The Rock stand über ihm.

„Steh auf, du Verräter-Memme", zischte The Rock ihn an.

Verräter?

Man hatte Jordan schon mit vielen Schimpfnamen bedacht. Meistens zu Recht. Aber das hier war unangemessen.

Und plötzlich entluden sich Jordans Stress und Frust der letzten zwei Wochen. Er sprang auf, ließ seine Handschuhe fallen und schnappte sich The Rock am Trikot. Dieser versuchte dasselbe, bekam Jordan jedoch nicht zu packen.

Ein Schrei gellte durch die Halle, und Jordan sah, wie seine Schwester wie wild gegen die Glasscheibe hämmerte.

„Nimm deine dreckigen Hände von meinem Bruder, du hässliches Mistvieh!"

In diesem Moment hatte Jordan eindeutig die Überraschung auf seiner Seite. Mit einer Hand hielt er seinen Teamkollegen fest, mit der anderen hatte er schon zum Schlag ausgeholt. Es erfüllte ihn auf eine seltsame Art mit Stolz, dass seine kleine Schwester ihn verteidigen wollte.

The Rock wandte sich wieder Jordan zu und lachte verächtlich. „Du Pussy. Musst dich von einem Baby verteidigen lassen?!"

„Nein." Jordan vollendete seinen Haken und schickte The Rock aufs Eis.

„Bravo!", schrie Nicki.

Jordan zuckte zusammen und schaute hinüber zur Tribüne. Erschrocken presste Lucy sich die Hand vor den Mund, während seine Schwester einen irren Freudentanz vollführte.

Er baute sich vor The Rock auf, der flach auf dem Eis lag und seinen schmerzenden Kiefer massierte. Mit ausgestrecktem Zeigefinger deutete Jordan auf ihn. „Es reicht. Wenn du dich bei mir über etwas beschweren willst, sag es wie ein Mann. Aber versuch nicht feige, mich zu überrumpeln. Da musst du früher aufstehen. Und entschuldige bitte, dass meine Eltern bei einem Hubschrauberunfall umgekommen sind. Wirklich dumm von ihnen und so unpassend genau jetzt. Nicht wahr? Ich sag dir eins: Als Allererstes kommt bei mir die Familie. Und wenn dir das nicht passt, hast du Pech gehabt."

Mit klopfendem Herzen fuhr Jordan hinüber zu seinen anderen Mannschaftskameraden.

„Habt ihr zwei es jetzt?" Der Coach verschränkte die Arme vor der Brust und sah Jordan fragend an.

Jordan nickte.

Seabrook beugte sich lachend zu ihm. „Echt schön, dass du wieder da bist."

Es war toll, wieder mit dem Team auf dem Eis zu stehen. Jordan hatte dieses Gefühl vermisst. Erneut sah er zur Tribüne, wo Nicki und Lucy standen, die Köpfe zusammengesteckt hatten und vermutlich über das sprachen, was gerade passiert war. Da wusste er, dass er doch alles richtig gemacht hatte.

„Hast du das gesehen?" Es schien fast so, als würde Nicki jeden Moment aus ihren UGG-Boots hüpfen.

Lucy wunderte sich ein bisschen darüber, wie begeistert das Mädchen von dieser brutalen Gewalt war, und nickte bloß.

„Was für ein Arsch!" Nicole ließ sich neben Lucy auf den Sitz fallen.

Lucy hasste Gewalt – aus nachvollziehbaren Gründen. Überhaupt hasste sie jegliche Art von Konfrontation. Inzwischen hatte sie zwar kein Problem mehr damit, für sich selbst einzustehen, aber sie tat das nur, wenn es absolut unumgänglich war. Sie hatte beobachtet, wie dieser große Spieler Jordan angerempelt und provoziert hatte, und wusste genau, dass Jordan sich das nicht allzu lange gefallen lassen würde. Als der Typ ihn dann mit dem Schläger angegriffen und ihn von den Schlittschuhen geholt hatte, hatte sie – wie Nicole – das Bedürfnis gehabt, es ihm heimzuzahlen. Doch im Gegensatz zu Nicole hatte sie nur die Augen geschlossen und gehofft, dass alles gut ausging.

Aber das war nun einmal Jordans Beruf – und solche Rempeleien gehörten dazu.

Trotzdem verstand sie nicht, wie man permanent mit so viel Aggression umgehen konnte. Bisher hatte sie diese Seite an Jordan noch nicht kennengelernt. Sie hatte zwar davon gewusst, aber es war etwas völlig anderes, es live mitzuerleben. Vor ihm hatte sie deshalb zwar keine Angst, nur hatte sie gerade eine neue Facette seiner Persönlichkeit entdeckt.

„Sollte es mir Sorgen machen, dass du deinen Spaß daran hast, deinen Bruder kämpfen zu sehen?“, fragte sie Nicole.

„Nein.“ Das Mädchen ließ die Schultern hängen und seufzte. „Wieso versteht mich eigentlich niemand? Ich habe fünf Brüder. Fünf! Und keiner von denen rafft, wie ich bin.“

„Vielleicht liegt das daran, dass du sie immer nur anschnauzt, anstatt mal vernünftig mit ihnen zu reden. Ich weiß, dass ihnen daran gelegen wäre.“

„Hat Jordan mich deswegen mit hierhergenommen?“

Lucy nickte „Du magst über ihn denken, was du willst, aber er hat dich wirklich sehr lieb. Und er macht sich Sorgen um dich. Und wenn du ihm nur eine Chance gibst, wirst du das sehen und überrascht sein. Er möchte, dass du wieder glücklich bist. Er weiß halt nur nicht, was los ist.“

„Das ist eine lange Geschichte.“ Nicole lehnte sich nach hinten, als wäre alles verloren.

Lucy wurde es schwer ums Herz.

„Ich bin nicht die, für die meine Brüder mich halten.“

„Dann solltest du sie vielleicht mal aufklären.“

„Ich will aber nicht, dass sie mich hassen. Was natürlich auch Schwachsinn ist, weil sie das vermutlich sowieso schon tun. Aber … sie sind alles, was ich habe."

„Sie würden dich niemals hassen. Nichts, was du ihnen jemals erzählen wirst, wird etwas an der Tatsache ändern, dass sie dich lieb haben und dein Bestes wollen." Lucy konnte sich beileibe nicht vorstellen, was die hübsche junge Frau so sehr belastete. Es lag nicht ursächlich am Tod ihrer Eltern, aber dadurch war alles noch viel schlimmer geworden. „Ich weiß, wie es sich anfühlt, wenn man kurz vor dem Schulabschluss steht und auf einmal irgendwie in die Welt hinauskatapultiert wird, völlig unvorbereitet. Das macht einem Angst. Und es ist ganz normal, wenn man sich deshalb hin und her gerissen fühlt. Deine Brüder werden dir helfen, die richtige Wahl zu treffen. Du musst ihnen einfach nur sagen, was los ist."

Nicole stieß einen verächtlichen Laut aus. „Ich wünschte, es wäre nur das – mein Schulabschluss. Den ich ja sowieso nur schaffe, wenn meine Noten besser werden. Weiß ich alles."

Lucy war klar, dass sie sich gerade auf dem sehr schmalen Grat zwischen Freundin und Lehrerin bewegte. Aber genau deshalb hatte sie ja diesen Beruf gewählt – um Kindern zu helfen. Und dieses eine Kind benötigte gerade ihre Hilfe *und* ihre Freundschaft.

Sie legte einen Arm um Nicole. „Ich werde dir helfen, deinen Abschluss zu machen, wenn du mir versprichst, dass du dir wirklich Mühe gibst."

Das Mädchen sah sie an, es hatte Tränen in den Augen. „Warum wollen Sie mir helfen? Ich war in letzter Zeit so …"

„… bescheuert?"

Fast lächelte Nicole.

„Ich war selbst auch mal 17", fuhr Lucy fort. „Und es war eine sehr schwere Zeit für mich damals. Glaubte ich jedenfalls. Wenn ich heute zurückdenke, war es gar nicht so schlimm. Ich weiß zwar nicht, was dich belastet, und ich werde auch nicht darauf bestehen, dass du es mir erzählst – obwohl du dich jederzeit an meiner Schulter ausweinen kannst. Ich möchte nur, dass du das alles unbeschadet überstehst. Ich finde, du bist ein tolles Mädchen. Du bist klug, hast Talent und bist stark. Das weiß ich."

„Ich bin stark?"

Lucy nickte.

„Alle anderen sagen mir immer nur, dass ich hübsch bin."

„Das bist du auch." Lucy lachte. „Aber du bist noch viel mehr. Du darfst dich niemals nur nach deinem Äußeren beurteilen, Nicole, und auch nicht von anderen danach beurteilen lassen. Es geht um das, was du fühlst, um deine Integrität und deinen Willen, den Schubladen zu entfliehen, in die andere dich vielleicht zwängen wollen. Sei einfach du selbst."

„Haben Sie das selbst so gelernt?"

„Mir ist schon vor langer Zeit klar geworden, dass ich nicht aussehe wie ein Topmodel, aber dass ich klug bin und gewisse Begabungen besitze, über die nicht viele andere Menschen verfügen. Und damit kann ich sehr gut leben."

„Und was sind das für Begabungen?"

„Zum Beispiel kann ich mit der Zunge einen Kirschenstiel verknoten. Und ich kann Liebesgeschichten schreiben. Ich kann sogar das komplette Buch, das ich geschrieben habe, lesen, ohne dass ich das erste Kapitel hundertmal verändern muss. Ich kann einen dreifachen Rückwärtssalto machen, auf den die meisten Cheerleader superneidisch wären. Und ich kann Kunst aus altem Zeugs machen, das ich auf Flohmärkten finde."

Nicole lächelte. Und dann tat sie etwas vollkommen Unerwartetes. Sie warf sich in Lucys Arme und drückte sie fest.

12. Kapitel

Nach Jordans Training fuhren Lucy und Nicole in seinem Range Rover los, um etwas zum Abendessen zu besorgen, während er unter der Dusche stand und seine blauen Flecken pflegte. Zu seiner Überraschung war er nach den zwei Wochen zu Hause doch deutlich untrainierter, als er gedacht hatte. Aber abgesehen von den paar wenigen Besuchen im Fitnessstudio hatte er natürlich auch nichts gemacht, um sich fit zu halten. Seine Kondition war zwar nicht völlig hinüber, aber um die Härte des Spiels durchstehen zu können, musste man körperlich deutlich anders aufgestellt sein.

Während er seine verspannten Muskeln vom harten Wasserstrahl durchkneten ließ, hatte er die Augen geschlossen. Er wunderte sich nicht, als vor seinem geistigen Auge eine nackte Lucy auftauchte. Er hatte sie zwar noch nie ganz nackt gesehen, aber immerhin mit viel nackter Haut. Das reichte, um seine Fantasie zu beflügeln.

Er begehrte sie.

Die Frage war nur: Begehrte sie ihn auch?

Seabrook hatte recht gehabt mit seiner Bemerkung, dass Jordan es mit den Frauen immer leicht gehabt hatte. Man konnte es nennen, wie man wollte; vielleicht lag es an den guten Genen, die alle in seiner Familie mitbekommen hatten, an seinem guten Aussehen. Aber Aussehen war nur das, was Frauen auf den ersten Blick anzog. Danach wurde es wesentlich spannender.

Er wusste, wie man eine Frau behandeln musste. Aber er hatte sich angewöhnt, emotional auf Distanz zu bleiben. Denn er hatte bisher weder Zeit für eine feste Bindung noch Lust auf eine richtige Beziehung gehabt.

Das sah jetzt anders aus.

Die Schutzwälle, die er über die Jahre aufgebaut hatte, der Unsinn, den er sich immer wieder eingeredet hatte, dass er niemanden brauchte und allein besser zurechtkam – all das spielte nun keine Rolle mehr.

Es war ihm nie sonderlich schwergefallen, Frauen zu durchschauen, aber bei Lucy verhielt es sich anders. Sie hatte ein weiches Herz, doch durch ihre schlechten Erfahrungen mit Männern hatte es sich verhärtet. Lucy hatte jedoch die Stärke und den Mut entwickelt, ihre Situation zu verändern und ein neues Leben zu beginnen. Und obwohl sie eine starke Frau war, wollte er nicht riskieren, das Vertrauen, das sie zu ihm aufgebaut hatte, zu erschüttern. Sie war wie ein kompliziertes Puzzle, das man nur langsam zusammensetzen konnte.

Doch die Chance wollte er auf jeden Fall wahrnehmen.

Durch die geschlossene Badezimmertür hörte er weibliche Stimmen. Aha, Nicki und Lucy waren zurück. Rasch drehte er die Dusche ab, trocknete sich ab und schlüpfte in eine Jogginghose.

Kaum betrat er die Küche, verstummte das fröhliche Geplapper. Lucy war gerade dabei, die Einkäufe aus einer Tüte zu nehmen und auf den Küchentresen zu stellen, und Nicole warf ihm den üblichen finsteren Blick zu. Als Lucys Frage an Nicki unbeantwortet blieb, drehte sie sich um. Kurz sah sie Nicki an, dann blieb ihr Blick an ihm hängen.

Lucy fand, dass man nicht allzu oft etwas Perfektes zu sehen bekam. Aber Jordan in Jogginghose, mit freiem Oberkörper und Tribal-Tattoo auf der Schulter, noch ein paar Wassertropfen auf der breiten Brust und dem wohldefinierten Sixpack – das war besser als alles, was man in den meisten Kunstgalerien zu sehen bekam. Die Hose schlabberte ein wenig um seine schlanken Hüften, das Kinn war stoppelig von seinem sexy

Dreitagebart. Lucy unterdrückte einen Seufzer. Hoffentlich zog er das T-Shirt nicht an, das er in der Hand hielt.

„Was habt ihr Leckeres zu essen mitgebracht?" Er grinste sie und seine Schwester an.

Lucy spürte, dass ihre Knie so weich wurden wie Pasta, die man zu lange gekocht hatte. Diese körperliche Reaktion war durchaus neu für sie.

Aber sie fühlte sich nicht schlecht an.

Könnte ruhig öfter passieren, dachte sie insgeheim.

Sie hielt eine Packung Vollkornpenne hoch. „Ich wollte eins meiner Lieblingsnudelgerichte machen, mit frischen Tomaten und Zucchini, dazu einen Romana-Salat mit Avocado und karamellisierter Ananas. Oder möchtest du lieber was anderes?"

„Nein, das klingt toll. Ich hatte nur gedacht, ihr geht eine Pizza holen oder so was." Er zog sich das T-Shirt über und zupfte es zurecht. „Du sollst dir keine Umstände machen."

„Das sind keine Umstände. Da ich normalerweise immer nur für mich koche, finde ich es schön, mal für mehrere Leute kochen zu können. Außerdem hat Nicole ihre Hilfe angeboten."

Überrascht sah Jordan seine Schwester an. „Das ist ja super, Nicki."

Sie zuckte nur abweisend die Schultern. „Kein Ding."

„Ich finde schon."

Er nahm Nicki spontan in den Arm. Lucy bemerkte, dass das Mädchen unsicher war, ob es die Umarmung erwidern sollte oder nicht. Aber immerhin dachte es schon darüber nach.

Das war ein Schritt in die richtige Richtung.

Ziggy tänzelte vor Lucys Füßen herum. Sie musste lachen. „Ja, du bekommst auch was."

„Darf ich es ihm geben?", fragte Nicole.

„Na klar. Da drüben in der Tüte."

Nicoles Miene hellte sich auf, als sie ein Leckerli aus der Tüte nahm und Ziggy ungefragt eins seiner Kunststückchen vorführte.

„Hattet ihr auch mal ein Haustier?", erkundigte sich Lucy.

„Nein." Nicole runzelte die Stirn. „Mein Vater war allergisch, und meine Mutter wollte keine Tierhaare im Haus haben. Ein ziemlich bescheuertes Argument, denn wir haben ja nur Ledermöbel, und die kann man abwischen."

„Nicki", mahnte Jordan. „Sei vorsichtig mit dem, was du sagst. Mom kann sich nicht mehr verteidigen."

„Das weiß ich", zischte Nicole.

Oh-oh. Das war's dann wohl mit der guten Stimmung.

„Möchtest du den Salat waschen?", bat Lucy das Mädchen rasch.

„Klar." Aber schon war die dunkle Wolke wieder da.

Eine Zeit lang arbeiteten sie schweigend. Es war nicht besonders angenehm. Lucy stellte fest, dass sie sich wohl nicht nur um Nicole kümmern, sondern auch als Katalysator zwischen Bruder und Schwester fungieren musste.

„Hast du eine Musikanlage?", fragte sie Jordan.

„Nur im Fernseher. Aber darüber kann man alles hören, was es gibt."

„Dann mach doch mal schöne Musik an, während wir uns ums Essen kümmern. Irgendwas, das die Stimmung hebt."

Sobald Jordan im Wohnzimmer verschwunden war und Musik erklang, flüsterte Lucy seiner Schwester zu: „Sprich mit ihm, Nicole. Nur Hunde knurren."

Nicole sah sie an, sie lächelte. „Sie meinen, ich komme nicht gut rüber als Rottweiler?"

„Süße, du bist nicht mal ein würdiger Schnauzer."

Nicole lachte, und Lucy schöpfte Hoffnung, dass der Abend doch noch einen angenehmen Verlauf nehmen könnte.

Jordan hatte einen Oldie-Sender eingestellt und kam nun

mit zweifelnder Miene in die Küche zurück. „Ist die Musik okay?"

„Ich liebe diesen ollen Beatles-Kram", sagte Nicole, während sie den Salat zerpflückte und in eine Schüssel gab, die Lucy im Schrank gefunden hatte.

„Ich auch." Jordan stellte sich zwischen seine Schwester und Lucy an die Arbeitsfläche und begann, die Tomaten zu vierteln. „Und was ist mit Country?"

„Höre ich am allerliebsten." Nicole nahm ein Messer, um sich den Zucchini zu widmen.

„Ich dachte, in deinem Alter hört man nur Rap und Hip-Hop."

„Tun meine Freunde auch. Aber ich mag lieber Musik mit weicheren Melodien und bedeutsameren Texten."

Jordan nickte, während die Beatles von Erdbeerfeldern sangen.

„Wetten, dass du noch nicht mal weißt, dass ich Gitarre spiele?", fragte Nicole. „Und Songs schreibe?"

Lucy und Jordan hielten in ihrer Arbeit inne und sahen erst einander, dann Nicki an.

„War klar", sagte die. „Dachte ich mir."

„Das ist ja wunderbar, Nicki. Seit wann denn schon?"

„Ungefähr seit zwei Jahren. Es fing damit an, dass ich mir so eine alte pinkfarbene Gitarre gekauft hatte ... als Deko für mein Zimmer." Sie zuckte die schmalen Schultern. „Und dann hatte ich eines Abends Langeweile und habe einfach ein bisschen darauf herumgezupft. Danach war mein Interesse geweckt."

Jordan warf Lucy einen Blick zu, der beinah ihr Herz zum Aussetzen brachte. Er hatte gerade in weniger als einer Minute mehr über seine Schwester erfahren als in den vergangenen 17 Jahren.

„Ich würde mir deine Songs gern mal anhören", sagte Lucy.

„Am liebsten jetzt", ergänzte Jordan.

„Ich hab meine Gitarre nicht dabei."

„Aber wenn du sie dabeihättest, würdest du uns deine Songs vorspielen?"

„Klar."

„Dann los." Er nahm seine Schwester bei der Hand. „Lucy? Hast du alles unter Kontrolle? Wir sind gleich wieder da!"

Lucy musste über seine Begeisterung lachen und nickte.

„Wo willst du denn hin?", fragte Nicole, als er ihre Jacken von der Garderobe nahm.

„Ein paar Blocks weiter ist ein Musikladen. Da will ich mit dir hin, bevor er zumacht."

„Wieso?"

„Um dir eine Gitarre zu kaufen."

Als sich die Tür hinter ihnen schloss, lehnte sich Lucy an den Küchentresen und hätte am liebsten geweint. Jordan hatte endlich eine Möglichkeit gefunden, wie er am Leben seiner Schwester teilhaben konnte. Er hatte eine Verbindung zu ihr gefunden. Und er nutzte die Gelegenheit sofort – so wie heute auf dem Eis.

Nur nicht so brutal.

Ein paar Stunden später saß Jordan mit Lucy auf dem Sofa und hörte zu, wie seine Schwester in ihrem Zimmer Gitarre spielte. Sie war ein Naturtalent. Und das Beste war, dass sie im Musikladen gezwungen gewesen war, mit ihm zu sprechen. Sie hatten sich verschiedene akustische Gitarren angesehen und ausprobiert, bis Nicole eine Gibson Hummingbird entdeckte, für die sie sich am Ende entschied. Als er mit dem Instrument zur Kasse gehen wollte, hielt sie ihn auf.

„Die kannst du mir nicht kaufen", hatte sie gesagt. „Die kostet 2000 Dollar."

Er war stehen geblieben. „Gefällt sie dir?"

„Ja."

„Wärst du damit glücklich?"

Sie hatte gezögert, den Blick abgewandt und so getan, als würde sie sich ein paar Schlagzeugsets ansehen. „Ich will nicht, dass du mir was kaufst."

„Wieso nicht?"

Sie hatte nur die Achseln gezuckt.

„Weil du dann das Gefühl hättest, mir etwas schuldig zu sein?"

Ein weiteres Schulterzucken folgte.

Er hatte sie zu sich umgedreht, sodass sie ihn ansehen musste. Und das tat sie. Sie starrte ihn förmlich an mit ihren blauen Augen – so blau wie seine eigenen – und überprüfte, ob er es ernst meinte.

„Du bist mir nichts schuldig, Nicki. Ich kaufe dir nichts, um dich damit unter Druck zu setzen. Du bist meine kleine Schwester. Ich hab dich lieb und möchte dir eine Freude machen. Und wenn dir diese Gitarre Freude macht, dann ist sie mir jeden Cent wert. Jetzt komm schon!"

Er hakte sich bei ihr unter und ging mit ihr zur Kasse. War das etwa ihr Herz, das er da so laut klopfen hörte?

Nachdem er das Instrument bezahlt und es ihr in einem schwarzen Case ausgehändigt hatte, schenkte sie ihm zum ersten Mal ein ehrliches Lächeln.

Er schmolz dahin.

Zurück im Apartment, empfing sie schon der Duft des köstlichen Gerichts, das Lucy in der Zwischenzeit zubereitet hatte. Sie setzten sich an den Tisch und unterhielten sich während des gesamten Essens. Jordan ging allerdings davon aus, dass er sich mit der geschenkten Gitarre nur einen einzigen Abend Freundlichkeit vom kleinen Drachen erkauft hatte – trotzdem: Er würde nehmen, was er kriegen konnte. Denn zum ersten Mal überhaupt fühlte sich seine Wohnung wie ein richtiges Zuhause an – und das war Lucys und Nicoles Anwesenheit zu verdanken.

Jetzt saß er also mit Lucy auf dem Sofa und lauschte den Klängen eines Songs, der sich sehr nach Miranda Lambert anhörte. Jordan seufzte und nahm Lucys Hand. „Sie spielt echt gut."

„Ja." Lucy nickte. „Wer hätte das gedacht?"

„Ich jedenfalls nicht, so viel steht fest. Niemand – nicht mal meine Eltern – haben mir gegenüber jemals erwähnt, dass sie Gitarre spielt."

„Einige ihrer Texte sind echt atemberaubend gut. Hätte sie sich doch mal bei ihren Aufsätzen so viel Mühe gegeben, statt mir eine plumpe Nacherzählung von ‚Pretty Little Liars' abzuliefern."

Er lachte. „Da hast du recht."

„Als wir uns heute unterhalten haben, hat sie mir auch nichts davon erzählt, dass sie Songs schreibt."

Jordan sah Lucy an. Nicht zum ersten Mal fiel ihm auf, wie schön sie war, auch ganz ohne Make-up. Als sie vorher aus der Dusche gekommen war, die lockigen Haare hochgesteckt und völlig ungeschminkt, hatte sie frisch und rosig wie ein Pfirsich ausgesehen. Es war ihm gelungen, seine Finger bei sich zu behalten, obwohl er Lucy am liebsten in die Arme gezogen hätte. Und natürlich hätte er etwas ganz anderes noch viel lieber getan, aber er wollte es ja bewusst langsam angehen lassen mit ihr.

Noch nie war ihm etwas so schwergefallen.

„Ihr habt euch heute unterhalten?", fragte er.

Lucy nickte.

„Und über was?"

„Darüber, dass sie sich so dafür begeistert hat, als du deinem Teamkollegen diesen heftigen Bodycheck verpasst hast."

„Oh. Sorry."

„Kein Grund, sich zu entschuldigen", erwiderte sie. „Ich fand es spannend, dass sie ihre Emotionen rausgelassen hat. Offensichtlich hatte sie das Bedürfnis, dich zu beschützen."

„Darauf war ich ganz schön stolz.“ Sein Herz schlug ein bisschen schneller, als er sich an die Szene erinnerte. „Und habt ihr noch über was anderes gesprochen?“

„Darüber, dass sie dir vertrauen und mit dir reden sollte, damit du ihr bei ihren Problemen helfen kannst. Und dass du ein guter Bruder bist, der sie sehr gernhat.“

Es berührte ihn sehr, dass Lucy sich so für ihn einsetzte. Er nahm ihre Hand und küsste ihre Finger. „Danke.“

Hinter ihren Brillengläsern sah er ihren aufrichtigen Blick. „Ich hätte es ihr nicht gesagt, wenn es nicht stimmen würde.“

Ihre sanfte Stimme umfing ihn wie eine zärtliche Berührung, die jede Zelle in seinem Körper in Aufruhr versetzte. Er wollte sie so gern berühren, darum nahm er noch einmal ihre Hand und küsste die Innenseite ihres Handgelenks. Als sie sich nicht wehrte, zog er sie an sich und küsste sie auf den Mund. Sie erwiderte seinen Kuss bereitwillig, und er zog sie auf seinen Schoß, sodass sie in ihrer abgeschnittenen Jogginghose auf seinem Schritt saß. Bestimmt hatte sie die Hose ausgesucht, weil sie sie null sexy fand. Doch er konnte an nichts anderes denken, als sie ihr hinunterzuziehen und ihre nackten Schenkel und ihren sensibelsten Punkt zu streicheln und zu liebkosen.

Stöhnend nahm er ihren knackigen Po in beide Hände und knabberte an ihrer Unterlippe. Sie öffnete leicht den Mund, sodass seine Zunge hineingleiten konnte. Sie schmeckte nach Minze und roch nach Pfirsich. So innig hatten sie sich noch nie geküsst. Er wollte mehr.

Aber zwischen Wunsch und Realität gab es einen Unterschied.

Er wollte auf keinen Fall, dass sie dachte, er hätte sie nur mitgenommen, um sie in sein Bett zu locken. Auch wollte er sie nicht verschrecken, sodass sie schreiend davonlief. Sie reagierte zwar sehr bereitwillig auf seine Küsse und Berührungen, aber er wusste trotzdem nicht, wie sie zum Thema Sex mit ihm stand.

Vielleicht hatte sie aufgrund ihrer Vergangenheit überhaupt keine Lust mehr auf Sex. Deswegen musste er sie vorsichtig an das Thema heranführen. Er war eigentlich jemand, der sich sofort alles nahm, was er haben wollte, aber diesmal würde er Geduld zeigen. Konkret auf Lucy bezogen, bedeutete das, dass er ihr Zeit geben würde zu entscheiden, was sie wollte. Auf keinen Fall sollte sie sich zu etwas gezwungen fühlen.

Widerwillig, aber nicht allzu abrupt beendete er den Kuss und begründete es damit, dass Nicki jederzeit hereinkommen könnte. Eine ziemlich lahme Ausrede und noch dazu das komplette Gegenteil von dem, was er wirklich wollte.

Lucy lag in den superweichen Laken von Jordans überdimensionalem Bett und starrte an die Decke. Wieso nur hatte er diesen sensationellen Kuss so urplötzlich abgebrochen?

Vielleicht war Nicole ja wirklich der Grund dafür. Sie hätte jederzeit hereinplatzen können. Aber vielleicht lag es auch daran, dass er sie, Lucy, mit ihren unsexy Klamotten einfach nicht scharf fand. Hätte er nur ein bisschen weitergemacht, hätte er unter der abgeschnittenen Jogginghose allerdings ihre neuen Dessous aus Spitze entdeckt. Und die waren wirklich sexy, das fand sogar sie. Doch bisher hatte sie leider noch niemand außer ihr gesehen.

Das würde bei ihrem Glück vielleicht auch für immer so bleiben.

Lucy war in keiner ihrer Beziehungen diejenige gewesen, von der die Initiative ausgegangen war. Abgesehen davon hatte sie nur ihren Ex gehabt und jetzt diese Sache mit Jordan. Das war nicht viel in Sachen Erfahrung. Vor allem weil ihr Ex sehr egoistisch im Bett gewesen war. Mal ganz abgesehen von seinem Tempo.

Aber so war es wenigstens immer schnell vorbei gewesen.

Anders als viele andere Frauen, die Missbrauch erlebt hatten, stand Lucy Sex generell nicht ablehnend gegenüber. Im Gegenteil – sie war sehr neugierig. So fragte sie sich zum Beispiel, ob man mit einem echten Mann tatsächlich einen Orgasmus haben konnte – so wie sie mit ihrem batteriebetriebenen Freund.

Sie boxte zweimal in ihr Kissen, damit es die richtige Position hatte.

Wieso lag sie hier und dachte über alle diese Dinge nach, wo ihr das doch nur eine weitere frustrierende Nacht des schlaflosen Herumwälzens einbrachte? Sie sollte besser an etwas anderes denken. Mit den Fingerspitzen fuhr sie über die weiche Daunendecke und hatte plötzlich Schuldgefühle.

Wie konnte sie die ganze Nacht allein in diesem gemütlichen Bett liegen, während Jordan, der viel größer war als sie und noch dazu mit einer göttlichen Figur ausgestattet, die Nacht auf dem vermutlich unbequemen Sofa verbringen musste? Zumal er am nächsten Morgen wieder früh aufstehen und sein kräfteraubendes Training auf dem Eis absolvieren musste.

Entschlossen setzte sie sich auf, strich sich das Haar aus dem Gesicht und stand auf. Sie konnte ihn nicht im Wohnzimmer schlafen lassen. Das Bett war groß genug für sie beide, da hatte er recht. Sie mussten nur sicherstellen, dass Nicole nichts davon mitbekam.

Auf Zehenspitzen schlich sie ins Wohnzimmer, wo ihr auffiel, dass sie ihre Brille auf dem Nachttisch liegen gelassen hatte. Das Mondlicht schien zwar durch die Vorhänge herein, aber sie konnte alles nur sehr verschwommen sehen.

Doch jetzt lohnte es nicht mehr, zurückzugehen und die Brille aufzusetzen.

Vorsichtig tastete sie sich weiter zum Sofa, in der Hoffnung, sich nicht irgendwo den Zeh anzustoßen. Jordan lag ausgetreckt auf dem Rücken, einen Arm über die Augen gelegt. Den anderen Arm hatte er um eine Blondine gelegt, die ebenfalls auf dem Sofa lag.

Lucy blieb stehen.

Blinzelte.

Ihr Herz hämmerte wie verrückt. War das der Grund, warum er ihren Kuss so abrupt beendet hatte? Weil er an eine andere gedacht hatte? An die, die jetzt mit ihm auf dem Sofa lag?

Nein.

Das würde er niemals tun.

Oder doch?

Sie ging einen weiteren Schritt aufs Sofa zu und blinzelte erneut angestrengt. Doch ihre Augen waren zu schlecht und das Zimmer zu dunkel. Alles, was sie sah, war ein blonder Haarschopf. Jetzt knarzte auch noch eine Fußbodendiele. Der Blondschopf fuhr in die Höhe, und Lucy war auf der Stelle erleichtert – es war nur Ziggy!

Um Jordan nicht zu erschrecken, kroch Lucy förmlich an ihn heran. Sie berührte seine Schulter, um ihn sanft zu wecken. Sofort schoss seine Hand zu ihr und zog sie auf sich. Ziggy sprang entrüstet vom Sofa.

Lucy kicherte. „Du hast mich erschreckt."

Sie spürte seine Hände auf ihrem Po. Er grinste sie an.

„Ich wusste ja gar nicht, dass du zu den Leuten gehörst, die sich nachts an andere heranschleichen", flüsterte er. „Gefällt mir."

Er drückte sie an sich, und sie spürte seine harte Erektion zwischen ihren Beinen.

Augenblicklich war sie erregt.

„Wieso kommst du hier reingeschlichen?" Er streichelte ihren Rücken.

„Ich wollte dich ins Bett holen."

Da hob er den Kopf und sah sie im schwachen Mondlicht an. „Und wieso das, Lucy?"

Seine Stimme klang hoffnungsvoll. Und obwohl sie ihn nicht *deswegen* hatte ins Bett holen wollen, musste sie zugeben, dass ihr Unterbewusstsein da wohl auch ein Wörtchen mitgeredet hatte. Was sie natürlich niemals offen zugeben würde.

„Es ist einfach nicht fair, dass du auf dem Sofa schläfst, wo du morgen doch als Einziger von uns arbeiten musst. Nachdem ich gesehen habe, wie hart deine Trainings sind, habe ich ein schlechtes Gewissen und fände es egoistisch, wenn ich das große Bett für mich alleine beanspruchen würde. Du hast ja recht – es ist groß genug für zwei."

„Ist das der einzige Grund?"

Sie gab keine Antwort – sie wollte weder lügen, noch wollte sie sich die Blöße geben, es zuzugeben.

„Sag mir, dass du mich willst, Lucy. Denn ich will nichts mehr als dich!"

Sie hätte es abstreiten können, aber ihre Brustwarzen schmerzten und drückten sich gegen seinen Oberkörper. Und bestimmt spürte er auch das Kribbeln zwischen ihren Beinen, da, wo seine Erektion sie berührte.

Noch könnte sie es abstreiten.

Aber wieso sollte sie – wo sie ihn doch begehrte, seit sie 17 Jahre alt gewesen war?

„Ich will dich."

Er strich ihr das Haar aus dem Gesicht und sah sie mit einem Lächeln an, das das Kribbeln zwischen ihren Beinen noch verstärkte. *Oh Gott. Was macht er nur mit mir?* Lucy zitterte vor Erregung.

Rasch warf er sie auf den Rücken auf das weiche Leder und drängte sich zwischen ihre Beine. Sie erschauerte, als er jetzt ihren Hals küsste.

Noch nie hatte ein Mann ihren Hals geküsst. Oder ihr Ohrläppchen geleckt. Oder zärtlich an ihrem Hals geknabbert. Jordan tat all das. Hoffentlich hielt sie das überhaupt aus.

„Ich liebe deinen Duft!“ Sanft ließ er die Lippen über ihre Haut gleiten.

Panik überfiel sie. Natürlich gefiel ihr das. Und noch nie hatte sie etwas so sehr gewollt. Doch obwohl sie verheiratet gewesen war, hatte sie nicht wirklich Erfahrung. Diese Ehe hatte nichts mit Geben und Nehmen zu tun gehabt. Oder eigentlich doch. Sie hatte gegeben, und ihr Ex hatte genommen. Und zwar sie. Auf die Schnelle. Doch anders als ihr Ex schien es Jordan überhaupt nicht eilig zu haben, zum Ende zu kommen. Auch wenn es megapeinlich war, sie musste ihm ihre mangelnde Erfahrung offenbaren.

„Ich … ich weiß nicht, wie das alles geht“, flüsterte sie.

Er hob den Kopf. „Was?“

„Sex. Ich weiß es wirklich nicht. Ich weiß nicht, wie man sich liebt. Ich habe keine Ahnung, wie man … einem Mann Vergnügen bereitet.“

„Und ich wette, du weißt auch nicht, wie ein Mann dich verwöhnen kann.“

Sie seufzte und wandte den Blick ab. „Das ist so peinlich.“

„Dir muss überhaupt nichts peinlich sein. Es ist Sache deines Partners, deine Bedürfnisse zu entdecken und deine Wünsche zu erfüllen. Zu tun, was dein Herz schneller schlagen und dir das Blut in den Ohren rauschen lässt. Falls also deine ehemaligen Partner …“

„Singular. Es war nur einer.“

„Gut, dein letzter Partner. Also, wenn der sich nicht die Zeit genommen hat, dich diesbezüglich kennenzulernen und sich um dich zu kümmern, ist das nicht deine Schuld, Lucy, sondern ganz allein sein Fehler.“

„Du hältst mich also nicht für sexuell unterentwickelt?“

Unwillkürlich musste er lächeln. „Ich finde, du bist eine starke, sinnliche, faszinierende Frau, die es verdient hat zu wissen, was guter Sex bedeutet.“

Ab diesem Moment hörte sie auf zu denken. Nun war sie

nur noch Begehren und Neugier. Diese Begriffe waren ihr früher nie in den Sinn gekommen. Das war das Tolle an Jordan – er öffnete ihr neue Türen. Und bisher war alles gut gegangen. Auch deshalb, weil sie ihm vertrauen konnte.

Sie machte sich los, stand auf und streckte ihm die Hand hin. „Komm mit."

Verwirrt sah er sie an. „Wo willst du denn hin?"

„Ich will lernen, wie guter Sex funktioniert." Sie lockte ihn mit dem Zeigefinger. „Es ist Zeit, dass du ein bisschen mehr über mich herausfindest – und umgekehrt!"

Als Lucy ihre Hand in seine legte, wusste Jordan, dass er nun ihr vollkommenes Vertrauen besaß. Doch auch das reichte ihm nicht. Er wollte, dass sie sich entspannte, ihren Spaß hatte, sich ihm völlig hingab. Er brauchte keine weiteren Details über ihr Sexleben zu erfahren, um abschätzen zu können, dass ihr Exmann ein idiotisches, egoistisches Arschloch war.

Für ihn war Lucy wie eine dieser wunderschönen knallblauen Orchideen – selten, fein und nur unter den perfekten Bedingungen bereit zu erblühen. Die ganze Nacht lag vor ihm, und alles, was er wusste und was er zu geben hatte, würde er ihr schenken.

Sie führte ihn ins Schlafzimmer und schloss leise die Tür, während er den schweren Vorhang vor dem Fenster öffnete, sodass das Mondlicht durch die transparente Gardine gefiltert ins Zimmer fiel. Als er sich wieder zu Lucy umdrehte, stand sie unsicher da, die Arme um den Körper geschlungen. Er ging über den weichen Teppich zu ihr und nahm sie bei den Schultern.

„Vertraust du mir?"

Sie nickte, ohne zu zögern.

„Gut. Denn ich würde niemals darauf bestehen, dass du etwas tust, das dir nicht gefällt. Und ich werde dir niemals wehtun. Verstanden?"

Erneut nickte sie.

„Regel Nummer eins: kein Nicken mehr. Ich möchte, dass du mit mir sprichst. Sag mir, was du willst, was dir gefällt, wie du dich gut fühlst."

„Oh Gott." Nervös nagte sie an ihrer Unterlippe.

„Nein." Er lächelte sie aufmunternd an. „Nur du und ich. Schließ die Augen."

Sie tat es, und er streichelte ihr Gesicht, sodass ihre weichen dunklen Locken seinen Arm berührten. Mit der anderen Hand umfasste er ihre Hüfte und zog sie an sich. Ganz nah an ihren Lippen flüsterte er: „Heute Nacht geht es nur um dich."

Er hauchte federleichte Küsse auf ihren Hals und atmete ihren köstlichen Duft ein. Als er an ihrer Schulter ankam, schob er den Stoff ihres T-Shirts zur Seite und setzte seine Liebkosungen fort. Er hörte ihr Herz klopfen, als er ihr das T-Shirt auszog. Sie atmete schwer und hob die Arme, um sich zu bedecken.

„Du bist wunderschön, Lucy. Lass mich dich ansehen." Sanft schob er ihre Hände weg und umfasste ihre Brüste. Mit den Daumen streichelte er die Brustwarzen, die sich sofort aufrichteten. „Gefällt dir das?"

Die Augen immer noch geschlossen, nickte sie erst, dann erinnerte sie sich an die erste Regel. „Ja."

„Ich möchte dich überall anfassen. Ich möchte wissen, wo es dir am meisten gefällt. Und dann werden wir das gemeinsam perfektionieren."

„Ich mag es, wie du mich berührst." Sie klang heiser, und das fand er so sexy, dass er noch härter wurde. Er konnte sich nicht erinnern, wann er zum letzten Mal eine Frau so sehr begehrt hatte, obwohl er sie kaum berührte. Die meisten Frauen wollten sofort aufs Ganze gehen. Lucy hingegen schien nicht einmal zu wissen, was das bedeutete. Doch das würde sie bald herausfinden – und zwar auf die sanfte, verführerische Tour.

Nun küsste er ihren Mund, ihren Hals, ihre Schultern, ihre Arme und ihren Nacken. Dann arbeitete er sich langsam an ihrer Wirbelsäule hinunter. So sanft er konnte, berührte er ihre zarte Haut, und sie belohnte seine Bemühungen mit leisem Stöhnen. Als er bei ihren Hüften angekommen war, zog er ihr sanft die Hose hinunter. Er hob ihre Füße einen nach dem anderen an, um sie von dem Stück Stoff zu befreien, dann hockte er sich vor sie hin und betrachtete sie.

„Verdammt."

„Was ist los?" Sie klang erschrocken, doch sie machte die Augen nicht auf.

„Gar nichts." Er streichelte ihre Hüfte und ihren Oberschenkel. „Du raubst mir nur einfach den Atem."

„Stimmt nicht. Deine Atmung klingt völlig normal."

Er lächelte, küsste ihren straffen Bauch, nahm ihren Po in beide Hände und leckte einmal kurz über ihren Bauchnabel. Ihre Haut war süß wie Honig. Wie köstlich erst alles andere schmecken würde!

Nun begann er, sich an ihren Hüften hinunterzuarbeiten bis zu der Stelle, wo sie seine Liebkosungen am meisten ersehnte.

Genüsslich streichelte er sie, bis sie laut aufstöhnte und ihre Beine unter ihr nachgaben.

Rasch fing er sie auf und legte sie aufs Bett.

„War es das?", fragte sie.

Die Enttäuschung in ihrer Stimme brachte ihn zum Lachen. „Baby, wir fangen gerade erst an."

Lucy hatte die Augen geschlossen und hielt die weiche Daunendecke fest umklammert, als er mit seinen Fingern an ihrem Hals entlang bis zu ihren Brüsten und dort weiter bis zu ihren Schenkeln strich.

„Entspann dich." Seine Finger wirbelten über ihre Haut und ließen sie ein ums andere Mal erschauern. „Und benutz deine Hände für was Besseres, als die Decke festzuhalten. Berühr mich."

Er beugte sich zu ihr hinunter, sein bloßer Oberkörper streifte ihre Brüste, und flüsterte ihr ins Ohr: „Oder noch besser. Fass dich selbst an. Zeig mir, was sich gut anfühlt."

Natürlich hatte sie sich schon selbst berührt, aber noch nie mit bloßen Fingern. Sie benutzte einen Vibrator, um sich zu holen, was sie brauchte, ohne allzu … intim zu werden.

Und das hier war eindeutig mehr als intim.

Doch Jordans leise Stimme und seine beruhigende Art sorgten dafür, dass sie mitmachte. Sie wollte ihm ebensolche Lust verschaffen wie er ihr.

Wieder waren seine Lippen auf ihrem Hals und auf ihren Brüsten, wieder nahm er ihre Knospen in den Mund und saugte daran. Sie merkte, wie sie feucht wurde, und reckte sich ihm entgegen. Dabei entfuhr ihr unwillkürlich ein Stöhnen.

„Fühlt sich das gut an?"

„Ja." Er saugte weiter, und ihre Lust wurde stärker. „Mehr. Bitte. Mehr."

Jetzt widmete er sich ihrer anderen Brust, doch statt an ihrer Brustwarze zu saugen, ließ er die Zunge darauf kreisen und nahm sie ganz behutsam zwischen die Zähne. Sie riss die Hände von der Bettdecke und vergrub sie in seinen Haaren, drängte sich ihm entgegen und flehte ihn schweigend an weiterzumachen. Sein Haar fühlte sich weich und seidig an, und sie konnte sich gut daran festhalten, falls es nötig sein würde.

In wilder Lust zum Beispiel.

Noch nie hatte ein Mann sie so zärtlich berührt. Niemals zuvor hatte man ihren Brüsten so liebevolle Aufmerksamkeit geschenkt. Sie hatte gar nicht gewusst, dass sie so empfindsam waren, wenn nur der richtige Mann sie liebkoste.

Ihr ganzer Körper schien in Flammen zu stehen. Sie erbebte, wollte mehr.

Zu gern gab sie sich ihm hin.

Es gab da nur ein Problem. Sie wollte ihn ansehen. Er war so schön und hatte einen so unglaublichen Körper, und da war dieses sexy Tattoo quer über Schulter und Brust, das sie so gern küssen wollte. Es war einfach ungerecht, dass sie die Augen geschlossen halten sollte. Da er sich gerade sehr auf ihren Körper konzentrierte, riskierte sie ein Blinzeln. Sie sah, wie er ihre Brust leckte, und ihm dabei zuzusehen verstärkte das wohlige Gefühl.

„Oh."

Er sah auf. „Du schummelst!"

„Es ist noch viel schöner, wenn ich die Augen offen habe. Ich möchte dich sehen. Ich möchte dich anfassen."

„Glaub mir, ich wünsche mir nichts mehr, als dass du mich anfasst. Aber erst will ich noch eine meiner Fantasien, die ich von dir habe, wahr werden lassen."

„Du hast Fantasien von mir?"

„Seit dem Moment, als ich in dein Klassenzimmer kam. Du sahst so brav und so adrett aus und so verdammt sexy. Ich wollte dich damals schon auf der Stelle ausziehen und anmachen."

„Ach ja?"

„Dich scharfmachen. Und feucht." Langsam ließ er die Zunge um ihre Brustwarze kreisen. „Dich schwitzen sehen."

„Schwitzen?" Das war mal was anderes.

„Mmmmhmm. Aber jetzt konzentrieren wir uns erst mal auf …"

Er rutschte an ihrem Körper hinunter, küsste dabei ihren Bauch, ihre Hüften und Schenkel. Eine Hand legte er unter ihren Po und küsste ihren Schambereich. Sie bekam keine Panik, auch wenn sie kurz erstarrte.

„Jordan … Ich habe noch nie …"

„Ich weiß, Baby." Er küsste ihren Schritt und … wow. Sie spreizte die Beine ganz von selbst, als wüsste ihr Körper ganz genau, was zu tun war.

„Ich verspreche dir, dass es schön für dich wird."

Er küsste die Innenseite ihrer Schenkel, und sie hielt den Atem an. Dann streichelte er mit dem Daumen sanft ihren empfindsamsten Punkt.

„Mmmm." Er stöhnte. „Du siehst so schön aus." Und schon spürte sie seine warme, feuchte Zunge zwischen ihren Beinen, und ein unbeschreibliches Vergnügen breitete sich in ihrem ganzen Körper aus.

Er war so viel besser als ihr Vibrator.

Sein Stöhnen pulsierte auf ihrer Haut, während er sie leckte und ihre sensibelste Stelle kostete. Gleich würde sie kommen, und sie klammerte sich an alles, was sie in die Finger bekam: seine Haare, seine Schultern, die Bettlaken, ihre eigenen Haare. Ihr ganzer Körper, all ihre Nerven fingen an zu kribbeln – und dann explodierte sie vor Lust. Laut stöhnte sie auf. Ihre Lust multiplizierte sich, und nur ein einziges Wort drang aus ihrem Mund. „Jordan!"

Sekunden später – oder waren es Minuten? – waren all ihre Muskeln plötzlich weich und erschlafft, und er rutschte wieder nach oben und setzte sich auf sie. Seine beeindruckende Erektion berührte ihren heißen Körper, und er bewegte sich so auf ihr, dass ihre Lust kein Ende nehmen wollte. Er küsste sie und ließ die Zunge in ihren Mund gleiten.

Während sie sich küssten, rieb er seinen muskulösen Körper an ihr. Schon war sie wieder bereit.

Sie streichelte seinen Rücken und seinen festen Po, während er sich auf ihr bewegte. Sie dachte, er würde in sie eindringen, aber das tat er nicht.

„Das war dein erstes Mal?" Sie vernahm seine tiefe Stimme zwischen ihren Brüsten und reagierte darauf, als gäbe es eine direkte Verbindung von dort zu der Stelle zwischen ihren Beinen.

„Ja." Sollte ihr das jetzt peinlich sein? Nein. Es war einfach nur wunderbar. Doch sie wollte mehr. Sie wollte *ihn*. Ganz und gar.

Er grinste sie an. „Dann kommt jetzt das zweite Mal."

Noch bevor sie sich bewegen konnte, glitt er wieder an ihr hinunter und vergrub das Gesicht in ihrem Schoß. Diesmal verschlug es ihr wirklich die Sprache.

Ja. Es gab tatsächlich multiple Orgasmen.

13. Kapitel

Irgendwo in der Wohnung klingelte ein Wecker. Jordan war schlagartig wach, er lag wieder auf dem Sofa. Nachdem er Lucy mehrere Höhepunkte verschafft hatte, war sie in seinen Armen eingeschlafen. Er hatte sie bis in die frühen Morgenstunden umschlungen gehalten, bis er schließlich aus dem Bett geschlüpft und unter die Dusche gegangen war.

Es war unfassbar schwer gewesen, nicht in sie einzudringen und mit ihr zu schlafen. Aber Lucy sollte wissen, dass es ihm nicht um sich selbst ging. Sie hatte für ihn Priorität. Früher war er da durchaus anders gewesen. Aber Lucy sollte es genießen, von ihm verwöhnt und immer wieder auf den Gipfel der Lust katapultiert zu werden. Ihr Stöhnen und ihre Schreie hatten ihm verraten, dass sie ihre Vergangenheit endlich hinter sich gelassen hatte und ihm so sehr vertraute, dass er Dinge tun durfte, die noch kein anderer Mann bei ihr getan hatte.

Er selbst hatte nie zuvor mit einer Frau gekuschelt. Doch als er jetzt aufstand, wäre er am liebsten zurück zu Lucy in die Federn gekrochen.

Die nächtliche Dusche war nötig gewesen, um sich von seiner eigenen Erregung abzulenken. Auch wenn seine Hand nur ein schwacher Ersatz war – es ging erst einmal nur um Lucy, nicht um ihn. Außerdem sollte Nicole nicht am nächsten Morgen aufwachen und ihn im Bett mit ihrer Lehrerin finden. Deswegen war er zurück aufs kalte Sofa gegangen und irgendwann eingeschlafen. Ziggy lag zu seinen Füßen und schnarchte leise.

Als nun der Wecker klingelte, wusste Jordan, dass Lucy auch gleich auftauchen würde. Schnell stand er auf und faltete die Decke zusammen. Dann ging er in die Küche, schaltete die Kaffeemaschine ein und suchte etwas zum Frühstücken. Für ihn hätte es ein Proteinshake getan, aber momentan wohnten ja noch zwei Frauen bei ihm.

Diese Vorstellung zauberte ihm ein Lächeln ins Gesicht.

Noch nie vorher hatte er sich um die Bedürfnisse von anderen kümmern dürfen. Was für eine angenehme Abwechslung.

Das Wesen mit den blonden Haaren war glücklich mit einer Schüssel Hundefutter. Jordan streichelte Ziggys Kopf, als er unten im Schrank nach einer Pfanne suchte. Ein paar Minuten später kam Lucy hereingeschlurft, sie trug ihren weiten flauschigen Bademantel, und ihre Haare waren noch ganz zerzaust. Sie sah verwirrt aus. Vor dem Küchentresen blieb sie stehen, als wüsste sie nicht genau, was sie sagen oder tun sollte.

„Guten Morgen." Er zog sie in die Arme und küsste sie. „Gut geschlafen?"

Sie nickte. „Ich weiß nicht, ob ich jemals so gut geschlafen habe."

Wissend grinste er sie an. „Freut mich, dass es schön für dich war."

„Sehr schön. Und zwar mehrfach. Und du?"

Aha. Deswegen also die Verwirrung.

„Ich habe auch gut geschlafen", sagte er, um sie ein bisschen aufzumuntern.

„Aber du hast nicht … Ich meine, wir haben nicht … Also, du …"

„Letzte Nacht ging es nicht um mich." Wieder zog er sie an sich und küsste sie auf den Kopf, während die Kaffeemaschine gurgelnde Geräusche von sich gab. „Wir haben alle Zeit der Welt. Ich möchte dich zu nichts drängen, was du nicht wirklich willst."

„Jordan?" Sie zupfte an seinem T-Shirt. „Ich möchte aber. Ganz im Ernst."

„Ah. Ich liebe es, wenn du meinen Namen sagst."

Ein süßes kleines Stirnrunzeln war die Reaktion. „Du weichst mir aus."

„Überhaupt nicht. Ich wollte gerade sagen: Wenn meine Schwester nicht gleich hier stehen würde – das ist übrigens auch der Grund, warum ich zurück aufs Sofa gegangen bin –, würde ich dich sofort wieder ins Schlafzimmer tragen … für Lektion Nummer zwei. Da könntest du wieder meinen Namen schreien. Aber wir haben immer noch heute Nacht."

„Darfst du eigentlich vor einem Spiel Sex haben?"

„Absolut."

„Gut." Sie stellte sich auf die Zehenspitzen und küsste ihn, sodass er sich die Sache mit dem Abwarten noch einmal kurz überlegen musste.

„Ich gehe mal unter die Dusche", sagte sie und verließ die Küche. „Nur falls es dich interessiert."

„Du machst mich fertig, Lucy", erwiderte er, aber sein Grinsen verriet ihr, dass er die neue, verwegene Lucy mochte.

Und zwar sehr.

Obwohl Lucy ihm mehrfach versichert hatte, dass es ihr nichts ausmachen würde, noch einmal zu kochen, bestand Jordan darauf, sie und Nicole am Abend in ein Restaurant auszuführen, das sich Peach Magnolia Grill nannte. Lucy mochte das Interieur des viktorianischen Gebäudes sofort – es war im traditionellen Stil der Südstaaten gehalten. Der Duft von leckerem Essen ließ ihr das Wasser im Mund zusammenlaufen. Nicole dagegen sah etwas verunsichert aus.

„Hier gibt es alles, vom Hühnchen bis zum Alligator", erklärte Jordan ihr. „Du findest sicher etwas, das du magst."

„Alligator!"

Er grinste, als er ihr den Stuhl zurechtrückte. „Schmeckt wie Hühnchen."

Lucy hätte gern über Nicoles schockierten Gesichtsausdruck gelacht, aber alles, was auch nur im Entferntesten den Eindruck bei ihr erwecken könnte, dass man sich über sie lustig machte, unterließ man besser. Es sollte ja ein schöner Abend werden. Und obwohl sich Jordan und seine Schwester im Lauf des gestrigen Tages etwas angenähert hatten, konnte man immer noch nicht von Waffenstillstand sprechen.

„Ich habe darüber nachgedacht, mich vegan zu ernähren", verkündete Nicole. „Jetzt wäre eine gute Gelegenheit, damit anzufangen."

„Es gibt aber auch in der Pfanne gebratene Ente, falls du deine Meinung noch ändern solltest."

„Ja, super. Erinner mich doch einfach an Daffy."

Lucy lächelte. Es machte Spaß, Bruder und Schwester dabei zuzuhören, wie sie miteinander scherzten.

Die Kellnerin erschien an ihrem Tisch mit weißer Decke – eine hübsche Blondine mit schmaler Taille und langen Beinen, die in einer perfekt sitzenden schwarzen Hose steckten. Ihre Brüste waren ziemlich stattlich und füllten ihr simples weißes Oberteil gut aus. Noch bevor die Kellnerin ein Wort sagen konnte, erkannte Lucy an ihrem Lächeln, dass sie und Jordan sich sehr gut kannten.

„Hey, schöner Mann. Lange nicht gesehen. Ich dachte, du meldest dich, wenn du wieder in der Stadt bist."

„Er hatte zu tun", zischte Nicole sie an. „Unsere Eltern sind ums Leben gekommen, falls Sie es noch nicht mitbekommen haben."

Das flirtbereite Lächeln der Kellnerin erlosch schlagartig. „Das tut mir leid. Habe ich nicht gewusst."

Jordan war einerseits amüsiert über Nicoles Ansage, gleichzeitig wurde er dadurch natürlich an das schreckliche Ereignis erinnert.

„Dann wissen Sie's jetzt", stellte Nicole fest, nahm ihre Stoffserviette vom Tisch und legte sie sich in den Schoß. Dann sah sie die Blondine mit großen Augen an. „Dürften wir dann um eine andere Bedienung bitten, die nicht allzu sehr mit unseren Familienangelegenheiten vertraut ist?"

„Selbstverständlich." Die Kellnerin drehte sich auf dem Absatz um und verschwand in einem anderen Teil des Restaurants.

„Nicki, das war unhöflich." Jordans verärgerte Miene konnte seine Schwester nicht beeindrucken.

„Ich weiß nicht." Nicki zuckte die Schultern. „Ich fand die Tante ziemlich unhöflich. Wieso macht sie dich an, wo sie nicht mal weiß, in welchem Verhältnis ich und Ms. Diamond zu dir stehen?"

Jordan sah Lucy an, die ebenfalls die Schultern zuckte. „Da hat sie recht." Auch wenn sie eigentlich in gar keinem Verhältnis zu Jordan stand. Aber das konnte Blondie ja nicht wissen.

Natürlich war es für Lucy nichts Neues, dass Jordan mit Frauen wie dieser Kellnerin zusammen gewesen war. Sie hatte solche Frauen ja x-mal mit ihm auf irgendwelchen Fotos in Klatschmagazinen gesehen: lange Beine, dralle Brüste, blondiert. Doch letzte Nacht war er mit ihr zusammen gewesen – und hatte sie an Stellen geküsst, die noch nie jemand geküsst hatte. Und an Stellen geleckt, die sie nicht für möglich gehalten hätte. Er hatte es geschafft, dass sie Sternchen und Regenbögen gesehen hatte, und ihr unfassbare Orgasmen geschenkt. Von jetzt an musste ihr batteriebetriebener Freund wohl im Schrank bleiben.

Und danach hatte Jordan sie im Arm gehalten. Sie hatte sich sehr besonders gefühlt. So begehrt. Und gemocht. Jetzt wusste sie, was guter Sex war. Und heute Nacht wollte sie ihm die Befriedigung verschaffen, die er ihr verschafft hatte.

Sie hatten viel Zeit, um sich mit der Speisekarte zu beschäftigen, bevor die neue Bedienung auftauchte. Diesmal war es ein junger Mann, der Jordan im Übrigen genauso gut zu kennen schien wie seine Kollegin. Nachdem Jordan Salat mit gerösteten Pekannüssen für sie alle drei bestellt hatte, entschuldigte sich Nicole und ging zur Toilette. Als sie weg war, nahm Jordan Lucys Hand.

„Bist du nervös?“, fragte er und lächelte vielsagend.

„Weswegen?“

„Wegen der Sache, die ich heute Abend mit dir anstellen werde, wenn wir wieder zu Hause sind.“

Lucy musste an die Kellnerin denken, die so offen mit Jordan geflirtet hatte, und an all die anderen Frauen, mit denen Jordan zu tun gehabt hatte. Doch bevor sie sich zu sehr fertigmachte, schob sie den Gedanken daran beiseite. Denn zum ersten Mal in ihrem Leben genoss sie den Augenblick. Zum ersten Mal traute sie sich etwas. Zum ersten Mal verließ sie ihre Komfortzone und griff nach den Sternen, auch wenn ihr Traum am nächsten Morgen, wenn sie die Augen öffnete, vielleicht verschwunden war. Aber dann hatte sie es wenigstens riskiert.

„Vielleicht …“ Sie drückte seine Hand. „Vielleicht bin ich aber auch nervös wegen all der Dinge, die ich mit dir machen werde.“

Okay. Sie musste sich korrigieren. Sie hatte nicht nur ihre Komfortzone verlassen, sondern einen Quantensprung gemacht.

Das Dinner war ein absolutes Festessen der Südstaatenküche – wenn auch ohne Maisgrütze und gebratenes Hühnchen. Jordan hatte für sie beide einen italienischen Rosé gewählt, und Nicki hatte darüber gemeckert, dass sie einen alkoholfreien Mint Julep trinken sollte. Unterhalten hatten sie sich weitestgehend über den neuen Song, an dem Nicole gerade schrieb, und über Jordans anstehendes Match. Lucy konnte zu der Unterhaltung nicht viel beitragen, außer dass sie sich anbot, Nicoles Liedtexte als besondere Hausarbeit für ihre Endnote zu werten. Es störte sie jedoch nicht, dass sie nicht viel mehr zu sagen hatte. Denn für sie war es wie Weihnachten, zu beobachten, wie sich der Mann, den sie so sehr ins Herz geschlossen hatte, und seine kleine Schwester einander wieder näherten.

Als sie ins Apartment zurückkamen, war es schon spät. Lucy war ein bisschen beschwipst vom Rosé und betrat hinter Jordan und Nicole die Wohnung, wo sie freudig von ihrem Hund begrüßt wurden. Während Bruder und Schwester den kommenden Tag planten, ging Lucy mit Ziggy raus zu seiner Abendrunde. Diese Pause war ihr und ihrem Hund sehr genehm – wenn auch aus verschiedenen Gründen.

Jede Minute, die Lucy mit Jordan verbrachte, weckte in ihr mehr und mehr das Verlangen nach ihm. Sie wusste zwar, dass sie von etwas Unmöglichem träumte, denn ihrer beider Leben waren einfach zu unterschiedlich. Aber es war sinnlos, dem eigenen Herz begreiflich machen zu wollen, was es nicht haben konnte – genauso sinnlos wie der Versuch, einem Zweijährigen erklären zu wollen, wieso Eis nicht gesund war.

Die frische Luft half ihr, wieder einen freien Kopf zu bekommen und zu erkennen, dass alles, was Jordan ihr geben konnte und was sie auch bereitwillig annahm, nur von kurzer Dauer sein würde. Schon bald würde er zu seinem gewohnten Leben zurückkehren – und sie auch.

Als sie wieder in die Wohnung kam, waren weder Jordan noch Nicole im Wohnzimmer. Der Blick aufs Sofa genügte, um sie wieder an die letzte Nacht zu erinnern. Schon spürte sie ein angenehmes Ziehen zwischen den Schenkeln. Aber sie musste realistisch bleiben, und so sank ihr Mut sofort.

Wie konnte sie denn mit Jordans anderen Frauen mithalten? Durch seine Prominenz hatte er Zugang zu exklusiven Veranstaltungen und alle möglichen Red-carpet-Events. Er verkehrte in den vornehmsten Restaurants und ging mit Supermodels aus, während sie eher aus der Liga „Ich koch mir zu Hause was“ kam und überhaupt keine Männer traf. Sie war null weltgewandt. Auch wenn sie mit einem reichen Mann verheiratet gewesen war, hatte sie nie dazugehört, war nie Teil seiner Familie gewesen, seiner Freunde und Kollegen. Wie also sollte sie jemals in Jordans Welt gehören?

Nicht, dass er sie darum gebeten hätte.

Die Frauen, mit denen er sonst ausging, sahen auch alle toll aus und hatten ganz sicher deutlich mehr Erfahrung darin, einen Mann zu befriedigen, als sie. Letzte Nacht hatte er sie mehrfach zum Orgasmus gebracht. Aber was wusste sie darüber, wie es einem Mann am besten gefiel? Natürlich war sie eine begierige Schülerin. Aber was, wenn sie etwas falsch machte? Was, wenn er sie auslachte?

Bei dieser Vorstellung wurde sie so nervös, dass sie ins Schlafzimmer floh. Nebenan hörte sie die Dusche rauschen. Automatisch stellte sie sich Jordans perfekten muskulösen Körper vor, nackt und mit Duschgel eingeschäumt. Schnell schlüpfte sie in ihre Schlafshorts, schnappte sich ein Kissen und eine Decke und ging zurück ins Wohnzimmer.

Einige Zeit später stand er vor ihr, ein Handtuch um die Hüften gewickelt. Ein paar kleine Wassertropfen schimmerten noch auf seiner Haut, und einer löste sich aus seinem Haar und landete auf seinem Tattoo.

„Was machst du da?“, fragte er.

Sie hatte es sich unter der Decke auf dem Sofa bequem gemacht und versuchte, seinen Körper nicht mit Blicken zu verschlingen.

Aber es gelang ihr nicht.

„Ich lasse dich heute Nacht nicht auf dem Sofa schlafen.“ Sie boxte ins Kissen. „Du brauchst deinen Schlaf.“

Amüsiert neigte er den Kopf zur Seite. „Du willst, dass ich schlafe?“

Er stand da und sah aus wie ein von der Sonne geküsster Gott mit seinem nackten Oberkörper und dem perfekten Sixpack. Lucy schluckte und nickte, denn mehr brachte sie nicht zustande.

„Vermutlich hast du recht. Tatsächlich würde mir ein bisschen mehr Schlaf mal wieder guttun", sagte er, während er auf sie zukam. Sein frischer Geruch wirkte auf sie wie ein Aphrodisiakum.

Obwohl sie das eigentlich gar nicht brauchte, wenn es um ihn ging.

„Das denke ich auch", erwiderte sie nüchtern, obwohl ihr Herz klopfte wie verrückt und ihr das Blut in den Ohren rauschte. „Und deswegen werde ich heute Nacht hier schlafen. Du kannst das Bett haben."

„Ich schlafe meistens besser, wenn ich mich vorher noch ein wenig verausgabt habe."

„Das heißt, du gehst nach dem Duschen noch mal ins Fitnessstudio?"

Er kam noch näher und schenkte ihr ein Grinsen, das sagte: netter Versuch.

Das Handtuch sah aus, als würde es jeden Moment von seinen Hüften rutschen. Jordan blieb genau vor ihr stehen. Sie war jetzt auf Augenhöhe mit seinem ... *Oh Mann.*

„Ich hatte da eine etwas andere Art des Trainings im Sinn", sagte er lachend.

Lucy quietschte, als er sie hochhob, sie sich über die Schulter legte und ins Schlafzimmer trug.

An der Tür rutschte ihm das Handtuch hinunter, und sie hatte freien Blick auf seinen wunderbaren Gluteus maximus – ein besonders perfektes Exemplar.

Obwohl sie diesen Anblick durchaus schätzte und ihre körpereigenen Östrogene gerade eine Vollausschüttung erlebten, zögerte sie. „Aber ... Nicole schläft noch nicht."

„Ihr Zimmer ist auf der anderen Seite der Wohnung." Er legte sie sanft aufs Bett und beugte sich über sie. Natürlich war ihm bewusst, dass er nackt war, und dabei strahlte er ein ungeheures Selbstbewusstsein aus. „Außerdem hat sie vorhin die Melodie zu ihrem neuen Song aufgenommen. Jetzt ist sie unter ihrem Kopfhörer verschwunden und hört sich den Track an, während sie weiter an den Lyrics arbeitet. Du kannst also so laut schreien und stöhnen, wie du willst. Sie wird keinen Ton von dir hören."

„Ich werde ganz sicher nicht schreien." Jedenfalls nicht vor Angst. Denn sie wusste, bei Jordan hatte sie nichts zu befürchten – außer dass sie ihm voll und ganz verfiel.

Er grinste. „Das werden wir sehen."

Jordan war so scharf auf Lucy wie selten zuvor auf eine Frau.

Aber vielleicht ging es ihm nur um die Jagd. Vielleicht war es verwegen von ihm, zu glauben, dass sie dasselbe wollte wie er. Aber es hatte seine Urinstinkte angestachelt, als sie ihm sagte, sie würde nicht schreien. Das war eine echte Herausforderung für ihn. Aber zum Glück hatte er sich immer noch unter Kontrolle. Er wollte, dass sie im Mittelpunkt stand, nicht er. Selbst wenn die heutige Nacht eine Wiederholung der gestrigen werden sollte und er wieder selbst Hand anlegen müsste. Aber als sie ihn weiter mit gierigen Blicken verschlang und, ohne zu protestieren, liegen blieb, ging er davon aus, dass er weitermachen durfte.

„Willst du immer noch wegrennen, Lucy?"

Sie schüttelte den Kopf. „Aber heute Nacht möchte ich dich anfassen." Sie leckte sich die Lippen, und eine Woge der Lust ließ ihn fast in die Knie gehen. „Heute Nacht bist du dran."

Resignierend hob er die Hände. „Alles, was du willst."

„Alles?" Zweifelnd sah sie ihn durch ihre Brille hindurch an. „Auch wenn ich nicht wirklich weiß, was ich tue?"

„Baby, solange du dich gut dabei fühlst, ist alles okay."

„Ich darf also erforschen, so viel ich will?" Sie kniete sich vor ihn und streichelte seine Brust. „Ich darf der Boss sein?"

Oh Scheiße.

Ihm blieb die Luft weg, und er verkrampfte sich kurz.

„Du kannst sein und tun, was du willst.“ Er fuhr sich durchs Haar und küsste sie. Ihre Zungen und Zähne spielten miteinander. Ihre leisen Seufzer brachten ihn beinahe um den Verstand. „Solange du es mit mir tust.“

Sie betrachtete seine Brust. „Ist es okay, wenn ich das mache?“ Zärtlich streichelte sie seine Brustmuskeln, kreiste um seine Brustwarzen und zupfte zärtlich daran. Er reagierte sofort und musste sich sehr zurückhalten, um nicht gleich ihre Hand auf seine Erektion zu legen.

„Du bist der Boss“, stieß er zwischen zusammengebissenen Zähnen hervor. Diese sinnlichen Berührungen würden ihn noch umbringen. Aber dann würde er wenigstens mit einem Lächeln auf den Lippen sterben.

„Oh, gut.“ Ihre Finger hatten seine Bauchmuskeln und seine Hüften erreicht. „Ich glaube, es gefällt mir, der aktive Part zu sein.“

Zu gern hätte er seine Zustimmung zum Ausdruck gebracht, aber in diesem Moment beugte sie sich über ihn und leckte seinen Bauch, vom Bauchnabel ausgehend nach unten. Zögernd fanden ihre Finger sein bestes Stück. Er rührte sich augenblicklich, und sie gab einen erschrockenen Laut von sich.

„War ich das?“

„Mmmhmm.“ Super, er konnte nicht mal mehr in ganzen Sätzen sprechen. Gleich würde er dahinschmelzen. Dann wäre von ihm nur noch eine Pfütze übrig.

Sie berührte ihn noch einmal, und diesmal umschloss sie ihn mit den Fingern, während sie ihm gleichzeitig die Eier massierte. Seine Lust auf sie war wild, ursprünglich, primitiv. Aber als er ihren neugierigen Blick sah, hielt er sich zurück und ließ sie tun, was sie tun wollte – egal, wie lange es dauerte.

Falls er das aushielt.

Jetzt nahm sie die Brille ab und legte sie aufs Nachttischchen, und er kam ein wenig zu Atem. „Ich hab so was noch nie gemacht … jedenfalls nicht freiwillig.“

„Ich werde dich nicht zwingen, etwas zu tun, das du nicht möchtest." Er nahm ihr Gesicht in beide Hände und sah sie an, nahm jede ihrer kleinsten Regungen wahr. „Das weißt du, nicht wahr?"

Sie nickte. „Ich wollte so was auch bisher nie tun ... bis jetzt. Mit dir."

Oh Gott!

Er wollte sie in die Arme nehmen und einfach nur festhalten, sie beschützen. Doch dann widmete sie sich wieder seinem Schwanz und begann daran zu lecken und zu saugen. Er stöhnte, was ihr ein freudiges Lächeln entlockte.

Eine Zeit lang experimentierte sie herum, bis er fast wahnsinnig war vor Lust. Dann endlich nahm sie ihn ganz in den Mund und bearbeitete ihn mit ihrer Zunge. Fast wäre er explodiert. Doch es gelang ihm, sich einigermaßen zu beherrschen und sie nicht an den Haaren zu packen oder sie dahin gehend zu dirigieren, ihren Rhythmus zu beschleunigen. Nein, er überließ ihr die Kontrolle.

Zum ersten Mal in seinem Leben musste er absichtlich an etwas Abtörnendes denken, damit sie ausgiebig mit ihm experimentieren konnte. Das erwies sich als ungeheuer schwierig, denn er wollte sie eigentlich nur auf den Rücken werfen und in sie eindringen.

Vor seinem geistigen Auge ging er nun also sämtliche Strafminuten durch, die er im Lauf seiner Karriere angesammelt hatte, während sie ihn weiter küsste und nun wieder bei seiner Brust ankam.

Mit Lucy fühlte sich alles neu an. Als wäre alles, was sie gemeinsam taten, auch ein erstes Mal für ihn. Zum Glück kapierte er, dass seine Gefühle für sie viel mehr mit seinem Herzen zu tun hatten als nur mit seinem Schwanz.

Auch wenn dieser kurz davor war zu explodieren.

„Willst du mich anfassen?" Ihre feuchten Lippen glänzten, und ihre Augen funkelten verführerisch.

„Alles, was du willst, Baby. Du kannst alles haben."

„Ich will dich."

Da nahm er ihr Gesicht in beide Hände und küsste sie. Erst streichelte er ihre Brüste, dann fanden seine Finger wie von selbst den Weg zwischen ihre Beine. Er berührte sie genau dort, wo sie es gern hatte, und sie warf den Kopf zurück und stöhnte laut vor Lust. Sie reckte ihm den Hals entgegen, damit er ihn mit Küssen bedeckte. Je länger er sie berührte, desto stärker drängte sie sich ihm entgegen.

Als er spürte, dass sie kurz davor war zu kommen, flüsterte er ihr ins Ohr: „Und jetzt lecke ich dich."

„Nein!" Sie hielt ihn an der Schulter fest, als er sich zu ihr hinunterbeugte.

Irritiert hielt er inne. „Wirklich nicht?"

Sie nickte. „Ich will nicht länger warten. Ich will dich in mir spüren. Jetzt!"

Begeistert öffnete er die Nachttischschublade und nahm ein Kondom heraus.

„Darf ich es dir überstreifen?" Sie streckte die Hand aus. „Aber zeig mir, wie."

Seine Hände zitterten vor Aufregung, als er die Packung aufriss und ihr zeigte, wie sie ihm das Gummi am besten überstreifte. Dass sie ihn dabei so genau ansah, machte ihn doppelt scharf. Natürlich hätte er am liebsten sofort losgelegt, aber es war besser, jeden einzelnen Stoß so lange wie möglich zu genießen. Jede Sekunde. Jeden Seufzer. Jedes Stöhnen.

Sie legte sich auf den Rücken und breitete die Arme aus. Zum ersten Mal in seinem Leben empfand er diese Geste als mehr als nur die Einladung zu heißem Sex. Das war die Einladung in ihr Herz.

Er beugte sich über sie und küsste sie innig, dann sah er ihr in die Augen, während er mit den Fingern in sie eindrang. Stöhnend reckte sie sich ihm entgegen.

„Nimm mich, Jordan!"

Die Tatsache, dass sie ihn trotz ihrer schlimmen Erfahrungen wollte und begehrte, ließ sein Herz schneller schlagen. Einen Moment hielt er inne und genoss dieses Gefühl, bevor er langsam in sie eindrang.

Ab diesem Moment konnte er nicht mehr denken. Mit Lucy zusammen zu sein war alles, was er wollte. Etwas anderes gab es nicht mehr für ihn.

Auch Lucy hörte auf zu denken, als Jordan endlich zu ihr kam. Sie hatte Angst gehabt, dass sie den Akt vielleicht nicht zulassen könnte, weil ihre Vergangenheit zu viele emotionale Narben bei ihr hinterlassen hatte. Doch sein Geruch umfing sie, und sie schloss die Augen und gab sich ganz dem Gefühl hin, ihn in sich zu spüren. Alle Fantasien, die sie von Jordan gehabt hatte, reichten nicht im Entferntesten an die Realität heran.

Sie berührte seine Schultern, seinen Rücken und seinen knackigen Hintern, spürte, wie sich seine Muskeln anspannten und entspannten, als er tief in sie hineinstieß. Das hatte sie so noch nie erlebt, und ihre Gefühle überwältigten sie. Am liebsten hätte sie geweint.

Als könnte er Gedanken lesen, presste er seinen Mund auf ihren und erlöste sie durch einen Kuss.

„Du fühlst dich so verdammt gut an“, flüsterte er ihr ins Ohr, schob ihr Bein über seine Hüfte und drang tiefer in sie ein. „Von dir werde ich nie genug bekommen.“

Der Positionswechsel sorgte auch für eine intensivere Empfindung bei ihr. Es war unglaublich! Ihre Freundin Claudia hatte sich schon mehrfach darüber beklagt, dass sie beim eigentlichen Geschlechtsverkehr nie zum Orgasmus kam. Doch Jordan wusste, wie es ging.

Lucy stöhnte, und er flüsterte ihr schmutzige Dinge ins Ohr. Dabei wurde sein Tempo immer schneller. Aus dem langsamen, sinnlichen Sex wurde alles verzehrende Leidenschaft. Und dann kochte die Lust über. Lucy erschauerte, krallte sich an Jordan fest und schrie seinen Namen. Sein Körper verspannte sich, und er stieß ein letztes Mal tief in sie hinein. Laut stöhnend kam auch er.

Danach küsste er sie zärtlich. Mit klopfenden Herzen blieben sie aneinandergeschmiegt liegen.

Sie fühlte sich geliebt.

Er schlang seine Arme um sie, küsste ihren Nacken und lachte leise. „Hab ich nicht gesagt, ich würde dich zum Schreien bringen?“

Sie lächelte, denn sie hatte nicht gewusst, dass Sex so viel Spaß machen und so erfüllend sein konnte.

„Okay, aber beim nächsten Mal werde ich dich zum Schreien bringen“, versprach sie ihm. „Falls es ein nächstes Mal gibt.“

Er rollte sie auf den Rücken, beugte sich über sie und küsste sie auf Stirn und Nasenspitze. „So schnell wirst du mich nicht mehr los.“

Dann stand er auf und verschwand im Bad, um das Kondom zu entsorgen. Fast sofort war er wieder da, legte sich zu ihr und nahm sie in die Arme. Sie musste lachen, als sie sein glückliches, befriedigtes, sexy Grinsen sah.

„Und nur dass du's weißt …“ Er küsste sie und nagte zärtlich an ihrer Unterlippe. „Das nächste Mal beginnt genau jetzt.“

14. Kapitel

Das zweite Spiel der Serie zwischen den Carolina Vipers und den Philadelphia Flyers entwickelte sich zu einer regelrechten Schlägerei. Nicole war aufgesprungen und feuerte die Vipers begeistert an, aber Lucy musste den Blick vom Spielfeld abwenden. Zumal Jordan in eine blutige Prügelei verwickelt wurde.

Sein Blut floss.

Mit dieser Glorifizierung von Gewalt konnte sie sich einfach nicht anfreunden – nicht nach dem, was sie selbst an Gewalttätigkeiten erlebt hatte. Natürlich musste man um sein Recht kämpfen, aber sie bevorzugte dafür Worte und nicht die Fäuste. Natürlich konnte man in einem Eishockeyspiel nicht alles ausdiskutieren. Da tickte die Uhr, und es ging um den Sieg und viel Geld.

Jordan schien es nichts auszumachen, immer wieder auf der Strafbank zu landen – er war dort ziemlich häufig anzutreffen. Sie beobachtete ihn, während er in dem Glaskasten saß. Sein konzentrierter Blick offenbarte ihr eine ganz andere Seite des Mannes, der ihr beim Liebesspiel so leidenschaftliche Worte ins Ohr flüsterte.

Immer wenn er an den Puck kam, begann die Menge ihn anzufeuern und seinen Namen zu rufen. Die Zuschauer jubelten, wenn er seine Handschuhe auszog und auf einen Gegner losging. Sie jubelten, wenn er einen Gegenspieler gegen die Bande drückte. Natürlich hatte Lucy gewusst, dass er bei den Fans einer der beliebtesten Spieler seines Teams war, aber nun bekam sie den Hype um seine Person zum ersten Mal live mit. Dennoch konnte sie sich nicht vorstellen, was es für ihn bedeutete, so viele Fans zu haben. Und die Frauen lagen ihm sicher reihenweise zu Füßen.

Aber das störte ihn wahrscheinlich am wenigsten.

Vor dem Spiel hatte die PR-Abteilung des Vereins ein Meet and Greet für einige Fans organisiert. Lucy hatte dabei zum ersten Mal neben Jordan in seiner vollen Spielermontur gestanden. Der große, muskulöse Mann wirkte in Schlittschuhen und Schulterpads noch imposanter. Ein echter Krieger auf dem Eis.

Zu dem Fantreffen waren kleine Jungs in Carolina-Vipers-Trikots gekommen, die Jordan sichtlich vergötterten. Sie wollten sein wie er, er war ihr großes Vorbild. Es waren auch schöne Frauen da gewesen, die ihn ganz sicher ins Bett kriegen wollten. Wie Katzen waren sie um ihn herumgeschlichen und hatten sich mit ihm fotografieren lassen. Sie hatten ihre Brüste an ihn gedrückt und ihm verheißungsvolle Blicke zugeworfen.

Nicole strahlte vor Stolz und gab sich voll und ganz den Aktivitäten vor dem Spiel hin, während Lucy einfach inmitten der Menge stand und alles in sich aufsaugte. Unsichtbar zu sein hatte seine Vorteile. Aber wenn es damit einmal vorbei war, war alles zu spät.

Eine von den vollbusigen Blondinen, die sich an Jordan herangeschmissen und alles dafür getan hatte, um ihn auf sich aufmerksam zu machen, war hinterher zu Lucy gekommen und hatte ihr einen Zeitungsartikel hingehalten.

„Sind Sie das?“, hatte sie gefragt.

Lucy las die Schlagzeile eines Sportmagazins nebst Bild.

Steht Kincade auf diese Lehrerin?

Das Bild zeigte sie beide, als sie den Peach Magnolia Grill verließen. Jordan hatte ihr eine Hand auf den Rücken gelegt und lächelte sie an.

Lucy hatte das Gefühl, ihr Herz müsste stehen bleiben. Ihr blieb keine Zeit, den kurzen Artikel zu lesen, denn die fiese Blondine zog den Artikel schon wieder weg.

„Sie sind überhaupt nicht sein Typ, wissen Sie“, erklärte sie Lucy. „Jemand wie Sie kann ihm garantiert nicht das geben, was er braucht.“

Damit konnte sie Lucy nicht schockieren. Das wusste sie selbst.

„Ich war mit ihm zusammen“, fuhr die Blondine fort. „Ganz oft. Ich bin mir sicher, dass er Sie nur aus Mitleid bumst. Also warum tun Sie uns beiden nicht einen Gefallen und verschwinden einfach? Jordan und ich gehören zusammen. Und jetzt, wo er wieder da ist, können wir da weitermachen, wo wir aufgehört haben. Die nächste Schlagzeile, die man über ihn lesen wird, wird die von unserer Verlobung sein.“

Noch ganz aufgebracht wegen der Unverschämtheiten dieser Person, musste Lucy mit ansehen, wie die Frau auf Jordan zuging, ein kleines Mädchen in einem Eishockeytrikot zur Seite schubste und ihm einfach einen Kuss auf den Mund gab. Danach warf sie Lucy einen triumphierenden Blick zu. Als wäre er ihr Eigentum.

Und wieder war sie da, die alte Unsicherheit.

Selbst wenn sie sich in Jordan verliebt hatte, musste sie sich eins eingestehen: Die Blondine hatte recht. Sie passten nicht zusammen. Ganz egal, wie sehr sie es sich auch wünschte.

Sie war Lehrerin und lebte ein ruhiges, langweiliges Leben verglichen mit seiner schnelllebigen, aufregenden Existenz. Er war die meiste Zeit des Jahres unterwegs, während sie sich zu Hause wohl- und geborgen fühlte. Sie hasste Gewalt, er dagegen übte einen Sport aus, bei dem Gewalttätigkeit als legitimes Mittel angesehen wurde. Und dieses Spiel machte ihm Spaß. Dabei war er ihr gegenüber so wunderbar, sinnlich und geduldig. Aber eines Tages würde er sich mit ihr langweilen – auch wenn er es sie nie spüren lassen würde. Sie stand für die Kleinstadt, er für die Weltbühne.

Gleich nach dem Spiel würden sie in den Flieger zurück nach Sunshine steigen. Zwischen ihm und seiner Schwester und dem Rest der Familie gab es Gesprächsbedarf. Deswegen wird heute unser letzter gemeinsamer Abend sein, beschloss Lucy. Sosehr sie sich wünschte, dass es anders wäre – sie war klug genug, um zu wissen, dass sie ihn gehen lassen musste.

Auch wenn es ihr das Herz brach.

Nach dem Spiel wurde in der Umkleide viel geredet, man gratulierte sich gegenseitig, und über allem dröhnte Iron Maidens „The Trooper" durch die Lautsprecher. Zwei weitere Siege hatten den Carolina Vipers den Einzug in die Play-offs gesichert. Ihr kleiner Zusammenstoß hatte Jordan und The Rock nicht davon abgehalten, auf dem Eis das Beste zu geben und gemeinsam den Sieg für ihr Team herauszuholen.

Im Durcheinander aus Spielern, die sich die Schlittschuhe auszogen, und Reportern, die sie interviewten, stand Jordan und sah sich suchend um. Er strahlte vor Stolz. Sie hatten heute Abend erfolgreich gekämpft, und nächste Woche würden sie genauso weitermachen. Er freute sich über ihren Triumph. Und darüber, wieder hier zu sein – wo er sich am wohlsten fühlte. Auch wenn er zu Hause noch eine Menge Dinge zu klären hatte und seiner Familie gegenüber sein Versprechen einhalten wollte. Andererseits hatte er auch Verpflichtungen seinem Team gegenüber.

Per Charterflieger würden er, Lucy, Nicole und Ziggy wieder zurück nach Sunshine fliegen. Am Wochenende würde er sich auf den neuesten Stand bringen, was das Weingut anging, und am Montag dann den frühen Flieger nach Dallas nehmen, wo die nächste Spielserie anstand. Wenn sie diese auch gewannen, stand ihrer Teilnahme am Stanley Cup nichts mehr im Wege.

Der Zeitplan für die Play-offs war grausam. Fast jeden Tag stand ein Spiel an, das darüber entscheiden konnte, ob sie weiterkamen oder ausschieden. Es blieb also wenig Zeit zum Ausruhen und Entspannen oder für private Angelegenheiten. Für ihn würde es sehr schwierig werden, zwischen den Spielen nach Sunshine zurückzufliegen.

Doch er hoffte, dass Nicole Verständnis dafür aufbringen konnte, wie sein Leben aussah und welche Verpflichtungen er als Profispieler hatte. Sie wusste auch, dass er nicht vorhatte, Sunshine für immer den Rücken zu kehren – auch wenn es während der Play-offs ein bisschen danach aussah. Leider konnte er sie nicht die ganze Zeit mitnehmen, aber er wollte auch nicht, dass die zarten Bande, die zwischen ihnen entstanden waren, wieder zerrissen. Deswegen musste er nach einer Möglichkeit suchen, wie er trotzdem für seine Schwester da sein konnte. Skype erschien ihm als die passende Lösung, falls Nicole nichts dagegen einzuwenden hatte.

Und dann war da noch Lucy.

In den vergangenen Nächten hatte er nicht nur Sex mit ihr gehabt, sondern war auch jedes Mal mit ihr in seinen Armen eingeschlafen. Auch wenn sie schnarchte wie eine Kreissäge, wollte er einfach bei ihr sein. Er wollte morgens aufwachen und zusehen, wie sie sich wie eine Katze streckte und sich die Augen rieb und ihn dann mit einem Lächeln ansah, als hätte er ihr ein besonders schönes Geschenk gemacht. Er wollte neben ihr in der Küche stehen, während sie Kaffee und Rührei machte. Er wollte hören, wie sie schief unter der Dusche sang. Er wollte zusehen, wie sie mit seiner Schwester zusammensaß und über Hausarbeiten sprach und dabei mehr als nur ein harmonisches Lehrer-Schüler-Verhältnis zu seiner kleinen Schwester aufbaute.

Irgendwie war es ihnen gelungen, ihre Beziehung vor Nicki geheim zu halten, was sich angesichts der Umstände als nicht einfach herausgestellt hatte. Vor allem weil seiner Schwester nicht entgangen war, welche Blicke er Lucy zuwarf, und, wer weiß, vielleicht hatte sie auch Lucys Lustschreie gehört. Er hatte keine Ahnung, wie er das alles unter einen Hut bekommen sollte, wenn er demnächst wieder unterwegs war. Er wusste nur, dass es wichtig war, eine gewisse Ausgewogenheit zu finden.

„Du fliegst zurück nach Washington?“ Tyler Seabrook trocknete sich die nassen Haare ab und legte sich dann das Handtuch um den Hals.

„Ja. In Dallas stoße ich dann wieder zum Team.“

„Ganz schön mutig von dir, deine kleine Schwester allein auf die große weite Welt loszulassen.“ Er lächelte, als er das sagte, und Jordan wusste, worauf er sich bezog: auf Nickis Beschimpfung von The Rock.

Er lachte. „Ja, für ein so kleines Mädchen ist sie ganz schön wild.“

„Colton ist bestimmt traurig, dass sie wieder fährt. Er hat sie jedes Mal angesehen, wenn er vor der Tribüne an ihr vorbeigefahren ist.“

Der Rookie in ihrem Team war 21, nur ein paar Jahre älter als Nicole. Jordan passte es gar nicht, dass seine Eishockeykumpels sich für seine kleine Schwester interessierten. Überhaupt kein Mann hatte sich für sie zu interessieren, zum Teufel! „Da muss ich wohl mal ein Wörtchen mit ihm reden“, sagte er und wusste schon, dass er den spitzen jungen Kerl auf keinen Fall auch nur in die Nähe seiner Schwester lassen würde.

„Und wie läuft's mit deiner Lehrerin?“, erkundigte sich Seabrook.

Jordan lächelte. „Das wird die Zeit zeigen.“

Jordan wartete, bis Nicole mit ihrem Gitarrenkasten in der Hand ins Flugzeug eingestiegen war. Hinter ihr schickte sich Lucy an, die Treppe hochzugehen, blieb dann aber stehen und drehte sich um, eine Hand auf seinen Arm gelegt. Er dachte, sie wollte ihm einen Kuss geben, bevor sie an Bord gingen, und hätte nur darauf gewartet, dass sie außerhalb von Nicoles Sichtweite waren. Doch als er sich zu ihr beugte, wich sie zurück.

„Stimmt was nicht?“

Die Tatsache, dass sie ihn nicht ansah, sprach Bände.

„Ich freue mich so sehr, dass du und Nicole euch einander angenähert habt“, sagte sie und streichelte dabei seinen Jackenärmel.

„Ohne dich hätte ich das nie hingekriegt.“

„Das stimmt nicht.“ Sie betrachtete ihre Füße. „Du kommst bestens ohne mich klar. Du liebst sie. Es war nur eine Frage der Zeit, bis sie das einsehen würde.“

„Lucy?“ Er hob ihr Kinn, sodass sie ihn ansehen musste. „Was ist los?“

„Diese Woche hat echt Spaß gemacht. Vielen Dank noch mal, dass du mich mitgenommen hast.“

„Aber?“

„Aber jetzt, wo es mit Nicole läuft, ist es an der Zeit, dass wir getrennte Wege gehen.“

„Getrennte Wege?“ Er erstarrte.

Sie nickte. „Versteh mich bitte nicht falsch. Ich fand das alles toll. Und ich hätte nie gedacht, dass zwischen uns jemals etwas passieren würde, und deswegen …“

„Aber es ist passiert“, unterbrach er sie. „Und es ist toll!“

„Vielleicht oberflächlich betrachtet.“ Mit dem Zeigefinger schob sie sich die Brille hoch, und ihre verschlossene Miene ließ ihn frösteln.

„Oberflächlich betrachtet? Was auch immer du damit andeuten willst, Lucy. Du kannst nicht abstreiten, dass wir zwei gut zusammenpassen.“

„Ich gebe ja zu, dass es nett war, aber …“

„*Nett?* So nennst du das?“

„Sei doch vernünftig, Jordan. Du und ich wissen beide, dass das nur eine Momentaufnahme ist."

„So fühlt es sich aber nicht an."

„Das meine ich ja mit vernünftig sein", erwiderte sie, als würde die Wiederholung des Wortes es ihm begreiflich machen. „Glaubst du wirklich im Ernst, du wärst für eine Fernbeziehung geschaffen?"

Sie neigte den Kopf zur Seite und gab ihm kurz Zeit, darüber nachzudenken. Noch vor ein paar Wochen wäre seine Antwort ein klares Nein gewesen. Aber jetzt …

„Du hast viel um die Ohren, Jordan. Und ich auch", fuhr sie fort. „Da sind deine Familie, deine Schwester, der Ärger mit dem Weingut, deine Karriere – du hast einfach schon zu viele Baustellen."

„Und du meinst, da bleibst du auf der Strecke?"

Abwehrend hob sie die Hände. „Warum solltest du dir noch mehr aufhalsen?"

„Newsflash. Du bist keine Sache! Du bist eine Frau, an der ich sehr interessiert bin."

„Im Moment. Aber wir beide wissen: Die Liebe wächst eben nicht mit der Entfernung. Das macht alles nur komplizierter. Wäre es deswegen nicht einfacher, sich voneinander zu verabschieden, bevor wir zu weit gehen?"

„Wieso sollen wir uns voneinander verabschieden?"

„Ist das nicht klar?"

„Nein, mir jedenfalls nicht." Er stemmte die Hände in die Hüften. Langsam machte sie ihn wirklich ärgerlich.

„Wir sind einfach zu verschieden", erklärte sie. „Unsere Art zu leben ist diametral entgegengesetzt. Und … abgesehen davon fände ich es eine gute Idee, wenn niemand von uns beiden erfährt."

„Wieso?" Jetzt durfte es noch nicht einmal jemand wissen? Was sollte das denn? „Bin ich dir peinlich?"

„Ich denke da nur an Nicole. Immerhin bin ich ihre

Lehrerin. Es wäre blöd für sie, wenn an der Schule jemand davon Wind bekäme. Deine Schwester muss gerade schon genug durchmachen."

„Das ist der einzige Grund?"

„Nein." Ihr Kinn zuckte. „In Sunshine weiß niemand außer dir etwas über mein Leben. Und ich hätte gerne, dass es so bleibt."

„Aber wir beide waren schon in der Zeitung!"

Sie presste die Lippen zusammen. „Ich bezweifle, dass irgendjemand in Sunshine diesen Artikel gelesen hat."

„Hallo? Jede Zeitung hat heutzutage eine Internetseite, tut mir leid, dir das mitteilen zu müssen. Trotzdem verstehe ich nicht, wie allein dieser Umstand dich an uns zweifeln lässt."

Sie hob seufzend die Schultern. „Du verstehst es einfach nicht."

„Dann erklär es mir!" Hilflos zuckte er die Schultern. „Denn ich hab wirklich keine Ahnung!"

Sie wandte den Blick ab. Als sie ihn wieder anblickte, sah er, dass die Schatten der Vergangenheit sie wieder eingeholt hatten.

„Während meiner Scheidung wurde mein Name in den Schmutz gezerrt. Seine Familie besorgte ihm den besten und fiesesten Anwalt der Stadt, zufälligerweise ein enger Freund der Familie. Der Mann ließ mich in der Öffentlichkeit vollkommen lächerlich aussehen. Er weckte den Anschein, als hätte ich es gemocht, mich schlagen zu lassen. Warum sonst wäre ich wohl so lange bei meinem Ex geblieben? Es war wie mit diesen Vergewaltigungsopfern, denen man vorwirft, selbst schuld gewesen zu sein, weil sie einen kurzen Rock anhatten. Dummerweise war auch der Richter ein Freund der Familie. Ich konnte also nur verlieren."

Jordan hatte noch nie begriffen, wie so etwas möglich war – wie man ein Opfer zum Täter machte und wieso Richter nicht aus Befangenheitsgründen abgelehnt wurden, wenn sie die

Betroffenen eines Falls persönlich kannten. Nun verstand er Lucy ein bisschen besser – und auch die Ungerechtigkeit, die ihr widerfahren war. Er glaubte auch zu verstehen, dass es Lucy in Wirklichkeit nicht darum ging, was er alles auf der Agenda hatte, sondern darum, dass sich ein Großteil seines Lebens im Licht der Öffentlichkeit abspielte.

„Ich wurde von fremden Menschen als Lügnerin beschimpft. Mir wurde vorgeworfen, ich würde alles nur erfinden, um möglichst viel Geld aus der Scheidung herauszuholen. Aber ich wollte gar kein Geld. Ich wollte nur mein Leben und meine Würde zurück. Ich wollte meinen Namen nicht mehr in der Zeitung lesen. Weißt du, es hat sehr lange gedauert, bis ich neues Selbstvertrauen entwickelt habe und anderen Menschen wieder in die Augen sehen konnte. Ich bin aus dieser Ehe geflohen mit nichts als einem Koffer voller Klamotten und einer heftigen Rechnung von meinem Anwalt. Aber eins kann ich dir sagen: Kein Geld der Welt hätte mich für das entschädigen können, was ich durchgemacht habe."

„Meine Güte, Lucy! Wer war dieser Typ, mit dem du verheiratet warst? Hast du ihn denn nicht angezeigt?"

„Wer hätte mir denn geglaubt?"

„Wie? Dir hat niemand geglaubt? Nicht mal deine Mutter?"

„Zu meiner Mutter habe ich seit Jahren keinen Kontakt mehr. Ihr Leben dreht sich um Zigaretten und Alkohol. Sie hat mir nicht mal beigestanden, als ich ein Kind war. Wieso also später?"

„Das tut mir so leid, Lucy."

„Und deswegen meine ich, dass du dir nicht auch noch mich ans Bein binden solltest bei all den Verpflichtungen, die du hast." Sie schloss die Augen. „Widme deine Zeit deiner Karriere und deiner Familie. Da wirst du gebraucht."

„Und was ist mit dir?"

„Ich spiele keine Rolle."

„Und was ist mit mir? Mit *meinen* Bedürfnissen?" Er umklammerte ihre Arme. „Ich brauche *dich*, Lucy!"

„Jordan." Sie sah ihn wieder an und hatte nun Tränen in den Augen. „Bitte. Es muss sein."

Jordan ließ die Hände sinken. Er war am Boden zerstört. Wieso hatte sie kein Vertrauen zu ihm – in sie beide? Wieso glaubte sie nicht, dass sie das schaffen würden?

Als sie sich zu ihm beugte und ihm einen Kuss auf die Wange gab, zerbrach etwas in ihm.

Am Samstagmorgen erwachte Jordan in der Hütte seines Großvaters und hatte schlechte Laune. Am Abend zuvor hatten er und Nicole Lucy zu Hause abgesetzt. Nachdem er sie hineinbegleitet hatte, um zu sehen, ob in ihrer Abwesenheit kein Eindringling da gewesen war, wollte er sie zum Abschied in den Arm nehmen und küssen, doch sie war auf Distanz geblieben und hatte es verhindert.

Während des Flugs nach Hause hatte sie mit Nicole im hinteren Teil der Maschine gesessen und sich den neuen Song angehört, den seine Schwester komponiert hatte. Kaum war der letzte Ton verklungen, steckten die beiden die Köpfe zusammen und plauderten über dies und jenes, ohne ihn in ihr Gespräch einzubeziehen. Offensichtlich war er wieder der Böse. Was ihm später prompt bewiesen wurde, nämlich als er Nicki am Haupthaus absetzte und ihre Tasche hineintrug. Sie bedachte ihn nur mit einem schnippischen „Danke", und das war's. Er hatte keine Ahnung, wieso er immer wieder in die Rolle des Buhmanns geriet, aber wer weiß? Vielleicht war es ja schlechtes Karma von den vielen Strafminuten, die er auf der Bank verbracht hatte.

Nach zwei starken Tassen Kaffee ging Jordan hinüber zum Haupthaus, um sich mit seinen Brüdern zusammenzusetzen und sich auf den neuesten Stand bringen zu lassen. Außerdem wollte er wissen, wer bei Nicole wohnen würde, bis sie aufs College ging.

Was sie hoffentlich tat.

Auf dem Weg zum Haus kam er an ein paar Reben vorbei. Die ersten Knospen waren zu sehen, die Erde noch feucht vom Regen am Morgen. Er lief am Veranstaltungssaal vorbei und ging hinein. Von seinem Fake-Abschlussball für Lucy war nichts mehr zu sehen, längst waren alle Spuren beseitigt und die geliehene Ausstattung zurück in der Highschool. Doch obwohl der Raum nun wieder völlig anders wirkte, sah er Lucy in ihrem glamourösen Ballkleid vor sich und wie sie ihn angelächelt hatte, als er mit ihr tanzte.

Gerade war Personal damit beschäftigt, die Tische mit blauen und lilafarbenen Blumen und Pfauenfedern zu schmücken. Offensichtlich fand am Nachmittag eine Hochzeit statt. Draußen wurde ein großes weißes Zelt aufgebaut, um Gäste und Hochzeitspaar vor dem leichten Regen zu schützen, der für den Nachmittag vorhergesagt war.

Normalerweise interessierten Jordan solche Dinge nicht. Doch irgendwie störte es ihn, dass diese Veranstaltung ausgerechnet auf ihrem Familienanwesen stattfinden musste. Der Einzige von ihnen, der geheiratet hatte, war Ryan. Keiner fand damals, dass Laura die Richtige für ihn war – und sie sollten recht behalten. Aber natürlich hatten sie Ryan vor der Hochzeit beigestanden – und erst recht, als seine Frau sich aus dem Staub gemacht hatte.

Jordan hatte sich nie groß übers Heiraten Gedanken gemacht. Höchstens dahin gehend, dass es eines Tages vermutlich passieren würde. Doch bisher hatte er keine Frau kennengelernt, die diesen Wunsch in ihm hervorgerufen hätte.

Bis Lucy auf der Bildfläche erschienen war.

Es war nicht einmal 24 Stunden her, dass er sie verabschiedet hatte, und schon vermisste er sie so sehr, dass es wehtat.

Er musste sich losreißen. Und etwas finden, das ihn davon

abhielt, sofort zu ihrem Haus zu fahren und sie zur Vernunft zu bringen.

Er stemmte die Hände in die Hüften und betrachtete das Weingut – die sanften Hügel, den kleinen Bach, die Weinberge und die Gebäude, die alle der Restaurierung bedurften. Das alles hatte Potenzial. Es gab so viele Möglichkeiten, diesen Ort zu einer echten Attraktion zu machen und nicht zu einem Nebenschauplatz verkommen zu lassen.

Als er gestern im Flugzeug nur Ziggy als Gesprächspartner gehabt hatte, der ihn allerdings auch im Stich gelassen hatte, als Lucy seinen Namen rief, hatte er sich einige Notizen gemacht, welche Recherchen er in Sachen Weinproduktion in ihrer Gegend betreiben könnte. Es gab inzwischen einige neue Unternehmen, die Touren zu Weingütern im Programm hatten, aber er wusste nicht, ob Sunshine Creek eins ihrer Ziele war. Das zum Beispiel wollte er Ryan fragen. Denn mit solchen Touren konnte man gutes Geld verdienen.

Als er die Tür zum Haus seiner Eltern öffnete, hatten sich Ryan, Declan und Ethan bereits um den Tisch im Esszimmer versammelt. Vor ihnen standen eine Kaffeekanne und mehrere Teller mit Frühstücksgebäck. Jordan kämpfte mit der Säure des Koffeins, das er seinem nüchternen Magen zugemutet hatte. Aber egal. Rasch schnappte er sich zwei Bärentatzen und goss sich noch eine Tasse Kaffee ein.

„Ah, der Herr ist wieder auf Diät“, ulkte Declan. „Oder ertränkst du deine Sorgen in Zucker?“

Jordan sah ihn an. Sein Bruder konnte unmöglich wissen, dass Lucy ihm den Laufpass gegeben hatte.

„Und welche Sorgen sollten das sein? Unser Team steht kurz vor dem Einzug in die Play-offs.“

„Und du bist auf jeder Titelseite. Du Glückspilz.“

„Wovon redest du?“

Ryan schob ihm die Zeitung rüber. Jordan nahm die Ausgabe der *Talk of the Town* und las die Schlagzeile. Am liebsten hätte er laut geschrien.

Steht Kincade auf diese Lehrerin?

„Soll das ein verdammter Witz sein?“ Er konnte es nicht fassen, dass der alberne Artikel aus North Carolina es auf Seite eins ihrer Lokalgazette geschafft hatte. „So ein Schwachsinn!“

Lucys Worst-Case-Szenario war eingetreten.

„Ach ja?“ Ryan sah Jordan über den Rand seiner Kaffeetasse hinweg an.

Ethan fragte mit verschränkten Armen: „Hat das vielleicht irgendwas mit deiner Entschuldigung und deinem Auftritt im Smoking zu tun?“

„Ich möchte jetzt nicht über meine persönlichen Angelegenheiten reden.“ Jordan biss in eine Bärentatze und hätte sich beinahe an einem dicken Zuckerklumpen verschluckt.

„Schade eigentlich“, meinte Parker. „Denn wenn du hier für Aufruhr sorgen willst, sollten wir besser davon wissen.“

„Wie, um Himmels willen, sorge ich hier für Aufruhr?“ Jordan wickelte den Rest des Gebäcks in eine Serviette und zerquetschte es in seiner Hand. „Ich habe Nicoles Lieblingslehrerin nur gebeten, uns nach North Carolina zu begleiten, damit Nicki eine Bezugsperson hat, wenn ich spielen muss. Und sie konnte ihr gleichzeitig auch mit ihrer Hausarbeit helfen.“

Parker lachte. „Das ist der größte Schwachsinn, den ich je gehört habe.“

„Was willst du damit sagen? Dass ich Lucy nur aus persönlichem Interesse mitgenommen habe, oder was?“

Einstimmig antworteten alle seine Brüder: „Ja.“

„Okay.“ Jordan wischte sich mit einer zweiten Serviette den Zucker von den Fingern. „Ich gebe zu: Zur Hälfte stimmt das.“

„Und? Stehst du auf die Lehrerin?“

„Falls du dir um Ms. Diamond Sorgen machst – nicht nötig. Dazu ist sie viel zu klug."

„Was soll das bedeuten?" Fragend sah Declan ihn an.

„Das bedeutet: Egal, was zwischen uns gewesen sein mag, sie hat mir deutlich gemacht, dass ich falschliege."

„Jetzt red doch nicht um den heißen Brei herum." Parker goss sich eine Tasse Kaffee ein. „Was ist passiert?"

„Fragst du das aus ehrlicher Sorge? Oder bist du einfach nur neugierig?"

„Neugierig", sagte Declan.

„Oh no. Gerade als ich anfing, dich wieder zu mögen, machst du alles kaputt."

„Hat sie dich etwa abblitzen lassen? Ist das die Laus, die dir heute Morgen über die Leber gelaufen ist?"

Scheiße. Jordan wollte nicht über dieses Thema sprechen.

„Er hat doch gesagt, dass sie klug ist", ließ Ethan sich vernehmen.

„Vermutlich ist sie nicht seine Liga", legte Parker nach. „Bei Mensa, diesem Netzwerk für Hochbegabte, sind Eishockeyspieler ja nicht zugelassen."

„Schön, dass ihr das lustig findet."

„Aber doch nur, weil wir dich so lieb haben, Brüderchen." Declan lächelte. Jordan konnte nicht wirklich sauer auf den Bruder sein, mit dem er sich Zelte aus Bettlaken gebaut hatte, um die ganze Nacht heimlich TinkerToys zu spielen.

„Ich werde mich daran erinnern, wenn eine Frau dich in die Knie zwingt", versprach Jordan ihm.

„Ich kenne nur einen Grund, weswegen ich vor einer Frau knien würde." Declan grinste. „Aber nur ohne Klamotten. Das kann ich dir versprechen."

„Natürlich, Mr. Zölibat."

„Zölibat!" Alle Köpfe wandten sich Dec zu, der sich sichtbar in seinem Stuhl wand.

„Okay, genug gescherzt", mahnte Ryan. „Das klingt ernst."

Es *war* ernst.

Aber wie konnte er diesen Komikern beibringen, dass die Frau, in die er sich verliebt hatte, beschlossen hatte, dass sich der Aufwand nicht lohnte? Er wusste, dass sie mehr für ihn empfand als nur Freude an ihrem großartigen Sex. Und trotzdem war es ihr offensichtlich nicht allzu schwergefallen, ihn in die Wüste zu schicken. Er musste unbedingt herausfinden, ob dieser Artikel für sie zum Problem werden würde. Schließlich wollte er auf keinen Fall, dass sie seinetwegen vielleicht ihren Job oder ihr Ansehen riskierte. Und natürlich wollte er auch nicht, dass er bei ihr noch mehr Minuspunkte sammelte.

In diesem Moment rauschte Tante Pippy herein – leider zu spät, um ihn zu retten. Aber sie füllte den Raum mit dem Glanz ihres gelben und lilafarbenen Kleids mit geometrischem Muster, zu dem sie einen breiten Vinylgürtel, silberne Schuhe und große Ohrringe in Form von Bananen und Orangen trug.

„Tut mir leid, dass ich zu spät bin“, sagte sie und ließ ihre große gelbe Handtasche auf einen Stuhl fallen. „Aber ich war noch kurz auf dem Bauernmarkt, weil ich gehört hatte, dass die Mountain Ridge Cellars dort eine Weinprobe veranstalten. Also bin ich inkognito hingegangen und habe ihr Angebot getestet.“

Inkognito?

Mit diesem Outfit konnte man Tante Pippy noch aus dem Weltraum erkennen!

„Du hast um diese Uhrzeit schon Alkohol intus?“, neckte Parker sie. „Es ist ja noch nicht mal zehn Uhr!“

„Ich habe nur genippt.“ Sie setzte sich auf den Platz gegenüber von Jordan und nahm sich einen Donut mit Puderzucker. „Zehn Dollar für fünf Weine, und man bekommt immer nur einen kleinen Schluck. Da gehen sie mit einem schönen Profit nach Hause.“

„Vielleicht sollten wir so was auch mal machen“, meinte Ethan.

„Ich bin dafür, dass wir unsere Probierstube vergrößern", meldete Ryan sich zu Wort. „Die Leute sollen gleich zu uns kommen und nicht wir zu ihnen."

„Und wie sollen wir das machen, wo wir doch sowieso schon rote Zahlen schreiben?", erkundigte sich Jordan. „Apropos – gibt es was Neues in Sachen verschwundenes Geld?"

Tante Pippy hatte gerade einen Bissen von ihrem Donut genommen und hatte noch Puderzucker auf den Lippen, als sie von ihrem Stuhl aufsprang. „Möchte noch jemand Kaffee? Ich mach mal eine frische Kanne." Und schon war sie in der Küche verschwunden. Ohne eine Antwort abzuwarten.

Jordan fiel auf, dass seine Tante die Tendenz hatte, immer dann das Feld zu räumen, wenn das Gespräch auf das Thema verschwundenes Geld kam. Doch sicher hatte sie das Weingut nicht bestohlen. Sie war auch nicht mit den Finanzen betraut. Manchmal half sie aus Spaß bei der Traubenlese mit, aber eigentlich hatte sie nicht viel mit dem Geschäft zu tun.

Trotzdem fand er ihr Verhalten seltsam.

Ryan runzelte die Stirn. „Wir haben ja einen neuen Buchhalter eingestellt und zusätzlich jemanden darangesetzt, die Unregelmäßigkeiten aufzuklären. Nächste Woche soll der Bericht vorliegen. Dann können wir entscheiden, was zu tun ist. Jetzt sollten wir uns erst mal darum kümmern, wer hier bei Nicki bleiben kann. Sie wird erst in ein paar Monaten volljährig, und selbst dann kann sie nicht alleine hier wohnen. Riley möchte ich ungern aus ihrer gewohnten Umgebung reißen. Sie hat schon genug Veränderungen mitmachen müssen."

„Absolut korrekt", pflichtete Ethan ihm bei. „Das arme Kind."

„Ich kann an den Abenden hier sein, an denen ich nicht mit dem Foodtruck unterwegs bin", schlug Parker vor. „Aber nur für einen Abend aus Portland hierherzukommen, um dann morgens um vier wieder dort zu sein, geht natürlich nicht."

„Ich kann auch in ein paar Wochen wieder herkommen“, meinte Declan.

„Und ich kann noch ein paar Wochen hierbleiben.“ Ethan fuhr sich mit der Hand durchs offensichtlich frisch geschnittene Haar. Den Bart hatte er sich zu Jordans Freude auch abrasiert. „Die Waldbrandsaison hat noch nicht angefangen. Ich habe zwar ein Angebot, diesen Monat bei der Brandbekämpfung in Florida auszuhelfen, aber ich lasse mich einfach beurlauben.“

„Ich würde auch gern helfen“, sagte Jordan. „Aber wie genau meine Hilfe aussehen wird, kann ich erst nach den Spielen in Dallas nächste Woche entscheiden. Wenn wir die Serie gewinnen, ziehen wir in die erste Runde der Play-offs ein. Und dann steht für eine Woche jeden Tag ein Spiel an. Aber natürlich will ich weder Nicki noch euch hängen lassen.“

„Wir sind schon groß, weißt du“, sagte Ryan. „Wir können auf uns selbst aufpassen. Die Play-offs sind wichtig für dich und dein Team. Wir kriegen das schon hin, bis die Saison vorbei ist. Und dann können wir alles neu regeln.“

„Seid ihr sicher? Ich kann auch meinen Vertrag platzen lassen, aber das würde mich um die vier Millionen kosten. Und das Geld wäre in die nötigen Renovierungsarbeiten am Weingut besser investiert.“

„Wie bitte?“ Declan riss die Augen auf. „Vier Millionen? Wag es nicht, auch nur mit dem Gedanken zu spielen, deinen Vertrag platzen zu lassen! Wir kriegen das auf jeden Fall hin.“

„Ich habe nur Angst, dass Nicki denkt, wir schieben sie hin und her“, gab Jordan zu bedenken. „Keiner von uns kann lang genug hierbleiben, um ihr das Gefühl zu geben, dass sie uns wichtig ist. Was sie aber natürlich ist.“

Tante Pippy kam wieder herein. Ohne Kaffee. Sofort war allen klar, dass sie von der Küche aus gelauscht hatte.

„Ihr Jungs habt alle jede Menge zu tun. Und deswegen denke ich, ich werde bei Nicki bleiben“, sagte Pippy. „Sie ist sehr empfindlich momentan. Vielleicht ist es sowieso besser für sie, wenn eine Frau im Haus ist. Und wer weiß, vielleicht redet sie ja mit mir."

Eine gute Idee. Ihre Tante war seit ein paar Jahren pensioniert und hatte nicht viel mehr zu tun, als mit dem neuesten Klatsch auf dem Laufenden zu bleiben. Was natürlich nicht unbedingt Jordans schlechtes Gewissen in Bezug auf sein Versprechen zu helfen befriedigte. Denn nun tat er genau das, was er nicht hatte tun wollen. Immerhin hatte er sich eigentlich vorgenommen, eine andere Lösung zu finden.

Aber vielleicht hatte Lucy in einem Punkt doch recht. Möglicherweise tat es ihm gut, wenn er sich nicht noch mehr Verantwortung aufhalste.

Da gab es nur ein Problem.

Ohne Lucy in seinem Leben fehlte ihm irgendwie der Antrieb. Er wollte diese Frau nicht nur in seinem Leben haben, er brauchte sie auch.

Wieder zu Hause zu sein fühlte sich gut an, aber auch irgendwie seltsam. Seit knapp einer Woche hatte Lucy nicht mehr in ihrem eigenen Bett geschlafen. Das hatte es noch nie gegeben. Und sie hätte auch nie gedacht, dass sie es eines Tages hassen würde, allein zu schlafen. Aber so war es. Sie vermisste Jordan neben sich, seine Wärme, das Gefühl von Geborgenheit, wenn er die Arme um sie schlang. Sie waren nur wenige Tage zusammen gewesen, und doch kam es ihr vor wie ein ganzes Leben. Jetzt musste sie lernen, wieder ohne ihn auszukommen. Sogar der arme Ziggy sah traurig aus. Nicht, dass es ihm in Jordans Wohnung besonders gut gefallen hätte, aber die zusätzliche Aufmerksamkeit von Jordan und Nicole hatte er natürlich genossen.

Doch nun ging das Leben wieder ohne Jordan weiter. Und um damit klarzukommen, musste sich Lucy eben auf andere Dinge konzentrieren.

Zum Beispiel sollte sie mal nach Mrs. B. sehen. Sie wusste zwar, dass die alte Dame Kinder hatte, die sich um sie kümmern konnten, aber trotzdem lag ihre reizende Nachbarin ihr am Herzen. Der Poststapel und die Zeitungsberge in ihrer Küche wurden übrigens auch nicht kleiner, wenn sie sie beharrlich ignorierte. Also goss sich Lucy eine Tasse Tee ein und setzte sich hin, um die Post durchzusehen. Werbung, Flyer von Pizzabringdiensten und ähnlich wichtige Dinge machten die Hauptsache aus, dazwischen befanden sich noch Strom- und Gasrechnung. Als das Telefon klingelte, war das wie eine Erlösung für Lucy.

„Lies besser nicht die heutige Ausgabe von *Talk of the Town*." Claudias Stimme am anderen Ende der Leitung klang leicht hysterisch.

„Wieso?" Natürlich war Lucy jetzt neugierig geworden. Sie schob den Stapel mit der Post beiseite und schnappte sich die Zeitung von heute. Kaum hatte sie die Überschrift gelesen, erstarrte sie.

„Ich hab's dir ja gesagt – lies es besser nicht."

„Oh mein Gott." Lucy las den Artikel, ohne ihn zu verstehen, so schockiert war sie. Ihr Albtraum war wahr geworden.

„Es tut mir so leid, Lucy. Ich weiß, dass dir dein Privatleben über alles geht. Obwohl ich auch ein bisschen beleidigt bin, dass du mir gar nicht erzählt hast, was da läuft."

„Da läuft überhaupt nichts. Ich bin nur mitgefahren, weil ich mich um seine Schwester gekümmert habe." Sie war nicht gut im Lügen, doch unter diesen Umständen wäre es noch schlimmer, die Wahrheit zu sagen.

„Das sieht aber für mich ganz anders aus, so wie er dich anschmachtet."

„Bitte interpretier nichts in diesen Blick hinein. Das ist reine Dankbarkeit."

„Ja, sicher. Zerstör einfach meine Illusion, dass du dich endlich mal verliebt hast."

Lucy schnürte es plötzlich die Kehle zu, und sie musste diesen Anruf dringend beenden, bevor sie in Tränen ausbrach. „Wir sehen uns dann am Montag. Falls ich meinen Job dann noch habe."

„Hallo? Du hast doch nichts falsch gemacht", beruhigte Claudia sie. „Du bist eine erwachsene Frau. Es waren Ferien. In dieser Zeit kannst du machen, was du willst."

Aber sie hatte mit dem Bruder einer ihrer Schülerinnen geschlafen. Ganz sicher war das verboten.

„Auch wenn du es bestreiten wirst, hoffe ich, dass es wenigstens ein bisschen Spaß gemacht hat", fügte Claudia noch hinzu, bevor sie auflegte.

Zum ersten Mal in ihrem Leben hatte Lucy mehr als Spaß gehabt.

Und dafür zahlte sie nun den Preis.

Als sie den Artikel zum zweiten Mal las, verbrannte sie sich glatt die Kehle an dem heißen Tee. Sie hatte gerade die Stelle erreicht, an der sich die Herausgeberin beziehungsweise die vermeintliche Journalistin in die Story einmischte, und ihr stockte der Atem. Die Worte brannten sich wie Säure in ihr Herz.

Aus irgendeinem Grund hatte Margaret Brickridge die komplette Familie Kincade ins Spiel gebracht und stellte in ihrem miesen Artikel das Verhalten aller Brüder grundlos infrage.

Normalerweise war Lucy kein Mensch, der die Beherrschung verlor. Aber in diesem Moment hätte sie gut einen Feuerlöscher brauchen können, um die Flammen ihrer Wut zu ersticken.

Das alte Haus an der Hauptstraße, in dem die Redaktion der Zeitung *Talk of the Town* residierte, hatte eine trügerisch seriöse Fassade. Doch von dem Mist, den diese Gazette abdruckte, war die Hälfte erstunken und erlogen. Als Lucy nun die Redaktionsräume betrat, stellte sie sich ernsthaft die Frage, welches Interesse ein Mensch daran haben konnte, über andere Personen dreiste Lügen zu verbreiten und haltlose Gerüchte anzufachen.

Margaret Brickridge kam ihr so alt vor wie die Berge, die die Stadt umgaben. Sie ging am Stock und litt offensichtlich unter einem steifen Rücken, und nun stand sie am Empfangstresen vor ihr. Seit über 50 Jahren war sie die Herausgeberin dieses zweifelhaften Blatts, und Lucy fand, es war höchste Zeit, dass sie in Ruhestand ging.

„Was kann ich für Sie tun?“, fragte die Alte in verbittertem Ton. Vermutlich war sie es schon gewohnt, dass Leute hereinplatzten und sich über ihr Geschreibsel beschwerten.

Lucy knallte die Zeitung vor ihr auf den Tisch und nahm all ihren Mut zusammen. Jetzt gab es kein Zurück mehr. Und ein Nein als Antwort würde sie auch nicht akzeptieren. „Ich möchte Sie bitten, diese Geschichte der Wahrheit entsprechend zu korrigieren.“

„Und wieso sollte ich das tun?“ Die Frau sah sie mit zusammengekniffenen Augen an.

„Weil es Dreck und Müll ist.“

„Sagt wer?“

Lucy biss die Zähne zusammen. „Wenn Sie sich schon solche absurden Geschichten aus den Fingern saugen, sollten Sie vielleicht besser mal darauf achten, über wen Sie da schreiben, und sich dann die Zeit nehmen, sich die wahre Sachlage erklären zu lassen.“

Die Frau beugte sich näher an sie heran, musterte sie und kicherte. „Ach so! Sie sind die Lehrerin!“

„Ja, ich bin die Lehrerin, die im Übrigen keine romantische Verbindung zu Mr. Kincade pflegt.“ Jedenfalls nicht mehr.

„Tja, wenn eine Story erst mal gedruckt ist, kann man da leider nichts machen.“

„Natürlich kann man das. Sie müssen eine Gegendarstellung abdrucken.“

„Der Artikel ist dem *North Carolina Observer* entnommen. Wie sollte ich da eine Gegendarstellung verfassen können?"

„Weil Sie dem Originalartikel noch ein paar Sätze hinzugefügt haben. Was soll das überhaupt?"

Die Frau zuckte die altersgebeugten Schultern. „Die Geschichte ist für die örtliche Bevölkerung von Interesse. Ich hatte immer ein Faible für die Journalistenkollegen der *Weekly World News*. Deshalb habe ich den Artikel auch ein bisschen aufgepeppt."

„Zum persönlichen Nachteil einer hier lebenden Familie."

„Kennen Sie nicht den alten Spruch ‚Ein Skandal verkauft sich immer gut'? Da können Sie sich jede Gegendarstellung sparen."

Hinter Lucy öffnete sich die Tür, aber das kümmerte sie nicht. Sie war zu aufgebracht.

„Eine Gegendarstellung bringt sehr wohl etwas." Lucy holte tief Luft. „Passen Sie auf. Von mir aus können Sie alle möglichen Lügen über mich verbreiten, ich werde das überstehen. Aber ich werde nicht zulassen, dass Sie den guten Namen der Kincades in den Dreck ziehen. Es handelt sich um freundliche, ehrbare Menschen, die vor Kurzem eine unerhörte Tragödie erlitten haben. Sie führen ein Unternehmen hier im Ort und haben es in keiner Weise verdient, dass Sie Ihren Schmutz über sie auskippen. Was haben Sie eigentlich von Ihren Gemeinheiten? Ergötzen Sie sich daran, wenn Sie anderen Menschen Leid zufügen? Können Sie nachts besser schlafen, wenn Sie anderen das Leben zur Hölle machen?"

Die Zeitungsherausgeberin öffnete den Mund, schloss ihn aber wieder, als Lucy weitersprach.

„Wenn Sie keine Gegendarstellung abdrucken und sich nicht bei der Familie Kincade entschuldigen, werde ich mich persönlich vor Ihrem Büro niederlassen und protestieren. Und mir werden sich ganz sicher noch andere anschließen, die

Sie über die Jahre hinweg beleidigt haben. Ihre Klatschgeschichten sind primitiv, und nur der Schaden, den sie anrichten, bleibt haften. Irgendjemand muss Ihnen offensichtlich mal klarmachen, wie es sich anfühlt, so ein Betroffener zu sein. Und ich habe nichts dagegen, diese Person zu sein!"

Lucy atmete tief aus, straffte die Schultern und sah die Frau mit dem garstigsten Blick an, zu dem sie fähig war. „Was haben Sie mir zu sagen?"

„Ich sage bravo!" Dieser Kommentar kam allerdings nicht von Mrs. Brickridge, sondern von jemand anderem hinter Lucy. Sofort erkannte sie die tiefe Männerstimme und wirbelte herum. „Was machst du denn hier?"

In Jordans Bauch flatterten Schmetterlinge, als er jetzt die Frau anlächelte, die sein Leben so gründlich durcheinandergewirbelt hatte. „Ich höre dir zu, wie du der übelsten Bedrohung dieser Stadt die Leviten liest."

„Manche Leute haben es nicht anders verdient." Lucy drehte sich wieder zu der Zeitungsherausgeberin um und zeigte mit dem Finger auf sie. „Ich meine, was ich sage. Schubsen Sie mich, und Sie ahnen nicht, wie schnell ich zurückschubse."

Jordan wurde von seinen Gefühlen überwältigt, als Lucy an ihm vorbei nach draußen rauschte. Eine innere Stimme sagte ihm, er solle ihr folgen. Doch er war ebenfalls nicht ohne Grund hier.

„Sind Sie hier die Verantwortliche?", fragte er die ältere Dame mit dem zerknitterten Gesicht, von dem er sich nicht vorstellen konnte, dass es jemals freundlich dreinblicken konnte.

„Das ist korrekt. Sind Sie auch gekommen, um zu meckern?"

Er setzte seine Verhandlungsmiene auf – die Miene, die er für Leute reserviert hatte, von denen er wusste, dass sie ihn über den Tisch ziehen wollten.

„Ich bin niemand, der meckert.“ Er legte die Hände auf den Empfangstresen. „Ich bin ein Mensch, der aktiv wird. Ich weiß nicht, wie Sie so lange mit Ihren Lügen und Klatschgeschichten davongekommen sind, aber damit ist jetzt Schluss.“

Die Frau verschränkte ihre altersschlaffen Arme vor den hängenden Brüsten. „Ach. Ist das so?“

„Ja, das ist so. Morgen drucken Sie eine Gegendarstellung in einer Sonderausgabe Ihres Dreckblättchens, in der Sie sich von den von Ihnen erfundenen Passagen distanzieren und sich bei Ms. Diamond entschuldigen.“

„Und wer sind Sie, dass Sie mir das befehlen wollen?“

„Sie wissen also noch nicht mal, über wen Sie Ihre Lügen verbreiten. Dann sehen Sie sich vielleicht mal das Foto auf Ihrer Titelseite an!“

Tatsächlich betrachtete die Frau nun das Bild auf der Titelseite. Als sie den Blick wieder hob, wusste er, dass sie es kapiert hatte.

„So wie ich das sehe, haben nicht viele Leute hier die Möglichkeit, sich den besten Anwalt auf diesem Planeten leisten zu können, um Sie zu verklagen. Ich habe sie. Und wenn ich diese Entschuldigung morgen nicht lese, werde ich dafür sorgen, dass Sie Ihren Laden in null Komma nichts zumachen können!“

Er ließ ihr keine Gelegenheit zu antworten. Er hatte gesagt, was er sagen wollte, und jetzt musste er dringend die Frau sehen, die aus eigenem Antrieb seine Familie verteidigt hatte.

Lucy schloss ihre Haustür auf, warf die Handtasche auf einen Stuhl und ließ sich aufs Sofa fallen. Ihr Herz klopfte immer noch wie das eines verängstigten Häschens, und ihre Kehle war völlig ausgetrocknet. Ziggy kam zu ihr und legte seinen großen Kopf auf ihr Bein, damit sie ihn streichelte.

Sie hatte sich nicht großartig überlegt, was sie der Frau von der Zeitung sagen würde, sondern sich einfach von ihren Gefühlen leiten lassen.

Das kam in letzter Zeit häufiger vor.

Seit Jordan wieder in ihr Leben getreten war, benahm sie sich überhaupt ganz außergewöhnlich. Sie hatte sich aus ihrer Komfortzone herausgewagt und auf Dinge eingelassen, die äußerst riskant waren.

Vor allem für ihr Herz.

Wenn jemand ihr gesagt hätte, dass sie aus Jux und Tollerei spontan mit einem fremden Mann an einen fremden Ort fahren würde, mit dem sie dann auch noch im Bett landete, hätte sie dieser Person gesagt, sie hätte nicht mehr alle Tassen im Schrank. Hätte jemand ihr gesagt, dass sie alle diese Dinge tun würde, nackt, mit Jordan, noch dazu freiwillig und bereitwillig, hätte sie ihm erwidert, er wäre wohl nicht ganz zurechnungsfähig. Hätte jemand ihr gesagt, sie würde in das Büro der Lokalgazette spazieren und die Inhaberin bedrohen, hätte sie diese Person zum Psychiater geschickt.

Aber alles hatte sich geändert.

Und das machte ihr Angst.

Andererseits fühlte es sich auch gut an. Und sie hatte sich damit auseinandergesetzt und gesiegt. Sie war nicht zusammengebrochen und hatte keine Heulanfälle erlitten. Das Einzige, was sich nun noch falsch anfühlte, war, dass sie Jordan verlassen hatte.

Sie hatte behauptet, sie würden nicht zusammenpassen. Dabei taten sie das. Sehr gut sogar. Wieso nur wollte sie das nicht akzeptieren?

Wie konnte sie so weitermachen wie zuvor, nach allem, was sie mit ihm erlebt hatte? Nach allem, was sie jetzt wusste? Nachdem sie es so sehr genossen hatte, in seinen Armen zu liegen? Neben ihm aufzuwachen?

In diesem Moment fuhr ein Wagen vor ihrem Haus vor. Sie schloss die Augen. Hoffentlich war nicht er es, denn sie brauchte Zeit zum Nachdenken. Zeit zu akzeptieren, dass sie nur deswegen zu dieser Zeitungstante gegangen war, um Jordan zu verteidigen, weil sie ihn liebte.

Sie schluckte.

Ja. Sie hatte sich Hals über Kopf in einen Mann verliebt, in den sie sich besser nicht verliebt hätte.

Es klopfte an der Tür, und sie spähte durch die Gardine.

Natürlich war es Jordan.

„Geh weg!“, rief sie. „Niemand zu Hause!“

„Mach auf, Lucy!“

„Lucy ist nicht da.“

„Mach auf, oder ich muss leider die Tür eintreten. Ich gehe erst weg, wenn ich dich gesehen habe.“

„Ich sehe noch genauso aus wie vor einer Stunde.“

„Mach die verdammte Tür auf!“

Sie seufzte. Und machte auf. Aber nur einen Spaltbreit. Sie steckte die Nase heraus. „Gut so?“ Als sie die Tür wieder schließen wollte, stellte er schnell seinen Fuß dazwischen.

Erneut seufzte sie und ergab sich ins Unausweichliche. Wie erwartet kam Jordan einfach rein.

„Ich weiß, was du vorhast.“ Er sah sie mit unerbittlicher Miene an und drängte sie mehr oder weniger zurück ins Wohnzimmer.

Ziggy bellte ihn zur Begrüßung an, und Jordan streichelte ihm kurz den Kopf. Ein Moment der Zärtlichkeit in aufgeheizter Stimmung. Damit brachte er Lucys Herz zum Schmelzen.

„Ach ja? Und was soll das sein?“ Zum Beispiel sich feige vor den Gefühlen zu verstecken, die sie für ihn hegte?

„Du hast versucht, deine Gefühle für mich zu unterdrücken, weil du denkst, das rettet dich“, sagte er. „Aber dann bist du in diese Zeitungsbude gegangen und hast der Herausgeberin die Meinung gesagt. Du hast dabei mehr an mich und meine Familie gedacht als an dich selbst.“

Sie war emotional erschöpft und zuckte einfach nur die Achseln.

„Du magst mich, Lucy."
„Verklag mich doch." Trotzig reckte sie das Kinn.
„Ooooh." Er grinste. „Ich liebe es, wenn du so streitlustig bist."
„Ich bin zu erschöpft, um streitlustig zu sein."
„Ach ja?" So wie er sie ansah, wusste sie, dass er ihr das nicht abnahm. „Bist du auch zu erschöpft, um dich zu wehren, wenn ich das tue?" Er nahm sie in den Arm.
Sie versuchte matt, ihn wegzuschieben, aber es fühlte sich so gut an, dass sie sofort aufgab.
Du dumme, schwache Frau.
„Du kannst nicht davor weglaufen", sagte er.
„Davor? Was ist davor? Dass du mich niederringst?"
„Baby, du weißt, das würde ich niemals tun." Er lockerte seine Umarmung, ließ sie aber nicht ganz los. „Ich meine damit das, was sich gerade zwischen uns entwickelt."
„Da entwickelt sich gar nichts. Du weißt doch, dass wir nicht zusammenpassen."
Er zog sie wieder enger an sich, wie um ihr zu beweisen, dass sie unrecht hatte.
„Und ich meine damit keine Körperlichkeiten", sagte sie.
„Ich auch nicht."
„Jordan. Du führst ein spannendes Leben auf der Überholspur. Du wirst dich mit mir langweilen. Du brauchst jemanden, der aufregender ist als ich."
„Was, wenn ich das gar nicht will?"
Na toll. Er war also mit ihr einer Meinung, dass sie so aufregend war wie eingeschlafene Füße.
„Tut mir leid. Das war schlecht formuliert." Er legte ihren Kopf an seine Brust. „Ich brauche dich, Lucy. Ich brauche deine Gelassenheit, deine Ruhe, deine Geduld. Deine Fähigkeit, nicht um den heißen Brei herumzureden, sondern immer direkt zum Punkt zu kommen."

„Das kannst du auch alles bei einem guten Therapeuten bekommen.“

„Genau das meine ich. Ich liebe deine direkte Art. Ich brauche dich! Die Frau, die mein Herz gestohlen hat und dafür sorgt, dass ich mir auf einmal Dinge vorstelle, von denen ich nie zu träumen gewagt habe.“

Sie sah ihn an, hatte aber nicht damit gerechnet, ihn so ernst zu sehen. „Was für Dinge?“

„So was wie ‚für immer‘.“ Er strich ihr eine Haarsträhne aus dem Gesicht.

Für immer? Sie wagte es nicht, sich auf diese Fantasie einzulassen.

„Bisher drehte sich in meinem Leben alles nur um Eishockey. Um das nächste Spiel, den nächsten Sieg. Aber inzwischen nimmt etwas ganz anderes meine Gedanken in Beschlag.“ Er küsste sie so zärtlich, dass ihr die Tränen kamen. „Bitte verlass mich nicht, Lucy. Wirf nicht weg, was gerade zwischen uns entsteht, nur weil du Angst vor deinen Gefühlen hast oder mich falsch einschätzt. Ich weiß, dass du stark bist. In vielerlei Hinsicht stärker als ich. Und deswegen bitte ich dich einfach, uns eine Chance zu geben.“

Eigentlich müsste sie *Nein* sagen.

Doch als er sie fest an sich zog und innig küsste, waren all ihre Zweifel und Ängste wie weggeblasen. Er hob sie hoch und trug sie nach oben ins Schlafzimmer, und sie wusste, dass sie das Wort *Nein* nicht über die Lippen bringen würde. Denn wenn er erst einmal mit dem angefangen hatte, was er offensichtlich vorhatte, kannte sie nur noch ein Wort. Und das lautete *mehr*.

Mehr.

Mehr.

Mehr.

15. Kapitel

Nachdem er kurz bei der Hochzeitsfeier im Veranstaltungssaal und im Außenzelt vorbeigeschaut hatte, war Jordan klarer denn je, dass sie dringend ein paar neue Ideen für die Sunshine Creek Vineyards brauchten. Sie hatten hier ein so herrliches Areal mit hohen schattigen Bäumen, von dem sie keinen wirklichen Gebrauch machten. Hier könnte man zum Beispiel eine Bühne aufbauen und Konzerte mit Weinproben und Picknick veranstalten. Der Veranstaltungssaal mit seiner Einrichtung aus dunklem Holz und schweren Vorhängen war einfach zu altmodisch. Garantiert konnte man das Weingut wieder in Schwung bringen, ohne Unsummen zu investieren. Er und Ryan konnten schließlich auch selbst zupacken.

Eine Konzertreihe mit vergünstigtem Eintritt für Weinclub-Mitglieder würde sie mit den nötigen Einnahmen versorgen, um sie aus den roten Zahlen zu bringen.

Er ging zum Haupthaus und war entschlossener denn je, das Richtige tun zu müssen. Die Sonne stand hoch am Himmel, und er hatte gerade mehrere Stunden mit Lucy im Bett verbracht. Ohne viel zu reden. Man hatte eigentlich nur ihr Stöhnen und ab und zu ihr fröhliches Lachen gehört.

Bei ihrem ersten, zweiten und dritten Mal hatte er nichts davon mitbekommen, aber seine aufregende Lehrerin war an gewissen Stellen äußerst kitzlig. Die Stelle unterhalb ihres Knies fand er sexy, aber die ganz unten an ihrer Wirbelsäule, knapp über ihrem süßen Po, war unwiderstehlich. Auf diese Stelle hatte er sie geküsst, als er eben aufgestanden war. Lucy hatte er schlafen lassen.

Er hatte sie ausgelaugt und ihr ein nachhaltiges Lächeln ins

Gesicht gezaubert. Keine schlechte Art, den Samstagnachmittag zu verbringen.

Im Haus fand er Tante Pippy, die auf dem Küchentisch Wäsche faltete. Die Schwester seiner Mutter war mit Sicherheit alles andere als die perfekte Hausfrau. Sie war eine wunderbare, sympathische Verrückte und in letzter Zeit auch ein bisschen geheimniskrämerisch. Den Grund dafür kannte er nicht.

„Was machst du denn hier mitten am helllichten Tag?" Sie hielt gerade einen Damenslip in der Hand, um ihn zu falten, und Jordan hätte sich am liebsten die Augen zugehalten. Er hatte keine Ahnung, ob es Pippys Slip war oder einer von seiner Schwester, wollte es aber auch gar nicht wissen.

„Mir bleiben nur zwei Tage Zeit, um alles zu organisieren", erklärte er und drehte sich demonstrativ um, als sie das nächste Höschen aus dem Wäschekorb nahm.

„Um was zu organisieren?" Sie hob eine braune Augenbraue, die farblich nicht so recht zu ihrem karottenroten Haar passen wollte.

„Ich muss etwas mit Nicki besprechen. Ist sie da?"

„Sie ist erst spät aufgestanden, weil sie so lange Gitarre gespielt hat. Sie hat den ganzen Tag noch nichts gegessen."

„Darf ich dann vielleicht was vom Frühstück mit nach oben nehmen?"

„Aber sicher. Du kannst froh sein, dass deine Brüder nicht alles verschlungen haben. Ich glaube, sie haben sich sogar was in die Taschen gesteckt."

Er sagte ihr lieber nicht, dass der weiße Puderzuckerbart rund um ihren Mund verriet, dass sie sich auch den einen oder anderen Donut genehmigt hatte.

„Ich hol dir einen Teller."

„Tante Pippy? Weißt du zufällig etwas über das verschwundene Geld und sagst es uns nicht?"

„Ich?" Sie riss die Augen auf, als hätte sie eine Erscheinung. „Also … Natürlich nicht!"

„Ganz sicher? Denn immer, wenn das Thema zur Sprache kommt, verlässt du fluchtartig den Raum."

„Ich bin eben eine viel beschäftigte Frau. Ich habe zu tun. Muss mich um so einiges kümmern."

Zum Beispiel? wollte er fragen.

Natürlich konnten er und seine Brüder sich freuen, dass sie einsprang und sich fürs Erste um Nicole kümmerte. Aber es sprach Bände, dass ihre Hände auf einmal ganz nervös zitterten, kaum dass er ihr die Frage gestellt hatte. Was auch immer sie wusste, sie musste es ihnen sagen, bevor es zu spät war. Sollte sie selbst irgendetwas mit der Sache zu tun haben, wäre das auch kein Weltuntergang. Sie gehörte schließlich zur Familie, und alle würden ihr verzeihen.

„Falls dir etwas einfällt, von dem du glaubst, dass wir es wissen müssten, sag uns einfach Bescheid, okay?"

„Natürlich." Ihr nervöses Lachen erschien ihm als ein weiteres Indiz. „Ich besorg dir besser mal den Teller. Deine Schwester stirbt vermutlich schon vor Hunger."

Einige Minuten später klopfte Jordan, den Teller mit dem Gebäck in der Hand, an Nicoles Zimmertür. Das Gitarrenspiel verstummte. Er wartete auf die typische rotzige Teenagerantwort von drinnen, doch zu seiner Überraschung öffnete Nicole einfach die Tür und sagte: „Hi."

Zum Glück waren sie offenbar über das „Was willst du hier?" hinaus. Eine Garantie würde er jedoch noch nicht darauf geben.

„Hab dir Frühstück mitgebracht."

Sie lächelte. „Es ist Nachmittag, du Penner."

Er konnte seiner Schwester schlecht mitteilen, dass ihm heute ein bisschen der Sinn für Zeit abhandengekommen war, nachdem er den halben Tag mit Lucy im Bett verbracht hatte. „Aber es gibt keinen unpassenden Zeitpunkt, um Donuts zu essen, oder?"

„Nein. Aber jetzt muss ich gerade üben." Trotzdem nahm

sie sich einen Donut und biss hinein. „Lecker. Ich liebe Ahornsirup."

„Hast du letzte Nacht gut geschlafen?"

„Wieso sollte ich nicht?"

„Keine Ahnung. Ich versuche nur, mich nach dir zu erkundigen. Was macht der neue Song?"

„Ich nehme ihn in mein Repertoire auf."

„Du hast ein Repertoire?"

„Ja. Für meinen Auftritt in Nashville."

„Nashville? Wovon redest du?"

„Ich werde in ein paar Monaten 18. Ob mit oder ohne Schulabschluss, wenn ich volljährig bin, packe ich meinen Kram zusammen und ziehe nach Music City. Hier kann man nämlich kaum eine Countrymusic-Karriere starten."

„Moment." Er hob die Hände. „Jetzt mal gaaaanz langsam."

„Du wirst mir das nicht ausreden können." Sie setzte sich aufs Bett und griff erneut zur Gitarre. „Abgesehen davon – was interessiert es dich? Ich habe heute Morgen gehört, wie ihr euch unterhalten habt. Offensichtlich bin ich eine solche Nervensäge, dass ihr glaubt, ich bräuchte einen Babysitter. Wenn ich weggehe, braucht ihr euch darum nicht zu kümmern."

„Willst du mich verarschen?" Panik stieg in ihm auf. „Du willst in eine fremde Stadt ziehen, in der du noch nie warst? Da machen wir uns ja noch mehr Sorgen!"

„Du bist auch mit 18 von zu Hause weggegangen."

„Ich wurde mit 18 von der NHL verpflichtet. Das ist etwas ganz anderes."

„Für dich vielleicht. Und außerdem …" Sie grinste. „… hab ich nie gesagt, dass ich alleine gehe."

„Was?" Seine Halswirbelsäule knackte, so schnell drehte er den Kopf.

„Es kommt noch jemand mit."

Gleich bekam er einen Anfall. „Und bei diesem Jemand handelt es sich wohl auch noch um ein männliches Wesen?"

„Spielt das eine Rolle?"

„Ja, verdammt! Das spielt eine Rolle!"

Jetzt wusste er also, wie man sich als Vater eines eigensinnigen wilden Teenagermädchens fühlte. Und irgendwie hatte er das Gefühl, dass es absolut nichts brächte, wenn er es ihr auszureden versuchte.

„Es ist Irrsinn, einfach seine Sachen zu packen und ohne einen Plan und ohne Geld irgendwohin zu ziehen", sagte er deshalb. „Und wenn dann auch noch ein Mann im Spiel ist, könnte das die Situation nicht gerade einfacher gestalten."

„Wer sagt, dass ich weder Plan noch Geld habe?"

„Du glaubst aber nicht im Ernst, dass Taylor Swift in der Sekunde, in der sie in die Stadt kam, eine große Nummer war, oder? Ihre Eltern haben sich um sie gekümmert. Und wer kümmert sich dort um dich? Wo willst du wohnen? Wie willst du deine Miete und dein Essen bezahlen?"

Ach du Schande. Er klang echt wie ein alter Spießer.

„Ich werde in Kneipen spielen, bis ich entdeckt werde."

„Du bist nicht mal alt genug, dass du in eine Kneipe reindarfst. Und ich würde an deiner Stelle auch nicht darauf bauen, dass du sofort entdeckt wirst. Es gibt Leute, die spielen seit Jahren in solchen Kneipen und verdienen gerade mal genug, um sich einen Hamburger kaufen zu können."

„Woher willst du das wissen? Du hast doch mit der Musikbranche überhaupt nichts zu tun!"

„Nein, aber ich war mal mit einer erfolgreichen Countrysängerin zusammen. Die hat mir ein bisschen Insiderwissen vermittelt."

„Du warst mal mit einer Countrysängerin zusammen?" Ungläubig starrte sie ihn an. „Mit wem?"

„Kein Kommentar."

„Jetzt sag schon! Keine Geheimnisse!"

Er lachte. „Das sagt die Richtige!"

„Wenn du mir schon nicht sagen willst, wie sie heißt, dann verrat mir wenigstens, welche Haarfarbe sie hat."

„Blond."

„Carrie Underwoood?"

„Schwesterchen, glaubst du allen Ernstes, jemand wie Carrie Underwood würde sich mit mir abgeben?"

„Immerhin hat sie einen Eishockeyspieler geheiratet."

„Ja, aber einen netten. Und ich bin ein Fiesling."

Sie kicherte, worüber er sich riesig freute. „Stimmt. Du verbringst reichlich viel Zeit auf der Strafbank."

„Und du …" Er knuffte sie in die Schulter. „… versuchst, das Thema zu wechseln."

Sie ließ den Kopf sinken und nickte. „Ich hab einfach keine Lust mehr auf Diskussionen. Du warst so … nett zu mir. Und ich bin mir ziemlich sicher, dass ich das nicht verdient habe."

„Hör zu." Er wusste, dass sie sich ihm diesmal nicht entziehen würde, und nahm sie in den Arm. „Die Pubertät ist schlimm genug, ohne dass man in dieser Zeit seine Eltern verliert. Ich komme mit der Tatsache selbst kaum klar, deswegen weiß ich nicht, wie du das machst. Aber jeder trauert auf seine Weise, und dafür gibt es auch keine zeitliche Begrenzung."

„Jordan?" Als sie ihn nun ansah, schimmerten Tränen in ihren Augen. „Deswegen bin ich aber nicht wütend. Über den Tod unserer Eltern bin ich unfassbar traurig. Es ist nur …"

„Sprich weiter." Er legte einen Arm um sie. „Du kannst mir alles erzählen, ich werde dich nicht verurteilen. Versprochen."

Sie seufzte schwer. „Es ist nur … Ich habe etwas zu Dad gesagt, kurz bevor sie nach Hawaii geflogen sind."

„Hattest du einen Ausraster?"

„Nein. Ich habe mich darüber beklagt, dass ich immer nur ignoriert werde."

„Ignoriert?" 3000 Meilen entfernt, hatte er immer gedacht,

dass Nicki von ihren Eltern verwöhnt wurde und aufwuchs wie eine kleine Prinzessin.

Sie schlug die Hände vors Gesicht und fing an zu schluchzen. Er nahm sie fest in den Arm und wartete, bis sie sich ausgeweint hatte. Schniefend trocknete sie sich die Nase und die Augen an seinem Hemd ab, aber das war ihm egal. Er wollte wissen, was los war. Er wollte ihr helfen.

Als ihre Tränen langsam versiegten, gab er ihr Zeit, sich die Box mit den Papiertaschentüchern von der Kommode zu holen. Sie zog ein halbes Dutzend heraus und versuchte, den Schaden zu beseitigen.

„Tut mir leid, das mit deinem Hemd." Sie bekam einen Schluckauf.

„Mach dir nichts draus, Kleine. Du bist wichtig, nicht das Hemd. Jetzt sag mir, was los ist. Sonst kann ich dir nicht helfen."

„Du kannst mir sowieso nicht helfen." Sie schniefte erneut und putzte sich die Nase. „Ich hatte einfach die Nase voll davon, dass Dad immer etwas anderes zu tun hatte, wenn es gerade mal um mich ging. Es war fast so, dass er aus dem Zimmer rannte, wenn ich reinkam."

„Nicki, das stimmt doch nicht. Dad hatte dich lieb."

„Das glaube ich nicht." Wieder verzog sie das Gesicht, und die Tränen flossen. „Ich weiß nicht mal, ob ich wirklich deine Schwester bin."

„Was?" Wie kam sie denn auf solche Ideen? „Natürlich bist du das. Du siehst doch aus wie wir – nur viel hübscher!"

Sie zuckte die Achseln. „Irgendwann habe ich Dad gefragt, warum er mich immer ignoriert. Ich hatte gehofft, dass er – wie Mom immer – sagen würde, dass ich mir das nur einbilde, und mich dann in den Arm nehmen würde, um mich zu trösten. Aber das tat er nicht. Stattdessen sagte er, dass es in der Vergangenheit etwas gäbe, das ihn mir gegenüber negativ beeinflusste. Er gäbe zwar nicht mir die Schuld daran, aber er wüsste auch nicht, ob er es irgendwann vergessen könnte, um mir ein guter Vater zu sein."

Was hat das alles zu bedeuten?

Plötzlich schien alles wie ein Kartenhaus in sich zusammenzustürzen. Jordan wurde es eiskalt ums Herz. Er hatte eigentlich immer gedacht, seine Eltern wären perfekt und führten eine glückliche Ehe. Aber das ...

„Ich weiß nicht, was genau er damit gemeint hat", fuhr seine Schwester fort. „Und jetzt ist er tot, und ich werde es nie herausfinden."

„Und niemand sonst war bei eurer Unterhaltung dabei?"

Sie schüttelte den Kopf. „Ich wollte Ryan davon erzählen, aber er hat immer so viel zu tun und muss sich auch noch alleine um Riley kümmern. Ich wollte ihn nicht auch noch mit meinen Problemen belasten."

„Und wieso hast du nicht Mom gefragt?"

„Die Zeit hatte ich nicht mehr."

„Oh Gott, Nicki. Ich weiß nicht, was ich sagen soll." Erneut nahm er sie in den Arm, und nun erwiderte sie seine Umarmung auch. „Aber wir kriegen das irgendwie raus, okay?"

Sie nickte. „Wieso bist du eigentlich zu mir gekommen? Ich glaube, wir wurden abgelenkt."

Tu jetzt das Richtige.

Jordan holte tief Luft. „Mach dir keine Gedanken. Wir werden für alles eine Lösung finden. Ich habe nämlich eine Entscheidung getroffen. Denn die Familie ist das Wichtigste."

Nachdem Lucy ein Nickerchen gehalten hatte, war sie sehr erfrischt aufgewacht. Mit dem Ergebnis, dass sie nun, als es eigentlich Zeit fürs Bett war, kein Auge zubekam. Allein aufzuwachen war gleichzeitig angenehm, aber auch enttäuschend gewesen. Sie mochte es nämlich sehr, Jordans herrlichen Körper zu betrachten, wenn er neben ihr lag und noch schlief. Sie liebte die Wärme, die von seinem Körper ausging. Und seinen männlichen Duft. Und sie liebte es, seine weichen Haare zwischen ihren Fingern zu spüren. Aber die Diskussion, die sie geführt hatten, bevor er sie hoch ins Schlafzimmer getragen hatte, hatte ihr gar nicht gefallen.

Seit drei Jahren hatte sie ihr Leben sehr gut im Griff. Sie hatte die Kontrolle über alles, was sie tat. Sie hatte die richtigen Entscheidungen getroffen und sich selbst vernünftige Grenzen gesetzt.

Und jetzt kam Jordan und stellte alles auf den Kopf.

Natürlich nicht auf unangenehme Weise. Er war lieb zu ihr, war empathisch und unsagbar sexy. Und ihr war auch klar, dass sie bewusst die Kontrolle verlieren wollte, wenn es um Jordan Kincade ging. Sie mochte das Gefühl von Geborgenheit in seiner Nähe, fühlte sich geliebt und attraktiv. Früher hatte sie sich selbst nie als sexy empfunden. Oder als schön. Niemals im Leben hätte sie auch nur davon zu träumen gewagt, dass ein Mann wie er sie eines Tages anflehen würde, *ihnen beiden* eine Chance zu geben.

Lächelnd hob sie das Weinglas an die Lippen und drückte auf die Pausentaste ihres DVD-Players. Sie guckte den Animationsfilm „Die Monster-Uni“, aber jetzt bekam sie Hunger. Sie wollte sich irgendetwas Leichtes, das nicht dick machte, aus der Küche holen und musste über Ziggy steigen, der es sich zu ihren Füßen bequem gemacht hatte.

In diesem Moment klingelte es an der Tür, und sie blieb auf halbem Weg in die Küche stehen. Wer kam denn um diese Uhrzeit noch vorbei?

Sie sah an sich hinunter, betrachtete ihre karierte Pyjamahose und ihr unförmiges weißes T-Shirt und hoffte inständig, dass es nicht Jordan war. Er hatte sie schon viel zu oft in unvorteilhaften Outfits gesehen. Oh nein – und sie hatte ja auch noch diese Avocadomaske aufgetragen! Na super. Jetzt war natürlich keine Zeit, sie abzuwaschen, und daher ging sie einfach so zur Tür. Ziggy begleitete sie schwanzwedelnd.

Da stand jemand von den Kincades, aber es war nicht Jordan.

„Nicole? Was machst du denn hier?"

Das Mädchen trug einen Hoodie mit der Aufschrift PINK, Jeans und UGG-Boots und rieb sich vor Kälte die Arme.

„Komm rein", forderte Lucy sie auf und fügte dann rasch hinzu: „Entschuldige meinen Aufzug. Ich habe niemanden mehr erwartet."

Ziggy führte seinen üblichen Freudentanz auf, und Nicole belohnte ihn mit ein paar Streicheleinheiten.

„Tut mir leid, wenn ich störe."

„Tust du nicht. Bitte setz dich. Möchtest du was trinken? Vielleicht was Warmes gegen die Kälte?"

„Nein danke." Nicki setzte sich auf die Sofakante, als wollte sie sofort wieder gehen.

Lucy sah, dass ihre Hände zitterten, und ihre Sorge wuchs.

„Ich wäre damit vermutlich besser zu meinen Brüdern gegangen, aber … Ich denke eigentlich, dass Sie diejenige sind, die mir am besten helfen kann."

Lucy setzte sich neben sie und legte ihr einen Arm um die Schultern. „Was ist denn, Schätzchen? Du zitterst ja!"

„Es ist wegen Jordan."

Oje. Was hat er getan?

„Er kam vorhin zu mir, und wir haben uns unterhalten. Und da habe ich ihm gesagt, dass ich nicht aufs College gehen will, sondern nach Nashville, um dort Musik zu machen."

„Und darüber hat er sich aufgeregt?", fragte Lucy. Auch sie war etwas schockiert und betrübt, denn sie wusste, dass Nicole es mit der richtigen Ausbildung sehr weit bringen könnte. Aber nicht für jeden war ein Studium das Richtige.

„Ziemlich, ja. Er sagte, es wäre riskant und gefährlich. Und versuchte mir einzureden, dass es total schwer werden würde.

Aber er hat mich nicht angeschrien. Obwohl er es sicher gern getan hätte, als ich ihm sagte, ich hätte ja nicht vor, alleine zu gehen."

„Und dass jemand mitkommt, hat ihn nicht erleichtert?"

Nicole rümpfte die Nase. „Ich glaube, er denkt, es wäre ein Junge."

„Oh."

„Und dann habe ich ihm etwas erzählt, was ich noch nie jemandem erzählt habe. Ich habe ihm gesagt, warum ich in letzter Zeit so … wütend bin."

Natürlich interessierte Lucy der Grund dafür auch brennend, aber es ging sie im Grunde genommen nichts an. Wenn Nicole es ihr sagen wollte, würde sie es tun. „Und wie hat er darauf reagiert?"

„Er hat gesagt, er würde jetzt eine Entscheidung fällen und dass die Familie das Wichtigste ist." Nicole schloss kurz die Augen, und als sie sie wieder öffnete, schimmerten Tränen darin. „Ms. Diamond, ich glaube, er will das Eishockeyspielen an den Nagel hängen! Das ist alles meine Schuld!"

„Oh Schätzchen." Lucy nahm sie fest in den Arm, obwohl sie am liebsten aufgesprungen wäre und Jordan angerufen hätte. „Wenn er nach dieser Saison aufhört, hat das nichts mit dir zu tun. Dein Bruder ist alt genug, um zu wissen, was er will. Auch wenn eventuell niemand von uns seine Entscheidungen verstehen kann."

„Nein, das meine ich nicht. Ich glaube, er will *sofort* alles hinschmeißen – wegen dem, was ich ihm gesagt habe. Aber Eishockey ist sein Leben! Er liebt dieses Spiel. Das sieht jeder, der ihm auf dem Eis zuschaut. Das ist mir bewusst geworden, als er bei dem Meet and Greet mit den Fans geredet hat. Ich will nicht, dass er aufgibt, was er so liebt – nur meinetwegen. Damit könnte ich nicht leben."

„Stimmt. Das wäre schwer zu verkraften. Schätzchen, du hast in letzter Zeit viel durchgemacht." Lucy schob dem

Mädchen liebevoll eine Locke aus der Stirn. „Hat er denn gesagt, dass er hinschmeißen will?"

Nicole schüttelte den Kopf. „Das musste er gar nicht. Ich habe es in seinen Augen gesehen, und er hat es ja auch ganz eindeutig heraushören lassen. Und seine entschlossene Miene …"

„Du hast recht. Er darf nicht aufhören." Auch Lucy fühlte sich nicht wohl bei der Vorstellung, dass Jordan sein geliebtes Eishockeyspielen aufgab.

„Ich weiß, und deswegen bin ich hier. Weil Sie vielleicht mal mit ihm reden könnten."

„Wieso sollte er auf mich hören?"

„Weil Sie etwas mit ihm laufen haben."

Lucy hatte das Gefühl, jemand hätte ihr eins mit einer Schaufel übergezogen. Sie hatten sich so sehr bemüht, dass Nicole nichts von ihrer Affäre mitbekam. Damit sie sich ihrer Lehrerin gegenüber nicht komisch vorkommen musste.

„Ich weiß, Sie wollten es vor mir geheim halten", sagte Nicole. „Aber es ist unübersehbar, welche Blicke Sie mit ihm wechseln und umgekehrt. Plus … In einer Nacht habe ich mir ein Glas Wasser aus der Küche geholt, und da war er nicht auf dem Sofa. Da wusste ich, dass er bei Ihnen im Schlafzimmer ist."

„Oh Gott." Lucy schlug die Hände vors Gesicht. „Das tut mir leid."

„Schon okay." Nicole berührte sie an der Schulter. „Ich finde das ziemlich cool."

Lucy spähte durch die Finger. „Wirklich?"

Nicole nickte. „Ich glaube, Sie sind gut für ihn. Er braucht so jemanden wie Sie. Und … ich mag Sie. Obwohl Sie mir echt schwere Aufsatzthemen geben." Mit ihrem Grinsen eroberte Nicole sofort Lucys Herz.

„Das tue ich nur, weil ich weiß, dass du klug genug bist, sie zu lösen. Du kannst alles schaffen, wenn du nur willst."

„Ich habe versucht, Jordan ein schlechtes Gewissen zu machen, als er wieder nach Hause zurückkam. Denn ich dachte immer, er wäre nicht bei uns, weil wir ihm egal sind."

„Du weißt, dass das nicht stimmt."

„Jetzt weiß ich es. Aber das war, bevor ich ihn spielen gesehen habe. Und deswegen darf er das auch nicht bloß meinetwegen aufgeben. Ich bin vielleicht egoistisch, aber nicht *so* egoistisch. Ich weiß, dass er das Richtige tun will. Aber seinen Vertrag nicht einzuhalten ist nicht das Richtige."

„Aus reinem Pflichtgefühl allein würde er nicht hierbleiben, Nicole. Jordan liebt seine Familie, das ist der Grund, und er will vor allem für dich da sein. Er möchte ein Teil deines Lebens sein. Zumal er in den letzten 15 Jahren so viel verpasst hat."

„Verlorene Jahre kann man nicht aufholen", erklärte Nicole resigniert. „Und wenn man etwas aufgibt, weil man denkt, dass man das tun muss, nur um anderen etwas zu beweisen, ist das einfach falsch. Bevor meine Eltern gestorben sind, hat er nie mit dem Gedanken gespielt aufzuhören. Daran sieht man doch, dass seine Entscheidung jetzt falsch ist!"

Lucy war klar, dass sie nicht die Richtige war, die dem Mädchen einen Rat geben konnte. Vor allem wenn es um die Familie ging. Sie hatte ja selbst keine – nie gehabt. Ihre Eltern hatten mit dem Leben abgeschlossen, noch bevor sie auf die Highschool kam. Und genau aus diesem Grund würde sie, Lucy, sich jetzt nicht in eine Angelegenheit einmischen, die sie nichts anging. Das Thema machte ihr auch Angst. Aber von Nicoles Standpunkt aus war die Bitte natürlich verständlich. Falls Jordan diese weitreichende Entscheidung tatsächlich treffen sollte, riskierte er, allen anderen Betroffenen dadurch ein schlechtes Gewissen zu machen.

„Ich denke auch, dass er sich die Sache noch mal überlegen sollte", erklärte sie. „Wahrscheinlich entscheidet er gerade spontan, so wie er auf dem Eis entscheidet. Er schubst und boxt und setzt durch, was er haben will oder was nötig ist. Ohne sich die Zeit zu nehmen, darüber nachzudenken. Er fällt seine Entscheidungen aus dem Bauch heraus."

„Würden Sie denn mal mit ihm reden?"

Wie könnte Lucy ihr diese Bitte abschlagen? „Ich werde es versuchen."

Erleichtert lächelte Nicole sie an. „Vielen Dank." Sie umarmte Lucy, dann lehnte sie sich zurück und schüttelte den Kopf. „Aber vielleicht sollten Sie vorher noch diese Maske abwaschen. Sie zerbröselt eh schon."

Lucy lachte.

Den Stier bei den Hörnern zu packen und Jordan auf den Kopf zuzusagen, dass er besser nicht tun sollte, was er vermutlich vorhatte, war eine große Herausforderung für sie. Lucy hasste Konfrontationen dieser Art. Aller Art. Und deswegen musste sie das Thema möglichst unverfänglich zur Sprache bringen. Ihn ein bisschen überrumpeln. Und hoffen, dass er ein Einsehen hatte.

Andererseits hatte sie erlebt, mit welcher Entschlossenheit und Härte er auf dem Eis agierte. Das war eigentlich kein gutes Omen für ihr Vorhaben. Abgesehen davon kannte sie sich mit solchen Situationen auch nicht wirklich gut aus, was sie sehr bedauerte.

Jordan Kincade war ein willensstarker Mann mit einem sehr eigenen Kopf. Was ihn allerdings auch so unwiderstehlich und aufregend machte.

Lucy blieb nichts anderes übrig, als ihre Komfortzone zu verlassen.

Schon wieder.

16. Kapitel

Nach seinem Gespräch mit Nicole verbrachte Jordan mehrere Stunden mit Ryan im Abfüllraum und erfuhr von ihm, dass unter Winzern derzeit diskutiert wurde, ob Kork- oder Drehverschlüsse besser waren. Er hatte diesbezüglich keine Meinung. Aber die Vorstellung, eine Flasche Dom Pérignon aufzuschrauben, fand er schon etwas seltsam.

Die neunjährige Riley war auch mitgekommen, doch sie schlurfte derart gelangweilt über den Boden und seufzte so laut, dass Jordan Ryan irgendwann sagte, sie würden ein andermal weiterreden. Er würde schon noch lernen, wie die Abläufe funktionierten, aber jetzt musste Ryan sich erst einmal um seine Tochter kümmern. Übrigens ein Argument mehr für Jordan, bei seiner Entscheidung zu bleiben. Die Familie ging vor.

Weil keiner Lust hatte, zum Abendessen etwas zu kochen, besorgte er im Ort bei Mr. Pickle Buns Burger für alle. Gemeinsam aßen sie in der Küche.

Im Haus war es während des Essens unglaublich still, sodass ihnen erneut die Abwesenheit ihrer Eltern schmerzlich bewusst wurde. Früher hatte ihre Mutter immer die Unterhaltung bestimmt, hatte vom Kochen oder von einem Projekt für eine ihrer Lieblingsorganisationen erzählt. Und ihr Vater hatte von den diversen Reparaturen berichtet, die anstanden oder erledigt worden waren, und welche neuen Weinsorten sie ausprobieren sollten. Und nun fühlten alle die Leere, die durch das Fehlen ihrer Eltern entstanden war, doch niemand sprach das Thema an. An diese schmerzliche Neuerung würden sie sich gewöhnen müssen. Natürlich machte diese Erkenntnis Jordan das Herz nicht gerade leichter.

Er hatte um seine Eltern geweint und konnte nachts nicht schlafen, wenn er sich ihren schlimmen Unfall vorstellte. Und nun war ihm sein Weg klar: Er würde seine Eltern dadurch ehren, dass er das tat, was für die Familie am besten war.

Nachdem sie gegessen hatten, machte Jordan einen Spaziergang durch die Weinberge der Sunshine Creek Vineyards. Ihm fielen Details auf, die er seit seiner Kindheit kannte und an die er sich nun wieder erinnerte. Zum Beispiel das Gurgeln des kleinen Bachs, wenn er über die Steine und den Sand und die kleinen Wasserfälle sprudelte. Die Rehe, die sich auf der Wiese an den frischen jungen Grashalmen labten. Aber ihm fiel auch auf, dass das Gelände über so viele ungenutzte Flächen verfügte. Diese konnte man für Innovationen nutzen, ohne große Eingriffe in die Landschaft vorzunehmen.

Als er schließlich wieder in der Hütte war, ging er unter die Dusche, schlüpfte in eine Trainingshose und schnappte sich eine Flasche Bier aus dem Kühlschrank. Ihm schwirrten immer noch die Ideen im Kopf herum, die er für das Weingut vorsah, und so schaltete er gedankenverloren den Fernseher ein und zappte sich durch die Programme. Beim Film „Tombstone“ blieb er hängen, wo gerade Doc Holliday mal wieder alle an der Nase herumführte.

Er fuhr zusammen, als es plötzlich an der Tür klopfte. Vermutlich Ethan, der auf ein Bier herüberkommen wollte. Er öffnete die Tür.

Aber es war nicht sein Bruder, sondern Lucy, die in einer knielangen Sweatjacke mit Knöpfen und schwarzen Stiefeln vor ihm stand. Das Haar fiel ihr in losen Locken über die Schultern, und ihre dunklen Augen hinter den Brillengläsern schienen ihn genüsslich zu taxieren.

„Oh, gut.“ Sie legte ihm eine Hand auf die Brust und schob ihn zurück ins Zimmer. „Du bist ja schon halb ausgezogen.“

Jordans Herz fing an zu rasen, als er ihre Hände plötzlich

überall auf seinen nackten Schultern und seinem Oberkörper spürte. Sie ließ sie auch provokativ unter seinen Hosenbund wandern, was seine Erregung in ungeahnte Höhen katapultierte.

„Denk bitte nicht, ich würde mich nicht darüber freuen", sagte er und legte seine Hände auf ihre Taille, „aber was machst du hier?"

Sie neigte den Kopf zur Seite und lächelte vielsagend. „Ich will dich verführen."

„Wie entzückend." Er zog sie an sich. „Aber ich muss dich warnen – da brauchst du dir vermutlich keine allzu große Mühe zu geben."

„Du könntest so tun als ob."

„Das wird schwer. Spürst du denn nicht, was sich in dieser Hose abspielt?"

Sie ließ die Hand nach unten gleiten und berührte sein bestes Stück. „Fühlt sich vielversprechend an."

„Ja, das finde ich auch. Aber ich werde brav sein, versuchen, mich zu beherrschen, und dir die Kontrolle überlassen."

„Oder …" Mit der einen Hand streichelte sie ihn weiter, die andere schlang sie um seinen Nacken und drängte sich an ihn. „Du könntest auch gar nicht brav sein."

„Ich mag Ihre Auffassungsgabe, Frau Lehrerin."

„Schön. Aber magst du auch … das?"

Sie stellte sich auf die Zehenspitzen und küsste ihn.

Langsam.

Feucht.

Verführerisch.

Sie schmeckte nach Karamell und purer Begierde. Aufreizend langsam verteilte sie hauchzarte Küsse auf seinem Hals und saugte an seiner Haut, und er bekam eine Gänsehaut vor Lust. Hatte man ihn jemals verführt? Eigentlich war immer er es gewesen, der die Initiative ergriffen hatte. Aber bei Lucy ließ er sich zu gern auf diese Spielart ein. Er war froh, dass sie nach ihren schlimmen Erfahrungen so selbstbewusst auftrat. Das machte ihn echt scharf.

Er stöhnte. „Wow, das ist echt scharf."

Sie legte ihm die flachen Hände auf die Brust und machte weiter. Küsste. Schmeckte. Leckte.

Er wollte sie so gern berühren! Aber leider hatte er ja versprochen, brav zu sein. Obwohl ... sie wollte ja, dass er nicht brav war! Also schlang er die Hände um ihre Hüften und schob sie sanft gegen die Wand, um sie zu küssen. Das brachte sie beide noch mehr in Fahrt. Ihre Zungen vollführten einen wilden Tanz. Da wechselte sie überraschend die Position, und nun stand er mit dem Rücken zur Wand.

Als er die Hände nach ihr ausstreckte, wich sie ihm aus, leckte sich die Lippen und sah ihn an. Er wusste nicht genau, was sie vorhatte, aber er war zu allem bereit.

Und schon fing sie an, ihre Jacke aufzuknöpfen. Rasch erkannte er, dass Frau Lehrerin unter der Jacke nackt war. Sie ließ die Jacke von ihren Schultern rutschen. Das Teil landete auf dem Fußboden, und nun stand sie nackt vor ihm – bis auf ihre hochhackigen Stiefel.

„Baby, du machst mich so scharf, dass ich nicht mehr klar denken kann."

„Gut." Sie kam auf ihn zu. „Denn du sollst gar nicht denken. Du sollst nur fühlen." Sie nahm seine Hände und legte sie auf ihre Brüste.

Er wollte sie so sehr, begehrte sie so, dass er fast wahnsinnig wurde. Genüsslich streichelte er ihre perfekten Brüste, kniff sie sanft in die harten Knospen. Seufzend warf sie den Kopf in den Nacken und genoss jede seiner Berührungen. Als sie den Kopf wieder hob, befeuchtete sie sich erneut die Lippen.

„Ja, das machst du gut", flüsterte sie. „Aber es reicht nicht." Sie steckte die Finger in seinen Hosenbund, zog ihm die Hose herunter und bedeutete ihm herauszusteigen.

Dann kauerte sie sich vor ihn und streichelte langsam seine Waden und seine Oberschenkel. Schließlich nahm sie ihn in die Hand, umschloss ihn mit den Lippen und liebkoste ihn mit der Zunge. Es fühlte sich so gut an, dass er Sternchen sah.

Was ganz langsam begonnen hatte, wurde nun wild und verzweifelt. Er wollte ihr zurückgeben, was sie ihm an Lust und Vergnügen bereitete. Mit einer Geste bedeutete er ihr aufzustehen.

„Ich will dich." Es klang heiser und atemlos. Sein Herz klopfte laut. „Mehr als alles andere in meinem Leben."

„Wie gut, dass ich vorbereitet bin." Schon erhob sie sich, nachdem sie ihn noch einmal kurz geleckt hatte, und zog ein Kondom aus ihrem Stiefel. „Extralarge, stimmt doch, oder?"

Er konnte nur nicken, während sie die Packung aufriss und ihm das Kondom überstreifte. Dann nahm sie seine Hand und legte sie sich in den Schritt. „Fass mich an."

Ein Kuss war für ihn eigentlich nie etwas gewesen, das ihn umhauen konnte. Es war bloß die Berührung von Lippen, der Austausch von Atem, ein bisschen Adrenalin, eine wachsende Sensibilität. Doch als er Lucy jetzt küsste, dabei einen Finger in sie hineingleiten ließ und sie stimulierte, wuchs sich dieser Kuss zu einem unbezähmbaren Hunger aus.

Der Duft ihrer Haut, ihr langgezogenes Stöhnen, ihr weiches Haar auf seiner Brust – er war kurz davor, die Kontrolle zu verlieren. Er streichelte sie, bis er sie nur noch stöhnen und keuchen hörte.

„Nimm mich", flehte sie ihn an. „Nimm mich jetzt!"

Wieder wechselten sie die Position. Er hob sie hoch und lehnte ihren Rücken an die Wand, seine Hände hielten ihren Po umklammert. Sie schlang ihm die Beine um die Hüften – und endlich drang er in sie ein. Das war kein langsames, vorsichtiges Liebesspiel wie beim ersten Mal, sondern wilde, ungezügelte Leidenschaft. Er stieß immer tiefer und schneller in sie, sie stöhnte seinen Namen, dann kam sie heftig, und er folgte ihr auf den Gipfel der Lust. Keuchend lehnte er sich an sie und hielt sie fest, während ihre Herzen wie eins schlugen und ihre Körper wie einer waren.

Dann lachte er. „Was ist denn in dich gefahren heute Abend?"

„Du."

Wieder lachte er und küsste sie. „Das war toll." Widerwillig löste er sich von ihr und dachte, dass er sie gleich noch einmal nehmen würde. Weil er das Kondom entsorgen musste, sagte er: „Sekunde."

Als er zurück ins Wohnzimmer kam, hatte sie bereits ihre Jacke wieder an und bis oben hin zugeknöpft. Trotzdem sah sie unfassbar sexy aus. Vor allem da er jetzt ja wusste, dass sie darunter nackt war. Er grinste und fragte: „Darf ich die dir beim nächsten Mal ausziehen?"

„Wie kommst du darauf, dass es ein nächstes Mal gibt?"

Lucys Herz hatte noch nie so einen Satz getan wie jetzt, als er sie mit gerunzelter Stirn fragend ansah.

„Was?"

„Ich will mich nicht mit Drückebergern abgeben", sagte sie und versuchte dabei, cool und abgeklärt zu klingen wie eine toughe Lehrerin. Sie konnte jetzt nicht mit ihm als seine Geliebte reden. Falls Nicole recht hatte, musste sie hart sein, damit er begriff, dass sein Vorhaben ein großer Fehler war. „Das war gerade unser letztes Mal. Ich wollte, dass es erinnerungswürdig wird. Und das war es. Dafür danke ich dir."

Er verschränkte die Arme vor der Brust und sah sie mit einem einschüchternden Blick an. Ja, so ein wütender, nackter Mann hatte tatsächlich etwas Einschüchterndes. Aber vermutlich nicht so, wie er dachte. Sie allerdings hatte eine lebhafte Fantasie.

„Wovon, zum Teufel, sprichst du eigentlich?“

„Ich habe gehört, dass du mit dem Eishockey aufhören willst. Sag mir, wenn ich falschliege.“

„Woher weißt du davon?“ Er schnappte sich seine Hose und schlüpfte hinein, dann stemmte er die Hände in die Hüften.

„Nicole. Sie war bei mir und hat mich gebeten, mit dir zu sprechen. Sie denkt, du willst jetzt, ausgerechnet so kurz vor dem Stanley Cup, zurücktreten. Dabei hast du davon doch dein ganzes Leben lang geträumt! Das ergibt doch alles keinen Sinn!“

„Du verstehst das nicht, Lucy. Ich habe mein Leben lang meinem Sport alle Priorität eingeräumt. Aber inzwischen habe ich begriffen, dass die Familie wichtiger ist. Nicole fing davon an, dass sie nicht aufs College, sondern nach Nashville gehen will, und deswegen möchte ich lieber hierbleiben und ihr vermitteln, dass ihre Entscheidung ihr weiteres Leben beeinflussen wird.“

„So, wie *deine* Entscheidung auch *dein* weiteres Leben beeinflussen wird.“

Als er keine Antwort gab, wusste sie, dass sie ihn zum Grübeln gebracht hatte.

„Nicole hat mir gesagt, dass sie schreckliche Schuldgefühle hätte, wenn du ihretwegen das aufgibst, was du im Leben am meisten liebst. Sie hat dich spielen sehen, Jordan! Sie weiß, wie viel Eishockey dir bedeutet. Und ich bin ihrer Meinung.“

„Wie kann ich ein guter Bruder sein, wenn ich nie hier bin? Ich war schon 15 Jahre lang kein guter Bruder. Ich kenne ja nicht mal mehr meinen Zwillingsbruder! Wir waren uns mal sehr nah, aber jetzt … Ich weiß nur, dass er super darin ist, Geld zu verdienen. Und erst nach der Beerdigung fielen mir die Fotos auf, die meine Eltern im Haus stehen haben. Es sind alles Gruppenbilder von der ganzen Familie. Und es gibt nur ein einziges Foto, auf dem ich zu sehen bin – allein in meiner Eishockeymontur. Ich bin auf keinem einzigen Familienbild drauf! Auf keinem!"

Das tat ihr leid. Sie wusste, wie sehr ihn das traf, und sie wusste auch, dass es nicht leicht war, mit Schuldgefühlen zu leben. Egal, was er jetzt tat – irgendjemanden würde er vor den Kopf stoßen. Ob er nun seinen Sport aufgab oder seine Familie verließ.

„Wie lange geht die Saison denn noch?"

Er zuckte die Achseln. „Zwischen ein paar Tagen und mehreren Wochen."

„Und du glaubst nicht, dass deine Familie das versteht? Dass du so nah vor dem großen Ziel bist, um das zu erreichen, was du dir immer vorgenommen hast? Abgesehen davon: Was vermittelst du deiner Schwester, wenn du jetzt aufgibst?"

„Dass die Familie vorgeht."

„Stimmt nicht. Du vermittelst ihr, dass Schuldgefühle dafür sorgen, dass man seine Träume aufgibt. Und wenn das der Fall ist, wieso sollte sie dann überhaupt Pläne schmieden für ihr Leben – ob sie nun einen Hochschulabschluss anstrebt oder eine Karriere als Musikerin?"

„Aber es ist doch mehr als nur das, Lucy. Irgendetwas muss vor dem Tod unserer Eltern geschehen sein, und ich habe versprochen, ihr zu helfen, dieses Problem zu lösen."

„Und das wirst du auch. Sie weiß, dass du für sie da bist."

„Aber wenn sie weggeht, kaum dass sie ihren Highschool-Abschluss in der Tasche hat, bleibt mir dafür keine Zeit!"

„Das wird sie nicht tun."

„Woher willst du das wissen?"

„Sagen wir so – ich verstehe sie. Ich weiß, dass sie auf der Suche nach sich selbst ist. Doch ich bin mir auch ziemlich sicher, dass sie dabei nicht allein sein möchte."

Er wandte den Blick ab. „Ich hab keine Ahnung."

„Pass auf. Mich haben alle Menschen verlassen, die ich

geliebt habe, und ich war oft genug kurz davor, mich selbst aufzugeben. Und genau deswegen werde ich nicht zulassen, dass du dich aufgibst. Niemand erwartet, dass du für die Familie alles hinschmeißt. Sprich mit ihnen! Ganz sicher wirst du erkennen, dass alle hundertprozentig hinter dir stehen, was deine Karriere angeht. Du hast dein ganzes Leben lang auf diese eine Chance hingearbeitet. Ergreif sie! Alle werden noch hier sein, wenn du zurückkommst."

Nun war alles gesagt. Im Stillen hoffte sie, dass er nicht auch *sie* aufgeben würde, und weil es ihr schier das Herz brach, ihn so verloren und zerrissen zu sehen, musste sie jetzt gehen.

„Lass Nicole nicht hängen", sagte sie zum Abschied. „Sei ihr Champion, indem du ihr mit Rat und Tat zur Seite stehst, auch wenn es aus der Ferne ist. Beweis ihr, dass harte Arbeit und Entschlossenheit zum Ziel führen können. Und mach ihr klar, dass echte Liebe weder zeitliche noch räumliche Begrenzungen kennt." Sie küsste ihn auf die Wange und ging zur Tür.

„Und was ist mit dir?"

Sie drehte sich um. „Wie? Was ist mit mir?"

Er ging zu ihr hinüber. Sie atmete seinen männlichen, sexy Duft ein, und ihr wurde ein bisschen schwindelig.

„Wenn ich das Eishockeyspielen nicht aufgebe, wirst du auch noch da sein, wenn ich zurückkomme?", fragte er.

„Weißt du, ganz am Anfang hat alles in mir danach geschrien, vor dir wegzulaufen. Weil du mich sowieso wieder verletzen würdest. Weil ich dachte, dass ein Mann, der so perfekt ist wie du, nie ernsthaft etwas an mir finden könnte. Aber ich bin das Risiko eingegangen. Und obwohl ich mich dagegen gewehrt habe, habe ich mich in dich verliebt. Also beweis mir, dass du kein Drückeberger bist. Und ja – ich werde hier sein."

Als sie gehen wollte, hielt er sie fest.

„Versprich es", bat er sie. Sein Blick verriet ihr, dass ihm dieses Versprechen wichtig war.

„Ich verspreche es. Aber jetzt bist du dran. Zieh dein Ding durch."

Und bevor sie ihre Meinung ändern konnte, schlüpfte sie zur Tür hinaus.

Hoffentlich ist das nicht das Ende, flehte sie insgeheim.

17. Kapitel

In der Nacht schlief Jordan schlecht und wachte immer wieder auf. Schließlich stand er um sechs Uhr morgens auf, nachdem er gefühlt sowieso jede Stunde auf die Uhr des Radioweckers geguckt hatte. Sein Dilemma hatte ihn einfach nicht schlafen lassen. Egal, was er tat – irgendjemand blieb auf der Strecke. Entweder Nicole oder Lucy, seine Brüder oder sein Team und seine Fans. Und daran war ganz allein er selbst schuld.

Um einen klaren Kopf zu bekommen, ging er laufen und dann ins Fitnessstudio. Um sich hinterher bei Sugarbuns ein Aprikosenmandeltörtchen zum Frühstück zu kaufen und damit den Trainingseffekt gleich wieder zunichtezumachen. Während des Trainings hatte er einen Anruf von Ryan erhalten, der zu einem weiteren Familientreffen bat, also ließ Jordan sich in der Bäckerei gleich noch ein Dutzend Donuts geben, wovon es allerdings nur elf bis nach Hause schafften. Irgendwie war auf dem Weg einer von ihnen verschwunden …

Als er das Haupthaus betrat, war dort alles ruhig. Er stellte den Karton mit den Donuts auf den Küchentisch und ging ins Wohnzimmer, wo die vielen Familienfotos standen – und das eine Foto von ihm allein. Eines Tages würde sich auch das ändern.

Schon bald, hoffte er.

Deswegen nahm er das Bild vom Kaminsims und legte es in eine Schublade. So ganz allein wollte er nicht länger zwischen den Familienbildern stehen.

Ethan und Declan kamen in die Küche, als er gerade Kaffee machte.

„Nimm es bitte nicht persönlich, Jordy." Declan nahm sich eine Kaffeetasse. „Aber du siehst echt scheiße aus heute Morgen."

„Zu viel Stress." Jordan klappte den Deckel der Kaffeemaschine zu. „Hab kaum geschlafen."

„Und jetzt noch so eine Familienzusammenkunft", meinte Ethan und nahm sich ebenfalls eine Tasse.

„Hoffentlich hat Ryan gute Neuigkeiten für uns."

In diesem Moment betraten Ryan und Riley – sie noch im Pyjama und ganz verschlafen – die Küche. Ryan gab seiner Tochter einen Donut in einer Serviette, küsste sie auf die Stirn und schickte sie ins Wohnzimmer, wo sie Zeichentrickfilme gucken durfte. Ryans Miene nach zu urteilen, dachte Jordan, hat er jedoch alles andere als gute Nachrichten.

„Konnte das nicht warten?", fragte er. „Riley sieht ja noch total verpennt aus."

„Ja." Ryan warf einen Blick zur Tür, durch die die Kleine verschwunden war. „Sie ist im Moment auch nicht gerade happy mit mir. Aber je schneller wir über die Sache reden, desto schneller können wir etwas unternehmen. Und da wir alle in unseren Alltag zurückkehren müssen, muss es jetzt sein."

Da hat er natürlich recht, sagte sich Jordan, aber Riley tat ihm trotzdem leid. Zugegebenermaßen hatte er, bis er wieder nach Hause gekommen war, nicht allzu viele Gedanken an seine kleine Nichte verschwendet, außer dass er sie niedlich fand und sie mit ihrer doofen Mutter wirklich Pech gehabt hatte.

Aber jetzt sah er sie in einem ganz anderen Licht. Sie war ein kluges kleines Mädchen mit einem Lächeln, das sein Herz zum Schmelzen bringen konnte. Eigene Kinder waren für ihn eigentlich nie Thema gewesen. Eines Tages würde es sich vermutlich so ergeben, hatte er immer gedacht, wenn er die richtige Frau fand. Inzwischen konnte er sich selbst lustigerweise mit einem ganzen Haufen kleiner Schlaumeier vorstellen, die alle aussahen wie Lucy.

„Die Kleine braucht mal eine Pause."

Ryan nickte. „Ich habe mir schon überlegt, dass ich – wenn hier so weit alles geklärt ist – mal mit ihr nach Disneyland fahre. Aber in der Zwischenzeit ..." Er warf eine Zeitung auf den Tisch. „Ich sehe, du hast unserer Lokalgazette einen Besuch abgestattet?"

Erst nachdem Lucy der Tante schon ihre Meinung gegeigt hatte.

Jordan nahm die Zeitung und las die Schlagzeile. Da waren die Gegendarstellung und die Entschuldigung. „Ja." Er lachte. „Ich habe damit gedroht, sie zu verklagen."

Ethan verrenkte sich den Hals, um über Jordans Schulter in die Zeitung zu gucken. „Offensichtlich hat sie dir geglaubt. Denn normalerweise hat das Blatt keine Sonntagsausgabe."

„Ich habe ihr zu verstehen gegeben, dass sie bald gar keine Ausgabe mehr haben würde, wenn sie sich nicht entschuldigt. Wir haben alle genug um die Ohren, als dass wir uns auch noch um das dumme Gewäsch einer alten Frau kümmern müssen, die gerne Unruhe stiftet."

„Wer stiftet gern Unruhe?" Parker kam herein und sah aus, als hätte er einen Kater. Sein erster Griff war der zu den Kaffeetassen.

„Jordan hat mal eben im Alleingang die Alte von der Zeitung plattgemacht", erklärte Ethan, während er sich die Auswahl an Donuts ansah.

„Nicht im Alleingang", sagte Jordan. „Lucy war schon vor mir da und hat ihr die Meinung gesagt. Da war ich noch im Aufwärmmodus."

„Auf solche Frauen stehe ich", ließ Declan sich vernehmen.

„Nein", fuhr Jordan ihm über den Mund. „Auf solche Frauen stehe *ich*."

Erstaunt sahen sich die Brüder an. Auch wenn sie früher

oft um Frauen konkurriert hatten, hatte keiner von ihnen den anderen gegenüber jemals irgendwelche Ansprüche geltend gemacht.

„Ist notiert“, meinte Dec und nahm sich einen normalen Donut aus der Box. „Finger weg von der Lehrerin.“

„Hey“, beschwerte Ethan sich. „Den wollte ich nehmen!“

Parker lachte gehässig. „Du lebst seit 31 Jahren in dieser Familie und hast immer noch nicht gelernt, dass man schnell sein muss, wenn es ums Essen geht?“ Nun musste auch Jordan lachen. Diese Gespräche hatte er vermisst. Früher hatten sie alle immer versucht, böser und wilder zu sein als der andere, und sich ohne Ende geprügelt. Ein blaues Auge hier und eine geschwollene Lippe da waren keine Seltenheit gewesen. Ihre Mutter hatte immer nur angewidert den Kopf geschüttelt und sich über zu viel Testosteron in ihrem Haushalt beschwert. Aber Jordan war froh und dankbar, dass er seine Brüder hatte. Und er freute sich über die Chance, das Verhältnis zu ihnen wieder auffrischen zu können.

„Eine Lehrerin also, ja? Das hätte ich ja nicht von dir erwartet. Außer, sie war mal im Playboy.“ Parker trank einen Schluck Kaffee und grinste. „War sie?“

Jordan fand, Lucy hatte trotz ihrer wenig aufreizenden Klamotten durchaus Playboy-Format. „Ganz egal. Ihr lasst die Finger von ihr.“

In diesem Moment hüpfte Tante Pippy wie ein Energieflummi in die Küche. Heute trug sie einen Overall mit Schlag und blau-grün-gelbem Paisleymuster. Sehr retro. Und an ihren Ohren baumelten wieder Plastikfrüchte.

„Wenn Nicki unten ist, können wir anfangen“, sagte Ryan.

„Bin da.“ Mit ihrer üblichen miesgelaunten Miene betrat Nicole die Küche. Jordan stellte eine Tasse schwarzen Kaffee vor sie.

„Iiiih.“ Sie schob sie sofort weg. „Ich trinke nur Caramel Macchiato von Starbucks.“

„Aufstrebende junge Musikerinnen können sich den aber nicht leisten“, bemerkte Jordan oberschlau und grinste.

Nicole grinste zurück. „Wenn ihr Bruder ein Eishockeystar ist, schon.“

Touché. „Nicht schlecht, Schwesterchen.“ Er legte kurz den Arm um sie.

„Setzt euch doch“, forderte Ryan sie auf.

Stühle schabten über den Fußboden, als alle Platz nahmen.

Ryan setzte sich ans Kopfende des Tisches. „Tut mir leid, dass ich das Treffen so kurzfristig einberufen habe“, eröffnete er ihnen und faltete die Hände auf der Tischplatte. „Ich wollte mit euch über eure Ideen zur Verbesserung der wirtschaftlichen Situation reden, und dann gebe ich euch noch ein paar abschließende Informationen, bevor wir wieder alle unserer Wege gehen.“

Parker stützte sich auf den Tisch. „Ich bin immer noch für die Idee mit der Trattoria.“

„Ich finde, wir sollten den Veranstaltungssaal renovieren beziehungsweise modernisieren lassen und einen Weinclub gründen“, fügte Ethan hinzu.

„Ich habe mir unser Anwesen mal genauer angesehen“, berichtete Jordan, „und habe festgestellt, dass es irgendwie gesichtslos ist, keine eigene Identität hat, keinen Wiedererkennungswert. Ein paar Gebäude sehen nach Wildem Westen aus, andere eher europäisch. Wir sollten uns auf einen Stil festlegen.“

„Und wir sollten uns mal überlegen, ob wir nicht einen internen Eventkoordinator einstellen“, schlug Declan vor. „Jemanden, der wirklich Spaß an seiner Arbeit hat und dafür sorgt, dass wir das ganze Jahr über ausgebucht sind.“

„Super Idee“, meinte Parker.

„Und drüben beim Hügel wäre Platz für eine kleine Bühne und Sitzplätze, da könnten wir exklusive Konzerte für den Weinclub veranstalten“, fügte Jordan hinzu. „Es wäre auf jeden Fall auch noch Platz genug für einen Cateringstand, falls die Leute ihr Picknick nicht mitschleppen, sondern es lieber hier kaufen wollen. Und unten am Bach könnten wir weitere Ferienhäuschen bauen. Vielleicht sogar ein Spa, das können wir uns ja mal überlegen. Dieser Ort soll zu einer Touristenattraktion werden und nicht bloß als Weingut vor sich hin vegetieren. Kein anderes Weingut in der Gegend hat so viel Potenzial wie unseres. Selbst wenn man unser Konzept kopieren wird – wir werden uns damit erst mal einen neuen Kundenstamm aufbauen."

„Das sind alles tolle Ideen." Ryan nickte. „Und sobald uns der abschließende Finanzbericht vorliegt, müssen wir entscheiden, wo unsere Prioritäten liegen sollten und was wir uns leisten können."

„Ryan und ich haben den Eindruck, dass der Buchhalter gut vorankommt", fügte Declan hinzu.

„Oje", rief Tante Pippy da laut und sah übertrieben auffällig auf die überdimensionale Uhr an ihrem Handgelenk. „Ich habe ja komplett die Zeit vergessen! Ich wollte doch schon längst in … der Kirche sein, ja genau. In der Kirche. Schon vor zehn Minuten!" Sie schob ihren Stuhl zurück und murmelte beim Verlassen der Küche: „Hoffentlich fängt Reverend Collins nicht ohne mich an."

„Seit wann geht sie denn in die Kirche?", wollte Parker wissen.

„Tut sie nicht", antwortete Ryan. „Mom hat immer gesagt, sie hätte Angst, dass sie eines Tages im Fegefeuer schmoren wird für all das, was sie in ihrer wilden Hippie-Zeit getrieben hat. Make love, not war. Ihr wisst schon."

„Und was soll das dann jetzt?", erkundigte sich Jordan. „Ist euch das nicht auch schon aufgefallen? Immer wenn das Thema auf das verschwundene Geld kam, hat Tante Pippy ganz plötzlich die Runde verlassen. Findet ihr das nicht auch merkwürdig?"

„Hey, Kumpel, sie zieht sich immer noch an wie in den Sixties“, gab Ethan zu bedenken. „Vielleicht wird sie einfach nur langsam senil.“

„Du hast am meisten mit ihr zu tun, Ryan. Weißt du vielleicht, was mit ihr los ist?“

„Ehrlich gesagt, versuche ich, mich nicht allzu sehr mit ihrem Geisteszustand zu beschäftigen. Ich habe Angst, dass sie vielleicht Drogen nimmt.“

„Das ist doch Unsinn.“ Jordan stand schnell auf. Er bekam Tante Pippy zu fassen, noch bevor sie an der Treppe angekommen war.

„Einen Moment noch, Turbo“, sagte er zu ihr. „Du verschweigst uns doch etwas.“

„Ich habe keine Ahnung, wovon du redest.“ Pippy legte ihre Hand aufs Treppengeländer, aber Jordan hielt sie an ihrem Overall fest, bevor sie die Flucht ergreifen konnte.

„Oh doch, ich denke schon. Denn wenn du wirklich in die Kirche gehen wolltest, müsstest du die Haustür benutzen, nicht wahr, statt dich heimlich nach oben zu verkrümeln.“ Er schnappte sie am Ellbogen und dirigierte sie zurück in die Küche. „Wie wär's also, wenn du dich wieder hinsetzt und uns erzählst, was du weißt?“

Voller Panik riss sie die Augen auf. „Ich habe nichts zu sagen.“

„Mach es uns allen doch nicht so schwer“, meinte Parker.

„Also los, setz dich.“ Jordan schob ihr ihren Stuhl wieder hin.

Pippy betrachtete den Stuhl, dann warf sie einen Blick in die Runde. „Er musste es tun“, verkündete sie, dann brach sie in Tränen aus.

Jordan war verwirrt. Was war denn jetzt los?

Ryan sah sie an. „Wer er?“

„Ich weiß nicht, ob ich das wissen will“, warf Nicole ein.

„Aber wir werden es trotzdem hören.“ Jordan reichte seiner

Tante eine Serviette, damit sie sich die Tränen abwischen konnte. „Oder nicht, Tante Pippy?"

„Ich kann euch nicht sagen, wer", brachte sie hervor und schniefte. „Dann würde ich ihn verraten."

„Und wenn es der Präsident der Vereinigten Staaten wäre", donnerte jetzt Ryan. „Die Zukunft unserer Familie hängt davon ab. Jetzt rede!"

Sie klammerte sich mit den Fingern an die Rückenlehne des Stuhls und starrte ins Leere, statt sich hinzusetzen. Schließlich sah sie auf. „Euer Vater hat das Geld genommen. Ich kann euch nicht sagen, wofür. Bitte fragt mich nicht. Ich kann ihn nicht verraten. Er war ein guter Mann, aber er war nicht perfekt. Und eure Mutter übrigens auch nicht. Gott hab sie alle beide selig."

Sie seufzte schwer. „Und jetzt gehe ich wirklich in die Kirche, damit Gott mich nicht für meine Illoyalität mit dem Tod bestraft."

Ihre Tante verschwand, ohne ihnen weitere Details preiszugeben. So saßen sie alle da und betrachteten die halb leere Kiste Donuts, als würden sie darin die Antwort finden.

„Oh Gott." Nicole fing an zu weinen. „Jetzt macht alles Sinn."

„Was?", fragte Ryan.

Nicki warf Jordan einen ängstlichen Blick zu. Er wusste, dass er eingreifen musste.

„Nicki hat mir etwas anvertraut, was ich bisher noch niemandem von euch sagen konnte", erklärte er. Seine Schwester tat ihm so leid. Denn egal, was sie sagte, die Wahrheit war diese: Keiner von ihnen wusste mehr als vorhin, als sie sich zusammengesetzt hatten.

Declan legte die Hand auf ihre Stuhllehne. „Was ist denn los, Kleines?"

„Mir scheint, es herrscht einige Verwirrung über eine Unterhaltung, die Nicole mit Dad geführt hat, bevor er mit Mom nach Hawaii geflogen ist. Und das ist auch der Grund dafür, wieso sie in letzter Zeit so … unausgeglichen war."

Entschuldigend sah Ryan seine kleine Schwester an. „Das tut mir leid, Schätzchen. Ich wusste, dass dir etwas auf der Seele liegt, aber nicht, was. Blöderweise habe ich nie danach gefragt. Ich schätze mal, ich war zu sehr mit meinen eigenen Problemen beschäftigt."

„Ich auch." Ethan nickte. „Ich hätte dir mehr Aufmerksamkeit schenken sollen."

Je mehr ihre Brüder sagten, desto mehr sank Nicki auf ihrem Stuhl in sich zusammen. Tränen strömten ihr übers Gesicht.

„Aber was hat Dads Diebstahl mit Nicki zu tun?", wollte Declan wissen.

Es machte keinen Sinn, weiter um das Thema herumzueiern. Es musste auf den Tisch. Nicht nur, um Nicki zu helfen, sondern auch, um diese Geheimnistuerei ein für alle Mal zu beenden.

„Nicki glaubt, dass sie nicht unsere leibliche Schwester ist", erklärte Jordan.

„Was?" Erschrocken sahen alle sie an.

Ethan stand auf und bedachte Jordan mit einem Blick, als wollte er ihn gleich schlagen. „Was redest du da für einen Scheiß?"

„Das habe nicht *ich* gesagt", verteidigte sich Jordan, bevor sein Bruder tatsächlich handgreiflich wurde. „Sondern *sie*. Denn Dad hat ihr gegenüber zugegeben, dass ein Ereignis in der Vergangenheit ihn ihr gegenüber negativ beeinflusst hat. Er sagte, er gäbe nicht ihr die Schuld daran. Aber er meinte auch, dass er nicht wüsste, ob er dieses Ereignis jemals vergessen und ihr ein guter Vater sein könnte."

Wieder brach Nicki in Tränen aus. Das arme Mädchen war von fünf völlig hilflosen Männern umgeben, die nicht wussten, was sie tun sollten, wenn sie eine Frau weinen sahen.

Nicht mal bei ihrer eigenen Schwester. Und dann standen sie alle auf einmal auf und umarmten sie.

„Es kann nicht sein, dass du nicht unsere Schwester bist", stieß Ryan aufgewühlt hervor. „Du siehst doch genauso aus wie wir."

„Das hab ich ihr auch schon gesagt", meinte Jordan.

„Wir haben dich lieb, Nicki." Ethan drückte sie fest, bevor Parker ihn wegschob.

„Du bist die beste kleine Schwester überhaupt", betonte Declan.

„Das wäre doch total verrückt." Parker schüttelte den Kopf. „Aber selbst wenn es stimmen würde – du bist und bleibst unsere kleine Schwester!"

Riley hörte den Aufruhr und kam in die Küche geschlurft. Als sie sah, dass ihre Tante weinte und ihre Onkel sie alle umarmten, fing sie auch an zu weinen. Ryan schloss seine kleine Tochter sofort in die Arme.

„Wir sind eine Familie." Ryans Stimme war ganz belegt, so berührt war er. „Und das werden wir auch immer bleiben."

Jordan hatte eigentlich vorgehabt, ihnen seine Entscheidung mitzuteilen, aber nun hatte etwas anderes Priorität. Sie hatten gerade alle genug auf dem Zettel, als dass es irgendjemanden interessieren würde, ob er seine Karriere als Eishockeyspieler an den Nagel hängte oder nicht.

Später am Tag war Jordan nach einem kurzen Besuch in der Stadt wieder auf dem Heimweg. Verärgert fuhr er sich mit der Hand durchs Haar.

So ein Mist.

Ihr Vater hatte Geld aus dem eigenen Unternehmen gestohlen.

Nur wieso?

Wieso beklaute ein Mann sich selbst – oder besser gesagt,

seine Familie? Warum setzte er das gesamte Unternehmen aufs Spiel, für dessen Erfolg er doch so hart gearbeitet hatte?

An dieser Sache war mit Sicherheit mehr dran, und sie mussten herausfinden, was genau. Und genau deswegen wollte Jordan Nicole seine Entscheidung noch einmal darlegen und erklären.

Als er die Treppe zu ihrem Zimmer hochging, musste er lächeln, denn er hörte sie Gitarre spielen und dazu singen. Sie hatte wirklich Talent, und er würde sie in jedem Fall unterstützen. Ob sie sich selbst verwirklichen oder doch lieber studieren wollte – was auch immer sie glücklich machte.

Jetzt erst recht – weil Tante Pippys Aussage sie zu Spekulationen zwang.

Er klopfte, und die Musik verstummte. Sekunden später rief Nicki ihn herein.

„Hi." Sie saß auf dem Bett, trug ein knallbuntes T-Shirt und hatte sich einen Schal um den Kopf gewickelt. Ganz Hippie-Girl. Fehlten nur noch die goldenen Ohrringe und Armreifen.

„Hey." Er küsste sie auf den Kopf. „Ich wollte dir nur sagen, dass ich die Saison zu Ende spiele."

„Wow! Das freut mich." Sie umarmte ihn, und er setzte sich neben sie. „Ich hätte nicht gewollt, dass du meinetwegen aufhörst."

„Falls und wann ich aufhöre, entscheide ich danach, ob es mir damit gut geht, okay? Nicht weil ich mich dazu gezwungen fühle."

Sie nickte.

„Und noch eins: Ganz egal, wo ich bin – ich habe immer Zeit für dich."

„Außer du haust gerade The Rock eins auf die Nase." Sie grinste.

„Sogar dann." Er küsste sie auf die Stirn. „Ich hab dich lieb, Nicki. Und es tut mir leid, wenn ich meine brüderlichen

Pflichten früher vernachlässigt habe. Aber jetzt bin ich für dich da."

„Das ist schön."

„Nur ..." Er bückte sich und hob die Kiste auf, die er mitgebracht hatte. „Für den Fall, dass du mich zu sehr vermissen solltest, habe ich dir etwas mitgebracht. So fühlst du dich nicht ganz allein."

„Was ist das?"

Ihre Neugier gefiel ihm.

„Mach auf, dann weißt du's."

Sie öffnete das Paket, und ein kleines graues Kätzchen sprang ihr auf den Arm. Mit einem Freudenschrei schnappte Nicki sich das Tier. „Für mich?"

„Nur für dich. Ich habe natürlich auch alles besorgt, was sonst noch nötig ist – inklusive Katzenklo. Ist alles unten im Auto."

Sie kuschelte das Kätzchen an sich und lächelte. „Ich nenne sie nach jemandem, der mich an dich erinnert."

Er lachte. „Ach ja? Wer denn?"

Sie drückte ihre Nase an die des Kätzchens. „Fezzik."

„Der aus ‚Die Braut des Prinzen'?" Vermutlich konnte er bei ihr punkten, weil er das wusste. „Aber wieso?"

„Fezzik ist doch dieser große sanfte Riese. Und so sehe ich dich auch."

Seine kleine Schwester umarmte ihn und weinte sogar vor Freude. Da wusste Jordan: Egal, ob er nun den Stanley Cup gewinnen würde oder nicht, sein Platz war hier, zu Hause.

Nichts würde sich jemals besser anfühlen.

Am Sonntagnachmittag saß Lucy an ihrem Küchentisch und bereitete den Unterricht für den nächsten Tag vor. Zwischendurch musste sie sich immer wieder frische Luft zufächeln, da Ziggy gerade besonders infernalische Gerüche absonderte.

„Meine Güte, Hund! Was frisst du eigentlich, wovon du immer so stinken musst?“

Ziggy sah sie mit heraushängender Zunge an und verwedelte den Gestank freudig in der Luft. Als es klingelte, sprang er auf die Füße und lief zur Haustür. Lucy wunderte es nicht wirklich, dass Jordan davor stand. Wie immer sah er zum Anbeißen aus.

„Darf ich reinkommen?“

„Na klar.“ Sie trat einen Schritt zurück, aber er hielt sie fest und küsste sie rasch auf den Mund. Sie sprang sofort an. Doch bevor sie ihn nach oben zerren konnte, unterbrach er den Kuss und nahm ihr Gesicht in beide Hände.

„Ich bin auf dem Weg zum Flughafen.“

Ihr Herz klopfte. „Du fliegst nach Dallas?“

Er nickte. „Ich wollte mich nur kurz verabschieden und …“

Erleichterung machte sich in ihr breit. Doch dann setzte ihr Herzschlag kurz aus. Er meinte doch hoffentlich keinen endgültigen Abschied?

„Und?“

„Und ich weiß, ich habe gestern nichts darauf erwidert, als du gesagt hast, du wärst dabei, dich in mich zu verlieben. Das hat dich bestimmt verletzt. Aber weißt du, ich habe so was noch nie zu einer Frau gesagt.“

„Ich verstehe.“ Als Einzige verliebt zu sein war doof. Aber sie hatte eigentlich von Anfang an nicht erwartet, dass er ähnliche Gefühle für sie entwickeln würde.

„Das glaube ich nicht.“ Zärtlich streichelte er ihre Wange. „Mir geht gerade so unheimlich viel im Kopf herum. Ich habe mein Leben lang immer nur genommen und nie gegeben. Ich wusste, glaube ich, gar nicht, wie das geht.“

„Doch, ich verstehe das, Jordan. Bei dir passiert gerade eine Menge. Ein Mensch kann immer nur ein gewisses Maß an Problemen auf einmal bewältigen, und …“

„Ich liebe dich, Lucy.“

„Was?“

„Ich liebe dich.“ Sein Lächeln war wie ein Quell des Glücks, der ihr entgegensprudelte. „Inzwischen weiß ich nicht nur, dass ich geben *kann*, sondern dass ich auch geben *möchte*. Ohne jeden Zweifel.“

„Ich liebe dich auch“, sagte sie. „Und ich verliebe mich nicht gerade erst, ich bin es schon länger.“

Nach einem innigen Abschiedskuss setzte er sich in seinen Wagen und brauste davon. Lucy winkte, bis er nicht mehr zu sehen war. Dann machte sie die Haustür zu, sank auf den Fußboden und weinte vor Glück.

Ziggy kroch auf ihren Schoß und zerstörte den Zauber des Moments, indem er tat, was er am besten konnte.

Am Montagmorgen, als Lucy zur Schule fuhr, war sie so nervös wie noch nie in ihrem Leben. Sie wusste nicht, was sie dort erwartete. Klatschgeschichten über das Lehrpersonal kamen bei der Schulverwaltung nicht sonderlich gut an. Vielleicht dachte man, sie hätte einen schlechten Einfluss auf die Schülerinnen und Schüler.

Ob man sie rauswerfen würde?

Oder freistellen?

Wie auch immer man sie dafür bestrafen würde, dass sie sich verliebt hatte – sie würde die Strafe, ohne zu diskutieren, hinnehmen. Denn sie bereute es nicht eine Minute, dass sie mit Jordan und Nicole nach North Carolina geflogen war. Sie hatte ihren Traummann getroffen – auch wenn er einst ihr Albtraum gewesen war –, und im Zuge dessen war es ihr auch noch gelungen, einem Mädchen zu helfen, das nach dem Tod seiner Eltern ziemlich verloren gewesen war, und ihm Trost zu spenden.

Über die öffentliche Entschuldigung in der Tageszeitung hatte sie sich gefreut, auch wenn sie garantiert nicht wirklich ehrlich gemeint war. Fragte sich nur, wie die Schulverwaltung die Sache sah.

Aber das würde sie ja gleich herausfinden.

Sie parkte auf ihrem üblichen Platz, suchte ihre Sachen zusammen und machte sich auf den Weg zu dem Backsteingebäude. Um sich herum hörte sie, wie die Schülerinnen und Schüler einander erzählten, was sie in den Ferien erlebt hatten. Als Lucy ihr Klassenzimmer betrat, rutschte ihr das Herz in die Hose. Denn an ihrem Schreibtisch wartete bereits Schulleiter Brown, wie immer gekleidet in schwarzer Hose und weißem Hemd und mit absolut korrekt sitzender Frisur.

„Guten Morgen, Ms. Diamond. Willkommen zurück."

„Guten Morgen, Sir. Danke."

„Diese Zeitung hat ja eine ganz schöne Welle gemacht."

„Wissen Sie, ich bin nur aus einem Grund nach North Carolina gereist – um einer Schülerin zu helfen."

„Das dachte ich mir schon."

„Tatsächlich?" Ihr Herz hämmerte laut.

„Ms. Diamond, ich kenne Sie seit drei Jahren. Sie haben einen exzellenten Charakter. Und ich zweifle zu keiner Zeit daran, dass Sie Nicole Kincade nach ihrem schweren Verlust helfen wollen."

Eine Welle der Erleichterung schwappte über Lucy hinweg. „Danke, Sir."

„Sie können der jungen Dame übrigens persönlich danken. Sie war heute Morgen bei mir im Büro und hat mir erzählt, wie sehr Sie sich für sie eingesetzt haben. Dass Sie es waren, die ihr Mut gemacht hat, von ihrer Liebe zur Musik zu erzählen, und sie darin bestärkt hat, ihre eigenen Songs zu schreiben. Und jetzt freut sie sich wieder auf den Unterricht."

„Wirklich?" Am liebsten hätte Lucy das Mädchen sofort in den Arm genommen.

Der Schulleiter nickte. „Sie sagte mir auch, dass Sie auch ihrem Bruder geholfen haben, mit seiner Trauer umzugehen."

Lucy seufzte. „Mr. Brown, nicht alles in dem Zeitungsartikel war frei erfunden."

„Ach so?"

„Jordan Kincade und ich kennen uns seit der Highschool. Ich habe ihm früher Nachhilfe gegeben. Wir waren ... befreundet."

„Und jetzt ist mehr daraus geworden?"

„Woher wissen Sie das?"

„Sie strahlen, Ms. Diamond." Er lächelte und tätschelte väterlich ihre Hand. „Das macht die Liebe mit einem. Meine Maisey hat auch so gestrahlt, als wir frisch verliebt waren."

„Und ich dachte, Sie würden mich feuern."

„Im Gegenteil. Bitte bleiben Sie an dieser Schule, solange Sie möchten!" Es gongte. Der Schulleiter erhob sich und ging zur Tür. „Und genießen Sie das Verliebtsein. Es ist schön, Sie strahlen zu sehen."

Am liebsten hätte sich Lucy auf ihren Stuhl fallen lassen und vor Freude und Erleichterung geweint. Aber schon drängten die Schülerinnen und Schüler herein und füllten das Klassenzimmer mit ihrem Geplapper. Und eigentlich war Lucy auch viel zu glücklich, um zu weinen.

Im letzten Spiel der Serie gegen die Stars lagen die Vipers im letzten Drittel ein Tor zurück, und das bei einer verbleibenden Spielzeit von nur einer Minute. Jordan scharrte ungeduldig mit seinen Schlittschuhen und wartete darauf, dass er wieder ins Spiel durfte.

Vorhin beim Aufwärmen hatte sich auf einmal alles so anders angefühlt. *Er* hatte sich anders gefühlt. Denn er war noch nie verliebt gewesen, und noch nie hatte zu Hause jemand auf ihn gewartet. Und doch spielte er so wild und schnell wie immer.

Aber heute Abend war es das Spiel der Stars. Sie schlugen die akkurateren Pässe und vertrödelten keine Zeit mit unnötigem Geschubse und Geschiebe. Sie waren hier, um zu gewinnen. Und die Vipers wehrten sich dagegen mit allen Mitteln.

Als er endlich wieder ins Spiel durfte, sprang Jordan über die Bande und fuhr zum Bullypunkt. Er wollte sein Team noch zum Sieg führen. So etwas war ihnen schon einmal gelungen, wieso also nicht auch dieses Mal.

Die Eisfläche im Stadion der Stars war nicht die beste, an manchen Stellen schon zu weich. Nicht jeder Spieler kam mit diesen Unregelmäßigkeiten zurecht, denen sie schon den ganzen Abend ausgesetzt waren. Kaum war der Puck geworfen, schoss Jordan ihn übers Eis zu Seabrook. Dieser passte ihn an O'Reilly weiter, der sich heute aber insgesamt schwertat. Der Puck schlitterte übers Eis, während die Uhr weitere fünf Sekunden nach unten zählte.

Jordan schrie: „Schieß!"

O'Reilly holte zum Schlag aus – und der Puck flog hoch übers Netz. Das Signalhorn erklang.

Game over.

Das war's. Keine Play-offs. Kein Stanley Cup.

Während sich die jubelnden Stars auf der Mitte der Eisfläche zusammenscharten, machten sich die geschlagenen Vipers auf den Weg in ihre Kabine.

Als sie alle versammelt waren, erklärte Coach Reiner wie üblich, dass es immer ein nächstes Mal gebe und sie hart gearbeitet und sich viel Mühe gegeben hätten. Es wäre nur diesmal nicht in ihrem Sinne gelaufen. Bla, bla, bla. Nachdem er fertig war, tauchten schon die ersten Reporter auf. Normalerweise sollten sie ja eher bei den Siegern der Partie sein, aber offensichtlich hatten die Stars die Journalistenmeute vorerst ausgesperrt, und so versuchten sie, sich anderweitig die Zeit zu vertreiben.

Jordan saß auf der Bank vor seinem Spind. Er zog gerade seine Schlittschuhe aus, als ein Paar kakifarbener Hosenbeine vor ihm auftauchte.

„Brett Beaver von FOX 4 News. Darf ich kurz mit Ihnen sprechen?"

Jordan warf einen Blick auf den Mann mit der Kamera, der aussah, als würde er nie an die frische Luft kommen und als hätte er auch nie gelernt, wie man eine Krawatte ordentlich band. „Klar."

Sofort hielt der Typ Jordan sein Mikrofon unter die Nase. „Wie fühlen Sie sich jetzt, nachdem Sie die Chance auf die Play-offs vergeben haben? Sind Sie enttäuscht?"

Lucy und Nicole saßen gemeinsam auf dem Sofa und trauerten mit den Vipers, während sie sich die Nachberichterstattung ansahen. Nachdem Jordan nach Dallas geflogen war, hatten die beiden Frauen mehr Zeit miteinander verbracht und eine recht enge Beziehung aufgebaut. Nicole hatte Lucy schließlich von den Ursachen für ihre Wut erzählt und auch von dem entwendeten Geld, und Lucy empfand tiefes Mitleid mit ihr.

Jetzt saß das Mädchen mit frustrierter Miene auf Lucys Sofa, weil das Team ihres Bruders verloren hatte. Auch Lucy fand es schade, denn die Mannschaft hatte ein gutes Spiel abgeliefert. Immerhin hatten sie alles versucht und sich nicht aufgegeben – auch das zählte.

Vor ihnen auf dem Fußboden lagen Ziggy und das kleine Kätzchen, das Jordan seiner Schwester geschenkt hatte. Der putzige, kleine graue Fellball, den Nicole Fezzik getauft hatte, hatte es sich auf Ziggys Rücken bequem gemacht und schnurrte leise, während der Retriever vor sich hin schnarchte.

Plötzlich wechselte das Bild in die Umkleide der Vipers, und Jordans wunderschönes Gesicht erschien auf dem Fernseher.

Mit leicht zur Seite geneigtem Kopf beantwortete Jordan die dumme Frage des Reporters. „Ob ich enttäuscht bin?"

Nicole lachte. „Den Typ macht Jordy fertig."

Auch Lucy lachte, denn genau das hatte sie auch gedacht.

„Aber nicht mit den Fäusten. Das spart er sich für die Eisfläche auf."

„Es tut mir sehr leid für die Mannschaft." Jordan zuckte die Achseln. „Wir haben hart gearbeitet, um bis hierher zu kommen. Noch dazu musste mein Team in einigen wichtigen Spielen auf mich verzichten."

„Aus familiären Gründen, wie man hört", sagte der Reporter hinter der Kamera.

„Meine Eltern sind gestorben."

„Herzliches Beileid."

„Na klar." Nicole stieß einen verächtlichen Laut aus. „Das nehmen wir dir auch voll ab."

Lucy musste ihr recht geben. Das klang wirklich sehr floskelhaft.

„Danke." Jordan fuhr sich mit der Hand durchs nassgeschwitzte Haar. „Aber während ich zu Hause war, hatte ich Zeit zum Nachdenken."

„Das kann ich mir vorstellen", erwiderte der unsichtbare Mann und wechselte rasch das Thema. „Wie fühlte es sich an, als O'Reilly die letzte Chance in dieser Serie vergeben hat?"

„Darüber kann ich jetzt nicht nachdenken." Jordan schüttelte den Kopf. „Mich interessiert nicht, wer gerade welche Chancen auf dem Eis vertan oder genutzt hat. Man kann die Zeit nicht zurückdrehen, man muss weitermachen und nach vorne blicken. Und genau deshalb war das meine letzte Saison. Ich höre auf."

„Was?", sagten Nicole und Lucy gleichzeitig und sahen sich an, als hätten sie nicht richtig gehört.

„Sie hören auf?" Der Mann hinter der Kamera bemerkte, dass er da etwas ganz Exklusives zu hören bekam, und kroch hinter seinem Gerät hervor. „Aber sicher nicht aus Altersgründen."

Jordans Mundwinkel zuckten. „Ich bin jetzt seit 15 Jahren als Profi dabei. Seit 15 Jahren riskiere ich meinen Arsch, meine

Fingerknöchel und mein Gesicht. Seit 15 Jahren riskiere ich Bänderrisse und gebrochene Knochen. Diesen Teil meiner Arbeit werde ich nicht vermissen. Ich höre auf mit einer persönlichen Bilanz von 668 Toren und 934 Torvorlagen. Darauf bin ich stolz. Um solche Leistungen erreichen zu können, muss man jedoch anderswo Abstriche machen. Zum Beispiel kommt die Zeit mit der Familie zu kurz."

„Aber Sie lieben doch Ihren Sport, oder nicht?", hakte der Reporter nach. „Und den Wettkampf?"

„Das tut er", sagte Nicole zu Lucy. „Wieso also will er aufhören?"

Lucy schüttelte den Kopf, aber plötzlich hatte sie da so eine Ahnung. „Wir müssen darauf vertrauen, dass er weiß, was er tut."

„Mir hat er gesagt, er würde erst aufhören, wenn er spürt, dass der richtige Zeitpunkt gekommen ist", erklärte Nicole. „Und nicht, wenn er sich dazu gezwungen fühlt."

„Dann müssen wir umso mehr darauf vertrauen."

„Ich liebe das Spiel", antwortete Jordan auf die Frage des Reporters. „Und es wird sicher auch Zeiten geben, in denen ich es vermissen werde. Aber es gibt noch andere Dinge, die ich mindestens genauso liebe, wenn nicht sogar mehr. Ich möchte nicht länger nur dem Namen nach ein Kincade sein, sondern ab jetzt wieder verstärkt Teil meiner Familie sein. Das geht nicht, wenn man nie da ist. Und zurück zu Ihrer Frage: Bin ich enttäuscht, dass wir das Spiel verloren haben und damit den Einzug in die Play-offs? Die Antwort ist Nein. Denn ich habe etwas Besseres zu tun."

„Haben Sie denn schon konkrete Pläne für die Zukunft?"

„Ja." Jordan guckte genau in die Kamera und lächelte. „Ich werde nach Hause fahren und meine Liebste fragen, ob sie mich heiraten will."

Lucy und Nicole sahen sich an und schrien beide gleichzeitig los. Dann fielen sie einander in die Arme und heulten.

Nicoles Katze sprang von Ziggy herunter.
Doch der Hund drehte nur den Kopf und verdarb wieder einmal einen schönen Moment mit seinen Ausdünstungen.

Als Lucy am nächsten Morgen im Unterricht war, erhielt sie eine Textnachricht von Jordan, dass er in einem Linienflieger auf dem Weg nach Hause war. Das bedeutete, dass er unter Umständen auch seinen Anschlussflug verpassen und auf dem Flughafen von Phoenix hängen bleiben könnte. Sie schrieb ihm zurück, dass sie es kaum erwarten könne, ihn zu sehen. Da sie sich bisher nicht dazu geäußert hatte, fragte Jordan sich, ob sie sein letztes Spiel überhaupt gesehen hatte – und das anschließende Interview.

Als er daran dachte, musste er grinsen. Er hatte keine Zweifel mehr, dass er das Richtige tat. Eishockeykluft und Schlittschuhe waren in seinem Koffer verstaut, und er wusste, dass er sich noch einige Zeit mit seiner Entscheidung herumplagen würde. Vielleicht würde er sie ab und an auch bereuen. Zumindest an manchen Tagen, wenn ihm das schnelle, harte Spiel und die Kameradschaft unter seinen Mannschaftskollegen fehlten. Und auch weil er wusste, dass er sich auf unbekanntes Terrain begab.

Aber das fand er andererseits auch wunderbar aufregend.

Ihm standen unendliche Möglichkeiten offen.

Er wusste noch nicht, wie der Rest seines Lebens aussehen sollte. Nur eins wusste er sicher: Er wollte in guten wie in schlechten Tagen mit Lucy zusammen sein. Er wollte, dass sie der letzte Mensch war, den er abends beim Einschlafen sah, und der erste morgens beim Aufwachen. Er wollte seine Zukunft mit ihr planen, Kinder haben, zusammen alt werden. Und je schneller er wieder bei ihr war, desto schneller könnte er damit beginnen.

Um zehn nach sieben am selben Abend klingelte er endlich an ihrer Tür. Sie stürmte in seine Arme.

„Ja! Ja! Ich will dich heiraten!"

Er küsste sie auf ihren verführerischen Mund und lachte. „Dann hast du das Interview also doch gesehen?"

Sie nickte so heftig, dass ihr die Brille von der Nase rutschte und sie sie mit der Fingerspitze wieder hochschieben musste. „Ich habe das ganze Spiel gesehen. Und es tut mir so leid für euch, dass ihr verloren habt! Aber ich freue mich natürlich, dass du wieder zu Hause bist. Und … ja! Ich liebe dich, Jordan!"

In seinem Herzen regte sich etwas, das er noch nie zuvor gespürt hatte. Nicht einmal, als er den Puck zum ersten Mal ins Tor gedroschen hatte.

Absolute, reine Freude.

Lucinda Nutter liebte ihn.

„Darf ich dich trotzdem noch mal richtig fragen?", meinte er grinsend. „Nur fürs Protokoll?"

„Du darfst alles, was du willst."

„Ach ja?"

„Alles."

„Genau das wollte ich hören." Er schob sie ins Haus und machte die Tür mit dem Fuß zu. Dann hob er sie hoch und legte sie sich über die Schulter. Auf dem ganzen Weg nach oben und auch während er sie auszog, schüttete sie sich aus vor Lachen.

Er setzte ihr die Brille ab und legte sie auf den Nachttisch. Dann riss er sich in Rekordgeschwindigkeit die eigenen Kleider vom Leib.

Als er sie aufs Bett legte, war sie immer noch am Lachen. „Ich dachte, du wolltest ordentlich fragen."

Seine Antwort war ein inniger, zärtlicher Kuss, der ihn elektrisierte. Er wollte sie so. Brauchte sie so. Liebte sie wie verrückt. Schon spreizte sie die Beine, und er drang in sie ein.

„*Das* meinte ich mit ‚richtig fragen'." Er nahm ihr Gesicht in beide Hände und küsste sie zärtlich auf Stirn und Nasenspitze. „Ich liebe dich, Lucy. Du bist alles, was für mich zählt – heute, morgen und für immer. Du hast aus mir einen besseren Menschen gemacht. Möchtest du mich heiraten?"

„Ich liebe dich, Jordan." Sie seufzte verträumt. „Und ja, ich möchte dich heiraten."

Noch vor kurzer Zeit hatten sich Jordans Wünsche um Eishockeysiege, Ruhm, Wohlstand und ein Leben auf der Überholspur gedreht. Doch inzwischen hatte er gelernt, dass man vorsichtig sein sollte mit dem, was man sich wünschte. Hätte er gewusst, dass Lucy in sein Leben treten würde und eine Zukunft wie im Märchen vor ihnen läge, hätte er wohl schon vor langer Zeit andere Entscheidungen getroffen. Doch nun würden sie gemeinsam ein neues Leben beginnen, und alles war möglich.

– ENDE –

Band-Nr. 25993
9,99 € (D)
ISBN: 978-3-95649-607-3
448 Seiten
Auch als eBook erhältlich!

Sarah Morgan
Schlaflos in Manhatten

Nette Freunde, ein riesiges Apartment, ein toller Job. Die Liste der Dinge, die eine junge Frau in New York erreicht haben sollte, hat Paige in allen Punkten abgehakt. Bis sie plötzlich von der Karriereleiter stürzt. Auf einmal ist der Bruder ihrer besten Freundin der einzige, der ihr Leben wieder in Ordnung bringen kann. Schon früher hat sie vergeblich für den Draufgänger Jake geschwärmt – und je mehr Zeit sie mit ihm verbringt, desto klarer wird ihr, was auf ihrer New-York-Liste noch fehlt: Die perfekte Liebesgeschichte …